Sven Böttcher Roman

Heldenherz

Das ungeheure Abenteuer des Magnus Morgenstern

Rowohlt Taschenbuch Verlag

Veröffentlicht im Rowohlt Taschenbuch Verlag
GmbH, Reinbek bei Hamburg, Februar 2003

Taschenbuchausgabe mit Genehmigung des
Rogner & Bernhard Verlages, Hamburg.
Umschlaggestaltung any.way, Andreas Pufal
(Abbildung: Copyright © by Andreas Pufal)
Gesamtherstellung Clausen & Bosse, Leck
Printed in Germany
ISBN 3 499 23278 2

Für Jens und die »Emmas«

Skrupellos

Freedom is just another word for nothing left to lose.
KRIS KRISTOFFERSEN

Die Freiheit nehm ich mir!
WERBEPHILOSOPH, N.N.

1

Magnus Morgenstern hatte keinen guten Morgen erwischt. Entkräftet ließ er den rechten Arm sinken und legte die Hantel zurück auf den Boden. Er war nicht bei der Sache. Zu viele Dinge beschäftigten ihn, und sein Körper verweigerte die morgendliche Quälerei. Er atmete tief durch und wischte sich den Schweiß von der Stirn. Sein Kopf schmerzte. Die Zerrung in der Wade zwackte. Die Nasdaq war abgeschmiert, Weinregal und Kühlschrank leer, die Kunden drängelten, seine freien Mitarbeiter ließen ihn hängen, der Porsche hustete, beim Sushi-Service lief seit Tagen nur das Band mit der Urlaubsansage, und er hatte seit mindestens drei Wochen keinen Sex gehabt.

Magnus Morgenstern hatte wirklich Probleme.

Dachte er jedenfalls.

Keine dreihundert Meter Luftlinie von ihm entfernt dachte der türkische Gemüsehändler Kemal Hasni, er hätte überhaupt keine Probleme – und irrte sich ebenfalls. Seine Frau hatte ihn, wie jeden Morgen, vorwurfsvoll angeschwiegen, sein zwölfjähriger Sohn ihn »Kameltreiber« genannt und ein Großhändler ihm halb verfaulten Fenchel untergejubelt. Zur Strafe hatte Hasni seinem Cousin und einzigen Angestellten, Yilmaz, brüllend mit Lohnkürzung gedroht und die Hoftür zugeknallt.

Es war ein Morgen wie jeder andere. Dachte Kemal Hasni und war vergleichsweise gut gelaunt. Pfeifend trug er seine Bänke und Kisten ins Freie, wo ihn bereits einige Kunden auf dem Rückweg vom Bäcker erwarteten, verkaufte Äpfel, Bananen und Avocados, und kurbelte gerade die Markise herunter, als ihm jemand auf den Rücken tippte.

Hasni drehte sich um.

Vor ihm stand ein kleiner, dürrer Mann in zerschlissenem schwarzem Staubmantel. Die breite Krempe eines Schlapphutes, unter dem weiße Zotteln in alle Richtungen hervorstachen, verdeckte seine Augen. Die Zotteln waren starr vor Dreck, der Mantel schmutzverkrustet, und die Schuhe sahen aus, als wollten sie jeden Augenblick als Lederstreifen auf dem Pflaster liegenbleiben.

»Du!« knurrte der Mantelträger mit verblüffend tiefer Stimme.

»Wasiss?« sagte Hasni.

»Sag mir, wo Magnus Morgenstern wohnt!«

Obwohl die Stimme Hasni durch Mark und Bein ging, rutschte ihm ein verächtliches Grinsen ins Gesicht. Höflich war der Penner nicht.

»Kenn ich nicht«, sagte er. »Sonst noch was?«

»Sag mir, wo Magnus Morgenstern wohnt«, wiederholte der dürre Mann seine Forderung.

»Keine Ahnung«, sagte Hasni. »Kenn ich nicht, Morgenstern, hab ich doch ges...«

»Du lügst«, knurrte der dürre Mann.

Hasni stemmte die Arme in die Seiten. »Wasiss? Was fällt dir denn ein, sag mal, bist du...«

»Du sagst es mir.«

»Sonst?« Hasni reckte das Kinn nach vorn. Er war fast doppelt so groß wie der klapprige Kurze. Als jener nun den Kopf ein wenig hob, sah Hasni die Augen im Schatten unter der Krempe. Leere, silbern glänzende Seen in einem aschfahlen, eingefallenen Gesicht. *Sollte mehr Tomatenbrote essen*, dachte der Gemüsehändler fröstelnd.

»Sonst«, knurrte es aus dem fahlen Gesicht, »töte ich dich.«

Hasni stutzte. Dann nickte er. Dann begann er schallend zu lachen. »Du! Du? Mich *töten* willst du, ja?«

»Ja«, sagte der dürre Mann leise. »Sag mir, wo Magnus Morgenstern wohnt, sonst töte ich dich.«

»Höhöhö!« lachte der Gemüsehändler zornig und warf den Kopf in den Nacken. »Höhöhö! Na warte, du verrückter Penn…!«

Der dürre kleine Mann seufzte rasselnd, hob den Arm und streckte Hasni mit einem schwarzen Blitz aus seiner Handfläche nieder. Hasni flog über die Kisten und landete tot im Eingang seines Ladens. Sein Mörder beugte sich über ihn, ließ seine Krallenhand in die Brust des Händlers fahren und verschlang dessen Herz. Dann wischte er sich den Mund mit dem Handrücken ab und trat aus dem Laden, zurück auf die sonnige Straße.

Mit blutverschmiertem Gesicht stand er zwischen den Menschen, die geschäftig den Gehweg auf und ab hasteten, ohne ihm Beachtung zu schenken, und fragte sich, ob er nicht seine Strategie überdenken sollte.

Azrael, der Schattenblick, hatte langsam keinen Hunger mehr.

Ein Glas frisch gepreßten Orangensaft und einen halben Apfel, mehr brauchte Magnus nicht vor elf Uhr morgens. Croissant-Frühstücker, die ihren noch mit der Verarbeitung des Abendessens beschäftigten Körpern Fett und Kohlehydrate zumuteten, waren ihm so suspekt wie Lyrikleser oder Männer, die weiße Socken trugen. Magnus war, was Ernährung betraf, eigen, ebenso eigen wie in allen anderen bedeutenden Fragen des täglichen Lebens. So erwägte er seit dem Vorabend allen Ernstes, seinen Anwalt auf *Joop!* zu hetzen, denn das schwarze T-Shirt, das er vor zwei Wochen für siebzig Mark erstanden hatte, sah nach dem ersten Waschgang aus wie ein Putzlumpen, und das ärgerte ihn maßlos. *Wieso*, fragte er sich, *trage ich nicht gleich Woolworth*? *Weil*, antwortete eine Stimme aus seinem Inneren, *deine Kunden das sofort sehen würden, und du dir drei Wochen später nicht mal mehr Woolworth leisten könntest. Falsch*, erwiderte Magnus, *weil ich Geschmack habe.* Und Geschmack kostete Geld. Viel Geld. Das er sich verdiente, indem er Unternehmen, die es sich leisten konnten, mit Marketing-Komplettlösungen für ihre Firmen versorgte, deren Namen sie möglichst rund um die Uhr im Fernsehprogramm und im Internet sehen wollten. Um von denen ernstgenommen zu werden und nicht direkt nach Erwähnung seines Honorars wieder nach Haus geschickt zu werden, mußte er sie beeindrucken, in jener wortlosen Sprache, die sie verstanden. Zweitens mit Leistung. Erstens mit Symbolen. *Wenn Du Dir vornimmst,* nach *deinem ersten großen Auftrag deinen ersten Porsche zu bestellen, kriegst du beides nie.* Das hatte ihm ein mit allen Orden seiner Zunft behängter Agenturchef hinters Ohr geschrieben, als er noch jung und davon überzeugt gewesen war, daß es allein auf Kreativität ankäme. Es war der wertvollste Ratschlag seines Lebens gewesen.

Aber das bedeutete nicht, daß er selbst Wert auf die Symbole legte, die anderen signalisierten, daß er seinen Preis wert war. Natürlich konnte er ebensogut auf all das verzichten, meinte er. Er schwamm mit den Haien, aber er war immer noch ein freundlicher Delphin. Er unterstützte UNICEF. Und den WWF. Er hatte Rousseau gelesen. Das war noch nicht lange her, höchstens zehn Jahre. Und Senecas *Briefe an Lucilius* lagen immer noch auf dem Gästeklo, direkt unter dem neuen *Max*. Nein, Magnus Morgenstern war keiner, der sich blenden ließ von Macht, Geld, Wohlstand und Statussymbolen, wie er im Kreis seiner alten Weggefährten unermüdlich bekundete. Die er immer noch gelegentlich sah. Ein-, zweimal im Jahr. Daß sie bei diesen

Gelegenheiten tief in ihre Gläser schauten und seinen exzellenten Weingeschmack lobten, war für ihn die schönste Bestätigung seiner Weltsicht.

Er öffnete die Wohnungstür, den Mülleimer in der Linken, rückte die Oakley-Sonnenbrille zurecht, zog die Tür hinter sich zu und ging über den sonnigen Hof zwischen den Häuserblocks zu den Müllcontainern vor der Einfahrt zur Tiefgarage. Dort angekommen, klappte er den Deckel hoch und hob den Eimer.

»Meister?« fragte eine dünne, ehrerbietige Stimme.

Magnus hielt erstaunt inne und drehte sich um.

Jenseits der Toreinfahrt fluteten Menschen vorbei, aber auf dem Platz zwischen der Einfahrt und dem dreigeschossigen Apartmenthaus am Kanal war außer ihm niemand.

Kopfschüttelnd leerte er den Eimer.

»Ieeks!« protestierte die dünne Stimme. Es folgten ein matschig klingender Aufprall in dem großen Blechbehälter und leises Fluchen in einer Sprache, die in Magnus' weitgereisten Ohren weder schön noch vertraut klang. Er lugte in den Container und sah Müll, weiter nichts. Plastiktüten, Essensreste, Zeitungen, Flaschen, einen kleinen braunen Beutel…

Er schrak einen halben Meter zurück, als der kleine braune Beutel aus dem Müll schoß und sich von innen an der Containeröffnung festkrallte. Aus der Kapuze einer braunen Mönchskutte blitzten grellgrüne Augen und eine unvorteilhaft lange, mit Knubbeln und Leberflecken übersäte Nase in seine Richtung. Jeder andere wäre wohl nicht bloß einen halben Meter zurückgewichen, sondern hätte mit einem Satz rückwärts seiner Überraschung Ausdruck verliehen, aber Magnus Morgensterns Mut überschritt häufiger die Grenze zum Leichtsinn. Wenn er sich vor etwas erschrecken sollte, mußte dieses Etwas schon aus Stahl und dreimal so groß sein wie er oder wenigstens eine Zündschnur haben.

»Meister«, sagte die Gestalt aus dem Müll. »Ich muß mit euch reden.«

»Ach, ja?« sagte Magnus, musterte den grotesken Sprechzwerg und dachte an jüngere Geschmacksverbrechen der Spielzeugindustrie. Schlimmer als Quasimodo. Die Nase war wirklich zum Kotzen. Vermutlich lieferten sie die Mutantenpuppe gleich mit einem Päckchen Schlaftabletten für verstörte Vierjährige aus. Er sah an dem Minimönch vorbei nach unten, in den Müll.

»Meister?«

»Ja, ja, ist gut jetzt«, sagte Magnus. Er verzog das Gesicht und trat nun doch einen weiteren halben Schritt zurück, da er einen Viereinhalbtausendmarkanzug trug und nicht beabsichtigte, sich den von einem Was-auch-immer versauen zu lassen. Das Ding hatte Kaffeesatz und einige Splitter Eierschale auf der Kapuze, was seine ohnehin würdelose Erscheinung noch eine Spur würdeloser machte.

»Meister, die Zeit ist gekommen, wir müssen sofort aufbrechen«, sagte der Minimönch, eindringlicher diesmal. »Azrael ist auf eurer Fährte, und er wird euch töten, wenn ihr euch nicht vorseht. Das, Meister, wäre das Ende, das Ende.«

»M-mh«, nickte Magnus, sah sich um und fragte sich, wer ihm diesen Streich spielte. Eigentlich konnte nur sein alter Freund Ebi dahinterstecken, denn seine übrigen Bekannten hatten keine Kontakte zur japanischen Spielzeugszene.

Das kleine Wesen runzelte die Stirn. So hatte es sich das Ganze nicht vorgestellt. Manches war ihm, dem Boten Muriel Thulin Armaiti, auf seinem langen, gefährlichen Weg aus dem Erdinneren durch den Kopf gegangen – als furchtlosen Mann hatte er sich den Meister vorgestellt, den Helden, den Ritter, der mit flammender Entschlossenheit und gezücktem Schwert den Ruf beantwortete, wenn er hörte, daß seine Zeit gekommen war.

Aber der Meister tat nichts dergleichen. Von flammender Entschlossenheit keine Spur, und von einem Schwert erst recht nicht. Der Meister sah aus wie ein … nun ja. Er trug recht ansehnliche Gewänder, zugegeben. Schwarze, edle Stoffe, schimmernde Schuhe, ein feines Hemd, einen mysteriösen Augenschutz aus dunkel reflektierendem Glas.

Aber kein Schwert.

Bloß einen Eimer.

Verunsichert krabbelte der Bote ein Stück weiter aus der Öffnung und startete einen neuen Versuch.

»Aber Meister, Ihr erinnert euch doch – an den Schwur der Sieben, der Trigonen, nach dem Untergang von Nibelheim, zu streiten gegen Fenrir, den Wolf, gegen das Tier ohne Namen, gegen den Basilisken und alle anderen Inkarnationen IHRER Macht, wenn das Böse aus der Erde sein schauriges Antlitz erhebt; an den Pakt eures Geschlechts mit den Göttern. Nie wieder soll die Finsternis uns verschlingen, davor sollen die Trigonen sein, Ihr und Eure Geschwister, Nachkommen der Weisen aus dem untergegangenen Königreich, Erschaffer des …«

»Weißt du was, Stofftier?« unterbrach Magnus ihn.

Mit einem prosaischen »Hn?« geriet der Bote aus dem pathetischen Takt.

»Ich find das technisch beeindruckend, aber absolut nicht lustig. Außerdem, EBI, HAB ICH GERADE KEINE ZEIT FÜR SOLCHE SCHERZE!« fügte er lauter hinzu, und ehe der Bote den Kopf einziehen oder sich fragen konnte, was in aller Welt »Ebi« sein mochte, hatte Magnus ihn am Kragen gepackt und hielt ihn neben sich in die Höhe. Der Bote strampelte mit winzigen Sandalen, und Magnus bemerkte zweierlei. Erstens tauchte kein lachender Ebi mit Fernbedienung aus irgendeinem Versteck auf, und zweitens hing das Stofftier an keiner Strippe.

Magnus stutzte. Einen Augenblick lang überlegte er, das

Ding einfach wieder in die Tonne zu schmeißen, den Deckel zuzuwerfen und nicht mehr darüber nachzudenken, dann aber siegte seine Neugierde. Er packte den Kleinen am Kragen und nahm ihn mit.

»Meister!« jammerte der Bote, während er am Arm des Helden auf das Haus am Kanal zugetragen wurde. »Meister, was tut ihr! Wir müssen aufbrechen! Banshaa erwartet uns! Wir können uns hier nicht aufhalten!«

»Hmh«, knurrte Magnus, und zwar so, daß Muriel Thulin Armaiti es vorzog, zu schweigen. Alles lief ganz und gar anders, als er gedacht hatte, aber das bedeutete ja nicht, daß er auch noch Schläge und Folter riskieren mußte.

Magnus schloß seine Wohnung auf, warf die Tür mit dem Fuß hinter sich zu und trug den kleinen Mönch am ausgestreckten Arm durch Flur und Wohnzimmer bis in die Wohnküche, aus deren Fenstern man auf den Kanal zwischen den Häusern blickte. Zwei Schwäne flogen anmutig vorüber und taten, als ginge das Ganze sie nichts an, während Magnus den Mönch neben einer halbvollen Flasche 86er Chianti auf den Küchentisch setzte. »Du bleibst da«, befahl er, holte sich das drahtlose Telefon vom Sekretär, ging zurück in die Küche und lehnte sich rücklings gegen die Arbeitsplatte. Er tippte eine Nummer ein, hielt sich das Telefon ans Ohr und sah verärgert auf seine Futurematic.

Eine Stunde bis zum Termin mit Telxxcomp.

Seine Massage konnte er also definitiv vergessen.

2

Alles, was Katharina Rasmussen an diesem Morgen anfaßte, fiel herunter und blieb auf der falschen Seite liegen, sofern es nicht schon beim Aufprall kaputtgegangen war. Das betraf sowohl den Radiowecker, als auch ihre Brille, als auch das Croissant, das sie sich geschmiert hatte. Daher nahm sie Abstand von der Idee, ins Badezimmer zu gehen, zu duschen, ihre Kontaktlinsen einzusetzen und sich zu schminken. An einem Morgen wie diesem konnte das nur böse enden.

Nachdem sie die Küche gefegt und das verschüttete Kaffeepulver in die Mülltonne befördert, sich einen Tee gekocht und ohne zu stolpern ihr kleines Arbeitszimmer erreicht hatte, schaltete sie den Computer ein und schlug seufzend das Buch auf, das sie gerade übersetzte. Notgedrungen.

Die Lagune der Ekstasen. Von Pamala M. Winterbottom.

Troy zwang sie mit sanftem Druck auf die Schultern vor sich auf die Knie. Als sie seines Gesichtes gewahr wurde, bemerkte sie den angespannten Ausdruck. Ihr fragender Blick wanderte abwärts, über seine Brust, seinen muskulösen Bauch, über die Gürtelschnalle, bis hin zu der deutlichen Wölbung direkt vor ihrem Gesicht.

Ein bißchen anders hatte sie sich ihr Leben schon vorgestellt. Ein interessanter, vernünftig bezahlter Job bei einem Verlag oder einer Agentur direkt nach der Magisterarbeit, dabei eine Menge lernen, erleben und ausprobieren und irgendwann bei passender Gelegenheit Mr. Right treffen, dessen innere und äußere Eigenschaften sie schon seit Ewigkeiten genau kannte und der ihr spätestens zu ihrem dreißigsten Geburtstag ein Kind schenken sollte. Ihr dreißigster Geburtstag lag inzwischen anderthalb Jahre zurück, aber Mr. Right und Sohn oder Tochter hatten sich eigenartigerweise nicht blicken lassen. Zwar waren im Lauf der Jahre diverse Kandidaten ins Rennen um ihr Herz gegangen, aber irgendein Haar in der Suppe hatte sie bei jedem gefunden, irgend etwas hatte immer gefehlt – zu klein, zu groß, unscheinbar, eitel, nicht hübsch genug, dumm, langweilig im Bett, zu wenig ehrgeizig, zu ehrgeizig, zu still, zu laut, zu ungepflegt, absurder Musikgeschmack ... Mr. Right lebte offenbar anderswo. In der Realität jedenfalls war sie allein, litt in regelmäßigen Abständen unter allergischem Hautausschlag, sooft sie beim Friseur von Krönung-Light-Superweibern lesen mußte, die Kind, Karriere, perfekten Mann und perfekte Frisur problemlos unter einen Hut bekamen, und mußte, um über die Runden zu kommen, übersetzen, was sie kriegen konnte. Jeden Schrott.

Seufzend las sie die letzten Zeilen, die sie am Vorabend zustande gebracht hatte.

Das Herz schlug ihr bis zum Hals, als sie seinen Gürtel öffnete, die Knöpfe aufriß und ihre feuchten Lippen gierig ...

Das Telefon klingelte.

Als sie seines Gesichtes gewahr wurde, bemerkte sie den gespannten Ausdruck. Das war wirklich katastrophal übersetzt. Natürlich würde das keiner der zukünftigen Leser von *Die Lagune der Ekstasen* bemerken, aber sie wußte es.

Das Telefon klingelte.

Alles andere interessierte sie nicht. Der Rest, der Inhalt, war Männerphantasie, auch wenn der Verlag den Autor überredet hatte, sich Pamela M. Winterbottom zu nennen.

Das Herz schlug ihr bis zum Hals, als sie seinen Gürtel öffnete, die Knöpfe aufriß ...

Wieder klingelte das Telefon. Sie tastete danach, während sie ihre Übersetzung mit dem Original verglich.

... and her moist lips greedily encircled his throbbing cock.

Stilistisch eine einzige Katastrophe, dachte sie. *Gierig*, na schön, und was träumst du nachts, du per Pseudonym zum willigen Weib aufgebrezelter Schmierlappen? Aber gut, na schön: *Gierig*. Und dann? Seinen pulsierenden? Seinen klopfenden? »Herein, wenn's kein Schniedel ist«? Quatsch.

Abwesend griff sie nach dem Hörer.

Seinen pochenden? Und wieviele Worte gab es für *cock*? Und welches klang im Deutschen nicht peinlich?

»Schwanz«, sagte sie zuversichtlich.

»Oh, da hab ich mich verwählt«, sagte eine Männerstimme in ihrem Ohr. Verwundert bemerkte sie den Telefonhörer in ihrer Hand und sagte, »Was?« aber der Anrufer hatte bereits wieder aufgelegt. Sie legte ebenfalls auf und tauchte aus dem Gedankenstrom in Richtung Oberfläche.

Es klingelte erneut.

»Rasmussen«, sagte sie, diesmal sehr konzentriert.

»Katharina«, sagte die gleiche Stimme wie kurz zuvor. »Ich bin's, Magnus.«

»Magnus! Hey! Schön, dich zu hören!« Sie lehnte sich zurück und fuhr sich mit der Hand durch die ungekämmten Haare. »Du, ich wollte dich auch schon anrufen, aber dann dachte ich, du hast bestimmt wieder so viel zu tun ...«

»Sag mal, du hast mir doch mal von diesem Typ erzählt, diesem Wunderprofessor.«

Sie hörte auf, sich die Haare zu ordnen. Dann eben nicht. Sie konnte sich ja auch selber nett zum Japaner einladen, wenn ihr schöner und erfolgreicher (andererseits geldgeiler und selbstverliebter) Verflossener Magnus sich mit ihrem väterlichen Freund und ehemaligen Professor Sebastian Halmer treffen wollte. Aber was konnten die beiden miteinander zu besprechen haben? Magnus interessierte sich schon seit Jahren nicht mehr für Kultur, Geschichte oder klassische Musik, und Halmer interessierte sich nicht die Bohne für Aktienfonds, Medienmanagement, Bauchmuskelübungen oder schicke Karibikhotels. Vielleicht konnten sie über Rotwein reden, aber das wäre kaum abendfüllend.

»Du meinst Sebastian«, sagte sie. »Sebastian Halmer.«

»Ja. Ich müßte mal mit ihm reden.«

Er war sonst höflicher. Fragte wenigstens, wie es ihr ginge. Katharina ließ sich die Enttäuschung nicht anmerken und suchte unter verstreuten Manuskriptseiten und Zeitschriften nach ihrem Adreßbuch.

»Warte, ich such dir die Nummer raus ... was willst du denn von ihm?«

»Ich hab hier so ein Ding.«

»M-mh. Vielleicht kann ich dir weiterhelfen?«, bot sie mit Schulmädchenstimme an.

»Kennst du dich mit so was aus?«

»Magnus«, seufzte sie, »kannst du dich mal etwas deutlicher ausdrücken? Was für ein Ding?«

Ding? Sie kritzelte es vorsichtshalber an den Rand des Manuskripts.

»Schwer zu beschreiben. Ne Mischung aus Gonzo und Bruder Tuck, aber keinen halben Meter groß.«

»Wo hast du das denn her?«

»Aus dem Müll.«

»Oh.«

Deprimiert trug Katharina ihre letzten romantischen Vorstellungen von Magnus zu Grabe. Verführt durch die zweieinhalb leidenschaftlichen Jahre an seiner Seite, ach Gott, die Toskana im Spätsommer, endlose Hand-in-Hand-

Wanderungen durch unbekannte Seelenlandschaften, Cunnilingus bis zur Kernschmelze – wie lange war das her, fünf Jahre schon? – hatte sie ihn in schwachen Momenten und starken Tagträumen als Helden gesehen, als Ritter und Kavalier, der mit singendem Schwert durch die Reihen der Feinde preschte, um sie, die sie nur noch leicht bekleidet auf dem Scheiterhaufen stand und schon die Flammen an den Fußsohlen spürte, zu retten, fortzutragen auf hohem Roß, in die leidenschaftliche Sicherheit einer pittoresken Trutzburg zwischen den Fronten …

Na ja.

Et cetera.

Aber jetzt trug der Ritter ihrer Tagträume in ihrer Vorstellung statt des Helmes eine Bananenschale auf dem Kopf und glotzte dumpf in eine leergefressene Smacks-Packung. Es war kein schöner Anblick.

»Du, Magnus, wenn … wenn du Probleme hast, also, wenn es nicht so läuft im Moment«, sagte sie mitfühlend, »ich meine, du kannst immer gern vorbeikommen, zum Essen …«

»Was? Hey, ich hab nicht im Müll rumgewühlt, er ist da rausgesprungen! Er wär mir fast ins Gesicht …«

»Wie bitte? Hat es dich gebissen? Magnus, geh sofort zum Arzt.« Ihre Gedanken überschlugen sich. »Hast du es totgemacht?«

»Nein. Es sitzt hier vor mir, auf dem Küchentisch.«

»WAS?«

»Gibst du mir die Nummer von diesem Halmer?«

»Was meinst du damit, es sitzt auf deinem Tisch? Es lebt noch?«

»Ja. Und es nennt mich *Meister*. Deshalb dachte ich, ich trete es lieber nicht zurück in die Tonne, sondern versuche rauszukriegen …«

»Magnus. Bitte. Bleib ruhig. Es ist bestimmt nichts Ernstes. Warst du gestern abend Sushi essen?«

»Augenblick mal«, unterbrach er sie. Sie hörte ihn mit leicht gereizter Stimme »Was?« sagen, und eine dünne, unterwürfige Stimme erwiderte, »Meister, verzeiht, daß ich euch unterbreche, aber wir müssen uns beeilen, denn wenn Azrael uns hier findet...«

»Ja, ja«, sagte Magnus. »Katharina, du hast es gehört...«

In atemberaubender Geschwindigkeit nannte sie ihm Sebastian Halmers Telefonnummer und Adresse, verbunden mit der dringenden Bitte, er möge all seine wichtigen Termine vergessen und sofort aufbrechen. Dann knallte sie den Hörer zurück in sein Plastikbett, und fünf Minuten später raste sie aus ihrer Wohnung, vollständig bekleidet, vollständig frisiert und vollständig alarmiert.

3

Jenseits aller Zeit, jenseits jeden Ortes, jenseits aller Möglichkeiten menschlichen Erkennens fanden sich der Allumfasser und seine Berater zusammen – in einem perfekt proportionierten englischen Cottage, aus dessen vorderen Fenstern man, weil es dem Allumfasser gerade gefiel, auf die Alpen und aus dessen rückwärtigen Fenstern man auf einen palmenbestandenen hawaiianischen Strand blickte. ER war alles, was die Menschen sich ausgedacht hatten, um ihm nahe zu kommen, ER war alle Gesichter, alle Namen, alle Eigenschaften und noch viel mehr, inklusive einiger tausend Dinge, die nicht einmal dem Papst, dem Dalai Lama und Philip K. Dick nach einem mehrtägigen gemeinsamen LSD-Ausflug eingefallen wären. Hätte man des Allumfassers Stimmung mit Begriffen aus dem menschlichen Vokabular zutreffend beschreiben können, wäre das richtige Wort wohl »zornig« gewesen. ER gab seinen Beratern zu verstehen, sie hätten den Ernst der Lage offenbar nicht erfaßt; dies sei keine Laune, keine Spielerei der Gegenseite, keine temporäre Entgleisung wie Hitler, wie Saddam, wie Stalin, dies sei wirklich eine ernstzunehmende Angelegenheit. Einer der Berater, der größte von ihnen, der, weil es ihm gerade gefiel, ein Schlangenhaupt auf einem oszillierenden Körper trug, wandte ein, schlimmstenfalls sei seines, des Allumfassers zweifelhafteste Schöpfung, nämlich die Menschheit, davon bedroht, sich eigenhändig von der Oberfläche des schönen Planeten Terra zu wischen; das allerdings, meinte er, sei doch nun wirklich nicht der Rede wert.

Der Allumfasser gab ihm zu verstehen, selbstredend wäre die vollständige Vernichtung der Menschheit nicht der Rede wert – drohte lediglich ein so banaler Vorfall, hätte ER nicht seine Berater um sich versammelt, sondern etwas Wichtigeres mit der ihm unbegrenzt zur Verfügung stehenden Zeit angefangen. Zum Beispiel sich ein neues Panorama ausgedacht oder etwas völlig Unbegreifliches aus Antimaterie geschaffen. Allerdings, fuhr er fort, befand sich seine komplizierteste und zugleich mißratenste Schöpfung kraft der ihr verliehenen Intelligenz inzwischen in der Lage, den Planeten, den sie bewohnte, in Mitleidenschaft zu ziehen, ja, zu zerstören.

Und das fand ER überhaupt nicht komisch.

Denn ER liebte die Erde. Liebte ihre Gestalt, ihre Kontinente, ihre Meere, ihre Flußdeltas und Fjorde, ihre großen gelben Wüsten, grünen Dschungel, eisgrauen Gebirgszüge und makellos weißen Pole. In stillen Momenten wunderte ER sich selbst über seine Schöpfung, über diesen besonderen Ball. Sie war sogar besser als der Planet, den seine Bewohner Gangpj nannten, besser als Zoz im Sternbild Sirius, und zweifellos gelungener als all die anderen Stein- und Gasklumpen, die ER um jene spezielle Sonne herum gruppiert hatte. Beim Gedanken daran schauderte ihm. Mars, Merkur, Pluto – Fehlschläge, Katastrophen, alle wie sie da waren. Aber die Erde! Die Erde war ein wunderschöner Planet, ein Glücksgriff, ja, ein Geniestreich. Mit wahrhaft himmlischen Bedingungen für die tollste Flora und Fauna, mit mächtigen Gebirgsformationen und sagenhaften Wäldern, ach, ein Genuß, sogar für ihn, der alles gesehen hatte, der alles sah.

Die Berater stimmten ihm zu, obwohl Sentimentalität ihnen fremd war wie alles Menschliche. Es wäre ein Jammer, wenn all dies verschwände. Das zu verhindern, mußte ihr Ziel sein. Nur wie sie es erreichen sollten, das wußten sie nicht. Denn der Feind war kein Mensch, mithin nichts, was sich kraft eines gezielten Schlages aus der Geschichte tilgen ließ; der Feind war ihnen ebenbürtig, vielleicht sogar überlegen, so undenkbar das schien. Denn der Feind war fest verwurzelt im Menschen, ungleich fester als die Götter, und der Feind kannte das Terrain und die Waffen bedeutend besser als sie.

Im Stillen, in der Tiefe, hatte das Böse an seinen Fesseln genagt und gezerrt, unmerklich und geduldig, unaufhörlich gefüttert von Legionen leidenschaftlicher Verfechter der Selbstbestimmung, von Freiheitskämpfern, die mit scharfem Intellekt und beißendem Spott alles törichte, tröstende Blendwerk niedergerissen hatten, das den Menschen hinderte, sich selbst und sich allein zum Maß aller Dinge zu machen. Die überwältigende Kraft der Logik, der Wissenschaft und der Aufklärung hatte alles dem Erdboden gleich gemacht, was zu zerstören war, Aberglauben, Religion und fragwürdige Moral. Aber Architekten waren sie nicht gewesen, die Geistesriesen und Scharfrichter des Trostes. Hinterlassen hatten sie nichts als ödes Land und brennende Schranken, im Irrglauben begriffen, der Einzelne werde sich schon zurechtfinden in seiner schier grenzenlosen gewonnenen Freiheit, werde kraft seines Gewissens den inneren Wolf an der Kette halten.

Sie hatten sich geirrt.

Denn das Gewissen war müde, alt und schwachsinnig geworden in den Jahrtausenden, in denen man es nicht gebraucht hatte vor lauter Regeln und Geboten und Gesetzen. So wuchs und gedieh die Freiheit, und ihr Preis war das Böse. Wohlgenährt von Zynismus, Gier, Egoismus und Skrupellosigkeit, mühsam gebändigt von lahmen Sanktionsdrohungen weltferner Pfaffen und Richter, unbeeindruckt von allen Appellen beseelter Altruisten, hatte das

Böse seine Kräfte gesammelt zum letzten, alles vernichtenden Schlag.

Und dem Allumfasser blieb nichts zu tun, als seine Boten anzuweisen, ihre Boten in Marsch zu setzen – und zu hoffen, daß noch ein wenig Kraft sei in der Krone seiner größten und kompliziertesten Schöpfung.

Sieben Hoffnungen blieben.

Sieben Helden. Sieben Menschen.

4

Ohne eine Hand zu rühren, ließ Azrael, der Schattenblick, die Tür der Wohnung am Kanal aus den Angeln fliegen und trat ein. Obwohl er kein Leben in den Räumen spürte, sah er sich angespannt um. Immerhin suchte er einen Trigonen. Und Azrael wußte um deren Macht, kannte zumindest die Legenden von ihrem Kampfesmut und vom strahlend blauen Licht, das sie aus dem Nichts zu sammeln verstanden und mit dem sie jeden Gegner, ob untot oder lebendig, zerschmetterten.

Theoretisch.

Bei diesem besonders degenerierten Exemplar, diesem Morgenstern, bestand allerdings Grund zu der Annahme, daß er überhaupt nichts wußte. Weder von der bevorstehenden Vernichtung seiner Rasse, noch von seiner eigenen, noch daß er imstande war, etwas dagegen zu unternehmen. Angespannt war Azrael trotzdem. Bei Helden wußte man nie. Vielleicht war diesem inzwischen wieder eingefallen, wie man sich tot stellte.

Minuten später wußte Azrael, daß diesem besonderen Helden bloß eingefallen war, wie man sich gerade noch rechtzeitig aus dem Staub machte. Wütend stampfte er in der Wohnung auf und ab und dachte nach. Dann bewies er, daß er trotz seines unfaßbaren Alters durchaus noch die Fähigkeit besaß, sich mit den neueren technischen Errungenschaften des Menschen zu arrangieren.

Azrael nahm das Telefon, drückte auf die Wahlwiederholungstaste und prägte sich die Zahlenfolge ein, die auf dem Display erschien.

Dann rief er die Auskunft an.

Er diktierte der gelangweilten Frauenstimme am anderen Ende die Nummer und fragte nach der dazugehörigen Adresse.

»Tut mir leid«, sagte die Stimme, »das kann ich Ihnen nicht sagen.«

»Hä?« knurrte Azrael.

»Für den Teilnehmer ist keine Adresse angegeben.«

»Du sagst es mir.«

»Das kann ich nicht.«

»Ich werde dich töten«, knurrte das Männlein, »wenn du es mir nicht sagst.«

»Da kann ich Ihnen leider trotzdem nicht helfen.«

Der Dämon versuchte wohl weitere fünf Minuten unter fürchterlichsten Drohungen, seine Forderung durchzusetzen, aber die Dame am anderen Ende der Leitung dachte gar nicht daran, ihre Sturheit aufzugeben. Schließlich kapitulierte Azrael, fraß den Hörer, zerlegte die Wohnung und, da er gerade dabei war, auch gleich noch die Yuccapalmen im Flur, und setzte sich dann mißmutig an den Kanal, um nachzudenken.

Zum ersten Mal in ihrer langen Geschichte hatte die Auskunft der deutschen Telekom der Menschheit einen echten Dienst erwiesen.

5

Hätte Professor Sebastian Halmers Haus in einem der feineren Hamburger Stadtteile gestanden, wäre es vermutlich als Villa durchgegangen. So aber, in Moorburg, einem der ganz und gar nicht feinen Hamburger Vororte zwischen Industrie und Deich gelegen, war es bloß ein altes Haus und ein Dorn im Auge derer, die das schöne, große und verkehrsgünstig gelegene Grundstück gern mit ein paar pompösen Apartmentkomplexen vollgeklotzt hätten. Halmer hatte zahllose Angebote bekommen und erstaunt die Unsummen registriert, die man ihm zu zahlen bereit war, aber nie hatte er ernsthaft erwogen, eines der Angebote anzunehmen. Obwohl es fraglos vernünftig gewesen wäre, denn es kostete viel Geld, den aus den Fugen gehenden Bau in Schuß zu halten. Mehr Geld, als Halmer besaß. So tropften diverse Wasserhähne stetig vor sich hin, war das Dach an mehreren Stellen so undicht wie die Kellerwand feucht und quietschte das Parkett bei der leisesten Berührung. Halmer ließ reparieren, was er bezahlen konnte, und blieb. Nicht, weil er ein unvernünftiger Mann gewesen wäre, ganz im Gegenteil. Neben Mitgefühl und Liebe regierte die Vernunft, das Streben nach Erkenntnis, sein Leben. Aber das Haus war nicht irgendein Haus, sondern sein Geburtshaus, in dem er praktisch sein gesamtes Leben verbracht hatte. All seine guten und bösen Erinnerungen aus fünfundsechzig Jahren hingen in den Steinen, in den Tapeten, im Holz, und er wußte, daß er jämmerlich eingehen würde, wenn er das Haus verließe. Seine Mutter und sein Vater waren hier gestorben. Seine Doktorarbeit hatte er hier geschrieben und all seine Essays, Bücher und Abhandlungen. Seine Frau hatte er über diese Schwelle getragen, und über die gleiche Schwelle war sie fünf Jahre später wieder aus seinem Haus und aus seinem Leben spaziert, nachdem ihm bei einer einsamen windigen Radtour über den Deich plötzlich klar geworden war, daß er sie nicht mehr liebte und er diese Erkenntnis unverzüglich mit ihr geteilt hatte. Sebastian Halmer war nämlich nicht bloß sentimental, sondern zudem erschreckend aufrichtig. Darüber hinaus war er ein einsfünfundsiebzig großer grauhaariger, kurzsichtiger, vollbärtiger Pfeifenraucher mit markanten Zügen und gut erhaltener Physis, der dank seiner Intelligenz und seiner Neugierde über beeindruckend vielfältiges Wissen verfügte, mithin völlig ungeeignet war sowohl für den Lehrbetrieb (aus dem er schon vor einigen Jahren von kleingeistigen Kollegen herausgemobbt worden war) als auch für den Kulturbetrieb, der Universaldilettanten wie ihn traditionell verabscheute. Was Halmer blieb, waren gelegentliche Auftragsarbeiten für geschichtswissenschaftliche Fachverlage und Publikationen, die kaum jemand las. Er war darüber nicht besonders traurig, bloß fürchterlich verbittert – was er allerdings nie im Leben zugegeben hätte. Ebensowenig wie seine Verbitterung darüber, daß er seit seinem erzwungenen Ruhestand auf gelegentliche Avancen junger Studentinnen verzichten mußte.

Es schmeichelte ihm daher, daß Katharina Rasmussen ihn offenkundig nicht vergessen hatte, sondern seine Weisheit in den höchsten Tönen pries. Weshalb sie das allerdings ausgerechnet diesem arrogant klingenden Schnösel gegenüber tun mußte, der ihn vor einer halben Stunde mitten aus einer Abhandlung über den Zeitbegriff der Maya gerissen hatte, war ihm ein Rätsel.

Unkonzentriert und vergrätzt hatte er die halbe Stunde seit dem Anruf damit verbracht, seine Gedankenfäden wieder aufzunehmen und zu sortieren. Als er gerade alles wieder in die richtige Reihenfolge gebracht und seine Fingerspitzen auf die Tastatur der alten Olympia-Schreibmaschine gesetzt hatte, klingelte es an der Haustür.

Halmer erhob sich, öffnete das Fenster seines Arbeitszimmers im ersten Stock und sah Katharina neben ihrem Mini Morris unten vor dem Haus stehen. »Die Tür ist offen«, rief er hinunter, und Katharina reckte den Kopf und warf ihm ein fahriges Lächeln zu, ehe sie eintrat.

Er erwartete sie am oberen Absatz der laut knarrenden Holztreppe, nahm sie in den Arm und ließ sich nicht anmerken, wie sehr er ihre Begrüßungsküsse auf beide Wangen und ihr dezentes Parfüm genoß.

»Na, meine Liebe, was gibt es denn Dringendes ...?« fragte er, während er sich von ihr löste und bemerkte, daß sie, ganz entgegen ihrer sonstigen Gewohnheit, an diesem Morgen aussah, als besäße sie keinen Badezimmerspiegel. Da sie in der Eile zudem ihre Kontaktlinsen vertauscht hatte, geriet ihr Blick noch etwas sorgenvoller als beabsichtigt.

»Ist er schon da?«

»Nein. Sag mir doch erst einmal, worum es eigentlich geht...«

»Gott. Hoffentlich hat das Ding ihn nicht gebissen. Magnus rast doch immer so, und wenn ihm das Ding in den Fuß beißt, oder in die Nase...«

»Katharina!«

»Ja, Sebastian?«

Sie sah ihn an. Er wirkte ein bißchen verschwommen, aber er wirkte vor allem sehr ernst. Über den Rand seiner kleinen Brille blickte er streng in ihre Augen.

»Bitte. Wer ist dieser Mensch, dieser Magnus, überhaupt, weshalb muß ich meine Studien seinetwegen unterbrechen, und was ist das für ein *Ding*, von dem du sprichst?«

»Oh, entschuldige. Magnus ist ein Freund, wir kennen uns schon ewig, wir waren mal zusammen, er ... Du wirst ihn mögen, ganz bestimmt«, behauptete sie, »und das *Ding*, ich weiß nicht. Es kann sprechen.«

»Aha«, nickte Halmer. »Ein sprechendes Ding. Läßt sich diese Beschreibung möglicherweise präzisieren ...?«

»Ich weiß auch nur...« In diesem Augenblick klang das Blubbern von Magnus' Porsche durch das geöffnete Fenster. Katharina sah hinunter auf die Straße und sagte erleichtert: »Na, endlich«.

Als Magnus ausstieg, lächelte sie. Häßlich war er wirklich nur im übertragenen Sinn – zum Beispiel, wenn er von Vierzigjährigen in Miniröcken sprach oder von Menschen, die Fernsehsendungen produzierten, oder von Menschen, die sich diese Fernsehsendungen ansahen. Sie winkte ihm kurz zu, was Halmer, der sich nicht von der Stelle gerührt hatte, mit einem mißbilligenden Blick kommentierte.

Magnus schoß ein kurzes Grinsen zu ihr hoch, griff in den Wagen und zog etwas heraus, das keine große Lust zu verspüren schien, ihn zu begleiten. Er duldete keine Gegenwehr. Seiner Gestik nach zu urteilen war er wirklich schlecht gelaunt.

Während Katharina zur Treppe ging, um Magnus in Empfang zu nehmen, stand Halmer mitten in seinem unübersichtlichen Reich aus Büchern, Manuskripten und Artefakten, und betrachtete Katharina skeptisch. Eine tiefe Furche teilte seine Stirn. Er mochte sie. Er mochte sie sogar sehr, schätzte die Gespräche mit ihr, hatte ihr immer gern geholfen, einen gangbaren Weg durch das Labyrinth der Möglichkeiten zu finden, die einer intelligenten jungen Frau wie ihr offenstanden. Trotzdem fühlte er sich jetzt unbehaglich, wie ein Fremder im eigenen Haus.

Mit Magnus Morgensterns Eintreten wich sein mulmiges Gefühl etwas weitaus Stärkerem: körperlichen Widerwillen gegen den Mann, der seine Lieblingsstudentin mit einem Lächeln begrüßte, das wie geradewegs aus dem Gesicht von Cary Grant kopiert wirkte, sie auf beide Wangen küßte und dann ihn, den Hausherren, mit kaum kaschierter Skepsis musterte. Halmer trug seinen Sitzbauch mit Würde und zur runden Metallbrille eine graue Strickjacke, Magnus war austrainiert, hatte Adleraugen und trug Ozwald Boateng. Katharina dachte flüchtig an Klischees und bedauerte, daß das Leben kein Roman war. Im Leben konnte man nicht einem netten Professor Kontaktlinsen ins Auge drücken und Muskeln in die Oberarme pumpen, nur weil man Klischees bescheuert fand.

»Sebastian«, sagte Katharina, »Magnus.«

»Freut mich«, übertrieb Magnus und schüttelte dem Professor die Hand.

»Ebenfalls«, log Halmer zurück. »Einen lauten Wagen fahren sie«, setzte er hinzu.

»Man gönnt sich ja sonst nichts«, sagte Magnus. »Das Haus ist aber auch nicht verkehrt.«

»Danke.«

»Wußte gar nicht, daß man als Professor so viel verdient.«

»Eine Erbschaft.«

»Schwein gehabt.«

»Meine Eltern sind früh verstorben.«

»Nette Leute.«

Ehe Halmer das kommentieren konnte, mischte Katharina sich ein. Dazu setzte sie ihr fröhlichstes Gesicht auf, und das war, da sie ohnehin mehr positive Energie verströmte als alle Bob-Marley-Platten zusammen, reine Begeisterung.

»Ich freue mich, daß die beiden Männer, die ich am meisten schätze und bewundere, sich endlich kennenlernen.«

Den beiden Männern fehlte plötzlich der Wind in den Segeln.

»Fein«, sagte Magnus nach einer Pause. »Ja. Ich hab eigentlich gar keine Zeit, ich bin um zehn«, er sah auf die Uhr, »okay, ich *war* um zehn mit ein paar nicht ganz unwichtigen Leuten verabredet, die mit ihrer Firma unbedingt ins Fernsehen wollen.«

»Die Welt wird darauf warten können«, sagte Halmer, plötzlich erholt.

»Möglich«, sagte Magnus, ebenfalls genesen, »aber ich nicht. Irgendwann möchte ich nämlich auch so eine Bude haben, und *ich* muß mir die leider selber verdienen.«

»Vergebt mir«, piepste eine leicht ins Schrille kippende Stimme von unten. »Ich will eure Unterredung nicht stören, Herr, aber die Zeit drängt. Ich ersuche euch dringend, mich loszulassen und mir so rasch wie möglich zu folgen.«

Magnus sah an seinem Arm herunter. Halmer und Katharina taten es ihm nach.

»Oh«, sagte Magnus und hob Arm und Boten. »Fast vergessen. Haben Sie so was schon mal gesehen?«

Halmers weiße Augenbrauen schienen förmlich zusammenzuwachsen. Er streckte den Arm aus. »Sie erlauben?«

»Immer«, sagte Magnus und drückte Halmer den Boten in die Hand. Der Professor trug ihn behutsam zu seinem Schreibtisch. Katharina folgte ihm entgeistert, Magnus blieb stehen und sah auf die Uhr.

»Wie heißt du?« fragte Halmer den kleinen Mönch.

»Muriel Thulin Armaiti, Herr«, sagte der Bote. Obwohl er den durchdringenden Blick des Alten nicht direkt angenehm fand, fürchtete er sich nicht. Die blauen Augen hinter den Gläsern waren die eines weisen Mannes.

»Woher kommst du, Muriel Thulin Armaiti?«

»Gerufen aus der Erde, vom Mächtigen, der überall ist«, sagte Muriel, »bringe ich dem Helden Botschaft, daß die

Zeit gekommen ist, an der Seite der übrigen sechs Trigonen in die Schlacht gegen den Basilisken zu ziehen.«

»In welche Schlacht?« fragte Halmer stutzend. Er sah zu Magnus hinüber, der sein Handy aus der Tasche gezogen hatte und eine Nummer eintippte. »Und welcher Held?«

»Der Held ist er, Meister«, sagte Muriel und verneigte sich respektvoll in Magnus' Richtung. »Die Zeit der letzten Schlacht ist gekommen, und die Diener des Bösen sind ihm bereits auf der Spur. Bitte, Herr – so ihr euch in der Lage seht, drängt den Helden bitte, mit mir aufzubrechen, ehe die Welt in Blut und Tod versinkt.«

»Jaah, Frau Gerber«, begrüßte Magnus mit lauter Stimme jemand am anderen Ende der Leitung. »Tut mir leid, aber mein Termin hat ein paar Minuten länger gedauert, und jetzt stecke ich hier im Stau … ja, nichts zu machen, Sommerzeit, Baustellenzeit. Sagen Sie den Herren, daß ich eine Viertelstunde später komme, bitte … Ja, ich weiß. Ich bin unterwegs.« Er klappte das Handy zu und sah zuerst Halmer an, dann Katharina und schließlich Muriel. »Und, Professor, was sagen Sie zu dem mutierten Hamster im Sack? Happy Hour im Gen-Labor?«

Halmer starrte ihn an wie einen Außerirdischen. Katharina tätschelte bruhigend seinen Arm und wollte etwas zu Magnus sagen, aber der Professor kam ihr zuvor.

»Ihren Manieren nach zu urteilen, leben sie noch nicht lange in der Zivilisation. Das mindeste, was ich von Ihnen erwarte, ist, daß sie aufhören, unseren Gast zu beleidigen.« Muriel wuchs um einen halben Zentimeter. Endlich redete mal jemand Tacheles. »Mich interessiert nicht, ob ihre Taktlosigkeit mangelnder Reife oder mangelnder Intelligenz zuzuschreiben ist, aber ich möchte nichts dergleichen mehr von Ihnen hören. Unser Gast versucht Ihnen etwas mitzuteilen, also setzen Sie sich hin, schweigen Sie und hören Sie zu, dann erfahren Sie sicherlich Näheres über …«

»Hey«, unterbrach Magnus ihn. »Nichts für ungut, aber – also, Sie meinen nicht, daß das irgendein Trick ist, das Ding da?«

»Magnus«, sagte Katharina, »ich bitte dich …«

»Entschuldige, Katy, aber Ebi bringt ständig solchen Schwachsinn mit – Kitzel-Ernies, Plüschhunde, mit denen man fernsehen kann, sprechende Katzen – letzte Woche hatte er sogar einen Spaten, der *Aua* sagt, wenn man Steine ausbuddelt.«

»Setzen Sie sich«, sagte Halmer verärgert. »Setzen Sie sich hin, Mensch, und hören Sie ihm zu.«

Aber Magnus tat ihm den Gefallen nicht. Sein hinreißendstes Lächeln traf zuerst den Professor, dann Katharina. »Sorry, Kinder«, sagte er. »Ich habe wirklich keine Zeit. Wir können …«, er sah auf die Uhr und bewegte sich bereits auf die Tür zu. »Viertel nach eins? Wollen wir irgendwas essen? Nicht? Okay, dann komme ich einfach wieder her, ja?« Er hatte die Tür erreicht. »Es tut mir echt leid, aber wenn ich nicht in einer halben Stunde in diesem Meeting sitze, ist das eindeutig schlimmer …« – er deutete auf das Wesen auf dem Schreibtisch, und sein Lächeln war alles, was ein Lächeln sein konnte: charmant, verständnisvoll, bedauernd – »als *sein* Weltuntergang. Also, ciao, Leute. Bis später.« Er winkte kurz, dann fiel die Tür hinter ihm ins Schloß, und seine Schritte knarrten über die Treppe und verklangen draußen.

Als der Motor aufheulte, sah Halmer Katharina immer noch an wie vom Donner gerührt. Sie zuckte entschuldigend die Achseln. Kopfschüttelnd wandte Halmer sich Muriel zu.

»Muriel Thulin Armaiti. Ist es möglich, daß du dich in der Adresse geirrt hast?«

Muriel seufzte. »Nein, Herr. Das ist ausgeschlossen. Er ist der Auserwählte.«

Katharina nickte sinnlos. Auch ihr war der kleine

Mönch alles andere als geheuer, aber andererseits saß er nun mal da mit seiner Kapuzenkutte, den unnatürlich grellen grünen Augen und der gräßlichen Pockennase, erschreckend lebendig und erschreckend besorgt. Und im Gegensatz zu Magnus schaffte sie es in diesem Fall nicht, vor der Realität Augen und Ohren zu verschließen. Sie mußte glauben, was sie sah und hörte. Basta. Verrückt wollte sie aber trotzdem nicht werden, also wurde sie aktiv. »Ich mache Kaffee«, kündigte sie energisch an und stand auf. »Muriel erzählt uns die ganze Geschichte, und wenn Magnus nachher wiederkommt, schließen wir die Tür ab und verstecken den Schlüssel.«

»Falls er wiederkommt«, sagte Halmer.

»Mal nicht den Teufel an die Wand«, sagte Katharina.

Muriel zuckte zusammen.

»Wer ist hinter ihm her?« fragte Halmer.

Muriels ganzer kleiner Körper bebte. »Azrael, der Schattenblick. O Himmel, o Herrin, o Banshaa, ich habe versagt, vergebt mir, nun werden wir alle sterben …« Leises Wimmern drang aus der Kutte.

Tapsig tätschelte Halmer dem Unglücklichen die Schulter. »Na, na«, sagte er. »Geben Sie die Hoffnung nicht allzu früh auf, lieber Freund.«

»Leichtsinn«, wimmerte Muriel, »so ein Leichtsinn, so ein Leichtsinn!«

Mit besorgtem Blick wandte Halmer sich an Katharina, »Hast du seine Handynummer?«

»Ja.«

»Ruf ihn an.«

»Sebastian, er … okay. Okay, ich rufe ihn an.«

Sie griff nach dem Hörer.

»Und nun«, wandte Sebastian sich wieder an den Boten. »Erzähl mir alles, Muriel Thulin Armaiti. Wer ist Banshaa, wer ist der Basilisk, wer ist Azrael, und was in aller Welt sind die Trigonen?«

6

Während Magnus unter Mißachtung möglichst vieler Verkehrsregeln in die Stadt zurückraste, konnte er überhaupt nicht aufhören, den Kopf zu schütteln und immer wieder »Tss!« zur Windschutzscheibe zu sagen, die das allerdings völlig kalt ließ. Was dachten die sich? Diese Kindsköpfe. Er mochte Katharina wirklich, aufrichtig, schätzte sie als Freundin und hätte nichts dagegen gehabt, sich mal wieder drei Tage und Nächte mit ihr in einem Schlafzimmer einzuschließen, aber wie konnte sie, selbst unter Berücksichtigung ihrer esoterischen Neigungen, ernsthaft glauben, daß er für solche Scherze seine Arbeit stehen und liegen ließe? Sie kannte ihn doch lange genug. Wußte um seine Kosten für Büro, Alimente, Kredite, Wohnung, Weinkeller, Auto, Lebensführung im allgemeinen und seines Schneiders im besonderen.

»Für ein *Hongkong-Muppet*!« sagte er zur Scheibe. »Tss!«

Er schüttelte wieder den Kopf.

Andererseits …

Er griff zum Handy und rief Ebi an. Während er zwei rote Ampeln überfuhr und eine Mutter mit Kinderwagen nur um Haaresbreite verfehlte – warum schoben die auch die Karren immer vorneweg auf die Straße, diese feigen Weiber? –, fragte er seinen alten Freund, wer »komische kleine Mönche mit langen Nasen« herstelle, die »verblüffend echt, wenn auch ein bißchen altmodisch sprechen«. Deutsch, natürlich. Welcher Film das sein könne, ob da irgendwas aus den USA komme, vielleicht »*Monks from inner Earth*« von Disney oder Spielberg?« Ebi verneinte und behauptete, so etwas habe er noch nie gehört. Geschweige denn gesehen. Magnus dankte unzufrieden, legte auf und schaltete das Handy ab.

Mist.

Es mußte eine andere Erklärung geben.

Als er die Rothenbaumchaussee erreichte, hatte er allerdings noch immer keine gefunden. Er parkte seinen Wagen in der Tiefgarage des Hotels neben seinem Büro und beschloß beim Aussteigen, das Thema einstweilen ruhen zu lassen. Das konnte warten. Vorher warteten auf ihn die Damen und Herren der Firma Telxxcomp, eines jungen Telekommunikations-Highflyers, der mit einer geschickt gesponserten Quizsendung das Fernsehvormittagsprogramm erobern wollte. Im Lauf der Jahre hatte Magnus sich dank geschickter Eigen-PR den Ruf erworben, einer der landesweit besten Vermittler zwischen Industrie und Medien zu sein, aber die Telxxcomps waren ein besonders hartnäckiger Fall. Die Typen hatten die Weisheit gleich eimerweise gefrühstückt, und Magnus war klar, daß er sich vorsehen mußte. Sofern er denen alles verriet, was er wußte, sofern er seine Kontakte preisgab, würden sie versuchen, ihn fallen zu lassen wie eine heiße Kartoffel, den Deal allein durchzuziehen und anschließend sein Honorar herunterzuhandeln.

Er rechnete damit, seine ganze Energie für das Gespräch zu brauchen.

Es war ein toller Tag für Irrtümer.

Er klingelte, wie er es immer tat, und wartete auf das Geräusch des Summers. Es blieb aus. Er klingelte wieder. Seine Sekretärin konnte unmöglich weggegangen sein, schließlich warteten die Telxxcomps seit einer halben Stunde auf ihn. Sofern sie nicht bereits gegangen waren, schoß es ihm durch den Kopf. Nein. Eine halbe Stunde war nicht die Welt, und er hatte sich entschuldigen lassen. Er klingelte ein drittes Mal, hatte den Schlüssel aber bereits aus der Hosentasche gezogen. Magnus schloß die Tür auf.

Totenstille empfing ihn. Der Empfangstisch stand verwaist vor ihm.

»Frau Gerber?« sagte er und ging näher heran. Er sah über den Tisch und erwartete fast, sie dahinter zu finden, auf der Suche nach Kugelschreibern oder Ohrclips. Aber dort war niemand. Bloß der verlassene Stuhl der Sekretärin.

Magnus ging weiter und öffnete die Tür zu seinem Büro.

Keine Frau Gerber.

Seine Sekretärin würde eine verdammt gute Ausrede brauchen.

Er schloß die Tür wieder, räusperte sich und legte die Hand auf die Klinke des Besprechungszimmers. Er drückte sie hinunter und trat ein – mit dem gewinnenden Lächeln im Gesicht, um das ihn sogar erfolgreiche Moderatoren beneideten.

Binnen Sekundenbruchteilen verging ihm nicht nur das Lächeln, sondern auch die Gesichtsfarbe.

Doktor Wild, den Chef der Telxxcomp-Marketingabteilung, hatte es am schlimmsten erwischt, aber erwischt hatte es auch die anderen drei. Der Kupfergeruch von Unmengen vergossenen Blutes vermischte sich mit dem Gestank einer seit Monaten verstopften Bahnhofstoilette, und die Wände des Besprechungszimmers sahen aus, als hätte ein Schlachtermeister auf Wischtechnik umgestellt. Magnus reagierte geistesgegenwärtig. Er schloß die Augen, versetzte sich gedanklich in einen Kinosessel, zog die Tür zu und sagte »*Wow*. Was für ein Scheißfilm.« Dann wandte er sich ab und versuchte einen klaren Gedanken zu fassen. In diesem Augenblick klingelte das Telefon, und das kam ihm gerade recht. Er nahm den Hörer und krächzte wie ein Papagei im Schraubstock, »Magic Mediabriding Morgenstern, guten Tag.«

»Magnus, holst du Felix heute bitte eine Stunde eher ab!« Seine Exfrau hatte schon kurz nach der Scheidung aufgehört, sich mit ihrem Namen zu melden. Den höflichen Tonfall hatte sie schon lange vorher abgelegt.

»Was?« sagte er.

»O Mann, jetzt mach keinen Zirkus, es ist ja nur diesmal. Ich habe einen Friseurtermin, und meine Mutter kann nicht.«

»Sabine, ich ...«

»Jaa, Magnus, ich *weiß*, daß du *viel* zu tun hast, und, ja, ich bin dir *sehr* dankbar, daß du für dein Kind und für mich zahlst, aber das *weißt* du, und ich will es nicht ständig hören, es geht mir so schon schlecht genug. Ich will jetzt keine Grundsatzdiskussion, ich bitte dich nur um einen Gefallen. Einen. Einen win-zi-gen. Nicht die Welt. Bloß eine Stunde eher. Du müßtest ihn dann vom Kindergarten ...«

»Schätzchen«, sagte er so, wie andere Leute *Fußpilz* sagen, »ich habe hier ein *kleines* Problem, und ich fürchte, ich werd's nicht schaffen.«

»Wenn ich dich *einmal* um was bitte, *einmal*!«

»In meinem Besprechungszimmer ...«

»Sofort stellst du dich stur, *immer*. Weißt du eigentlich, ...«

»Liegen vier Leichen ...«

»Wenn ich *einmal* was will! Jede Freude vermiest du ...«

»Vier gräßlich verstümmelte Leichen, die vor einer halben Stunde noch ...«

»Ich *würde* ja gern Geld verdienen, aber ich *kann* nicht, verstehst du das! Ich muß für *Felix* da sein, ich kann nicht wie *du* ...«

»Meine Kunden waren ...«

»Ständig machen, was ich *will.*«

»Lebendige Kunden …«

»In der Weltgeschichte rumreisen, ich kann ja nicht mal *essen* gehen!«

»Leider hat sie irgend jemand zu Döner Kebap verarbeitet.«

»Weißt du, was ich *wiege*!«

»Und der Typ meinte eigentlich mich.«

»*Achtundvierzig*!«

»Also muß ich mich erstmal darum …«

»Hör *auf.* Ich will das nicht mehr hören.«

»Okay, Sabine.« Sein Tonfall war jetzt süßester Sarkasmus. »Wir machen es so: Ich wische kurz durch, lasse mich von der Polizei verhören und versuche bis morgen mittag wieder aus der Zelle zu kommen. Anschließend schüttle ich den ab, der das getan hat – denn ich fürchte, er sucht eigentlich mich –, und sofern ich um eins noch lebe, hole ich Felix aus dem Kindergarten ab, versprochen.«

»Ach, hör *auf* mit dem Scheiß. Deine Ausreden werden immer bescheuerter. Sag doch einfach die *Wahrheit.* Dein Sohn ist dir völlig *egal*, für dich zählt nur deine beschissene *Arbeit.* Ich sage Felix, daß Papi leider nicht *kann*, weil er ihn nicht *liebt.*«

Klack.

Er hielt den Hörer in der Hand und nickte ihm mehrmals zu. Recht so. Ihr Realitätssinn war nie besonders ausgeprägt gewesen, aber seit sie vom Bafög direkt zur Empfängerin von drei Siebtel seines Nettoeinkommens aufgestiegen war, lebte sie auf einem Planeten, auf dem Reden Gold war und Zuhören Sand.

Magnus legte den Hörer zurück in die Mulde und atmete tief durch. In seinem Besprechungszimmer lagen vier Leichen. Einen Augenblick lang fragte er sich, wem er jetzt seine Rechnung schreiben sollte, aber er sah sofort ein, daß das nicht die dringlichste Frage war.

Was tun?

Ein leises *Wump* lenkte ihn von der Frage ab. Das Geräusch war aus dem Flur gekommen, und Magnus ging schnurstracks um den Schreibtisch herum, auf den Schrank zu, in dem Frau Gerber Kopierpapier und anderes Büromaterial aufbewahrte. Ohne weiter darüber nachzudenken, riß er die Tür auf, und bekam daraufhin einen Schrei zu hören, der Tote geweckt hätte. Vermutlich sogar die Toten im Besprechungszimmer, wenn sie noch Herzen gehabt hätten.

»FRAU GERBER!« brüllte er in das Gebrüll hinein und packte seine hysterische Sekretärin beim Arm. Er riß sie aus dem Schrank und verpaßte ihr eine Ohrfeige, weil er das Geschrei nicht ertragen konnte. »Beruhigen Sie sich!«

»Aaaaaahhhh!« schrie sie.

»BERUHIGEN SIE SICH!«

»Aaaaaaahhh!«

»WENN SIE SICH NICHT SOFORT BERUHIGEN …« Magnus war wirklich ein klitzekleines bißchen gestreßt. »BIN ICH DAS LETZTE, WAS SIE IN IHREM LEBEN SEHEN!«

»Aaaah … Haaah?«

»Gut!« sagte Magnus.

»Habbabab! Frntz! Ssshnnshhu? Wibbnnennhabbuhuhu!«

»Was?«

»Mmmummmummmu … Dddnnnhaggnnhnhn!«

»Was ist hier passiert? Frau Gerber!« Das Telefon klingelte, aber Magnus ignorierte es. »Wer war das? Wer hat das getan?«

Die Sekretärin fing an zu schluchzen, aber sie hörte nicht auf zu zittern. Magnus zog sie mit sich und nahm den Hörer ab. »WAS?« fragte er.

»Magnus?«

»Ja!«

»Ich bin's, Katharina. Magnus, komm sofort zurück. Muriel hat uns alles erzählt, und – bitte glaub mir, ich bin nicht hysterisch – ich glaube, du bist in großer Gefahr. Bitte, Magnus …«

»Hattersie …« bibberte Frau Gerber an seinem Arm. »Hattersie? Hattersie?« Sie deutete auf die Tür zum Besprechungszimmer, oder besser, in die ungefähre Richtung der Tür, denn ihr Arm schlotterte wie verrückt hin und her. »Hattersie?«

»Ja, Frau Gerber«, sagte Magnus. »Hat er. Alle vier.«

»O Gottogottogott …«

»Wer?« fragte Katharina. »Magnus, was ist passiert?«

»Ich erzähl's dir gleich«, sagte er. »Keine Angst, ich komme zu euch.«

»Bitte, ja. Und paß auf dich auf.«

»Ich versuche es.« Er legte auf und wandte sich wieder seiner völlig aufgelösten Sekretärin zu. »Frau Gerber!« Er führte sie um den Schreibtisch herum und drückte sie auf ihren Stuhl. Dann schob er sie mitsamt dem Stuhl nach vorn, so daß sie sich an der Tischplatte festhalten konnte. Sie bibberte, und ihr Blick ging durch die Tischplatte, das Telefon und die Tastatur hindurch. »Frau Gerber?«

»Hmmmhnnahagnn?«

»Wer war das? Wie sah er aus?«

»Hahahammmhhnngnn«, jabbelte sie und deutete mit dem ausgestreckten zitternden Arm ins Blaue.

»So klein?« fragte Magnus zweifelnd.

Sie nickte wie ein Plastikdackel bei einer Kopfsteinpflasterfahrt. Vorsichtig drückte er ihren Arm wieder nach unten.

»Wie sah er aus?«

»Hnabhbhibbnarhaggn.«

Magnus kapitulierte. »Ist ja gut. Ist gut. Ich rufe jetzt die Polizei, Frau Gerber. Ja? Die kommen dann her und kümmern sich um sie. Ich bin auf dem Handy zu erreichen. Ja?«

Er nahm den Hörer und tippte 1-1-0.

»Hnnierblllnnbllnneim!« wimmerte die Sekretärin und krallte sich an ihm fest.

»Die Polizei wird sich um Sie kümmern«, beruhigte er sie. »Keine Angst, er kommt nicht zurück. Er sucht *mich.*«

»Polizeilicher Notruf.«

»Hallo. Ich möchte einen Mord melden. Äh, nein, vier Morde.«

»Wie ist Ihr Name?«

Magnus gab dem Mann die Adresse und legte auf.

Dann tätschelte er seiner Sekretärin die Hand, zum letzten Mal, wie er wohl spürte, und verließ eilig das Büro. Sie würde schon klarkommen. Man würde sich um sie kümmern. Er hatte nicht das Gefühl, daß er sich um sie Sorgen machen mußte. Aber er wußte, daß er sich allmählich um sich selbst Sorgen machen mußte. Kuttenmönche, die aus Mülltonnen sprangen, waren eine Sache – unerklärlich, aber trotzdem bloß irgendwas zwischen lästig und lustig. Kleine Killer, die in sein Büro latschten und seine besten Kunden über den Haufen metzelten, waren eine ganz andere Sache. Unerklärlich auch sie, aber ganz bestimmt nicht lustig.

7

Auf einer Klippe nahe La Jolla, Kalifornien, saß ein bekümmerter Bote und sah zu, wie Männer in beigen Uniformen die sterblichen Reste des Mannes zusammentrugen, dem er von der bevorstehenden Schlacht hatte künden sollen. Er war zu spät gekommen. Schon als er aus dem Meer gesprungen und atemlos die Klippe hinaufgehastet war, hatte er IHRE Präsenz gespürt, den eiskalten Hauch, der alle Geschöpfe des Bösen umwehte. Was hätte er tun sollen? Er war bloß ein Bote, er besaß keine Waffen, und selbst wenn er welche besessen hätte – was vermochten die Waffen, die ein Bote führen konnte, gegen die Sendboten des Basilisken auszurichten? Den Trigonen, den er hatte warnen sollen, diesen mit dem Namen Raymond Diaz, hatte Phorastel, der Seuchenbringer, im Alleingang erledigt, just in jenem Augenblick, da der Bote über die Klippe sprang und das Holzhaus erblickte. Er hatte alles gesehen.

Ebenbürtige Gegner waren die beiden gewesen, aber nur, was die Körpergröße betraf. Offenbar wußte Raymond Diaz nichts von seiner Herkunft, nichts von seinen Fähigkeiten, und auch wenn der Bote zu spüren meinte, daß der Held im Augenblick der tödlichen Bedrohung die ganze Bedeutung seiner Existenz zu ahnen begann, hatte ihm das doch nichts genützt. Zuversicht brauchte man und einen wachen Verstand, großen Mut und große Schlagkraft, um Phorastel zu widerstehen, und nichts von all dem konnte Diaz in seinen wenigen letzten Minuten mobilisieren. So hatte der Seuchenbringer leichtes Spiel. Er versetzte seinem Opfer mit der flachen Pranke einen Schlag vor die Brust, der Diaz traf wie eine Abrißbirne, hob den benommenen Helden auf und sah ihm ins Gesicht. Diaz brachte es fertig, sich zu befreien, aber noch während sein Körper begann, im blauen, klaren Licht der ewigen Kraft zu erstrahlen, hob Phorastel die Pranken und sammelte Schwärze aus dem heiteren Himmel über der Stadt. Sein Schlag war vernichtend und zerriß den Helden wie eine Bombe.

Traurig saß der Bote auf der Klippe und sah den Gehilfen des Leichenbeschauers bei ihrer mühseligen Arbeit zu. Sie schienen zu fluchen, und der Leichenbeschauer und die Polizisten schüttelten immer wieder die Köpfe. Nein, sie wurden nicht schlau daraus. Sie hatten keine Vorstellung, was hier geschehen war.

Der Bote wandte sich ab und machte sich auf den Rückweg. Er beeilte sich nicht, denn er wußte, daß Banshaa die schlechte Nachricht bereits erhalten hatte. Sie, die Weise, war überall, sie spürte alles. Und es war dem Boten nur ein schwacher Trost, daß sie ihn, der zu spät gekommen war, nicht strafen würde. Es blieben nur noch sechs. Bestenfalls. Sofern seine Brüder schneller gewesen waren als er. Sofern nicht auch die anderen sechs Trigonen … nein, das wollte er nicht einmal denken.

8

Als Magnus die Tiefgarage des Hotels betrat und auf seinen Wagen zuging, der wie ein dunkelblaues Projektil zwischen den Betonpfeilern schimmerte, hatte er plötzlich das Gefühl, eine unsichtbare Riesenpranke lege sich auf seinen Kopf und versuche ihn vom Boden hochzuziehen. Er preßte die Lippen zusammen, während sein Herz schneller zu schlagen begann. Mit einem raschen Blick vergewisserte er sich, daß niemand im Wagen auf ihn wartete, dann öffnete er die Tür und stieg ein. Er drehte den Schlüssel im Schloß und hielt erstaunt inne. Einen Augenblick lang glaubte er an eine optische Täuschung, während er seine Hand im kalten Neonlicht der Tiefgarage hin und her bewegte, aber dann begriff er, daß tatsächlich ein schwaches blaues Leuchten von ihr ausging. Magnus wunderte sich inzwischen über gar nichts mehr. Kopfschüttelnd drehte er den Schlüssel, und laut erwachte der Motor zum Leben. Magnus legte den Gang ein, sah nach vorn und erstarrte.

Vor dem Wagen stand ein erschütternd häßlicher kleiner Mann in schwarzem Staubmantel und lachte ihn aus. Azrael hatte die Arme ausgebreitet und bot einen fürchterlichen Anblick, denn sein Mantel, dessen Innenseite aus hunderten von Augen zu bestehen schien, stand offen, und zwischen den vermoderten Rippen des Dämons schlugen Dutzende blutender Herzen wild durcheinander, während die weißen langen Haare auf seinem Kopf tanzten wie elektrisiert – was vor allem daran lag, daß er elektrisiert *war.*

Endlich hatte er sein Opfer gefunden! Endlich mußte er sich nicht mehr mit Telefonstimmen herumschlagen oder mit winselnden Feiglingen, die sich in die Hosen schissen. Endlich konnte er seine Aufgabe zu Ende bringen und zurückkehren ins aufsteigende Reich seines Herrn, des Basilisken.

»Welch plumpe Rüstung!« brüllte er dem Helden zu, »Was für ein erbärmlicher Wicht du doch bist, Trigon von Nibelheim, du Sohn einer einbeinigen Hündin! Stirb, du Nichts, stirb, und nimm all deine Hoffnung mit in dein Grab!«

Wieder begann er laut zu lachen, und um seine erhobenen Hände bildeten sich dunkle pulsierende Energiefelder.

Magnus saß im Wagen und sah, daß seine Hände blauer leuchteten denn je. Für Sekundenbruchteile hatte er überlegt, ob er aussteigen und dem kleinen Scheißer in die Nüsse treten sollte, dann aber war ihm seine Vernunft in die Quere gekommen. Seine Hände leuchteten, na schön, aber er wußte nicht, was das bedeutete. Es mochte sich als nützlich erweisen, aber das tat es ganz bestimmt nicht, wenn er starb, bevor er es herauskriegte. Deshalb besann er sich auf seine Stärken.

Seine derzeitigen Stärken.

Pferdestärken.

Er trat das Gas durch, ließ die Kupplung springen, und mit einem gewaltigen Satz stürzte sich der Porsche wie ein blauer Geier auf die modrige Gestalt vor der Haube.

Azrael war überrascht. Er hatte mit einem fairen Kampf gerechnet.

Die lächerliche Rüstung des Helden traf ihn mit Wucht an den Schienbeinen, und sein Schädel krachte laut und hart auf Metall. Benommen spürte er Beschleunigung, dann quietschte es wie aus den Mäulern von tausend verrückt gewordenen Höllenvögeln, und Azrael versuchte vergeblich, sich im glatten Blech festzukrallen. Schrill und sinnlos kratzten seine langen Nägel über die Haube, dann flog er ungebremst gegen einen vor der gegenüberliegenden Wand stehenden Jaguar und ging zu Boden.

Kein Sterblicher hätte den Aufprall überlebt. Aber Azrael war aus älterem Holz geschnitzt. Mühsam rappelte er sich auf, schnaubend, den dröhnenden Kopf gesenkt wie ein Stier. Er wollte eben wieder beginnen, seine jetzt gewaltige Wut in Energie umzusetzen, als er das Gefährt des Helden erneut auf sich zudonnern sah. Zu spät schossen seine Hände in die Höhe, zu spät kam der Versuch, die Kräfte der Dunkelheit gegen den Feind zu schleudern. Statt dessen schleuderte das Gefährt Azrael hoch in die Luft und ließ ihn mit voller Wucht, Kopf voran, gegen die Windschutzscheibe prallen, die prasselnd zerbarst. Zum ersten Mal war Azrael dem Helden zum Greifen nah, aber dummerweise fehlte ihm zum ersten Mal die Kraft zum Greifen. Alles in seinem uralten Körper schien durcheinandergeworfen, Herzen schlugen in seiner Hose und in seinem Kopf, während die Zunge ihm in die Brust gerutscht zu sein schien.

Er brachte einige unartikulierte Laute heraus und suchte den Blick des Feindes. Was an der Sonnenbrille scheiterte, die der Feigling aufgesetzt hatte.

Azrael schrie auf, als eine brennende Hand seinen Hals packte und ihn mit Macht wieder hinausbeförderte über die flache Haube des Gefährts, das jetzt unter Quietschen und Qualmen zurückschoß, herumwirbelte und wie der Blitz aus dem Kellergewölbe verschwand.

Azrael kauerte hustend, mit brennendem Gesicht und zerschlagenem Körper auf dem Betonboden und hielt sich den Hals. Er spürte die tiefen Brandwunden, die die Hand des Helden verursacht hatte, und versuchte wieder zu Kräften zu kommen. Er durfte nicht ausruhen.

Kämpfen. Töten. Nicht versagen.

Mit letzter Kraft schleppte sich Azrael, der Schattenblick, zwischen die geparkten Autos, senkte seine lodernde Stirn gegen kaltes Metall und blieb reglos liegen.

9

Das Böse an sich hatte zu keiner Zeit eine fest umrissene Gestalt, wenn auch Dichter und Maler aller Epochen sich nach Kräften mühten, möglichst viele seiner Züge in einem Bilde zu bannen. Manche hatten die Ausgeburten der Hölle gesehen, waren ihnen des Nachts begegnet, im Traum oder im Rausch, im Grenzgebiet zwischen Wahrheit und Leben. Beelzebub hatten sie das Böse genannt, Satan, Kali, Iblis oder Hine-nui-te-po. Das Schreckliche hatte viele Namen und viele Gesichter, und keines von ihnen war erfunden, alle lebten sie unter den Menschen. Und doch hatte niemand das Böse wirklich beschreiben können, denn die wenigen, die es klar und deutlich gesehen hatten auf ihren Ausflügen in die Grenzwelt, waren wahnsinnig geworden, gefangen mit diesem unauslöschlichen Bild im engen Kerker ihrer Seele, einem Bild, dem sie nur auf einem einzigen Weg entrinnen konnten, dem Weg in den Tod. Und so hatte es nie einen gegeben, der das, was hinter den häßlichen Fratzen des Bösen stand, wirklich beschreiben konnte. Was blieb, waren Steckbriefe der Schergen; Bilder und Berichte von Ungeheuern, Mißgeburten, Abgründen, unfaßbarer Grausamkeit und Macht.

Das Böse sprach zu jenem seiner Diener, den es seit geraumer Zeit am höchsten schätzte, nicht nur, weil seine Gestalt von überragender Häßlichkeit war, sondern weil er, der Basilisk, einen Plan von ungeheurer Boshaftigkeit erdacht hatte, der Blut in Strömen durch die Haut der Erde würde sickern lassen, bis tief hinunter in die Welt der ewigen Nacht, des Feuers und des Vergessens.

Dumpf dröhnten die Gedanken des Bösen durch den Bauch der Erde und erreichten den Basilisken, den riesenhaften Dämon, der seit Jahrtausenden verschwommen durch die Erinnerungen der Menschheit geisterte. Unterschätzt, verniedlicht und lächerlich gemacht in albernen Skizzen, dargestellt als großes Huhn mit Rattenschwanz oder Schlange mit Lämmerhörnern, als Frucht von Kröte und Huhn verspottet von Ahnungslosen wie der heiligen Hildegard von Bingen, verharmlost in den Psalmen als einer von vielen, über die die Heiligen schreiten sollten. Die Wahrheit sah anders aus, aber nicht schöner. Groß war der Basilisk, und sein Körper war tatsächlich der einer riesenhaften Schlange, allerdings hatte nie jemand die darunter befindlichen Drachenbeine erwähnt, ebensowenig wie den mächtigen Rattenschwanz mit den mannshohen Stacheln darauf. In seinem Hahnenschnabel glänzten reihenweise messerscharfe Hauer, und die Krone, die man ihm angedichtet hatte, war in Wahrheit nichts Geringeres als ein Ring von langen Hörnern.

Daß die Beschreibung nicht treffender geraten war, verwunderte allerdings nicht einmal den Basilisken selbst. Denn während der Mensch den Anblick Luzifers, Satans, Beelzebubs und der meisten anderen Inkarnationen des Bösen lediglich mit lebenslänglichem Irrsinn bezahlte, stand auf einen Blick ins unbeschreiblich gräßliche Antlitz des Basilisken eine weit höhere Strafe. Wer ihn ansah, starb sofort.

Wenigstens das hatten sie richtig aufgeschrieben.

Und zwei, drei andere Dinge.

Seine Macht jedoch hatten sie unterschätzt. Alle. Die Menschen, die ihn zum Kinderschreck und Brunnenvergifter degradiert hatten, aber auch die Dämonen, die

Teufel, die ihn verspottet hatten, jahrtausendelang, seiner scheinbaren Untätigkeit wegen.

Getäuscht hatten sie sich, alle.

Zu Dienern würde er sie machen. Bald.

Denn tief unter dem europäischen Kontinent, tief unter dem alten Herzen der Zivilisationen, beendete der Basilisk in diesem Augenblick seine langen Vorbereitungen für den entscheidenden, den allerletzten Schlag.

Nur noch einen Augenblick, dachte er und erwartete die Meldungen vom Tod der letzten Helden, als die Stimme seiner Herrin ihn kalt erwischte.

»BASIL«, dröhnte sie, tief und durchdringend und voller Niedertracht, »BASIL, BEGINNE ENDLICH MIT DEM SPIEL!«

Zischend erhob sich der Basilisk von seinem Lager aus Gebeinen und erwiderte den Ruf.

»Sie sind noch nicht alle tot, Mutter«, sagte er. »Es fehlen noch die Opfer von Sharazel, Ghastasel und Azrael, dann können wir beginnen.«

»MEINE GEDULD IST ERSCHÖPFT, BASIL.«

Der Basilisk duckte sich unter dem Dröhnen. Nichts Lebendiges konnte ihn einschüchtern, aber das, was da klang, war lebend tot und unaussprechlich grauenhaft. Das schreckliche Wesen schlug mit dem Schwanz gegen die meilenweit entfernten Wände seiner Höhle und löste nahe Istanbul mittelschwere Erdbeben aus.

»Aber …« zischte der Basilisk.

»BEGINNE!«

»Ja, Mutter«, murmelte der Basilisk und trollte sich schweren Schrittes zu seiner größten Erfindung, seiner Höllenmaschine, die im roten Halbdunkel des Gewölbes schwach glomm. Einer riesigen Kugel, geformt aus den unsterblichen Seelen von Millionen Sündern, die ihren Weg in die Erlösung nicht gefunden hatten und nun ihm, dem Basilisken, als Spielkugel dienen sollten. Endlos hatte er daran gearbeitet, hatte lange experimentieren müssen, bis es ihm gelungen war, die Verbindung zwischen den Seelen der toten Sünder und den Seelen der lebenden Sünder herzustellen, aber schließlich war es ihm gelungen – mit Pech und Schwefel, mit Geduld und Geschick, mit Haß und Inbrunst.

Aber das war, wie er wußte, nur die halbe Wahrheit. Er hätte bis zum Ende aller Tage an der Kugel herumbasteln können, wäre der Geist, der an der Oberfläche herrschte, ein guter Geist gewesen. Der Basilisk wußte selbst am besten, daß keine böse Saat in gutem Boden aufging. Aber er hatte den richtigen Boden vorgefunden, endlich, den Boden des Maßlosen, den Boden der Skrupellosigkeit, einen Boden ohne Gewissen, ohne Wurzeln. Das hatte ihm den Weg geebnet. Nichts würde bleiben, wenn er den letzten Schlag führte, wenn er den Menschen die grenzenlose Freiheit schenkte. Der Seelenglobus war bloß schmückendes Beiwerk – und die richtige Verbindung in die Welt.

»BEGINNE«, sagte die Stimme, und dem Basilisken lief ein Schauder über den Rücken, als er sie hörte. Sie war so häßlich. So ekelhaft. So falsch, brutal und gemein, daß sich seine sämtlichen Schwanzstacheln vor Begeisterung steil aufrichteten.

Sabbernd vor Glück legte das gräßliche Wesen seine Pranken auf den Seelenglobus, der sofort zu jammern begann. Welch feine Choreographie, dachte der Basilisk, welche Symphonie. Die ersten Töne waren schon gespielt, leise, fast unmerklich klangen sie unter den Menschen; sie ahnten das Thema. Nun würde er mit einem Paukenschlag dafür sorgen, daß auch die letzten Zuschauer erwachten. Schnaubend konzentrierte der Basilisk sich auf die Kinderseelen der Welt.

10

Feine Regentropfen nieselten auf Magnus' Jackettärmel, als er auf der Straße nach Moorburg an einer roten Ampel hielt. Aus heiterem Sommerhimmel waren tiefhängende Wolken aufgezogen, vor denen kein Wetterbericht hatte warnen können. Magnus sah nach oben, in das tiefe Grau, das vom Horizont heranwehte, und wünschte sich seine Windschutzscheibe zurück. Er sah nach links, wo ein Mountainbiker vor einem Bretterkiosk stand und seine Brille putzte. Ein Junge mit Baseballschläger überquerte die Straße. Einen Augenblick lang dachte Magnus an Sport, aber keine fünf Sekunden später wußte er, daß er einen Raubüberfall beobachtete. Schnurstracks ging der Junge auf den Radfahrer zu und sprach den Mann an. Dank der fehlenden Scheibe verstand Magnus jedes Wort.

»Gib mir dein Rad?«

»Was? Wieso denn das?«

»Weil ich fahren will.«

Magnus und der Mountainbiker schüttelten fast synchron den Kopf und sagten »Tss!« Aber im Gegensatz zu Magnus kriegte der Radler für diese Reaktion einen Baseballschläger an die Schläfe. Der Schlag kam schnell, hart und unerwartet, und trotz Plastikhelm ging der Getroffene zu Boden wie vom Blitz gefällt. Gelassen hob der Junge das Rad auf, sprang in den Sattel und fuhr davon, ohne sein Opfer eines weiteren Blickes zu würdigen.

Magnus schaltete den Warnblinker an, stieg aus und eilte zu dem Niedergeschlagenen. Als er die Straße überquerte, öffnete sich die rückwärtige Tür des Kiosks, und der Besitzer kam heraus, ein kleiner, ungepflegter Mann in beige-braun-kariertem Hemd und brauner Cordhose. Er erreichte das Opfer im gleichen Augenblick wie Magnus und murmelte bloß kopfschüttelnd, das gebe es nicht, könne nicht möglich sein, so was habe er noch nie erlebt, bloß im Fernsehen, aber nicht erlebt, doch nicht in echt.

Als Magnus sich hinkniete, sah er das Blut. Die dunkelblonden Haare des Radfahrers waren auf der rechten Seite bereits rot durchtränkt. Magnus sprach ihn an und schüttelte ihn vorsichtig, aber der Mann reagierte nicht. Immerhin atmete er noch, also bettete Magnus ihn sanft auf die Seite.

»Rufen Sie einen Krankenwagen.«

Der Kioskbesitzer nickte und verschwand mit besorgter Miene in seinem Verschlag. Magnus legte dem Bewußtlosen die Hand auf die Schulter. Er wünschte sich, er hätte etwas für ihn tun können, aber sein letzter Erste-Hilfe-Kurs lag Ewigkeiten zurück. Ein Versuch, den Mann stabil zu lagern, wäre ihm vermutlich als Beihilfe zur Körperverletzung ausgelegt worden.

»Äh, hallo?«

Magnus sah auf. Der Kioskbesitzer streckte seinen Kopf durch das von Zeitschriften umhangene Loch in der Vorderseite seiner Bretterbude und deutete mit ausgestrecktem Arm über die Straße. »Ist das Ihrer?«

Magnus wandte den Kopf.

Sechs Jugendliche standen um seinen Porsche herum und betrachteten das zerschrammte, windschutzscheibenlose Gefährt interessiert. Einer der Jungen öffnete gerade die Fahrertür.

»Hey!« sagte Magnus. »Finger weg.«

Der Anführer der Jungen drehte sich zu ihm um. »Sagt

wer?« fragte er kaum lauter und aggressiver als ein schlecht gelaunter Feldwebel. Magnus erhob sich.

»Sie!« rief der Kioskbesitzer, »lassen Sie das man lieber nach. Kommen Sie schnell rein, dann rufen wir auch gleich noch die Polizei.«

»Machen Sie das ruhig«, sagte Magnus. »Ich hole mir nur kurz meine Schlüssel.«

»Lassen Sie das man lieber ...« murmelte der Kioskbesitzer und wählte bereits wieder.

Der Anführer der Jungen öffnete die Fahrertür und ließ sich auf den Sitz des Porsche gleiten. Magnus setzte sich in Bewegung. »Raus aus meinem Wagen, Freundchen. Sag mal, wo sind wir hier eigentlich?« Er hatte den Wagen erreicht und riß die Tür auf. »Raus, hab ich ...«

In diesem Moment bemerkte er die Waffe in der Hand des Jungen. Es war eine schwere Pistole, ein großes Kaliber, und Magnus konnte nicht erkennen, ob die Kammern mit echten Patronen oder bloß mit Gaspatronen gefüllt waren. Er machte einen halben Schritt zurück und legte interessiert den Kopf zur Seite. »Hei, das ist ja das volle Programm, Freund Blase. Was soll das werden? Mord und Kickstart?«

»Erstmal gibst du mir deine Brieftasche, Arschloch.«

»Ich glaube, ...«

»Und zwar JETZT!«

Ein ohrenbetäubender Knall zerfetzte die Stille und fast gleichzeitig die Scheibe des Kiosk hinter Magnus. Eine Gaspistole hielt der Junge also definitiv nicht in den Händen. In das Geräusch einiger fallender Nachzüglerscherben hinein sagte Magnus: »Verstehe« und holte seine Brieftasche heraus. Er war ein bißchen knapp an Argumenten, und er dachte gar nicht daran, den Helden zu spielen.

»Willst du das Geld?«

»Alles.«

»Meinen Impfpaß?«

»Hör auf Scheiße zu labern, Wichskopf. Gib her!«

Magnus sah die anderen Jungen an. Irgend etwas stimmte nicht. Er war schließlich nicht in der Bronx, und es war nicht Mitternacht. Es war hellichter Tag auf einer ganz normalen Hamburger Ausfallstraße, und irgendwo mußte die Coolness dieser Bengel Grenzen haben. Von Ferne hörte er ein Martinshorn heranjaulen, leise zuerst, aber rasch lauter werdend. Er hatte damit gerechnet, daß dieses Geräusch die Bande nervös machen würde, aber er sah sich getäuscht. In aller Seelenruhe schlenderten die Jungen hinter den Wagen und zogen ihre Waffen. Magnus stand fassungslos auf der Straße. Der Anführer stieg aus, trat neben ihn und drückte ihm den Lauf des Revolvers gegen die Stirn.

»Hinter den Wagen«, sagte er. »Du kannst zukucken, Arschloch.«

Ein anderes Mitglied der Bande packte Magnus, und er ließ sich hinter dem Wagen in die Knie zwingen, die Waffe am Kopf. Noch immer konnte er nicht fassen, was sich abspielte. Noch immer hatte er die schwache Hoffnung, sich in einem lausigen Film zu befinden, mit einem Komparsen verwechselt worden zu sein, und wartete auf das erlösende »Danke!« des Regisseurs.

Er hörte die Sirene näherkommen, ganz nah. Das Geräusch verstummte, und eine Tür klappte auf. Eine Stimme dicht an seinem Ohr zischte, »ein Wort, und du bist tot«, dann sprach der Polizist mit dem Anführer der Bande, unsichtbar für Magnus.

»Ist das dein Wagen, Junge?«

»Wem seiner soll'n das sonst sein.«

»So. Dann zeig mir mal die Fahrzeugpapiere.«

»Nä.«

In Magnus' Kopf überschlugen sich die Gedanken. Binnen Sekundenbruchteilen begriff er, was geschah und was geschehen würde, und ihm wurde klar, daß es ihm nichts nützte, die Situation ganz souverän als surreal zu betrachten. Wenn er nicht schleunigst reagierte, käme er nicht mehr in die Verlegenheit, das Ganze irgend jemandem schildern zu können, weil er nämlich tot wäre. Eigenartigerweise ging mit dieser Erkenntnis keinerlei Verzweiflung einher. Im Gegenteil, denn just in dem Augenblick, da Magnus die ganze Mißlichkeit seiner Lage begriff, konnte er seine Kraft förmlich mit den Händen greifen. Er machte eine Faust und wußte, daß er mit ihr sogar die Pflastersteine unter seinen Füßen hätte zerschmettern können. Es wunderte ihn daher nicht sonderlich, daß seine Hände wieder blau zu schimmern begannen. Noch wußte er nicht genau, was er alles konnte, aber er spürte, daß seine Kraft groß war. Wie groß? Er konzentrierte sich auf den Anführer der Bande.

»Ich sag's nicht noch mal!« hörte er den Polizisten sagen. »Deine Papiere her, auf der Stelle. Fahrzeugschein, Führerschein, Ausweis, sonst nehmen wir dich mit aufs Revier«

Dann hörte Magnus den Schrei des Kioskbesitzers, von weiter weg. »Passen Sie auf, Wachtmeister! Er hat einen Revolver!«

Magnus konzentrierte sich auf den Revolver und wußte plötzlich, ohne etwas sehen zu können, daß es funktionierte.

»Verdammte Scheiße, was ist DAS DENN!« brüllte der Junge auf der anderen Seite des Wagens, und dann ging alles sehr schnell.

Magnus packte seinen Bewacher am bewaffneten Arm und riß ihn herum. Wie ein Hammerwerfer ließ er seine Waffe aus Fleisch und Blut einmal nach links pendeln, wo sie zwei überraschte andere Jungen mit Urgewalt gegen den Porsche krachen ließ, dann pendelte er mit unverminderter Geschwindigkeit zur anderen Seite und traf die beiden verbliebenen Mitglieder der Bande, die von diesem plötzlichen Orkan so geschockt waren, daß sie keine Zeit fanden, ihre Waffen irgendwohin zu richten. Ihre Köpfe hinterließen bleibende Eindrücke im Kotflügel des Porsche, und als sie sich Sekundenbruchteile später wieder aus dem Blech lösten, waren sie bewußtlos und reif für den Krankenwagen, der passenderweise in diesem Augenblick eintraf.

Magnus hielt noch immer den Jungen fest, den er als Keule benutzt und dem er den Arm ausgekugelt hatte. Er nahm ihm den Revolver ab und warf das Ding weg, ehe der Polizist auf die Idee kommen konnte, den Falschen zu erschießen. Als er aufstand, sah er, daß der Anführer der Bande fassungslos zwischen Porsche und Polizeiwagen stand. In der Hand hielt er einen Klumpen dunkelgrauen Metalls, was Magnus freute, aber nicht überraschte.

Der Polizist klappte den Mund zu und klappte ihn gleich wieder auf, diesmal zum Brüllen. »WER SIND SIE! DIE HÄNDE HOCH! KEINE BEWEGUNG!«

Magnus verwarf den Gedanken, auch die Waffe des Polizisten einzuschmelzen, und hob artig die Hände. »Okay«, sagte er. »Ich bin Magnus Morgenstern, mir gehört das Auto. Beziehungsweise das, was davon übrig ist.« Wehmütig betrachtete er den zerkratzten, zerbeulten, fensterlosen Schrotthaufen, der noch vor einer knappen Stunde ein glänzender 911er gewesen war. »Diese Herren«, deutete er mit einem Nicken nach links, rechts und nach vorn an, »haben mich mit der Waffe bedroht, wollten meinen Wagen stehlen und Sie erschießen. Ich habe mir erlaubt, das zu verhindern.«

Für einen Augenblick herrschte Stille.

»Aha«, sagte der Polizist dann.

»Hey, Scheiße!« sagte der Anführer der Bande zu Magnus und hielt vorwurfsvoll den Klumpen hoch, der sein Revolver gewesen war. »Du Arsch! Mein Alter schlägt mich tot, wenn ich damit nach Hause komme!«

»Keine Sorge«, sagte Magnus, »du kommst nicht nach Hause, du kommst in die Zelle.«

Als daraufhin der Junge wutentbrannt den Metallklumpen durch die Seitenscheibe des Porsche schmetterte, war es um Magnus' Contenance geschehen. Er dachte an fahrende Züge und ließ Energie gegen die Brust des Jungen entweichen. Der Getroffene flog sechs Meter weit, über die Straße hinweg, am Kiosk vorbei, und schlug schwer auf dem Gehweg auf, wo er bewußtlos liegenblieb.

»Sorry«, lächelte Magnus den verdutzten Polizisten an. »Kann ich die Hände jetzt wieder runternehmen?«

Der Polizist sah sich verdattert um, ein Fragezeichen zwischen Hals und Mütze. Sein Kollege stand neben dem Kioskbesitzer und zuckte die Achseln, während die Besetzung des Krankenwagens unschlüssig auf ein Kommando wartete. Fünf Verletzte lagen hinter dem Porsche, einer im Graben und einer, der ehemalige Radbesitzer, vor dem Kiosk. Es gab viel zu tun.

»Ja«, winkte der Polizist ab. »Ja, ja. Nehmen Sie die Hände runter. Und ihr kümmert euch um die Verletzten. Zuerst um den da«, sagte er und deutete auf den bewußtlosen Mountainbiker. »Mein lieber Mann, was für ein Vormittag.«

»Noch mehr von der Sorte?« fragte Magnus mitfühlend.

»Ich kann Ihnen sagen. Ich mach das jetzt seit bald dreißig Jahren, aber so was wie heute hab ich noch nicht erlebt.« Er schob die Mütze in den Nacken und kratzte sich an der hohen Stirn. »Wir kommen überhaupt nicht nach, seit ner halben Stunde ist die Hölle los, schlimmer als Weihnachten und Silvester zusammen. Wer heute einen Krankenwagen kriegt, hat echt Schwein gehabt. Als ob da irgendwo einer auf'n Knopf gedrückt hat, und die drehen alle durch.«

»Gibt's dafür eine Erklärung?«

»Nee.«

»Vielleicht ist *Gute Zeiten, schlechte Zeiten* abgesetzt worden. Oder die *Bravo* hat zum Bürgerkrieg aufgerufen.«

Der Polizist sah Magnus an wie etwas, das er gerade von seiner Schuhsohle gekratzt hatte. Dann deutete er auf den Porsche. »Sie behindern den Verkehr.«

11

Sebastian Halmer saß erschüttert vor dem kleinen Fernseher in seinem Arbeitszimmer und dachte an Los Angeles. Eine Szene hatte er damals gesehen, als die Menschen nach dem Rodney-King-Prozeß auf die Barrikaden gegangen waren, eine Szene, die ihn nicht wieder losgelassen hatte, in all den Jahren. Aus einem Helikopter hatte ein Kameramann einen Lastwagenfahrer gefilmt, den Jugendliche gestoppt hatten. Die Kamera hielt fest, wie sie ihn zusammenschlugen, zusammentraten, ihm mit einem Feuerlöscher den Kopf zertrümmerten und nicht einmal von ihm abließen, als er schon reglos und blutend auf dem Asphalt lag. Sie hatten weiter getreten, gegen seinen Kopf, in seinen Bauch, in sein Gesicht. Halmer hatte schon vorher gewußt, daß der Mensch in mancher Hinsicht grausamer war als jedes Tier, aber nach diesen Bildern war er zum Fatalisten geworden. Es genügte ihnen offenbar nicht mehr zu siegen. Sie wollten zerreißen, verstümmeln, quälen und töten, sie akzeptierten kein Aufgeben mehr, keine Kapitulation. Die Regeln der Menschen und der höher entwickelten Tiere schienen für sie nicht mehr zu gelten, ihre Gewalt war hemmungslos, ohne Schranken. Nicht einmal der Krieg hatte Bilder hervorgebracht, auf denen das Böse so deutlich zu sehen war. Auf diesen Bildern aus Los Angeles zeigte es seine Fratze, ohne Schleier, ohne Maske.

Und jetzt sah Halmer es wieder, ununterbrochen.

Von überall her berichteten die Korrespondenten der Fernsehsender von einer Welle unaussprechlicher Gewalt. Überall in der Stadt, im Land, ja, überall auf der Welt brannte es lichterloh, brachen Bürgerkriege aus, ausgehend von den Schulen, ausgelöst von Jugendlichen, die von einem plötzlichen Fieber befallen schienen, einer alles vernichtenden Raserei, die schon binnen der ersten Stunde Tausende Menschen das Leben kostete und Zehntausende die Gesundheit. Bilder der Gewalt wechselten mit Bildern von hektisch nahenden Ordnungshütern, die vor den wahnsinnig gewordenen Kindern zu schützen versuchten, was sie und ihre Vorfahren in Jahrhunderten aufgebaut hatten.

Katharina hatte sich zurückgezogen. Sie konnte all das nicht mehr sehen, nicht mehr ertragen. Es waren immer dieselben Bilder und sie belegten eindrucksvoller als alle Worte den unwahrscheinlichen Bericht, den Muriel ihr und Sebastian vom Basilisken und dessen Macht gegeben hatte. Mit bangem Herzen saß Katharina auf der Fensterbank, am offenen Fenster, und erwartete Magnus' Rückkehr. Mehr denn je fürchtete sie um sein Leben. Wenn Azrael ihn fände, würde er ihn töten. Auslöschen. Sein Herz fressen. Mit einem leisen Klagelaut schlang sie die Arme um ihren Oberkörper und wünschte sich ihren Kinderglauben an irgendeinen allmächtigen Gott zurück.

Als sie nur einen Augenblick später das vertraute Motorengeräusch hörte, sprang sie vor Erleichterung fast auf Muriel, der unter der Fensterbank hockte und erschöpft Gebete murmelte.

»Magnus!« rief sie. »Magnus ist wieder da!«

Muriel sprang auf die Fensterbank und sah hinunter auf die Straße, wo Magnus aus dem Wrack stieg. Er sah nach oben, bemerkte die beiden und rang sich ein Lächeln ab.

»Hey, Kinder. Fallt da nicht raus.«

»Magnus! Endlich bist du da! Was ist mit deinem Auto …«

»Sein Kumpel«, sagte Magnus und deutete vorwurfsvoll auf Muriel. »Und danach noch ein paar durchgeknallte Heimkinder. Aber das scheint ja heute in der Luft zu liegen.«

»Azrael?« Katharinas Stimme schwankte. »Du hast Azrael gesehen? Und überlebt?«

»Überfahren, um genau zu sein. Ich komme rauf.«

»Muriel hat uns alles erzählt«, sagte Katharina, während Halmer Kaffee in bunte Tassen goß und akkurat belegte Brote reichte. »Es klingt unglaublich, aber offenbar stimmt es.« Sie sah Magnus an, als hätte sie seine Gedanken gelesen. »Das hat mit esoterischer Empfänglichkeit nichts zu tun. Es gibt einfach keinen Grund, an Muriels Worten zu zweifeln. Nicht nach dem, was mit den Kindern geschehen ist.«

Halmer nickte zustimmend. Magnus legte skeptisch den Kopf schräg. »Zugegeben, allein Muriels Existenz ist schon ein Beleg dafür, daß hier irgendwas kapital schiefgegangen ist, aber eure Naivität verblüfft mich. Also, Muriel ist ein besonderes Geschöpf …«

Muriel verneigte sich fast unmerklich.

»Und Azrael sicherlich auch.«

Muriel brach die Verneigung fast unmerklich ab, während Magnus sich das Gesicht massierte, als versuche er, sich ein neues zu kneten.

»Aber, Leute – der Kampf des Guten gegen das Böse? Drohender Weltuntergang? Hey! Piano. Ein paar Dutzend Hip-Hop-Hirnis spielen verrückt, wahrscheinlich, weil man ihnen die Play-Station gestrichen hat, und ein abgebrochener Splatterschwachmat zieht sich vor meiner Nase den Mantel aus – na ja, und? Nicht direkt ein normaler Wochenbeginn, aber …«

»Ist das dein Ernst?« fragte Katharina ungläubig.

»Nein«, beantwortete ein sehr zorniger Halmer die Frage anstelle des widerwilligen Helden. »Er redet Unsinn, weil er sich aus der Verantwortung stehlen will. In dieser Disziplin dürfte er in der Tat über reichlich Erfahrung verfügen.«

»Jetzt hören Sie mal zu, Pro…«

»Nein, *Sie* hören zu. Ob Sie nun wollen oder nicht, Sie haben eine Aufgabe. Und die besteht darin, im Verein mit anderen dem Basilisken in den Weg zu treten, sofern ich Muriels Worte korrekt wiedergebe.«

»So ist es«, sagte Muriel, und nutzte die Gelegenheit, um hinzuzufügen, »wir haben schon viel Zeit verloren.«

»Ich weiß«, sagte Halmer ungeduldig. »Aber ohne Herrn Morgenstern können wir ja wohl nicht gehen, oder?«

»Das ist richtig, Herr«, gab Muriel zu.

»Der was?« fragte Magnus.

»Wie, der was?« fragte Halmer.

»Der… Basiliske?«

»Basilisk. Ein Fabelwesen, ein Mythos. Jedenfalls bis heute.«

»Aha. Ich verstehe kein Wort. Wer ist der Typ?«

»Kein Typ«, sagte Halmer. »Der Überlieferung zufolge, die allerdings in diesem Fall viel Spielraum für Interpretationen läßt, handelt es sich um eine riesenhafte Kreuzung aus Schlange, Huhn und Ratte, die…«

Magnus nickte energisch.

»Sie haben von ihm gehört?« fragte Halmer verblüfft.

»Alles gut«, sagte Magnus. »Riesenratte. Cool.«

»Es gibt in der Fachliteratur nur wenige Darstellungen, und die sind, Muriels Ausführungen zufolge, äußerst ungenau…«

»Niemand kann ihn beschreiben«, ergänzte Muriel. »Denn niemand erträgt den Anblick des…«

»Super«, nickte Magnus.

»Ich werde versuchen«, fuhr Halmer fort, »noch mehr über ihn herauszufinden, aber das wird einige Zeit in Anspruch nehmen. Ich meine mich zu entsinnen, daß Aristoteles ihn noch nicht kannte, aber in der heiligen Schrift wird er erwähnt, möglicherweise in der Offenbarung. Es wird sich bestimmt etwas finden lassen, das …«

»Finde ich toll«, sagte Magnus und klopfte ihm aufmunternd auf die Schulter. »Aber andererseits: wozu die Mühe?« Er stand auf und rückte sein Jackett zurecht. »Bringen wir's doch einfach hinter uns. Gehen wir, auf zu *Basil*, dem Riesenrettich. Ich hau ihm auf die Fresse, alles ist wieder gut, und wir können wieder nach Hause.«

»Magnus«, sagte Katharina streng.

»Ja, Katharina.« Magnus verdrehte die Augen und breitete kapitulierend die Arme aus. »Verzeih mir, Schätzchen. Aber das ist doch alles *Schwachsinn*. Es gibt keine Monster, und ich bin kein Held. Ich bin dein alter Freund Magnus, und ich kann so was nicht. Wenn es diese Riesenratte gäbe … ich sage nicht *gibt*, sondern *gäbe*, und wenn es tatsächlich etwas mit dem zu tun *hätte*, was da draußen vorgeht – unvorstellbar, aber stellen wir's uns mal vor –, was könnte ich dann gegen ihn ausrichten? Ich! Th! Hey! Schickt die GSG 9 oder die Defense der *Dallas Cowboys*, aber laßt mich da raus. Herrgott, ich kann nicht mal mein Telefon richtig programmieren, und ihr verlangt von mir, daß ich mich mit einer Riesenratte kloppe!«

»Seit ISDN kann keiner mehr Telefone programmieren«, wischte Halmer den Einwand vom Tisch.

»Das mag ja alles sein«, sagte Katharina beruhigend, »aber was sind deine Alternativen?«

Magnus senkte den Kopf.

»Willst du hier sitzenbleiben?«

Magnus begann zu zittern.

»Und Schnittchen essen?«

Magnus holte tief Luft.

»Bis Azrael dich wieder findet?«

»Azrael!« platzte es aus Magnus heraus, und lautes Lachen folgte. »Pah. Azrael ist ein Wicht.« Sogar er selbst fand, daß seine Stimme plötzlich anders klang, aber es störte ihn nicht im geringsten. »Diese kleine häßliche Ausgeburt der Hölle konnte mir nur gefährlich werden, solange meine Kraft noch nicht zurückgekehrt war.« Er fand die Stimme richtig angenehm. So tief und entschlossen. Da störte es ihn nicht einmal, daß sie überhaupt nicht ironisch klang. Aber was redete sie, diese Stimme? »Ich habe Azrael mit dem Auto überfahren – mit dem Auto! Lächerlich! Zerquetschen hätte ich ihn sollen, mit einem Schlag meiner Hand. Es hätte keiner Berührung bedurft, kraft meines Willens hätte ich ihn zerrieben wie eine Spinne an der Wand!« Er erhob die Stimme und richtete sie gegen den Boden, gegen die Erde. »Schick mir *Gegner*, wenn du einen Kampf willst! Beleidige nicht mich und meine Vorfahren, indem du mir den Geifer sendest, der von deinen Lefzen auf den Boden tropft. Zeig mir die Zähne, Mutter, und erlebe, DASS ICH SIE DIR UND DEINER BRUT AUS DEN HÄSSLICHEN FRATZEN SCHLAGE!«

Katharina traute ihren Augen und Ohren nicht. Magnus stand vor ihr, aber er war nicht mehr Magnus. Er war größer geworden, obwohl er nicht gewachsen war, und er schimmerte in blauem Licht, als wäre hinter ihm ein Discostrahler eingeschaltet worden. Sie zitterte am ganzen Körper. Dann sah sie, daß auch Muriel am ganzen Körper zitterte. Und Sebastian. Und sogar Magnus.

»Raus hier!« rief sie und packte Halmer am Arm.

Sie stolperte über Bücher, Karten und Artefakte, während das Grollen und Zittern zunahm und Putz und Kalk sich von oben auf sie zu ergießen begannen. Aus dem Augenwinkel sah Katharina Magnus, der Muriel packte und hinter ihnen her hechtete, hinaus aus dem Arbeitszimmer, hinaus aus der Villa, aus Sebastian Halmers Heimat.

Sie sprangen ins Freie, stolperten, rannten weiter, und drehten sich erst um, als sie zehn, fünfzehn Meter zwischen sich und das Haus gebracht hatten.

Ein überaus seltsamer Anblick bot sich ihnen. Die Nachbarhäuser standen seelenruhig in der Nachmittagssonne, während Halmers Villa von einem Erdbeben erschüttert wurde. Das ganze Haus zitterte, und Katharina drückte tröstend die Hand des Professors, die sich schmerzhaft an ihren Unterarm geklammert hatte, ohne den Blick vom Haus zu wenden, das nun förmlich einknickte und dann, erschüttert und verbogen, im Erdreich zu versinken begann. Langsam zunächst, dann immer schneller, wie ein Leck geschlagenes Schiff. Erdgeschoß, erster Stock und Dachstuhl fuhren nacheinander hinab und das Loch im Boden hustete eine riesige Staubwolke aus. Für einen Augenblick hörten sie nur das Rumpeln der in die Tiefe rutschenden Villa, dann bebte die Erde erneut, diesmal etwas dichter bei ihnen, und mit lautem Grollen riß die Erde auch Magnus' Porsche an sich.

Magnus lachte.

Katharina sah ihn verwundert an. Ohne Zweifel war er nicht mehr der Magnus, den sie kannte, denn Magnus hatte seinen Porsche geliebt. Mehr geliebt als alles andere auf der Welt, abgesehen vielleicht von seinem Sohn. Aber der Magnus, den sie gekannt hatte, war verschwunden, wenigstens für den Augenblick. Neben ihr stand noch immer der Mann, der vor Minuten im Haus so pathetisch irgendeiner Mutter den Kampf angesagt hatte.

Ein Schniefen an ihrer Schulter veranlaßte sie, den Kopf zu wenden. Sebastian Halmer hatte Tränen in den Augen.

»Mein Haus«, sagte er erstickt. »Mein Haus. Meine Bücher. Meine Bilder. Meine Karten.«

»Sebastian …«

»Meine Sammlung.«

»Sebastian …«

»Mein Lebenswerk.«

»Immerhin«, sagte Magnus, »nicht dein Leben.«

»Was verstehst du davon!?«

Magnus legte dem Professor tröstend eine Hand auf die Schulter. Lächelnd. »Komm, Alter. Ich habe meinen Porsche verloren, du hast dein Haus verloren. Gehen wir.«

»Gehen? Wohin?« fragte Sebastian, der mit den Gedanken immer noch beim verschwundenen Inventar zu sein schien.

Magnus sah Katharina an.

»Versuch gar nicht erst, mich zurückzuhalten«, sagte sie entschlossen und wandte sich an ihren alten traurigen Freund. »Sebastian, ich danke dir. Ich begleite Magnus. Paß gut auf dich auf.«

»Was soll das denn heißen?«

»Ich dachte …«

»Das war mein Leben«, sagte Sebastian und nickte in Richtung des Kraters. »Jemand hat es mir weggenommen. Erwarte nicht von mir, daß ich diesen Jemand ungeschoren davonkommen lasse.«

Magnus sah Muriel an. »Abwärts?«

»Abwärts«, erwiderte der Bote.

12

Weit entfernt von Magnus und seinen Zweifeln saß Thor Hammerskold am Ufer des Lynkensees in der Nähe seines norwegischen Heimatdorfes Ursla und lauschte aufmerksam und schweigend den Worten des kleinen mönchartigen Wesens, das wenige Minuten zuvor aus einem Erdloch direkt neben ihm aufgetaucht war.

Hammerskold hatte sich nicht darüber gewundert.

Zwar war ihm so etwas noch nie begegnet, aber nie im Leben hätte er bezweifelt, daß es Wesen wie diesen kleinen Mönch gab. Oder Trolle. Oder Dämonen. Oder Schlangen, lang wie Flüsse. Oder Götter. Er wäre viel überraschter gewesen, wenn man ihm erzählt hätte, daß es Fernsehsendungen gab, in denen Menschen in einem Container gefilmt wurden. Oder Computer, auf denen man sich nackte Frauen ansehen konnte, die unaussprechliche Dinge mit Eseln taten. Das hätte Thor Hammerskold nicht geglaubt. Er besaß keinen Fernsehapparat. Er besaß keine Mikrowelle. Kein Handy. Telefon, ja. Seit vier Jahren. Aber er benutzte es nicht oft, denn seine Mutter wohnte nur drei Kilometer entfernt.

Thor Hammerskold hörte schweigend zu und erfuhr, daß er einer der sieben Trigonen war. Daß er ein fürchterliches Ungetüm töten sollte, das der Bote fast so beschrieb wie sein Urgroßvater die Midgardschlange beschrieben hatte. Ein böses Tier, das die Menschen quälen und vernichten wollte. Es war unrecht, das zu tun. Das wußte

Thor Hammerskold. Und wenn es seine Bestimmung war, es zu verhindern, würde er es tun.

Als der Bote ihn aufforderte, das Nötigste zusammenzupacken, Proviant mitzunehmen und ihm rasch zu folgen, zu Banshaa, die ihn erwartete, weit entfernt, unter dem Kontinent, stand Hammerskold auf und schulterte seine Angel.

»Ich sage meiner Frau, daß ich gehen muß«, sagte er. »Dann gehen wir zu Ole Gulbransson, der hat ein Auto. Und dann fahren wir zum Flughafen und fliegen. Das geht nämlich schneller. Und die haben da auch Proviant.«

Thor Hammerskold war ein einfacher Mann. Fest war er. Stark. Ohne Zweifel.

Und alles andere als dumm.

Landunter

Wenn du den Feind und dich selbst kennst,
brauchst du den Ausgang von hundert Schlachten nicht zu fürchten.
Wenn du dich selbst kennst, doch nicht den Feind,
wirst du für jeden Sieg, den du erringst, eine Niederlage erleiden.
Wenn du weder den Feind noch dich selbst kennst,
wirst du in jeder Schlacht unterliegen.

SUNZI, 500 V. CHR.

Just be!

PARFÜMMOTTO, NEUZEIT

1

Als Katharina neben Magnus, Sebastian und Muriel am Rand des Kraters stand, in dem die Villa verschwunden war, kamen ihr ernste Zweifel an ihrem Vorhaben. Wasser sprudelte aus geborstenen Rohren in die Tiefe, Stromleitungen entluden Blitze in die staubige Luft, die in Schwaden aus dem Loch waberte. Wie tief es hinunterging, konnten sie nur ahnen. Auch Magnus schien zu zögern. Die Erde schwieg, aber jetzt erhob sich das leise, noch ferne Murmeln der Nachbarn, die neugierig ihre Häuser verließen. Türen wurden geöffnet und fielen wieder zu, und ein sanfter Geräuschteppich, gewoben aus erschrokkenen Tönen, legte sich über die Szenerie.

Katharina sah Magnus an. Sie las seine Gedanken und sprach sie aus. »Jetzt oder nie. Warten wir nicht auf die Polizei oder auf die Kamerateams.«

Magnus nickte. Als er sprach, war sein Tonfall wieder der des Mannes, den sie schon so lange kannte. Sanft, aber mit einer Prise zu viel Ironie.

»Eben«, sagte er. »Wer will schon ins Fernsehen? Gehen wir.«

Er hielt sich am Rand fest und stieg in den Krater. Muriel folgte mit einem behenden Satz, Katharina und Sebastian schlossen sich an.

Das Gelände machte es ihnen leicht, jedenfalls auf den ersten Metern. Es war, als hätte jemand eine Treppe in die Wand des Kraters geschlagen, und so kamen sie bequem voran. Bequem, aber keuchend, denn der Staub brannte in ihren Lungen und ließ ihre Augen tränen. Nur Muriel schien das Ganze nichts auszumachen. Der Bote sprang vor Magnus her und freute sich offenbar, seiner Heimat wenigstens wieder ein paar Schritte näherzukommen. Als sie kurz innehielten und sich umsahen, war das Licht der Welt nur noch ein staubiges Rund zehn, fünfzehn Meter über ihren Köpfen. Durch den Staub erkannten sie schemenhaft die Silhouetten am Rand des Kraters, Menschen, die miteinander sprachen, diskutierten, was hier vorgefallen war. Niemand folgte ihnen.

Der Staub wurde dichter, als sie tiefer stiegen, und der Geschmack in ihren Mündern wurde beißend, metallisch. Muriel ging voran und wies mit leisen Pfiffen auf brüchige Stellen hin, aber noch immer fiel es ihnen leicht, den Weg zu finden.

In etwa zwanzig Meter Tiefe stießen sie auf Sebastians Villa, deren Fassade erstaunlicherweise fast unversehrt wirkte – sie alle hatten damit gerechnet, nur noch Trümmer vorzufinden, aber es schien, als wären lediglich die Scheiben zu Bruch gegangen. Statt spiegelnder Flächen gähnten ihnen dunkle Löcher entgegen, wodurch das Haus fatal an einen Totenschädel erinnerte. Das Wasser, das oben aus den Rohren floß, hatte sich auf der rechten Seite des Kraters zu einem Wasserfall zusammengefunden, in dessen Nähe es etwas weniger stickig, dafür aber noch kälter war als in der restlichen Umgebung der Villa. Sebastian merkte davon am wenigsten, da er, wie üblich, seine Strickjacke trug, aber Magnus und Katharina froren erkennbar.

»Ich habe Sachen im Haus«, hallte Sebastians Stimme von den Wänden wider. »Ihr solltet euch etwas Wärmeres anziehen.«

»Nicht nur das«, sagte Magnus. »Wenn wir weitergehen, brauchen wir Licht. Ich kann mir nicht vorstellen, daß da unten«, er deutete in den schwarzen Abgrund rechts von der Villa, »jemand Taschenlampen verleiht.«

»Bist du sicher, daß es da weitergeht?« fragte Katharina schaudernd.

Magnus sah Muriel an. Der Bote nickte.

»Kennst du den Weg?«

»Nein.« Muriel schüttelte den Kopf. »Aber ich werde ihn finden. Banshaa erwartet uns.«

»Gut«, sagte Magnus. »Nehmen wir mit, was wir brauchen können.«

»Was wir finden«, knurrte Sebastian und versuchte die Tür aus den Angeln zu heben. Energisch, aber erfolglos, da sich das Haus doch erheblicher verzogen hatte, als es schien.

»Darf ich«, sagte Magnus, und entfernte mühelos die Tür.

Sebastians Villa erwies sich als wahre Fundgrube für ihre Zwecke. So fanden sie nicht nur seinen Kleiderschrank, der reichlich Pullover und wetterfeste Jacken enthielt, sondern auch mehrere Taschenlampen, Feuerzeuge und Stricke. Sebastian erklärte, im Hause eines Gelehrten und Hobbyarchäologen dürfe all das nicht fehlen. Katharina sammelte Proviant – Knäckebrot, Dosen und Dosenöffner, und Sebastian erinnerte sich rechtzeitig eines nicht unwesentlichen Teils seiner Sammlung. Obwohl er den Gedanken, irgend etwas Bedrohliches könne sich ihnen in den Weg stellen, äußerst unerfreulich fand, suchte und fand er den Waffenschrank. Es dauerte allerdings eine Weile, da der Schrank nicht mehr im Keller des Hauses stand, sondern im ersten Stock, was daran lag, daß der Keller des Hauses sich inzwischen zur Hälfte im ersten Stock befand.

»Abgründe tun sich auf«, sagte Magnus kopfschüttelnd, als er den afrikanischen Speer in der einen Hand hielt und den Revolver in der anderen. Sebastian stopfte zwei Messer, eine Machete, einen weiteren Revolver und zwei Handgranaten in seinen Rucksack.

»Handgranaten?« fragte Magnus. »Scharf?«

»Durchaus denkbar. Sie stammen aus NVA-Beständen. Aber ich gehe davon aus, daß sie noch funktionieren.« Sebastian kramte weiter. Als er wieder aus dem Schrank auftauchte, hielt er ein Schwert in der Hand. Er legte es beiseite und verschwand wieder im Schrank. Magnus nahm das Schwert und wendete es mit leuchtenden Augen in der Hand. Es war eine schöne Waffe, blank poliert und scharf, wie er mit dem Finger feststellte.

»Ich habe seine Herkunft nie zweifelsfrei verifizieren können«, sagte Sebastian. »Eine zufällige Errungenschaft – ich habe es bei einem Trödler in Stockholm entdeckt. Natürlich war es damals in beklagenswertem Zustand, aber ich habe es restaurieren und schleifen lassen, wie du bemerkt haben wirst. Der Stahl der Klinge ist ungewöhnlich hart, der Schleifer konnte sich nicht erinnern, so etwas je gesehen zu haben ...«

»Es liegt gut in der Hand.«

»Deshalb habe ich es gekauft.«

»Kann ich es haben? Leihweise.«

»Nur zu. Aber das ist reine Romantik.« Sebastian hatte die Stirn gerunzelt. »Ich kann mir beim besten Willen nicht vorstellen, daß es dir hier etwas nützen wird. Wir sind nur ein paar Meter tief unter der Erde, nicht in einer anderen Zeit.«

»Ich nehme es trotzdem mit«, sagte Magnus, einem Impuls folgend, und ließ sich das Heft reichen. Er befestigte das Schwert an seinem Gürtel, sah an sich herunter und begann schallend zu lachen.

»Was für ein Held! Anzug, Wachsjacke und Schwert. Ich sehe aus wie ein Idiot. Hast du einen Spiegel?«

Sebastian runzelte die Stirn. »Einen Spiegel.«

»Ja. Was ist mit dir?« Das Schweigen des Professors ließ ihn einen gewichtigen Vortrag ahnen, und er beeilte sich, den zu verhindern. »Okay, Sebastian, es ist nicht so wichtig. Vergiß es einfach.«

»Nein. Nein, nein, nein.« Der Professor ging an Magnus vorbei, tief in Gedanken versunken. »Nimm den Rucksack mit«, ordnete er an und verschwand im Nebenzimmer. Magnus tat, wie ihm geheißen, und folgte Sebastian.

»Was suchst du?«

»Einen Spiegel«, murmelte Sebastian, der inzwischen eine schwere Truhe aufgerissen hatte und in ihr kramte.

»Laß nur, so wichtig ist das nun auch wieder nicht ...«

»Doch.«

Sebastian warf Bücher und Karten achtlos beiseite, dann folgten Uhren, Kerzenständer, Steine und silberne Teller.

»Ah!« Er hielt seinen Fund triumphierend in die Höhe, und Magnus kniff die Augen zusammen, um in der Dunkelheit erkennen zu können, was er in der Hand hielt. Es war ein Medaillon, etwa so groß wie ein Zigarettenetui, flach und golden, kunstvoll verziert mit aus dem Metall gehämmerten Drachen und Schlangen. Sebastian hielt es zwischen Daumen und Zeigefinger. Mit leisem Knacken sprang das Etui auf und verwandelte sich in einen Spiegel von seiner vierfachen ursprünglichen Größe.

»Danke«, sagte Magnus und betrachtete sich. »Ich sehe wirklich aus wie ein Idiot. Mach es lieber wieder zu.«

Sebastian tat es. Dann drückte er Magnus das Etui in die Hand und umschloß seinen Handknöchel mit der Rechten. »Ich möchte, daß du es trägst.«

»Warum?« fragte Magnus, der erstens den feierlichen Tonfall des Professors restlos unangemessen fand und zweitens nie Halsketten gemocht hatte. Geschweige denn Brustbeutel. Geschweige denn goldene.

»Weil ich es möchte. Tu es einfach.«

»Ich ...«

»Tu es einfach.«

Wie eine resolute Mutter hängte Sebastian ihm das Etui um und stopfte es unter seine Wachsjacke. Magnus leistete keinen Widerstand. Bei passender Gelegenheit würde er das Ding schon wieder loswerden. Er klopfte sich auf die Taschen, nahm die beiden Rucksäcke, hielt Sebastian einen hin und zog die Augenbrauen hoch.

»Na, dann«, sagte er. »Gehen wir?«

»Gehen wir«, nickte Sebastian, »wir haben schon viel zu viel Zeit verloren.«

Als sie aus dem Haus traten, erwarteten Katharina und Muriel sie bereits am Rande des schwarzen Loches, das weiter in die Tiefe führte. Obwohl Katharina inzwischen eine übergroße Daunenjacke trug, schien sie noch immer zu frieren, während Muriel vor Ungeduld auf und ab trippelte.

Als Katharina das Schwert an Magnus' Seite entdeckte, räusperte sie sich. »Nett«, sagte sie skeptisch. »Bestimmt das richtige für Helden, aber mir persönlich wäre eine Pistole lieber.«

Sebastian reichte ihr eine der beiden Waffen. Die andere behielt er. Dann verteilte er die Taschenlampen. »Das sollte helfen. Batterien haben wir genug. Muriel?«

»Ja, Herr?«

»Besteht die Möglichkeit, daß es irgendwo da unten Licht gibt?«

»Ja, Herr«, sagte Muriel. »Allerdings sehr viel tiefer, bedauerlicherweise. Bis wir die Straße finden, müssen wir ohne Licht auskommen.«

»Die Straße«, echote Magnus.

»Ja, Herr.«

»Was heißt das? Fährt dein Basilisk mit dem Bus zur Arbeit?«

»Nein, Herr. Keine Busse. Aber dort gibt es ein wenig Licht. Nicht alle, die hier unten leben, lieben die ewige Finsternis.«

»Nicht alle«, echote diesmal Sebastian und schaute in das Loch zu ihren Füßen. Im zitternden Kegel der Taschenlampe tanzten Schatten, und es sah aus, als versteckten sich die sonderbarsten Lebewesen hinter Vorsprüngen und Felsbrocken. Immerhin schien die Luft im Loch und in der Tiefe erheblich besser zu sein als im Umkreis der Villa. Sogar der Staub schien die Tiefe zu meiden.

»Vielleicht ist er klüger als wir«, murmelte Sebastian.

»Wer?« fragte Katharina.

»Der Staub.«

»Alles in Ordnung mit dir?«

»Was?«

»Kommt«, unterbrach Magnus die beiden. »Gehen wir tanzen. Muriel, du führst.«

Der Bote sprang ins Loch, die anderen folgten. Schweigend kletterten sie an den steiler werdenden, klammen Wänden des Schachtes hinunter ins Schwarz. Mit jedem Meter, den sie zurücklegten, wurde es kälter und feuchter. Magnus blieb dicht hinter Muriel, die Taschenlampe nach vorn gerichtet.

»Muriel?«

»Ja, Herr?«

»Warum ich?«

»Das weiß ich nicht, Herr.«

»Weißt du es nicht selbst?« fragte Sebastian von hinten.

»Dann würde ich wohl nicht so blöd fragen«, sagte Magnus. »Ich kann mich nicht erinnern, mich als Held beworben zu haben.«

»Darum bewirbt man sich nicht.«

»Ein Held ist ein Held«, sagte Muriel.

»Aber ich bin bloß ein Schlaukopf, der andere Leute um ihr Geld bringt.«

»Vielleicht weiß irgend jemand mehr über dich als du selbst«, warf Katharina von hinten ein.

»Was?«

»Ich erinnere mich«, fuhr sie kokett fort, »daß du durchaus sympathische Züge hattest, früher. Heldenhafte, wenn man so will.«

Magnus verdrehte die Augen. Darüber hatten sie häufiger gesprochen. Damals. Als sie für kurze Zeit gemeint hatten, sie gehörten lebenslänglich zusammen, was sich als kapitaler Irrtum entpuppt hatte. Darüber hatten sie sogar gestritten, und eine Weile hatten sie sich deswegen ganz aus den Augen verloren, weil er ihre kindischen Ansichten nicht mehr hören konnte.

»Ich weiß, Katy«, sagte er. »*Früher warst du ein toller Typ, heute bist du nur noch eine Hure der Industrie.* Wollen wir das noch mal durchkauen? Jetzt?«

»Stimmt doch.«

»Wer keine Eltern hat, die sich freundlicherweise rechtzeitig zum Radieschenkucken verabschiedet haben, muß halt irgendwann erwachsen werden.«

»Darum geht es nicht.«

»Du wirfst mir seit zehn Jahren vor, daß ich kein Idiot mehr bin.«

»Nein. Höchstens, daß du deine Ideale verkauft hast.«

»Blödsinn. Ich hab irgendwann die kurzen Hosen gegen lange eingetauscht, aber ich bin immer noch der Junge mit der großen Seele und dem reinen Herzen – frag, wen du willst.«

»Zum Beispiel eine von diesen geldgeilen Schlüsselreizschnallen, die du zum Essen ins *Da Carlo* ausführst?«

Magnus lachte. »Okay, vergiß es. Laß unsere Meinungen als Freunde auseinandergehen, ich kann's nicht mehr hören.«

Katharina schwieg. Sie hätte sich am liebsten geohrfeigt. Oder Magnus. Aber es wurmte sie. Nicht nur, was er geworden war, sondern vor allem, daß er es nicht begriff.

»Ich kenne ihn seit fünfzehn Jahren«, sagte sie im Plauderton zu Sebastian. »Seit der Uni. Er hat sich nie auf die Vorlesungen konzentriert, weil er immer irgendwelche Utopien aufschreiben mußte. Kunstvolle Staatenmodelle entwickeln, die …«

»Das macht jeder Zwanzigjährige«, behauptete Magnus.

»Und Liebesgedichte, wundervolle …«

»Hör auf«, sagte er, aber sie ließ nicht locker.

»Du warst toll, wenn du wütend warst. Ich weiß noch, wie du diese Betriebswirte in der Mensa fertiggemacht hast, ach, ich hab mich sofort in dich verliebt.« Sie imitierte seine Stimme, mehr schlecht als recht. »Gewinnmaximierung? Ihr Wahnsinnigen! Ihr verschleudert die Grundlagen, auf denen euer Wohlstand fußt und ihr freßt eure Kinder. Eure Modelle stürzen ein, wenn ihr alles meistbietend verkauft …«

»Katharina!«

»Er ist«, sagte sie zu Sebastian, »aus dem Raum getragen worden, stell dir vor, aber er hat nicht aufgehört zu reden. Es war … elektrisierend.«

»Unvorstellbar«, brummte Sebastian.

»Wie viele unsittliche Angebote hast du danach bekommen, Magnus?«

»Hunderte, aber nur vom marxistischen Studentenbund. Könntest du jetzt bitte damit aufhören, ich möchte mit Muriel reden.«

»Ja, mein Held«, flötete sie.

»Magnus«, sagte Sebastian.

»NEIN!«

»Erzähl mir etwas über deine Eltern.«

»O Gott, Meister Freud und seine tragbare Klappcouch«, schnaubte Magnus. »Keine besonderen Vorkommnisse. Meine Mutter hat mich allein großgezogen. Sie ist die sanfteste und liebenswerteste Frau, die du dir vorstellen kannst, aber von der Wirklichkeit hatte sie nie einen blassen Schimmer.«

»Was ist mit deinem Vater?«

»Keine Ahnung.«

»Geschieden?«

»Abgehauen. Vor meiner Geburt.«

»Hast du nie versucht, ihn zu finden?«

»Konnte ich nicht. Meine Mutter hat mir nicht gesagt, wie er hieß. Und jetzt...«

»War deine Mutter...«

»Was?«

»Eine...«

»Nein! Meine Mutter ist ein Engel von einem Menschen, und sie war NIE das, was du jetzt gefälligst nicht aussprichst, wenn du dein Gebiß im Mund behalten willst!«

»Dann erklär's mir.«

»Sebastian«, sagte Katharina. »Laß ihn in Ruhe.«

»Weißt du, wie dein Vater aussah?«

»Nein.«

»Kein Foto?«

»NEIN.«

»Sebastian!« sagte Katharina.

»Danke.« Magnus atmete tief durch. »Es reicht ja wohl, daß ich mich mit wildgewordenen Mißgeburten herumschlagen muß – ich meinte nicht dich, Muriel –, und daß ich mit euch im Dunkeln in der Erde rumkrieche, statt mit irgendeiner *Schlüsselreizschnalle* Mittag zu essen. Du mußt mir nicht auch noch meine Mutter madig machen, Alter.«

»Das war nicht meine Absicht«, sagte Sebastian.

Magnus wandte sich Muriel zu. »Sag mal, Bote, du weißt doch alles. Wer war mein Vater?«

»Trigon, Herr«, sagte Muriel.

»Na, also. Trigon, der alte Frauenheld. Paßt doch alles. Habt ihr ein Glück, daß mein Alter nicht bodenständig war. Tss. Trigon am Arsch, mein Vater war kein Held, sondern irgendein Eierdieb, der meiner Mutter so peinlich war, daß sie mir nicht mal seinen Namen sagen wollte. Von einem Supertypen wie Trigon hätte meine Mutter mir ja wohl erzählt. Und, Erdbote, habe ich vielleicht noch irgendwelche mir unbekannten Geschwister, die mir zur Seite springen, wenn ich mich von diesem Basilisken grillen lasse?«

»O ja, Herr«, sagte Muriel, verwundert über die Frage. »Das wißt ihr doch. Es sind sieben an der Zahl, sieben Helden und Heldinnen. Zu jedem, zu jeder, ist ein Bote unterwegs, ein Diener wie ich. Sie werden erfahren, was sie zu tun haben, und sie werden zu uns stoßen.«

»Echt?« fragte Magnus hoffnungsvoll. »Und wo treffen wir die?«

»Das wird sich finden«, sagte Muriel. »Meine Aufgabe ist es, dich zu benachrichtigen und dich zu Banshaa zu begleiten. Mehr weiß ich nicht.«

»Banshaa? Ich dachte, zum Basilisken?«

»Nein, Herr. Banshaa wird euch sagen, was zu tun ist. Sie ist groß, und sie ist weise.«

»Und bei dieser Banshaa treffen wir die anderen?«

»Das vermute ich, Herr«, sagte Muriel und verschwieg seine Sorgen.

2

Im Gewölbe des Basilisken war der Teufel los, in all seinen Spielarten, mit all seinen Gesichtern: Es wimmelte nur so von Dämonen, Ghulen und anderen bösen Geistern, die des Basilisken schauriges Spiel mit den Kräften des Bösen entfesselt hatte. Je schlimmer es an der Oberfläche wurde, je mehr Blut auf die Erde troff, desto enger und wilder ging es in der Höhle zu, desto mehr Gestalten materialisierten sich aus dem Boden, aus den Wänden, aus der Luft, und begrüßten ihr neues Leben wie sie das alte verlassen hatten – mit ausgelassener Brutalität gegen alles, was sich bewegte. Nicht genug damit, daß sie Pogo tanzten wie elektrisierte Derwische, soffen wie Löcher und einander um die Wette vergewaltigten, nein, sie schubsten und boxten sich zudem immer wieder gefährlich nah am fragilen Seelenglobus des Basilisken vorbei und schienen überhaupt nicht zu begreifen, daß dieser der Garant für das Fortbestehen ihrer ausgelassenen Stimmung war. Der Basilisk hatte bereits Dutzende von Ausgeburten der Hölle mit seinem stachligen Schweif aufgespießt und an den Höhlenwänden zerschmettert, aber die tolle Meute trieb es immer wilder.

Der Basilisk schnaubte. Mehrere Teufel schmolzen. Dann brüllte er, daß es die Höhle erschütterte: »SATAN! BEELZEBUB! LOKI!«

Für einen Augenblick wurde es stiller. Nicht wirklich

still, denn weiterhin knallten und blitzten absurd häßliche Geschöpfe aus dem Nichts in die Höhle, aber immerhin so still, daß Basil seine Aufforderung schneidend wiederholen konnte. »Satan! Beelzebub! Loki! Zu mir!«

Die drei erschienen vor dem Herrn der Seelenkugel. Winzig erschienen sie vor dem Ungetüm, winzig wie sie waren, winzig wie ihre Macht war, verglichen mit seiner, die winzig war verglichen mit der Macht des Bösen, dem er diente.

Aber devot waren die drei nicht, nicht einmal ihm gegenüber. Das ließ sich einfach nicht mit ihrer Natur vereinbaren.

»Was denn, Basil?« fragte Beelzebub.

»Irgendein Problem, Riesenratte?« fragte Satan.

»Paar Kopfschmerztabletten?« fragte Loki mit falschem Mitgefühl.

»Ihr Narren!« spuckte der Basilisk. »Mordet, vergewaltigt, schändet, metzelt – macht, was ihr wollt – ABER KOMMT MEINER KUGEL NICHT ZU NAH!«

»Ej, Party ist Party«, sagte Beelzebub.

»Wenn sie einer umwirft, stellen wir sie eben wieder hin«, fügte Satan hinzu.

»Eben«, sagte Loki.

»Wenn sie einer *umwirft*, ihr imbeziler Schleim«, zischte der Basilisk, »geht sie KAPUTT. Und wenn sie kaputtgeht, gehen die Seelen flöten, und ihr fahrt wieder hin in die stinkende Suppe, in der ihr seit Jahrhunderten geschwommen habt, bis ICH euch befreit habe. ICH, euer Führer, euer GOTT, euer ERSCHAFFER.«

»Ja, ja, nun mach mal halblang«, versuchte Satan ihn zu beruhigen. »Wir wissen es zu schätzen, Basil, ehrlich, aber wir drei sind ja nun wirklich nicht auf deine Erweckungskünste angewiesen. Wir drei leben immer, Kugel hin, Kugel her.«

Die beiden anderen nickten. Das stimmte. Für viele der

anderen, für Gestalten wie Mura, Schabbok, Baba Jaga und all die anderen weniger bedeutenden Schrate, Dibbuks, Dschinns und Golems mochte gelten, was das häßliche Riesenvieh sagte, aber nicht für sie. Sie nämlich waren unsterblich, auf immer und ewig fest zementiert in den Hirnen und Herzen der Menschen, und deshalb nicht wegzudenken, solange ein Mensch lebte.

»Jaaa!« zischte der Basilisk, und sein Atem stank so faulig, daß sogar den Teufeln die Luft wegblieb. Sein riesenhafter Kopf rückte näher, und aus eitergelb brennenden Augen, groß wie Wagenräder, fixierte er die drei Gestalten. »Ihr seid ewig, auch wenn der Seelenglobus fällt. Aber ihr seid Könige ohne REICH! Kobolde, die niemand einen Schrecken einjagen, so BÖSE wie ein toter ZAHN. Ihr seid NICHTS ohne das Böse in der Welt, nichts. Scheiße seid ihr, Durchfall, Staub seid ihr, Asche und Fliegendreck. WOLLT IHR KEIN REICH?«

»Doch«, sagte Loki kleinlaut, und Satan und Beelzebub stimmten zu.

Der Basilisk richtete sich zu voller Größe auf und brüllte, bis in den letzten Winkel des gewaltigen Gewölbes hörbar. »ICH BIN DER HERR, UND MEIN REICH KOMME! GEPRIESEN WERDE MEIN NAME, MEIN WILLE GESCHEHE, WIE IN DER HÖLLE ALSO AUCH AUF ERDEN – WOLLT IHR DIE WELT BEHERRSCHEN!?«

Und aus hunderttausenden von Kehlen erscholl der Ruf: »JAAAA!«

Schnaubend machte der Basilisk einige Schritte, damit sein gesamtes elektrisiertes Publikum ihn in voller Häßlichkeit erblicken konnte. Dabei verspürte er das unerklärliche Bedürfnis, das rechte Hinterbein nachzuziehen, ließ es jedoch bleiben.

»WOLLT IHR«, brüllte er, »MORD UND ZERSTÖRUNG UND HASS AN JEDEM ORT!?«

»JAAA!«

»WOLLT IHR WOLLUST UND SCHMERZ, FOLTER UND QUAL, GEWALT UND NIEDERTRACHT!?«

»JAAA!«

»WOLLT IHR DAS TOTALE REICH DES BÖSEN?!«

»JAAA!«

»WOLLT IHR DIE FINGER VON MEINER SEELENKUGEL LASSEN UND JEDEN IN STÜCKE REISSEN, DER IHR NAHEKOMMT?!«

»J ... Äh ... JAAAA?!«

»DANKE, IHR HÄSSLICHEN, VERLOGENEN, BESOFFENEN VERGEWALTIGERMÖRDERSCHWEINE! PARTYYY!«

Während die teuflischste Feier aller Zeiten mit neuen Lautstärkerekorden in die nächste Runde ging, standen Loki, Satan und Beelzebub noch immer beieinander und nickten anerkennend.

»Er sieht echt total scheiße aus«, sagte Loki, »aber reden kann er.«

»UND ICH HABE AUCH GUTE OHREN«, brüllte der Basilisk ihn aus kaum hundert Metern Entfernung über den Haufen. Dann ließ er den armen Teufel einfach liegen, zog sich zurück und legte sich schützend vor den Seelenglobus. Vorsichtshalber. Man konnte ja nie wissen.

Während sein Körper die Kugel schützte, machte sein Geist sich auf die Reise, verließ das Gewölbe und nahm Kontakt auf zu seinen Inkarnationen, zu Sharazel, zu Ghastasel, zu Azrael, den dreien, von denen er noch immer keine Erfolgsmeldung erhalten hatte. Die anderen vier hatten ihre Aufgabe erfüllt und die Helden getötet, ehe diese mächtig werden konnten, ehe diese auch nur begriffen hatten, wie ihnen geschah.

Ghastasel näherte sich seinem Ziel. Er hetzte sein Opfer, die indische Frau, die des Basilisken zweitgrößte Sorge gewesen war, und der Basilisk sah ihre grenzenlose Furcht und sah, daß es gut war. Er wandte seine Aufmerksamkeit Sharazel zu und spürte, daß jener noch nicht am Ziel war, dem Helden jedoch ebenfalls dicht auf den Fersen. Seiner größten Sorge. Dem Kämpfer aus dem kalten Norden. Dem einfachen Mann mit dem reinen Herzen und der großen Kraft, der fern von allem Menschenwerk lebte und nah an seiner Bestimmung. Deshalb hatte der Basilisk Sharazel zu ihm geschickt, den skrupellosesten und klügsten seiner mörderischen Diener. Es gefiel ihm nicht, daß Sharazel so lange brauchte. Aber noch vertraute er seiner Entscheidung.

Mit gemischten Gefühlen wandte er sich Azrael zu, der die leichteste Aufgabe bekommen hatte, und als er ihn fand, drang ein wütendes Schnauben aus seiner Kehle. Versagt hatte der Schattenblick, war sogar verletzt worden von diesem Helden, diesem besonders degenerierten Exemplar. Die Gedanken des Basilisken trafen Azrael und streckten ihn nieder. Er hob seinen Diener wieder auf, schüttelte ihn und riet ihm, seine Anstrengungen zu verdoppeln, wollte er nicht eines qualvolleren Todes sterben als selbst er, Azrael, sich auszumalen vermochte. Bibbernd gelobte der Schattenblick Besserung.

Die Laune des Basilisken besserte sich, als er erneut Ghastasels Gedanken empfing. Er sah Blut. Er sah einen abgeschlagenen Kopf, ein gefressenes Heldinnenherz, heiliges Wasser, das sich rot färbte, und einen satten, zufriedenen Diener des Bösen. Erlegt war somit also auch der fünfte der sieben Feinde. Nun fehlten nur noch deren zwei, dann konnten sie endlich gefahrlos beginnen mit dem Aufstieg ans Licht, den sie so lange herbeigesehnt hatten. Zwei. Der Basilisk konnte es kaum mehr erwarten. Und wieso sollte er eigentlich warten? Er wollte hinauf, in die Freiheit, unter den bleiernen Wolkenhimmel, der ihn inzwischen an der Oberfläche erwartete, hinein in das endlose Meer aus Flammen, Rauch und süßem Menschenblut.

Hinauf! Aufsteigen, ins Antlitz der Erde springen, wie es geschrieben stand.

Na schön, andererseits stand auch geschrieben, daß er sich dort nicht blicken lassen sollte, solange noch Hoffnung lebte, sprich die Helden. Aber fünf von diesen sieben Hoffnungen waren dahin, Sharazel war stark, und selbst Azrael würde den Schwächling besiegen können, den er verfolgte.

Der Plan des Basilisken ging so reibungslos auf, daß er es wagte, an die Mutter alles Bösen zu denken, die Macht, die unsichtbar und allgegenwärtig hinter ihm stand. So groß war sein Stolz, daß er berichten wollte.

»NUN, BASIL?« erklang die Stimme tief in ihm.

»Dein ergebener Diener, Mutter«, murmelte das Ungetüm. »Mögest du meinen Stolz teilen, denn alles geschieht zu deiner Zufriedenheit. Die Kinder haben viele getötet, viele geschändet, viele verletzt. Blut fließt in reißenden Strömen auf die Erde, nun will ich es zu Meeren werden lassen. Laß mich die Seelen der Kaufleute befreien, laß mich ihnen die letzte Spur Gewissen nehmen, die ihnen noch geblieben ist, und dann, wenn das Chaos herrscht auf Erden, dann laß mich das Gewissen der Heerführer fortwischen, laß mich Mussolinis, Hitlers und Amins machen sonder Zahl. Zuletzt will ich dir die Mütter schenken, ihre Seelen und ihre Herzen. Frei sollen sie sich fühlen alles zu tun, was ihnen beliebt, alles zu morden, was ihnen lästig, und dann, endlich, wenn die Mütter ihre schreienden Kinder erschlagen, dann ist Beilzeit, Schwertzeit, Wolfszeit, und die Erde wird unser sein für die Ewigkeit!«

»ICH BIN SEHR ZUFRIEDEN, BASIL«, sagte die Stimme.

»Danke, Mutter. Aber bevor ich … all dies tue, laß mich mit dem Aufstieg beginnen! Mich dürstet danach zu sehen, was ich angerichtet habe!«

»DIE HELDEN SIND TOT?«

»Ja, Mutter. Das heißt …«

»JA?«

»Fast alle, aber es kann sich nur noch um Stunden handeln …«

»TÖTE SIE, BASIL.«

»Ja, Mutter. Ich werde dafür sorgen.«

»TÖTE SIE BALD, SONST TÖTE ICH DICH.«

»Danke, Mutter«, sagte der Basilisk, und fühlte sich aus ihrer eisernen Umklammerung entlassen. Immerhin hatte sie ihm nicht direkt *verboten*, mit dem Aufstieg zu beginnen. Erschöpft kehrte er in seinen Körper zurück, der noch immer wie ein Wall aus Fleisch vor der Seelenkugel lag, und konzentrierte sich auf die Koordinaten. Hinauf! Ans Licht! Ein neues böses Herz schaffen, auf der Oberfläche! Die Sonne verhöhnen und IHM, dem Allumfasser ins machtlose Gesicht lachen – oh, so groß war seine Sehnsucht nach dem endgültigen Triumph!

Ein Dutzend vorwitzige Teufel versuchte, an seinem Schwanz entlangzuklettern.

Der Basilisk war nicht in der Stimmung für Scherze.

Ohne Vorwarnung schlug er die Nervensägen in Stücke.

3

Thor Hammerskold brachte seinen kleinen Beifahrer zum Schweigen, indem er ihm die Hand aufs Knie legte, ihn streng ansah und genau einmal nickte. Er war ein sehr geduldiger Mann, aber alles hatte Grenzen. Seit sie in Ursla losgefahren waren, redete der kleine Mönch ununterbrochen auf ihn ein. Erklärte ihm alles, schrie ihm durch den Lärm im Inneren von Ole Gulbranssons altem Ford eine Geschichte nach der anderen zu. Wer die Trigonen waren, woher sie kamen, wer ihre Vorfahren waren, was sie einander geschworen hatten, welch schändliches Verbrechen der Basilisk zu begehen im Begriff war, weshalb die ganze Welt untergehen mußte, wenn er, Thor Hammerskold, und seine Brüder und Schwestern versagten. Gelegentlich erklangen im atemlosen Vortrag des Boten Namen, die Hammerskold schon einmal von den Alten des Dorfes gehört hatte, aber der überwiegende Teil des Wortschwalls bestand aus reinem Wirrwarr und unaussprechlichen Begriffen, die nach »Susurpathya«, »Popocaptepl« und ähnlichem fremdsprachigem Unsinn klangen.

Ein blauer Opel überholte sie hupend und schoß von dannen.

»Ich weiß genug«, sagte Hammerskold zu Erinn Amesha Spenta, denn so hieß der Bote. »Ich weiß jetzt genug.«

»Verzeiht, Herr«, widersprach Erinn, »aber all das ist wichtig, und von besonderer Bedeutung ist es, daß ihr eure Kraft einzusetzen lernt …!«

»Ich kenne meine Kraft.«

»Nicht eure Körperkraft, die meine ich nicht...«

Ein silberner Golf schoß an ihnen vorbei und flog davon.

»Ich meine eure andere Kraft, die Himmelskraft, das blaue Licht!«

»Ich weiß, was du meinst«, sagte Hammerskold, ohne den Blick von der Straße zu wenden.

Ein lautes Fanfarenheulen jaulte heran und vorbei, als ein roter Jeep sie rasch überholte. Der Fahrer hielt den Arm aus dem Fenster und zeigte ihnen den ausgestreckten Mittelfinger, während der Jeep binnen Sekunden zu einem kleinen roten Fleck auf der schnurgeraden Landstraße nach Oslo wurde.

»Ein Gruß?« fragte der Bote.

»Ja«, sagte Hammerskold. Was sollte es sonst sein? In Ursla grüßte zwar niemand so, aber er konnte sich vorstellen, daß man es in Großstädten tat.

»War der Fahrer ein Freund von euch, Herr?!«

»Nein.«

Der Bote verstummte und wunderte sich. Nicht nur über den Gruß des Freundes, der keiner war. Da war noch etwas, was ihn seit geraumer Zeit beschäftigte, aber er wagte es nicht, den Trigonen darauf anzusprechen, weil er nicht für dumm und naiv gehalten werden wollte. Was Erinn verwunderte war, daß alle anderen Autos schneller fuhren als sie, und er fragte sich, woran das lag. Möglicherweise war jenes Fahrzeug, das sie sich vom Nachbarn des Helden geliehen hatten, ein besonders altes Exemplar. Andererseits erinnerte Erinn sich, sogar in Pferdekutschen schneller gereist zu sein.

Ein weiteres Auto flog an ihnen vorbei. Es war ein blauer Mercedes, und Erinn sah ihm sehnsüchtig nach, während er elegant aus ihrem Blickfeld verschwand. Dann sah er allerdings noch etwas anderes, und das ließ ihm das Herz kalt werden und die Augen groß.

Auf der Straße, auf ihrer Seite der Fahrbahn, etwa zweihundert Meter vor ihnen, stand eine schmale schwarze Gestalt mit breitkrempigem Hut.

»Aaaaaaahhhh!« rief Erinn und deutete nach vorn. »Meister! Meister! Das ist Sharazel! Sharazel hat uns gefunden! Meister!«

»Hör auf zu schreien«, sagte Hammerskold und fuhr unbeeindruckt weiter.

Weiter und weiter, bis er unmittelbar vor der Gestalt die Handbremse zog. Mit einem kurzen Ruck kam der Wagen zum Stehen, und Hammerskold öffnete die Tür.

»Willkommen bei deiner Beerdigung, Trigonensohn!« begrüßte ihn Sharazel mit gellendem Geschrei.

»Wer bist du?« fragte Hammerskold ruhig.

»Ich bin Sharazel, dein Tod!« Der Diener des Basilisken hob die Arme, und hunderte Augen blinzelten aus seinem hochgeschlagenen Mantel um verrottete Rippen herum. »Stirb, und nimm jede Hoffnung mit, du Nichts von einem Wicht! Stirb!« Er hob die Arme, und schwarzes Licht sammelte sich über seinen Händen zu reiner, tödlicher Energie.

Erinn krallte sich zitternd ins Armaturenbrett und betete zu Banshaa und den Mächten des Guten, obwohl er nicht glaubte, daß das in diesem Fall irgend etwas nützen würde.

Aber als Sharazel einen glänzenden Ball schwarzer Energie in Hammerskolds Richtung schleuderte, erstrahlte der mächtige Körper des Helden plötzlich in blauem Licht, und die todbringende Kugel prallte ab und zerrieselte zu glitzerndem Staub.

Die Verblüffung stand Erinn ins Gesicht geschrieben. Sharazel auch.

Hammerskold nicht. Denn er hatte nicht übertrieben, als er Erinn gesagt hatte, er wisse um seine Macht. Er setzte sie allerdings nur gelegentlich ein. Wenn jemand aus dem

Dorf krank war, zum Beispiel. Oder wenn die Fische partout nicht beißen wollten.

Mit zwei langen Schritten hatte er den verdutzten Diener des Bösen erreicht, ihn mit festem, blau schimmerndem Griff am Mantelkragen gepackt und hochgehoben, was Sharazel gehörig überraschte. Was ihn indes völlig auf dem falschen Fuß erwischte, war, daß Hammerskold ihm anschließend mit zwei blau schimmernden Fingern direkt in die silbernen Augen stach und dann mit unfaßbarer Wucht in den Wald schleuderte, wo er Kopf voran mit einer Tanne kollidierte, wie ein leerer Mantel am Stamm herunterrutschte und liegenblieb.

Das vorletzte, was er dachte, bevor er mit brennenden Augen und pochendem Hirn gegen den Stamm klatschte, war *Schmerz*. Aber das letzte war: *Wir sehen uns wieder, Trigon, und du wirst mich nicht noch einmal überraschen.*

Danach knallte es in seinem Kopf, und schwarze Stille umfing ihn.

Hammerskold wischte sich die Hände an der Cordhose ab, stieg zurück in den Wagen und schloß die Tür.

»Das war!« rief Erinn begeistert, »das war phantastisch, Herr! Oh, welcher Sieg! Welche Kraft! Ihr habt Sharazel besiegt!«

»Ja«, sagte Hammerskold.

»O welches Glück! Aber meint ihr nicht, Herr, daß ihr ihn … ich meine, vielleicht ist er noch am Leben, und …«

»Ich töte keinen, der sich nicht wehren kann.«

»Aber …«

»Das ist nicht recht.«

»Aber …«

»Du hast mich gehört.«

Hammerskold drehte den Schlüssel im Schloß. Der Wagen machte einen Satz nach vorn, der Motor sprang wundersamerweise an, und sie fuhren wieder. Hammerskold legte beide Hände aufs Lenkrad und trat aufs Gas, bis der

Lärm im Wageninneren wieder die alte Lautstärke erreicht hatte.

Thor Hammerskold war kein Mann der Technik. Er fuhr nie Auto. Er hatte keinen Führerschein. Natürlich hatte Ole Gulbransson gedacht, sein Nachbar wisse um das Zusammenspiel von Kupplung und Schaltknüppel, aber das wußte der eben nicht.

Und so setzten sie ihren Weg nach Oslo fort, der Trigone und der Bote.

Im ersten Gang.

Thor Hammerskold war ein einfacher Held. Fest war er. Stark. Selbstsicher. Ohne Zweifel.

Und alles andere als dumm.

Jedenfalls, was die wirklich wichtigen Dinge betraf.

4

Die zweite erfolglose Inkarnation des Basilisken, Azrael, war ebenso weit vom endgültigen Triumph entfernt wie Sharazel, aber anders als jener war Azrael nicht mehr bewußtlos. Er war wieder unterwegs. Er suchte.

Und tötete.

Die fünf durchgedrehten Jugendlichen, die ihm den Mantel von den Schultern gerissen und anschließend – trotz des entsetzlichen Anblicks, der sich ihnen bot – versucht hatten, ihn zu Boden zu werfen und mit Benzin zu übergießen, hatte er mit wütendem Brüllen und einem schwarzen Kugelblitz aus seiner Handfläche in eine fünf mal fünf Meter große Fläche aus Blut und unappetitlichen Teilen verwandelt. Aber als er wieder aufstand und sich den Umhang über die grauen Schultern warf, spürte er einen bitteren Geschmack im Mund, der aus den Tiefen seines Körpers stieg.

Es war wirklich zum Kotzen.

Es war in Ordnung gewesen, Menschen zu töten, Herzen zu fressen, abartig böse zu sein, solange er allein in dieser Welt abartig böse gewesen war. Aber seit einigen Stunden, seit er aus der Tiefgarage herausgewankt war, machte ihm nichts mehr Spaß.

Man hatte auf ihn geschossen. Mehrfach. Einfach so. Ein älterer Mann in blauem Anzug hatte sich vor ihm aufgebaut, seine Hose aufgeknöpft und sein halb erigiertes Geschlechtsteil herausgezogen, offenbar weil er ihn, Azrael, aufgrund seiner Körpergröße mit einem Mädchen verwechselt hatte. Azrael hatte ihn getötet, aber es hatte ihm überhaupt keinen Spaß gemacht. Anschließend hatten mehrere Leute versucht, ihn zu überfahren, ihn auszurauben und ihm vergammeltes Fleisch anzudrehen. Auch die hatte er getötet. Ebenso die Frau, die ihm ohne Grund oder Vorwarnung dorthin getreten hatte, wo sie seine Weichteile vermutete. Und jetzt die fünf Verrückten, die ihn hatten anzünden wollen.

Azrael war erschöpft.

Sollten sie das doch untereinander machen, aber nicht mit ihm. Er war ein Teufel. Er war eine Ausgeburt der Hölle. Er war etwas Besonderes.

Gewesen.

Verbittert fragte er sich, welchen Sinn es hatte, in einer abgrundbösen Welt abgrundböse zu sein. Er verfluchte sich, sein Geschlecht und – insgeheim – seinen Meister. Er wollte zurück in die Unterwelt. Noch lieber allerdings hätte er die Welt zurückgehabt, die es vorher gegeben hatte. Die, in der die meisten an Romantik und Idylle glaubten, in der man echte Knalleffekte erzielte, wenn man aus heiterem Himmel Züge entgleisen ließ, gesunde Babys Nachts erstickte, oder Autos, besetzt mit fünf oder sechs hübschen Teenagern, auf dem Disco-Heimweg gegen Bäume krachen ließ.

Wäre da nicht dieser verfluchte Held gewesen, Azrael hätte mit Freuden den Heimweg angetreten.

Noch immer hatte er keinen blassen Schimmer, wo er Magnus suchen sollte. Er war zurückgekehrt zu dem Haus am Fluß, aber dort war der Held nicht gewesen. Er mußte anderswo Unterschlupf gefunden haben, aber Azrael hatte keine Ahnung, wo.

So ging er einfach durch die Straßen, murmelte und grübelte vor sich hin und hoffte auf ein Wunder.

Es sollte geschehen.

Vor einem Schaufenster hatten sich mehrere Bewaffnete versammelt, denen anscheinend Rudimente von Vernunft geblieben waren. Sie setzten ihre Waffen nicht gegeneinander ein, sondern trugen sie nur zur Verteidigung mit sich. Azrael trat näher, hielt sich unauffällig im Hintergrund und spähte zwischen den Leuten hindurch. Das Schaufenster war nur noch ein Schaurahmen, denn die Scheibe war eingeschlagen. Lediglich das engmaschige Sicherheitsgitter bewahrte ein Dutzend Fernsehgeräte vor dem Zugriff von Plünderern.

Alle Apparate liefen stumm, und alle zeigten Unterschiedliches. Überwiegend Nachrichtensendungen, denn sogar die Pay-TV-Sender hatten ihr Unterhaltungsprogramm über Bord geworfen. Links oben kommentierte eine stumme Frau aus Los Angeles, darunter kommentierte ein stummer Mann aus Tokio, darunter andere aus Berlin, London, Neu Delhi und Buenos Aires, und unter ihnen allen, auf einem weiteren Bildschirm, kommentierte eine weitere stumme Frau vor der Projektion eines Fotos, das einen Krater zeigte, um den mehrere Menschen herumstanden. Unter dem Foto stand »Hamburg«. Azrael kniff die Augen zusammen, als die Moderatorin verschwand und ein verwackeltes Amateurvideo begann. Das erste Bild zeigte den Krater, in dem gerade der Rest eines Hauses verschwand. Der Schwenk des Kameramanns fing gerade noch ein, wie der blaue Porsche von der Erde verschluckt wurde. Dampf stieg aus Azraels Nasenlöchern, als der Film abbrach und der sprechende Kopf eines Augenzeugen auftauchte. Der Kopf interessierte Azrael nicht besonders. Wohl aber das Straßenschild dahinter.

Er merkte sich den Straßennamen und hastete davon, plötzlich wieder beseelt und glücklich, am Leben zu sein und eine große Aufgabe zu erfüllen. Er würde ihn kriegen, und er würde ihn in Stücke reißen. Kleine Stücke. Fetzen. Schnipsel.

Bisher, dachte Azrael, hatte noch jeder Mensch, der ihm begegnet war, erfahren, was Sterblichkeit wirklich bedeutete, und er brannte darauf, auch Magnus diese finale Lebenslektion zu erteilen.

Während Sharazel erwachte und in Windeseile seinem Opfer folgte, Thor Hammerskold Oslo am Horizont sah, der Basilisk ungeduldig wurde, Magnus die Straße zu Banshaa suchte und Azrael Magnus, suchten sämtliche Anbieter von Extremsportveranstaltungen händeringend nach Perspektiven. Bungee-Jumper, Scad-Diver, Aqua-Bowler und Skyscraper-Runner schienen von einem Tag auf den anderen weltweit ausgestorben zu sein. Tatsächlich war zwar bis zu diesem Zeitpunkt höchstens ein Drittel von ihnen ausgestorben, respektive wahnsinnig gewordenen Mitmenschen zum Opfer gefallen, aber auch die verbliebenen zwei Drittel verspürten nicht mehr die geringste Lust, sich zwischen Feierabend und Beginn der Disco-Nacht einen Adrenalin-Kick verpassen zu lassen, denn das Leben war schlagartig viel spannender geworden, als irgendwer sich hatte wünschen können.

Dabei war nichts in die Welt gekommen, was nicht schon vorher dagewesen wäre – kein todbringender Virus wehte aus den Tiefen des Dschungels, keine Strahlung strahlte aus dem All, keinerlei Raumschiffe hingen über den Metropolen der Welt. Des Basilisken Manipulation des Seelenglobus' hatte der Zivilisation nicht das geringste hinzugefügt, sondern lediglich eine Winzigkeit entfernt: die Furcht.

Furcht hatten die Menschen gehabt, immer. Furcht vor Strafe, im Himmel wie auf Erden. Furcht, von ihren Mitmenschen bestraft zu werden. Furcht, von ihren Göttern gestraft zu werden, nach ihrem Tod. Nicht das Gewissen hatte ihr Leben, ihr Tun und Handeln bestimmt, denn sie hatten keines besessen; ihr einziger Lehrmeister war die

Furcht gewesen, und die Furcht hatte sie getrieben bis in den letzten Winkel ihres Seins. Versicherungen hatten sie gekauft, weil sie Krankheit fürchteten, Armut, den Verlust von Dingen oder den Tod; Götzenbilder und Oblaten, weil sie die Hölle fürchteten; Zahnpasta, weil sie Parodontose fürchteten; Zurückweisungen hatten sie in Kauf genommen, weil sie fürchteten, nicht geliebt zu werden; Gesetze hatten sie gemacht, weil sie ihre Mitmenschen fürchteten; Religionen und Gebote, weil sie das Danach fürchteten.

Die Furcht war es gewesen und nur die Furcht, die sie gehindert hatte zu sein, was sie waren, und zu tun, was sie wollten.

Die Furcht war Vergangenheit.

Furchtlos waren sie jetzt, furchtlos und frei.

In zehntausenden Badewannen landeten Haartrockner, obwohl schon Ehemänner drinsaßen. Jeder beraubte jeden, kaum jemand arbeitete mehr. Pingelige Beamte wurden erschossen, Kinderschänder ohne Prozeß gelyncht und nörgelnde Kunden einfach erwürgt.

Das älteste Gewerbe der Welt machte pleite. Die Furchtlosen griffen zu, ohne zu zahlen. Die mittleren Angestellten hörten auf, von den Sekretärinnen der Chefs nur zu träumen. Was den Opfern nicht besonders bekam. Und nicht besonders behagte. Da allerdings auch bei ihnen jede sorgenvolle Zurückhaltung gewichen war, gab es neben reichlich Vergewaltigungen zwischen Büroklammern und Tastaturen auch reichlich versuchte Vergewaltigungen, die für die potentiellen Täter jäh und tödlich endeten.

Der Satz »dafür könnte ich ihn umbringen« verlor all seinen konjunktivischen Charme, denn überall verwirklichte man endgültig das befreiende Prinzip »Denk an dich, tu, was du fühlst!«. Das war, wie sich herausstellte, oft nicht sehr schön für die Mitmenschen derer, die da taten, was sie fühlten. Wer hat schon gern ungefragt das

Geschlechtsteil eines Kollegen im Körper oder die Kugel eines verärgerten Autofahrers im Kopf? Eine ehrliche, kompromißlose Welt entstand durch die Freisetzung der grenzenlosen Freiheit, der grenzenlosen Furchtlosigkeit. Eine Welt ohne Regeln, ohne Gott, ohne Religion, ohne Gewissen. Eine Welt voller Leichen.

Übel nannte der Allumfasser die Welt und verwandelte sich, weil es ihm gefiel, in ein zauberhaftes Teeservice, dessen dominierende Kanne markante Augenbrauen, eine Pappnase und ein verärgerter Mund zierten.

Als infantilen Schleim bezeichnete darauf einer seiner Berater, just in diesem Augenblick in Gestalt einer Riesenamöbe mit goldenem Schuppenschweif, die Bewohner der Welt, als widerwärtigen Schmutz, den zu beachten nicht mehr lohne.

Der Allumfasser schwieg.

Zu schnell ginge alles, protestierte ein anderer Berater des Allumfassers, der sich hierzu rasch in eine Gestalt verwandelte, die früheren Menschengenerationen als Audhumla, die Urkuh, vertraut war. Er schlug vor, dem Basilisken und den Mächten des Bösen etwas entgegenzustellen. Ihn zu vernichten. Zustimmung erhob sich, aber der Allumfasser schüttelte sämtliche Tassen.

Ein Eingriff komme nicht in Frage, klapperte ER, um sich gleich darauf in einen weißbärtigen Greis zu verwandeln. Der Mensch allein, sagte ER, kann den Menschen retten, nicht wir, wir können ihn allenfalls im Tod erlösen. Was sich selbst retten kann, überlebt. Was nicht, das stirbt.

Die Urkuh Audhumla schlug vor, man solle eine Ausnahme machen. Die Schlange schlug vor, man solle einen Verräter machen und hinter die Reihen des Bösen schikken. Shiva schlug vor, man solle Feuer mit Feuer bekämpfen, und versuchte sich in Allah zu verwandeln, was ihr mißlang, weil niemand sich ein Bild von Allah machen kann.

Für Ewigkeiten herrschte Stille. Dann schüttelte der bärtige Alte den Kopf. Eine Schlange brauche ER nicht, ließ ER seine Berater wissen, und auch kein Feuer. Schließlich habe ER Boten, Engel und Lehrmeister gemacht, um die Helden zu begleiten und zu leiten. Mehr könne man nicht von IHM verlangen. Nun liege es bei den Auserwählten selbst, nicht mehr bei IHM.

Zaghafter Widerspruch erhob sich, aber der Allumfasser hatte sich in einen Berg verwandelt und stellte sich taub.

5

Auf dem Flughafen Oslo ging es zu wie beim Sommerschlußverkauf. Eine schreiende und schubsende, tausendköpfige Masse Mensch drängte sich vor den Schaltern der Fluggesellschaften, hinter denen nur noch wenige überzeugte Sadomasochisten Dienst machten und im Gebrüll lächelnd immer dieselbe Auskunft gaben.

Bedaure.

Denn im Unterschied zum Sommerschlußverkauf gab es auf dem Flughafen nichts zu Sonderpreisen. Nicht einmal zu Wucherpreisen. Sämtliche Flüge waren ausgebucht, und wer ein Ticket besaß, hütete sich, es herauszugeben. Mochten die Angebote auch noch so verlockend sein, denn mancher bot ein ganzes Jahresgehalt für die Aussicht, die norwegische Hauptstadt verlassen zu können, in der vollständiges, lebensgefährliches Chaos herrschte. Aber inzwischen hatte sich auf dem Flughafen herumgesprochen, daß Ticketbesitzer, die Verhandlungsbereitschaft signalisierten, einfach über den Haufen geschossen und ausgeraubt wurden. Und so leugneten die glücklichen Besitzer, reihten sich vorsichtshalber ein in die Schar derer, die Angebote in die Hallenluft schrien, und warfen verstohlene, sehnsüchtige Blicke auf die große Anzeigetafel, auf der hinter allen Flügen »delayed« stand. Denn es flogen schon seit Stunden keine Maschinen mehr ab.

In dieses brodelnde, brüllende Chaos traten Thor Hammerskold und sein Begleiter, der Bote Erinn. Ole Gulbranssons Ford hatte wenige hundert Meter vor dem Flughafengebäude endlich den Geist aufgegeben, und die beiden waren den Rest des Wegs zu Fuß gegangen. Durch den Regen, der aus grau-roten Wolken eingesetzt hatte. Hammerskold wußte genau, was er wollte. Er hatte sich vorgestellt, wie er zu einem Verkäufer ginge und eine Karte kaufte. So wie er bei Snorri Sturluson Kaffee kaufte. Dann würde er sich in ein Flugzeug setzen und fliegen. So einfach war das.

Aber als er in die unfaßbar große Halle aus Stahl und Glas trat, beziehungsweise zu treten versuchte, geriet die Selbstsicherheit des Helden aus dem Norden zum ersten Mal ins Wanken.

Er hatte in seinem Leben noch nicht so viele Menschen gesehen. Nicht nacheinander und schon gar nicht zusammen. Menschen in Anzügen. Menschen in Kleidern. Menschen in kurzen Hosen. Frauen mit kurzen Haaren, Männer mit langen Haaren. Menschen mit Schlitzaugen. Schwarze Menschen. Und die Menschen schubsten einander. Und schrien einander an. Und einige schrien in kleine schwarze Kästchen, die sie sich an die Ohren hielten. Es war laut. Überall waren Geräusche. Überall waren Dinge. Tafeln an den Wänden, auf denen Dinge abgebildet waren. Tafeln hoch über ihm, auf denen Worte standen. Unglaublich viele Dinge, die er nicht verstand.

Und nirgendwo ein Snorri Sturluson, der ihn lächelnd erwartete, um ihm eine Flugzeugkarte zu verkaufen.

Die Menschenmenge wogte vor Hammerskold hin und her. Gesichter tauchten auf und verschwanden wieder, und plötzlich war das Gesicht einer Frau direkt vor seinem, ein schönes, erschrockenes Gesicht unter blondem Engelshaar. Ihre Augen trafen seine, und ihre Pupillen weiteten sich. Schlanke Hände krallten sich in sein Hemd, und mit eindringlicher Stimme zischte die Frau ihm zu: »Geh hier weg! Schnell! Geh hier weg, Thor! Ich treffe dich auf dem Parkplatz rechts vom Terminal! Geh, …« Sie verschwand, so rasch wie sie gekommen war, fortgetragen von einer neuen Menschenströmung, die in Richtung eines anderen Schalters wogte. Thor Hammerskold sah, wie ihr Kopf unterging zwischen den anderen und runzelte die Stirn.

Erinn zupfte an seinem Hosenbein.

»Herr! Wir sollten diesen Ort verlassen, das ist nicht der richtige...«

»Ich werde fliegen«, sagte Thor Hammerskold mit fester Stimme und begann das Menschenmeer vor sich mit seinen starken Händen zu teilen. Irgendwo dort hinten, wo das Geschrei am lautesten war, mußte es das geben, was er wollte.

Eine Karte für ein Flugzeug.

Im Schatten über ihnen, auf der Empore, die rund um die riesige Halle führte, stand Sharazel und entblößte grinsend eine Reihe spitzer Zähne. Er sah den Helden durch die Menschen schreiten, unwiderstehlich, stark und fest und selbstsicher. O ja, dieser Trigone wußte um seine Macht. Wußte, wie man das Böse mit Händen griff und abwehrte. Wußte um Dämonen.

Nichts wußte er.

Sharazel sah die anderen. Den Jungen mit den raspelkurzen Haaren, auf den Hammerskold zusteuerte. Das Mädchen mit dem Ring in der Nase, das hinter Hammerskold war. Kinder, die die Regeln kannten. Die Regeln dieser Welt.

»Ej, Alter!« hörte Hammerskold jemand rufen, und im nächsten Augenblick wichen die Körper vor ihm zur Seite, obwohl er sie noch gar nicht berührt hatte. Mit ängstlichem Murmeln teilte sich das Menschenmeer und gab den Blick frei auf einen etwa vierzehnjährigen Jungen, der einen Revolver auf den Helden gerichtet hielt.

Hammerskold blieb stehen und legte die Stirn in tiefe Falten.

»Was tust du da, Junge?« fragte er.

»Du hast 'n Ticket«, sagte der Junge.

»Was?« fragte Hammerskold.

»Jetzt verscheißer mich nicht, du Sack, du hast ein Ticket! Her damit!«

»Ich weiß nicht, was du meinst«, sagte Hammerskold, und das entsprach der Wahrheit. Er hatte kein Ticket. Er wußte nicht mal, was das sein sollte. Dafür wußte er, daß die Waffe in den Händen des Jungen kein Spielzeug war.

Er streckte die Hand aus.

»Gib mir deine Pistole«, sagte er. »Bevor du jemand verletzt.«

»Ej! Zum letzten Mal, Waldschrat! Das Ticket her, oder du bist tot!«

Sharazel blinzelte von der Empore in die Tiefe. *Jetzt*, dachte er. Er hatte ihnen doch ganz genau erklärt, was sie tun sollten. Und weshalb sie es genau so tun sollten.

Thor Hammerskold sammelte blaues Licht in seinen Händen, um dem wahnsinnigen Jungen zu entwaffnen. Sanft und vorsichtig wollte er es tun, schließlich war sein Gegenüber ein Kind. Und Kinder galt es nachsichtig zu behandeln.

Er konzentrierte sich auf die Waffe. Vollständig. Und als das blaue Licht aus seinen Händen flog, zerriß ein ohrenbetäubender Knall die gebannte Stille in der Halle, und Blut besudelte den Jungen mit der Waffe und alle, die in seiner Nähe standen.

Erinn sprang zur Seite, bleich und entsetzt, und schrie auf.

Thor Hammerskold senkte ungläubig den Kopf und sah an sich herunter. Das Hemd war zerrissen, vom Brustbein bis zum Gürtel, und nicht nur das Hemd. Er schaffte es noch, mit den Fingern das riesige Loch zu berühren, das das Dumdumgeschoß beim Wiederaustritt gerissen hatte, dann hörte er hinter sich das vorletzte, was er in seinem Leben hören sollte, das metallische *ritsch-ratsch*, mit dem die Schützin die Pump-Gun noch einmal durchlud.

Erinn schloß die Augen, schlug sich die Hände vor das Gesicht und hörte den zweiten Knall in tiefer Dunkelheit. Hilflos und verzweifelt krabbelte der Bote zwischen Füßen hindurch, die durcheinanderrannten, die ihn fast zertraten, und suchte keuchend das Weite. Und durch das Schreien der flüchtenden Menschen hörte er von weit her das gellende Lachen Sharazels.

Ein einfacher Held war Thor Hammerskold gewesen. Fest. Stark. Selbstsicher. Ohne Zweifel. Nicht wirklich dumm. Aber wirklich weltfremd.

Und wirklich tot.

6

Magnus fühlte sich betrogen. Nicht nur, weil er, als sie die Straße endlich erreichten, mit einem Blick nach unten feststellte, daß seine zweitausend Mark teuren *Ludd's* infolge des Abstiegs aussahen wie vermoderte Mokassins, nein, es war alles noch viel trostloser. Sie standen auf glitschig glänzendem Kopfsteinpflaster, an den Wänden brannten Fackeln, und vor ihnen erstreckte sich ein endloser Gang, ein Rundgewölbe aus Steinen, in der Mitte etwa zwei Meter hoch. Es war offenkundig nicht für Helden gemacht, denn mit seiner ein Meter neunzig Körpergröße konnte Magnus nur in der Mitte einigermaßen bequem stehen und gehen. Es roch nach Schwefel, es war klamm, und Dunstschwaden krochen träge durch den Gang.

Magnus atmete enttäuscht aus. »Mh.«

»Was ist?« fragte Katharina.

»Ich hab mal ne Burg besichtigt«, sagte Magnus. »Untenrum. Da sah's auch so aus.«

»Was hast du denn erwartet?«

»Ich weiß nicht. Irgendwie was anderes als *Dungeons and Dragons.*«

»Als was?« fragte Sebastian.

»Vergiß es«, sagte Magnus. »Nach neunzehnhundertsechzig erfunden, kennst du nicht.«

»Dies hier«, murmelte Sebastian, »ist vermutlich ein

paar Jahrtausende älter. Es hätte schlimmer kommen können, wenigstens haben wir Licht und stehen nicht bis zum Hals in Schlamm.« Er wandte sich an Muriel und sah den Boten fragend an. »Wohin nun?«

Der Bote deutete nach links. »Dorthin, Herr.«

Sie setzten den leicht abschüssigen Weg fort, Sebastian und Muriel an der Spitze, Magnus und Katharina dahinter. Eine Weile schwiegen sie, gingen bloß an den immer gleichen Wänden entlang, und bis auf das Echo ihrer Schritte war kein Geräusch zu vernehmen.

Es entging Katharina nicht, daß Magnus in regelmäßigen Abständen bedauernd seine Schuhe betrachtete. Schließlich fiel ihr ein, wie sie ihn auf andere Gedanken bringen konnte. Auf die richtigen. Die wesentlichen.

»Magnus?«

»Ja?«

»Erinnerst du dich an den Typ in der Disco?«

Obwohl die Frage aus heiterem Himmel kam, mußte er nicht darüber nachdenken. Natürlich erinnerte er sich. Der *Typ aus der Disco* gehörte zu ihrem gemeinsamen zerebralen Bilderalbum wie der erste Kuß, der erste Sex und das erste zerschmissene Ritzenhoff-Bierglas. Er hatte sie begleitet, damals. Weil sie gemeint hatte, es sei nett, tanzen zu gehen, und weil er gemeint hatte, es sei nett, das nett zu finden, was seine Freundin nett fand. Also waren sie tanzen gegangen. Er hatte sich mit einem Cocktail an die Bar gehängt und dem Treiben auf der Tanzfläche zugesehen. Junge und nicht mehr ganz so junge Dinger in viel zu knappen Tops, die tanzten, als hätten sie Krebs im Endstadium, als ginge es um die letzte Chance, von irgendeinem Hirntoten begattet zu werden; junge und nicht mehr ganz so junge Typen in engen Shirts und Shorts, die sich gegen den Takt abhampelten, das je nach Temperament selbstbewußte oder verzweifelte »Ficken?« in unsichtbaren Buchstaben auf die Stirn tätowiert. Er hatte eine Weile zugesehen, wie seine junge Freundin tanzte, mit ihrem herrlichen Lächeln, ihren herrlichen Bewegungen, ihrer herrlichen Unschuld; eine Ganzkörpereinladung, die nicht so gemeint war.

»Der dich auf der Tanzfläche flachlegen wollte«, nickte er.

Sie lächelte nachsichtig. »Na ja. Das nun nicht.«

»Sagen wir mal so: Du hattest Glück, daß ihr beide was anhattet.«

»Fang nicht wieder davon an. Der Typ war ein Idiot, und es war sehr, sehr unangenehm. Es gibt immer Leute, die alles mißverstehen.«

Magnus ersparte ihr den Kommentar. Es hatten ziemlich oft alle alles mißverstanden. Sie war immer auf der richtigen Spur gewesen und alle anderen Geisterfahrer.

»Aber«, fuhr Katharina fröhlich fort, »das war ein großer Auftritt meines damaligen Beschützers, ich muß schon sagen, Respekt.«

»Damals hast du gesagt, es war peinlich.«

»Ich war halt sauer. Ich wollte nur tanzen.«

»So, wie du getanzt hast, hättest Du sogar Impotenten Beine gemacht. Und nicht nur zwei.«

»Jedenfalls hast du mich gerettet.«

»Stimmt.«

»Du hast ihn verprügelt.«

»Stimmt auch.«

»Obwohl er stärker war als du.«

»Er war eine aufgepumpte Kröte. Dicke Arme, nichts dahinter.«

Katharina schüttelte entschieden den Kopf. »Nein, Magnus. Er war ein kleiner, gefährlicher Schläger. Und du warst damals kein austrainierter Alt-Yuppie …«

»Hey!«

»… sondern ein studierender Spargeltarzan, der die Welt nur mit seinem Herzen und seinem Verstand aus den

Angeln heben wollte. Trotzdem hast du ihn fertiggemacht. Und wie.«

Er erinnerte sich. An die Gefühle, die in ihm aufgestiegen waren, an die Sicherheit, mit der er auf die Tanzfläche geschritten war. Er hatte gewußt, was er tun mußte, hatte kurze, mühelose Schläge angebracht, die er bis zu diesem Augenblick nicht gekannt hatte. Die aufgepumpte Kröte, die ihre Flossen eindeutig an den falschen Stellen gehabt hatte, war nicht einmal dazu gekommen, ihn zu berühren, war bloß unter zwei, drei Schlägen und Tritten zusammengesackt und dann entfernt worden.

»Wieso konntest du das?« fragte sie.

»Was?«

»Kämpfen.«

Er dachte darüber nach. »Keine Ahnung«, sagte er schließlich.

»Es war nicht das einzige Mal. Du hast viel zu oft viel zu wenig aus dem gemacht, was du bist.«

»Katharina, ich…«

»Nein, ich meine es ernst. Ich glaube, daß Muriel recht hat. Er sagt die Wahrheit.«

»Muriel ist ein Alptraum. All dies ist ein Alptraum, und ich hoffe, daß ich gleich aufwache und in meinem Bett liege. Möglichst neben dir, denn ich könnte mir vorstellen, daß wir zwei dann etwas Traumhaftes miteinander…«

Sie wollte ihn unterbrechen, aber jemand anders kam ihr zuvor.

Sebastian und Muriel schraken zurück, denn aus dem Nebel war ohne jede akustische Vorwarnung direkt vor ihnen ein Wesen aufgetaucht, das Muriel glich wie ein Bruder. Davon abgesehen, daß das andere Wesen, im Gegensatz zu Muriel, keuchte, als hätte es gerade einen 4000-Meter-Sprint hinter sich.

»Raja!« sagte Muriel.

»Hss. Hss. Hhhh.«

»Was ist geschehen, Bruder?« fragte Muriel erschrokken und legte dem Boten die Hände auf die Schultern.

»Hhhhhh!« keuchte Raja und deutete auf seinen Hals. »Hhhh. Hss. Alle tot.«

Inzwischen waren Magnus, Katharina und Sebastian näher getreten. Muriel wandte sich zu ihnen um, und seine kleinen grellgrünen Augen begannen zu flackern.

»Was ist?« sagte Magnus.

»Alle?« fragte Muriel. »Unmöglich, Raja. Du mußt dich irren!«

Raja nickte energisch. »Es ist wahr.«

»Was?« fragte Magnus.

Raja sah ihn erstaunt an. Dann sah er Muriel an. »Ist er...?«

»Ja«, erwiderte Muriel. »Er ist der letzte der Trigonen.«

»Wieso der let...« Magnus brach ab. »Nein. Das ist nicht euer Ernst.«

»Es ist so, Herr«, sagte Raja und verneigte sich. »Sie sind alle tot, alle sechs, getötet von den Dienern des Basilisken, aus dem Leben gerissen, ehe sie begreifen konnten, wie ihnen geschah, wer sie waren, wer sie hätten sein können. Ich selbst habe den Helden des Südens sterben sehen, und es war kein schöner Anblick. Ihr, Herr«, sagte er leise, »Ihr seid der letzte.«

Aller Blicke trafen Magnus.

Er stand zwischen ihnen, mit unbeweglicher Miene. Wie von Rodin persönlich aus Granit gemeißelt wirkte sein Gesicht, hart waren seine Züge, hart und entschlossen. Katharina, Sebastian und die Boten spürten dasselbe, spürten, was von diesem Mann ausging: Entschlossenheit, Mut und übermenschliche Willenskraft.

Magnus nickte energisch. Dann nickte er noch ein bißchen weiter, sah sich um, sah wieder nach vorn und hörte entschlossen auf zu nicken.

»Na gut«, sagte er. »Vergessen wir das Ganze. Kehren wir um.«

»Was?« erwiderten Katharina und Sebastian wie aus einem Mund.

»Wir kehren um.«

»Du kannst doch jetzt nicht umkehren.«

»Hey, hast du gehört, was er eben gesagt hat? Ja? Die anderen sind tot. Alle.«

»Und?«

»Na, es war schon mit sechs Kollegen völlig absurd, diese Nummer zu versuchen, aber ich allein …«

»Du hast doch uns«, sagte Katharina, aber dafür fing sie sich sogar von Sebastian einen tadelnden Blick ein.

»Nichts für ungut.« Magnus schüttelte den Kopf. »Aber als Held muß man ja wohl am Ende irgendwas machen. Prüfungen bestehen. Richtig, Muriel?«

Muriel nickte.

»Kämpfen«, sagte Magnus. »Auf Leben und Tod.«

Muriel nickte.

»Gegen übermächtige Gegner.«

Muriel nickte.

»Monstren, Mumien, Mutationen.«

Muriel nickte.

»Gegen die man zu siebt vielleicht eine Chance hätte.«

Muriel nickte.

»Vielleicht.«

Muriel nickte.

»Also.« Magnus setzte ein entschuldigendes, äußerst charmantes Lächeln auf und zuckte die Achseln. »Das sagt ja dann wohl alles. Einer allein ist da komplett überfordert.«

»Weißt du was?« ächzte Sebastian. »Mit jeder Minute, die du redest, habe ich das Gefühl, daß mein Gehirn um zehn Prozent kleiner wird.«

»Gib mir elf Minuten.«

»Zum allerersten Mal in meinem Leben wünschte ich, ich hätte die vergangenen Jahre nicht am Schreibtisch verbracht, sondern in einem Fitneßzentrum. Dann nämlich wäre ich in der glücklichen Lage, dir die Lektion zu erteilen, die du verdient hättest.«

Ungläubig grinsend schüttelte Magnus den Kopf. »Tss«, er wandte sich Katharina zu. »Hey, glaubst du das? Kuck dir diesen Typ an.«

»*Einer allein ist da überfordert*«, äffte Sebastian ihn nach. »*Einer allein kann nichts ausrichten!*« winkte er ab und ging seines Weges. »Du Narr! Haben sich dreißig Leute zusammengesetzt, um das Rad zu erfinden oder den Grundsatz der Thermodynamik, hat Galilei gejammert *einer allein kann das nicht*? *Nur* der einzelne! *Nur*! Du infantiler Ignorant!«

»Alter, jetzt halt aber mal die Luft an ...«

»Magnus!« rief Katharina.

»Bevor ich mich vergesse!«

»Geh nach Hause!« rief Sebastian. »Geh endlich! Du kennst den Weg. Da hinten hoch und dann immer dem Licht nach. Paß auf, wenn du oben den Kopf rausstreckst, aber viel hast du ohnehin nicht zu verlieren.«

Katharina schaffte es, Magnus festzuhalten. »SEBASTIAN!« brüllte sie, »DU GEHST JETZT MAL EIN PAAR METER VORAUS, JA!«

»Der ist doch nicht mal halb so edel wie sein Anzug ...«

»GEH.«

»Den könnte sogar eine tollwütige Katze in Stücke reißen ...« Murrend entfernte Sebastian sich ein paar Meter, aber nicht schweigend. »Tss! Mit seinen Fähigkeiten! Bloß ein Mini-Handy und einen Porsche zustandezukriegen – ein Skandal.«

»Mit deinen Fähigkeiten!« brüllte Magnus ihm hinterher, »*nicht mal* ein Mini-Handy und einen Porsche zustandezubringen – wie nennst du *das*?«

Während die beiden Boten fassungslos das ungeheuerliche Schauspiel verfolgten, faßte Katharina Magnus energisch am Kinn und zog seinen Kopf zu sich herum. »Könntet ihr«, zischte sie, »jetzt mal mit dem Mist aufhören. Ihr benehmt euch wie kleine Kinder.«

»Er hat angefangen«, sagte Magnus.

»Du kannst nicht zurück«, ignorierte Katharina seine Bemerkung. »Da oben herrscht Chaos. Meinst du, das hat sich alles von selbst erledigt, während wir hier runtergeklettert sind?«

»Nein, aber trotzdem. Ich bin nicht Captain Marvel. Ich bin nicht der Mann aus Stahl, ich kann nicht mal ungeschälte Paprika vertragen.«

Katharina verdrehte die Augen. »Bitte!« In diesem einen Wort, ausgesprochen in fast unbeschreiblichem Tonfall, steckten ganze Manifeste, und Magnus verstand sie Silbe für Silbe. *Sieh dich doch mal um. Wo sind wir hier? Das ist kein Spiel, das ist bitterer Ernst. Benimm dich nicht wie das souveräne Arschloch, das du im Alltag da oben bist – hier unten gewinnst du damit nichts, keine Freunde, keine Mark, und vor allem nicht dein Leben.*

Magnus sah sich um. Sah ihr in die Augen und biß sich auf die Unterlippe. Er sah gleich wieder weg, denn er haßte es, wenn andere seine Furcht sahen. Er betrachtete die lächerlichen kleinen Gestalten, die verloren in dem langen Gang standen, betrachtete Sebastian, der einige Meter weiter stand, ihm den Rücken zugewandt hatte und zornig imaginäre Steinchen wegschoß. Wieder wandte er sich Katharina zu, diesmal mutiger, sah sie an, ihre zarten Züge, ihre großen blauen Augen, das matschverschmierte Shirt unter der offenen Daunenjacke. Sie hatte schon deutlich glamouröser ausgesehen, aber trotzdem fühlte er sich von Zuneigung regelrecht überfahren.

»Okay«, kapitulierte er. »Okay, geh ich halt sterben für dich. Wollte ich ja früher schon mal.«

»Du sollst nicht für mich sterben.«

»Egal für wen«, zischte hinter ihnen eine Stimme, die ihnen das Blut in den Adern gefrieren ließ, »sterben wirst du.«

Azrael genoß seinen Auftritt. Er genoß es, den Menschen und den kleinen Quälgeistern Angst einzujagen. Spürte die Furcht, die sein Freund, sein Verbündeter war, spürte, daß die kleinen Viecher schlotterten und sich fast in die Kutten pißten, spürte den kalten Schweiß und den schnellen Herzschlag der Menschen. Die Jagd war mühsam gewesen, lang und lästig.

Aber jetzt fühlte Azrael sich entschädigt für alles.

Magnus erholte sich als erster von dem Schreck. Er schob Katharina behutsam beiseite, ohne Azrael aus den Augen zu lassen. Mit einer energischen Handbewegung bedeutete er ihr und den anderen, einige Schritte zurückzutreten, und baute sich mitten im Gang auf wie ein pathetischer Beschützer.

»Du schon wieder«, sagte er, und wieder fand er seine Stimme eigenartig. Wie aus einem schlechten Film.

»Zum letzten Mal, mein Held«, zischte Azrael. »Du hast mir Schmerz zugefügt. Aber das war nichts, verglichen mit dem, was du jetzt erleiden wirst.«

»Wohin fährst du eigentlich nach deinem Tod?« fragte Magnus. »Die Hölle wäre eine Belohnung für dich …«

Azrael schauderte ob der Stimme seines Gegenübers. Und ob der Frage, denn er mochte nicht an die Legenden denken, die sich um die Hölle der Teufel rankten. Tausendjährige Unterweisung in der Kunst der Liebe, kombiniert mit grausamer Folter, die von Flechtkursen bis Töpferei, von Ausdruckstanz bis Focussing-Therapie reichten, und alles untermalt von Liedern der Kelly Family.

»Schweig und stirb«, sagte Azrael angewidert und sammelte mit erhobenen Händen schwarze Energie aus den Löchern zwischen den Atomen um sich herum. Ein dunkler Blitz schoß durch den Gang auf Magnus zu. Die Boten kreischten, Sebastian stockte der Atem, und Katharina sah Magnus schon als großen Klumpen Mischhack zwischen Armani-Fetzen an den Wänden hängen. Aber nichts dergleichen geschah.

Magnus fing den Blitz.

Er wußte selbst nicht, wieso und weshalb, aber irgendwie wußte er, daß er bloß einen Schritt zur Seite machen mußte und die dunkle Masse fangen konnte wie einen scharf geschlagenen Baseball. Er ließ sich von der Wucht des Aufpralls in seiner blau schimmernden Hand herumziehen und stand da wie vorher, Azrael gegenüber, während in seiner Hand das Schwarz zu glitzerndem Staub zerrieselte.

Sebastian japste. Katharina japste. Muriel und Raja hingegen sahen einander strahlend an, nickten begeistert und fiepten ein leises, aber entschiedenes »Ja!« in den Gang.

Magnus spürte förmlich, wie Azraels Zorn sich plötzlich gegen die kleinen Boten richtete. Er spürte die Erschütterung seines Gegenübers, die erschreckend menschliche Dimension seines Fühlens. Der vernichtende Schlag war verpufft. Es bestand Grund zur Sorge. Man lachte ihn aus. Und die da lachten, diese kleinen Mistviecher, waren leicht zu vernichten.

»Azrael!« sagte Magnus mit gebieterischer Stimme, ehe der Dämon seinen Gedanken zu Ende gebracht hatte, geschweige denn die Hände heben konnte, um Muriel und Raja zu pulverisieren. »Hier steht dein Gegner.«

»Du bist kein Gegner, du Mißgeburt!« rief Azrael und hob erneut drohend die Hände.

Magnus ließ sich führen, von einer Kraft, die schon immer in ihm gewesen war, wenngleich er nichts von ihr gewußt hatte. Er hob die Hände vor die Brust, legte sie behutsam übereinander, Handfläche auf Handrücken, und sah vor sich einen Zylinder aus stahlblauer Luft aus dem

Nichts zusammenfließen. Azrael blieb stehen wie erstarrt und begann zu zittern.

Zu spät, dachte er. *Viel zu spät.*

Und dann begann er zu jammern.

»Herr, verschone mich, es war nicht so gemeint. Ehrlich nicht. Ich bin nicht so schlecht, wie ich scheine…«

Blau strahlte der Zylinder aus Licht auf Magnus' Händen, und das Leuchten wurde heller und heller.

»Nein, Herr! Nein, bitte! Vergeben ist göttlich, und man soll doch, soll doch seine Feinde lieben, erinnert euch, denkt an das dicke Buch, ich bitte euch…«

Mit einer raschen Bewegung beider Hände warf Magnus den Zylinder nach vorn, auf Azrael zu, und der Aufschrei des Dämons hallte binnen Sekundenbruchteilen nur noch als Echo durch den Korridor. Er fiel nicht, er ging nicht in Fetzen, er zersprang nicht. Er war einfach nicht mehr, es blieb nichts, nichts als Licht, das tanzend seinen Weg zurückfand in seinen normalen Aggregatszustand in den Steinen, der Erde, der Luft.

Der Schrei verhallte, und für einen Augenblick herrschte tiefe Stille. Beglückte Stille, was die Boten betraf. Ungläubige Stille, was die Menschen betraf.

Katharina war es schließlich, die das Schweigen brach. Mit einem ebenso schönen wie schlichten »*Wow!*«

Magnus lächelte seine Begleiter an. »Wenn ihr nichts dagegen habt«, er deutete lässig mit dem Daumen nach hinten über die Schulter, in die Richtung, aus der sie gekommen waren, »gehe ich noch mal kurz hoch. Ich erinnere mich plötzlich wieder an diesen Typ aus meiner Schule, der mich damals verkloppt hat, weil ich im Klassenspiel vier Tore gegen ihn gemacht hab…« Er bemerkte Sebastians Blick. »Alter, du bist wirklich humorloser als der Papst.« Ohne eine Antwort abzuwarten, wandte er sich an die Boten. »Warten wir auf irgendwas?«

»Nein, mein Herr, nein«, japste Muriel, und seine Augen

unter der dunklen Kutte funkelten wie Sterne, »hier entlang!«

»Ich bin beeindruckt«, sagte Katharina, als sie weitergingen.

»Danke«, sagte Magnus.

»Kannst du das kontrollieren?«

»Ich weiß nicht, was ich tue«, sagte Magnus. »Es kommt irgendwie von selbst.«

»Das ist allerdings schlecht. Na ja, vielleicht kannst du ja noch ein bißchen üben, bevor du auf richtige Gegner triffst.«

»*Richtige* Gegner? Hey, machst du Witze? War das etwa kein richtiger Gegner? Ein fieser Dämon aus Fetzen und Knochen, der schwarze Blitze schmeißt?«

»Darauf würde ich mir nichts einbilden.«

»Keine Sorge«, erwiderte Magnus lässig. »Ich komme schon klar.«

»Du wirst schon wieder größenwahnsinnig.«

»Quatsch.«

»Doch. Ich kenne dich, mein Lieber. Ich kenne deine Stimme, und ich weiß, wie du tickst. Diese arrogante Bescheidenheit.«

Magnus setzte ein mitleidiges Lächeln auf. »Wie kann Bescheidenheit arrogant sein?«

»Du weißt, was ich meine. Du warst schon immer so. Du machst etwas gut, dann sagst du *das war doch gar nichts*, aber mit einer Arroganz, die anderen sagt: *Ihr könntet das nie.* Aber hier kannst du niemand täuschen. Deine Überheblichkeit wird dich hier umbringen. Und ich möchte nicht, daß du stirbst.«

Beide schwiegen. Magnus fragte sich, ob er verärgert sein sollte, weil sie seine Heldentat nicht zu würdigen wußte, oder ob er es mit der Angst zu tun kriegen sollte, weil sie so verdammt recht hatte.

Ehe er sich entschließen konnte, fiepte ihm allerdings Raja in die Gedanken.

»Herr!«

»Was denn?«

Magnus und Katharina bemerkten erst jetzt, daß der Gang höher und breiter geworden war und eine leichte Linkskurve beschrieb. Die anderen drei standen etwa zwanzig Meter von ihnen entfernt neben einem Einstieg in der rechten Seite des Tunnels. Raja deutete hinein.

»Hier entlang.«

Magnus kam näher und streckte den Kopf in das mannshohe Loch. In die rückseitige Wand waren rostige Sprossen geschlagen, die nach oben führten. Der Schacht war unsympathisch eng, und die Wände waren feucht.

»Wo geht's da hin?«

»Zu Banshaa«, sagte Muriel.

Magnus gähnte. »Na, da bin ich jetzt aber mächtig gespannt. Krabbelt ihr vorneweg, Jungs?«

Raja und Muriel schüttelten die Köpfe. »Nein, Herr. Ihr müßt allein gehen. Keiner von uns darf euch begleiten.«

»Warum?«

»Banshaa duldet keine Gäste. Banshaa spricht nie mit mehreren, immer nur mit einem allein.«

Magnus wartete einige Augenblicke auf weitere Erklärungen, aber die Boten schwiegen bloß erwartungsvoll in Richtung Wand. Also nickte er, legte Rucksack, Schwert, Wachsjacke und Jackett ab, rieb sich die Hände trocken und schwang sich in den klammen Tunnel.

7

Gleich an der zweiten Stufe blieb Magnus mit dem Knie hängen und sah im schwachen Licht von unten, daß er sich einen dicken Roststreifen auf die Hose geschmiert hatte. Fluchend stieg er weiter. Er fühlte sich um ein ganzes Leben zurückversetzt, in den Wald, in selbstgebaute enge Höhlen, in die man sauber hineinkroch und aus denen man zurückkehrte wie von einer nächtlichen Wattwanderung im Vollrausch. Aber dieser Schacht war schlimmer. Enger, wärmer und feuchter. Mühsam zog er sich weiter. Und spürte plötzlich, daß es auch von oben feucht und klebrig wurde, griff sich in die Haare und sah weiße Spinnweben an seinen Fingern. Ein Schauder floß ihm über den Rücken. Was war da oben? Er sah hoch und konnte nichts als weiße Weben erkennen. Er kroch weiter. Und weiter. Und weiter.

Mit einemmal war alles vorüber, waren die Fäden Geschichte, blendete ihn Licht, grelles Licht, mußte er die Augen schließen. Er krabbelte aus dem Loch, naß von der Wand, verschwitzt von der Anstrengung, versponnen in die weißen Weben, und nur langsam gewöhnten sich seine Augen an die Helligkeit. Er nahm den Boden unter seinen Händen und Knien wahr. Trockener Lehm. Er spürte die Wärme um sich herum, angenehme, trockene Wärme, und hob langsam den Kopf, die Augen halb geöffnet. Was er sah, ließ ihn nicht nur die Augen ganz öffnen, sondern auch den Mund.

Er hockte in einer Lehmhöhle von etwa vierzig Metern Durchmesser, unter deren hohem kuppelartigem Dach eine grelle Wolke in allen Farben des Regenbogens hing. Eine Wolke, die sich sanft bewegte und alle paar Sekunden einen Strahl reinen Lichts auf den Boden pendeln ließ. Magnus setzte sich auf den Hosenboden, verschränkte die Arme vor den Knien und klappte den Mund zu. Für einen langen Augenblick vergaß er, woher er gekommen war. Er vergaß die Boten, er vergaß Sebastian und er vergaß sogar Katharina. Er sah bloß zu. Fast schien es ihm, als könne die Wolke seine Gedanken lesen. Sooft er sich wünschte, ein klarer Strahl möge aus dem Bunt fallen, geschah es. Die Wolke riß auf und Licht strich über den Boden, wanderte ein Stück, pendelte hin und her, malte Phantasiefiguren und ließ sich dann, im Augenblick, da er es sich wünschte, wieder von der Wolke verschlucken. Zufriedenheit legte sich über Magnus' Seele wie eine warme Decke, Zufriedenheit und unendliche Ruhe.

»Schön, nicht wahr?« sagte eine sehr junge Stimme, und Magnus mußte dreimal blinzeln, um in die Wirklichkeit zurückzukehren. Beim dritten Blinzeln sah er, daß etwa vier Meter von ihm entfernt ein kleines Mädchen saß. Sie war ungefähr sechs Jahre alt, hatte lange dunkle Haare, dunkle Augen und trug ein Kleid, das aus dem gleichen Stoff gewoben schien wie die Wolke über ihnen. Das Bemerkenswerteste an ihr war allerdings, daß sie im Schneidersitz saß, und zwar ungefähr dreißig Zentimeter über dem Boden.

»Sehr«, sagte Magnus leise. »Sehr schön.«

»Deine Kleider müssen trocknen«, sagte Banshaa, und im nächsten Augenblick saß Magnus nackt vor ihr. Als er versuchte, sich zu bedecken, fing das kleine Mädchen an zu kichern.

»Schämst du dich?«

»Na ja. Also. Ähm.«

Sie lachte ihn aus. Sie lachte, als hätte sie lange nichts so Lustiges gehört, und nach einer Weile hatte Magnus es satt.

»Okay«, sagte er und setzte sich bequem hin, ebenfalls im Schneidersitz. »Sehr witzig, Kleine.«

Banshaa verwandelte sich binnen Sekundenbruchteilen vom lachenden Kind zum Racheengel. »Sprichst du von Größe, Mensch?« fragte sie zornig, und ihre Stimme war definitiv nicht mehr die einer Sechsjährigen. In diesem Zustand wirkte sie, vor allem dank ihrer nun feuerroten Augen, erheblich gefährlicher als Azrael.

Magnus hob besänftigend die Hände. »Ich meinte nur …«

»Bist du groß?«

»Na ja …«

»Was ist Größe?«

»Ich meinte körperliche Größe.«

»Welche Bedeutung hat körperliche Größe?«

»Wahrscheinlich keine.«

»Richtig.«

Banshaa wurde wieder zum sechsjährigen Mädchen.

»Was machst du hier?«

»Och.« Magnus zuckte die Achseln. »Ich latsche hier so rum und suche nach einem, der mich abschlachtet.«

»Warum? Willst du sterben?« fragte das Kind.

»Nein.«

»Warum suchst du ihn dann?«

Magnus seufzte. »Okay, sagen wir mal, er sucht mich.«

»Warum läufst du nicht weg und versteckst dich?«

»Weil ich nicht weiß wo.«

»Du kannst hierbleiben. Hier ist es sicher.«

Magnus sah sie an. Sie meinte es ernst. So ernst, wie ein sechsjähriges Mädchen etwas meinen kann, also wesentlich ernster als jeder Erwachsene.

»Wenn ich hierbleibe, was geschieht dann?« fragte Magnus.

»Du wirst nicht getötet.«

»Was passiert mit den Leuten oben? Mit meinem Sohn?«

»Die werden getötet.«

»Und mit meinen Freunden?«

»Die werden auch getötet.«

»Dann kann ich nicht bleiben.«

»Warum?«

»Weil ...« Tja, dachte Magnus. Warum. Scheiß-Kinderfragen. »Weil ich nicht gern allein bin.«

»Wärst du lieber tot als allein?«

»Nein. Ja. Keine Ahnung.«

»Du hättest mich.«

»Das reicht mir nicht.«

»Warum?«

»Weil ich es langweilig finde, mein restliches Leben in einer bunten Höhle zu verbringen und *Warum* gefragt zu werden.«

»Warum?«

»Kannst du auch mal was anderes fragen?«

»Wieso?«

»Weil es nervt.« Magnus ließ seine müde gewordene Ironie neu aufblitzen. »Ich bin hier unten, weil ich angeblich was Besonderes bin. Ein Held. Also soll ich das Böse besiegen, was ja an und für sich in Ordnung wäre, wenn es ginge. Leider habe ich nicht Held sein studiert, sondern Marketing, und ich fürchte, das wird mich nicht weit bringen. Also werde ich wohl sterben müssen, und dazu habe ich keine Lust. Frag jetzt nicht, warum.«

»Warum sollte ich?« fragte das Mädchen mit gerunzelter Stirn.

»Gut. Hier bin ich. Ahnungslos und momentan nackt. Andernfalls hätte ich die Hosen gestrichen voll.«

»Warum?«

»Weil ich nicht weiß, was ich tun soll.«

»Dein Bestes.«

»Na, wenn's weiter nichts ist.«

»Das ist viel.« Banshaa machte große Augen. »Unermeßlich viel. Kaum einer tut es. Denn es tut weh.«

»Ich tue immer mein Bestes.«

»Du lügst. Du findest immer eine Entschuldigung, nicht dein Bestes zu tun. Oh, wie du lügst. Lüge.« Banshaa preßte sich die Handballen an die Schläfen und atmete scharf ein. »Das ist schlimm. Bleib lieber hier.«

»Warum?« fragte Magnus triumphierend.

»Weil du lügst, schon jetzt, ohne Grund. Und wenn du nicht aufrichtig bist, wirst du sterben.«

»Okay, ich bin aufrichtig.«

»Du weißt noch gar nicht, was das ist.«

»Schön. Sonst noch irgendwelche tollen Ratschläge?«

»Ja«, nickte Banshaa, und ihr Tonfall wurde noch ernster und erwachsener: »Du wirst der einsamste Mensch der Welt sein, aber du bist nicht allein. Drei Gelegenheiten wirst du erhalten, wahrhaftig zu sein und aufrichtig zu dir selbst. Läßt du alle drei verstreichen, wirst du qualvoller sterben als je ein Mensch vor dir. Bestehst du aber diese schwersten aller Prüfungen, wird das Böse sich dir stellen. Und es wird sich selbst besiegen, wenn du es läßt.«

Magnus nickte mehrmals nachdenklich.

»Schön«, sagte er dann. »Schön kryptisch. Kannst du dich vielleicht etwas deutlicher ausdrücken, Kindchen?«

»Glaube an dich, aber wisse zunächst, wer der wirklich ist, an den du glaubst. Dann tue dein Bestes, ohne Rücksicht auf dich, und du wirst leben. Weiche einen Zoll vom Weg ab, und du wirst in den Fängen des Teufels elend sterben, ehe du weißt, wie dir geschieht.«

Magnus nickte energisch weiter. »Ja. Ja, ja. Toller Rat. Danke. Sonst noch was?«

»Begib dich nicht in die Tiefe. Die Gewölbe des Bösen sind im Aufsteigen begriffen. Wende dich nach Osten und suche die Ufer des Wan. Dort reise mit deiner Kraft zurück ins Licht.«

Magnus nickte immer noch, obwohl er nichts verstand.

»Ja. Mache ich. Und bringst du mir jetzt vielleicht noch irgendwas bei, was ich brauchen kann? Wie man ein Schwert führt, oder wie man dem Bösen in die Eier tritt, ohne den Fuß zu verlieren?«

»Warum?«

»WEIL ICH DAS WISSEN MUSS, VERDAMMTE SCHEISSE!«

»Scheiße sagt man nicht«, wies das kleine Mädchen ihn zurecht. »Und verdammt sagt man auch nicht. Du wirst sterben, wenn du nicht damit aufhörst. Alles, was du wissen mußt, ist in dir. Wenn du es verstehst, wirst du viele retten. Wenn nicht, werden alle sterben.«

»Warum ich?« fragte Magnus erschöpft. »Warum?«

»Darum!« sagte Banshaa und lachte schallend. »Deine Sachen sind trocken.«

Im nächsten Augenblick fand Magnus sich allein in der Höhle. Angezogen. Trocken. Allerdings im Dunkeln, denn mit Banshaa war auch die Wolke verschwunden. Es war empfindlich kalt, und so tastete er sich zurück zum Loch. Erleichtert stellte er fest, daß die Spinnweben verschwunden und daß die Wände auf wundersame Weise ausgetrocknet waren.

Während er wieder hinunterstieg, murmelte er grimmig vor sich hin und schüttelte den Kopf. Veralbert fühlte er sich, um wertvolle Lebenszeit bestohlen und keinen Deut schlauer als zuvor, denn seine Geduld und Weisheit waren noch immer nicht weit entfernt von der Oberfläche. Was andernorts, zu anderer Zeit Anlaß zu profunder Sorge gab …

Ein Armutszeugnis, befand Shiva, sei dieser sogenannte Held, ein Irrtum, ein Abweg, eine Schande. Mickrig, fügte die Schlange hinzu und unkte düster, nun sei wahrhaftig alles verloren. Keinen Schritt komme das sterbliche Wesen weiter auf seinem Weg. Es hörte nicht, es fühlte nicht, es wollte nichts. Nur Zweifel verspürten sie, Zweifel, Angst und Spott, denkbar schlechte Weggefährten für den Helden, Feinde in den eigenen Reihen, mächtige, tödliche Feinde. Gelangweilt waren sie, die Berater des Allumfassers, und verärgert dazu. Eine neue Welt, sagte einer, solle der Allumfasser schaffen. Anderswo. Noch einmal beginnen, mit diesen hübschen Gallertdingern in den Meeren, und diesmal besser aufpassen, wenn sie an Land gingen. Den ersten Versuch, das Millionen-Jahre-Projekt Erde, erklärten sie für gescheitert an sich selbst.

Der Allumfasser murmelte, da ER sich just in diesem Augenblick in ein Meer verwandelt hatte, sie sollten keine neuen Wunder von IHM verlangen, sondern auf die alten Wunder vertrauen. Es war ein Befehl, keine Bitte, und so schwiegen die Berater.

8

Als Magnus aus dem Schacht zurück auf die Straße trat, erwarteten ihn nicht nur seine Begleiter, sondern auch eine Überraschung.

»Was ist das denn?« fragte er und deutete auf das uralte Motorrad mit Beiwagen, das zwischen den Vieren stand.

»Ein Motorrad«, brummte Sebastian, »bist du blind?«

»Wo habt ihr das denn her?« Magnus ging zu der Maschine und strich ihr über den bulligen Tank. Es war eine Moto Guzzi, und ihrem Aussehen nach hatte sie schon ein paar Jahrzehnte auf dem Sattel.

»Viel versinkt in der Erde«, sagte Muriel. »Ganze Reiche. Zuweilen sind auch nützliche Dinge darunter.«

»Praktisch«, sagte Magnus anerkennend.

»Na, wie war sie?« hörte er Katharina fragen, und es klang spielerisch nach Eifersucht.

»Sechs. Und altklug bis zum Horizont.« Er bückte sich und betrachtete den rostigen Motor der Maschine. Wenigstens schienen keine entscheidenden Teile zu fehlen. »Funktioniert die etwa?«

»Ja«, sagte Sebastian ungeduldig. »Jetzt laß dir nicht alles aus der Nase ziehen. Was hat sie gesagt?«

»Ein paar Dutzend Dinge, die man für zwölf Mark achtzig in jedem Lebensratgeber findet. Oder umsonst im Edeka-Hausfrauenkalender. Jedenfalls nichts, was ich nicht schon wußte.«

Ungläubig sahen Katharina und Sebastian zuerst einander an und dann wieder Magnus.

»Ich schwör's«, sagte Magnus mit erhobener Hand und fügte, an Muriel und Raja gewandt, hinzu: »Ich hatte mir ein bißchen mehr von eurer Banshaa versprochen.«

»Banshaa ist eine weise Frau«, sagte Muriel ehrfürchtig.

»Ach ja? Na, für mich ist sie eine altkluge Sechsjährige.«

»Sie hat«, begann Katherina nachdenklich und verstummte kurz. »Sie hat ... dir keinen Rat gegeben? Dir nicht gesagt, was du tun sollst?«

»Doch, mein Bestes. Ach Gott, ja. Sie hat mir geraten, ehrlich zu sein, zu euch und zu mir selbst. Für solche Weisheiten krabbelt man doch gern in ein Lehmloch. Irgendwas von drei Chancen hat sie gefaselt und davon, daß das Böse sich selbst vernichtet, wenn ich es richtig anstelle. Ach ja, und, daß wir nicht nach unten müssen, sondern zum Wan und von dort irgendwie ans Licht. Alles schön und gut, aber nicht direkt das, was uns weiterhilft. Irgend jemand anderer Meinung?«

»Ja«, nickte Sebastian. »Ganz entschieden. Und ich kann nur hoffen, daß du irgendwann irgendwas begreifst. Ehe es zu spät ist.«

»Willkommen im Club der Nebligen«, sagte Magnus und stieg auf das Motorrad. Er trat den Hebel nach unten, und gluckernd erwachte die Maschine zum Leben. »Hat jemand was dagegen«, brüllte er, »wenn ich fahre?«

Niemand hatte. Katharina setzte sich auf den Sozius, Sebastian zwängte sich in den Beiwagen, verstaute das Gepäck, soweit es ging, unter seinen Füßen, und nahm die restlichen Stücke sowie die beiden Boten auf den Schoß. Magnus betrachtete den alten Mann und die beiden kleinen Kuttenwesen und fing an zu lachen. »Herrlich seht ihr aus. Das hab ich mir schon immer gewünscht – mit einer schönen Frau, einem weisen Alten und zwei Kellergeistern in die Hölle zu fahren!«

»Dann fahr endlich!« brüllte Sebastian zurück.

9

Sie fuhren und fuhren, ostwärts über endlose Straßen, mal über Kopfsteine, mal über trockenen, mal über rutschigen Grund. Die Wege glichen einander, und nur an den gelegentlichen Abzweigungen sah Magnus zu den beiden Boten hin und folgte ihrem Fingerzeig. Ansonsten fuhr er schweigend, konzentrierte sich auf die Maschine und war zu Beginn der Fahrt jeden Augenblick darauf gefaßt, von irgendwelchen abscheulichen Kreaturen aus dem Reich der Schatten angefallen zu werden. Mit der Zeit jedoch ließ seine Aufmerksamkeit nach, und nachdem sie mehr als eine Stunde gefahren waren, war in der unterirdischen Eintönigkeit fast alle Anspannung von ihm gewichen. Er hatte Zeit, über vieles nachzudenken. Über seinen demolierten Porsche, seine zertrümmerte Karriere, die Leichen in seinem Büro und die abgestürzte Börse. Über seinen Sohn. Seine Mutter. Über Katharina. Über den Rest seines Lebens. Eine unangenehm überschaubare Zeitspanne – angesichts der Dinge, die ihn erwarteten. Aber seine Gedanken kreisten nicht um seinen bevorstehenden Tod oder die Gefechte, die er vorher führen sollte, sondern um die paar Dinge, die er in der kurzen Zeit noch erledigen konnte oder wollte. Die vielleicht noch zu sagen waren. Er dachte lange darüber nach.

Endlich drehte er sich um. »Katharina?«

»Ja?«

»Ich will jetzt nicht sentimental werden. Ich wollte nur, daß du weißt, daß ich dich ... sehr mag.«

Er spürte den Druck ihrer Hände an seinem Bauch. »Weiß ich«, sagte sie.

»Es tut mir leid, daß ich ...«

»Sag's nicht. Ist schon gut.«

»Wollte nur, daß du das weißt.«

»Ich weiß es. Wir waren doch beide ...«

Magnus bemerkte Sebastians Blick – ein Dutzend Dolche traf ihn aus dem Beiwagen.

»Da staunst du, was?« grinste er.

»Du solltest dich konzentrieren«, brummte Sebastian. »Und zwar nicht auf deine Beifahrerin.«

»Weißt du, Sebastian«, sagte Magnus jovial, »ich glaube, wir könnten richtig gute Freunde werden. Wenn wir ein bißchen Zeit hätten, uns kennenzulernen, die Vorzüge des anderen schätzen zu lernen. Ich glaube, ich würde mit drei-, vierhundert Jahren auskommen. AUA!« Katharinas Krallen hatten ihn erwischt, in beiden Seiten. »Okay, okay, war nur Spaß. Hör auf mich zu kneifen, ich fahre.«

»Wir müssen da vorn rechts«, sagte Muriel. »Wenn ihr erlaubt, Herr, schlage ich eine Rast vor. Wir haben lange nicht geruht.«

»Du hast recht.« Magnus' Müdigkeit schien nur darauf gewartet zu haben, erwähnt zu werden. Jetzt machte sie sich mit Macht bemerkbar. Er steuerte das Motorrad in den Tunnel, auf den Muriel gedeutet hatte. Nach wenigen hundert Metern wurde der Boden holpriger, und Magnus mußte sich konzentrieren, um die Maschine nicht kippen zu lassen. Ein paar Minuten später wichen die Tunnelwände nach beiden Seiten zurück, und plötzlich fuhren sie scheinbar im Freien. Die Wände waren verschwunden, und vor ihnen glitzerte im Dunkeln ein Band aus tanzenden Perlen – ein Fluß.

»Wo sind wir?« fragte Katharina.

»Das ist der Fluß Wan, Herrin«, sagte Raja. »An seinen Ufern laßt uns rasten. Wan schenkt Frieden und gibt der Seele im Schlafe Kraft.«

Magnus lenkte das Motorrad bis ans Ufer und stellte die Maschine ab. Während die anderen aus- und abstiegen und sich reckten, sah Magnus nach oben, aber wo er instinktiv den Sternenhimmel erwartet hatte, war bloß pechschwarze Finsternis.

Er stieg ab und ging die paar Schritte zum dunklen Wasser, das ruhig und stetig an ihm vorbeifloß. Er hörte und spürte den Strom, seine Kraft und seine Gleichgültigkeit allem gegenüber, was sich in ihm befand. Er floß, ganz gleich, was geschah.

»Alles fließt«, sagte Sebastian, dicht neben ihm. »Sehr einfach, sehr wahr.«

Magnus nickte, ohne den Blick vom Fluß zu wenden. »Trotzdem leicht zu vergessen.«

»Als ich jung war«, sagte der Professor, »wollte ich immer direkt ans andere Ufer schwimmen. Die Strömung habe ich ignoriert. Mein Ziel war dort«, sagte er und deutete geradeaus aufs andere Ufer, »und ich wählte den kürzesten Weg. Ich wäre um ein Haar ertrunken, weil meine Kraft nicht ausreichte, der Strömung zu widerstehen. Dann ließ ich mich treiben, um zu überleben, anfangs todunglücklich, weil ich sicher war, mein Ziel nun nie mehr erreichen zu können.« Er verstummte für einen langen Augenblick, ehe er weitersprach. »Ich ließ mich treiben, und irgendwann versuchte ich wieder, in Richtung des anderen Ufers zu kommen. Allmählich. Und du kannst dir meine Verblüffung und meine Freude vorstellen, als ich dort, weiter flußabwärts, ein Ziel sah, das meinem ursprünglichen zum Verwechseln ähnlich war. Dorthin zu gelangen, war nicht mehr sonderlich schwer. Nachdem ich die Strömung akzeptiert hatte, lag es praktisch auf dem Weg.«

Lange Zeit schwiegen beide. Dann sagte Magnus: »Ich war immer ein guter Schwimmer.«

»Allzu große Zuversicht«, sagte Sebastian, »ist der sicherste Weg, die Seele Stück für Stück dem Teufel zu überlassen.« Er klopfte Magnus auf die Schulter und ging.

Magnus sah weiter auf den Fluß. Auf die Perlen, die im Licht … *welchem Licht*? fragte er sich. In welchem Licht tanzten diese Wellen, wenn doch kein Sternenhimmel da war, kein Mond? Wieder sah er nach oben, und wieder sah er nichts als Finsternis.

Fröstelnd wandte er sich ab vom Fluß. Urplötzlich war ihm das stetige Fließen nicht mehr geheuer.

Daß Muriel und Raja es geschafft hatten, Decken, Reisig und etwas Holz zu beschaffen, grenzte in Magnus' Augen an ein Wunder, aber er war schon zu lange unter der Welt unterwegs, um noch Fragen zu stellen. Man ließ sich am Feuer nieder, kramte Konservendosen mit Gemüse aus den Rucksäcken, Suppe und Brot, und improvisierte ein Nachtmahl. Die Boten schnüffelten kurz an den angebotenen Nahrungsmitteln, rümpften die Nasen und verzichteten dankend. Raja zog eine Handvoll dunkler Wurzeln aus seiner Tasche und teilte sie mit Muriel. Danach rollten die beiden sich in ihre Kutten und schliefen, kaum daß sie lagen, nebeneinander ein.

Sebastian sagte nichts, aß wenig und gähnte viel. Nachdem er ein paar Löffel Suppe und eine Scheibe Brot gegessen hatte, rollte auch er sich in seine Decke ein und drehte sich mit den Worten »Ihr solltet auch schlafen« um. Magnus und Katharina blieben sitzen, dicht vor dem Feuer. Katharina zog die Jacke aus, hüllte sich in die Decke und sah in die Flammen.

Magnus legte seine Wachsjacke und das Jackett ab und kratzte an einigen Lehmflecken auf Weste und Hemdsärmeln.

»Wenn ich ein Held wäre«, sagte er zu den Flammen, »hätte ich doch wohl einen siebenten Sinn. Und wenn ich den hätte, hätte ich mir heute morgen einen alten Pullover, Jeans und festes Schuhwerk angezogen.«

»Nicht so schlimm«, Katharina nahm einen Stock aus dem Feuer und zeichnete mit der glühenden Spitze Figuren in die Luft. »Schützen würde dich ein Pullover genausowenig wie dein Armani-Hemd.«

»Stimmt. Aber es ist schade drum. Immerhin hat das Ding zweihundertfünfzig Mark gekostet.«

Sebastian ächzte.

»Gute Nacht!« sagte Magnus.

Sebastian antwortete nicht.

Katharina zählte bis zehn und fragte sich, wie lange ihr strapazierter Geduldsfaden noch halten würde.

»Es wäre schade um dich«, sagte sie nach einer Pause.

»Danke. Finde ich auch. Aber ich habe noch immer keine Ahnung, was ich hier eigentlich soll.«

Kleinkind, dachte Katharina, und sagte ruhig: »Uns alle retten.«

»Klar. Aber wie?«

Eine Reihe sportlicher Beschimpfungen schossen ihr in den Sinn, vom *Sauna-Unten-Sitzer* bis zum *Brustbeutelträger*, aber lächeln konnte sie nicht darüber, diesmal nicht. Immer noch geduldig sagte sie: »Hör auf Banshaa.«

»Was die gesagt hat, war banal«, winkte Magnus ab.

Memme. Heulsuse. Lappen. »Vielleicht sind alle Wahrheiten banal.«

»Ach, was soll ich mit Wahrheiten? Keiner von denen, die mir hier unten ans Leder wollen, wird sich vor Respekt in die Hose machen, wenn ich sage: Ja, ich bin ehrlich zu mir! Haha! Ich tue mein Bestes! Den zweiten Satz krieg ich wahrscheinlich gar nicht mehr zu Ende, weil ich dann schon keinen Kopf mehr habe. Scheiße.« Er ließ den Kopf sinken.

Katharina hörte ein leises *Ping* in ihrem Kopf, als der Faden riß.

»Es reicht«, knirschte sie.

»Hm?«

»Es nervt, Magnus. Es nervt un-glaub-lich.«

Magnus sah erstaunt auf. Das war nicht direkt der tröstliche Tonfall, mit dem er gerechnet hatte. »Was?«

»Du hast mich verstanden.«

»Was …?«

»Du quengelst, seit du hier bist. *Das* nervt. Du hast fünf starke Minuten und dann läßt du dich wieder zurückfallen in dein blödes Selbstmitleid. Fragst du vielleicht mal mich oder Sebastian, wie wir das Ganze finden? Nein. Du rubbelst an deinem Anzug rum und heulst, weil du Dienstag nicht in die Sauna kannst …«

»Ja, ja, ist ja schon gut.«

»Nein, ist es nicht. Vergiß dein blödes Auto und deine blöden Aktien, vergiß sogar deinen Sohn. Alles. Es kommt jetzt nur noch auf dich an, aber nicht auf den Typ, den du kanntest.«

»Klar«, sagte Magnus dumpf.

Sie krabbelte zu ihm, gab ihm einen Kuß auf die Stirn und drückte ihn kurz an sich. Sie sahen sich in die Augen, und Magnus versuchte sich zusammenzureißen.

»Danke«, sagte er. Noch immer sah er ihr in die Augen, aber was er sah, gefiel ihm nicht. Es war, als ginge ein Riß durch das helle Blau, und aus dem Riß flossen Tränen.

»Was ist?« fragte er.

»Nichts.« Sie schüttelte kaum merklich den Kopf. »Gar nichts.«

Sie küßte ihn noch einmal auf die Stirn, dann wandte sie sich ab. Sie hüllte sich in die Decke, drehte sich seufzend um und sagte: »Schlaf. Schlaf ein bißchen.«

»Hey, tut mir leid …«

»Schlaf.«

»… daß ich euch da reingezogen …«

»Schlaf.«

»Gute Nacht«, sagte er.

Aber er legte sich nicht schlafen. Er blieb sitzen, den Blick fest auf die Flammen gerichtet. Kein Wind regte sich, und das Knistern und Knacken des Feuers klang laut durch die finstere Stille. In Magnus' Kopf schossen die Gedanken durcheinander. Erinnerungen an die Zeit mit Katharina wechselten mit Erinnerungen an seine Mutter, an seine frühe Kindheit. Sebastians Worte hallten ihm in den Ohren wider. Nie hatte er bezweifelt, daß sein Vater ein Nichtsnutz gewesen war, der sich aus dem Staub gemacht hatte. Aber vieles erschien jetzt in anderem Licht. Solange er an dem festhielt, woran er bisher geglaubt hatte, ergab die Situation, in der er sich befand, keinen Sinn. Sobald er jedoch den Blickwinkel, die Prämisse änderte, sich damit abfand, daß er am richtigen Ort war, ergab seine ganze Vorgeschichte keinen rechten Sinn mehr. Wenn er, so undenkbar es auch schien, ein Held war, einer der sieben Trigonen, mußte alles andere ein Irrweg gewesen ein. In diesem Fall mußte er sein ganzes Leben neu lesen, seine Geschichte, alles, was er erlebt hatte. Dann war seine Karriere ein Witz gewesen, waren all seine Kämpfe um Anerkennung, all seine Erfolge – lächerlich. Dafür ergaben in diesem neuen Licht andere Details einen Sinn, die vorher keinen ergeben hatten. Das Erlebnis in der Disco und andere unerklärliche Anfälle von Wagemut. Sein heiliger jugendlicher Zorn auf die Kleinkrämer, auf die Betriebswirte, auf die Pastoren, auf all die Lügner, die er kennengelernt hatte. Seine Alpträume, die ihn verfolgt hatten bis hinein in sein drittes Lebensjahrzehnt. Träume von gigantischen Monstren, unbeschreiblichen Mutationen in vermoderten Kutten, die sogar in seinen Träumen aus dem Maul gestunken hatten wie die Hölle selbst und die ihn verfolgten mit Riesenschritten. Klein hatte er sich gefühlt in diesen Träumen, winzig und zerbrechlich, mit Knochen aus Glas. Aber nie war er aufgewacht, immer hatten seine Mutter und später seine gelegentlichen Bettgefährtinnen ihn wachrütteln müssen, wenn er in finsterer Nacht schrie und tobte, mit den Armen ruderte und Verwünschungen ausstieß. *Träume*, dachte Magnus, *nur Träume*, während die Bilder zurückkehrten, die er lange vergessen hatte. Mit Mühe hielt er die Augen auf.

Vielleicht, dachte Magnus, und spürte, wie müde er war. Vielleicht, dachte er. Vielleicht sollte jemand wach bleiben und aufpassen. Vielleicht drohte Gefahr. Vielleicht, dachte er, und schlief ein.

10

Was ihn weckte, war ein leises Schnauben. Verschlafen öffnete er die Augen. Das Feuer war erloschen, es war stockfinster um ihn herum. Magnus lauschte und regte sich nicht.

Wieder hörte er das Geräusch. In das Schnauben mischte sich ein bronchitisches Rasseln, als zöge jemand in weiter Ferne rostige Ketten über Kopfsteine. Vorsichtig, lautlos, drehte Magnus sich ein wenig auf die Seite, und im nächsten Augenblick war er hellwach.

In der Dunkelheit vor ihm glommen kleine rote Punkte. Wie weit sie entfernt waren, konnte er nicht sagen, aber daß es Augen waren, stand außer Frage. Viele Augen. Dreißig, vielleicht vierzig, die wie eine Kette aus roten Perlen vor dunklem Samt hingen. An einigen Stellen war die Kette unterbrochen, als stünden die Besitzer der Augen dort weiter voneinander entfernt, aber gerade, als Magnus das dachte, tauchte aus dem Nichts in einem der Zwischenräume ein weiteres Augenpaar auf und verschwand gleich wieder in der Finsternis. Magnus' Nackenhaare stellten sich auf, und behutsam wandte er den Kopf nach hinten, sah nach oben.

Sein Herz setzte einen Augenblick lang aus. Denn über den Zwischenräumen zwischen den kleinen Augen befanden sich weitere Augen, blutrot und erheblich größer. Drei Augenpaare. Die Augen dreier Wesen, die ihn wenigstens um Leibeslänge überragten. Und aus jener Richtung, von dort oben, kam das rasselnde Schnauben.

Ohne einen Laut von sich zu geben, tastete Magnus nach seinem Schwert. Katharina, Sebastian und die Boten schienen noch immer tief und fest zu schlafen. Seine Hand fand den Griff des Schwertes, und für einen Augenblick hielt er inne.

Was nun?

Was er am dringendsten brauchte, war Licht. Andernfalls wüßte er nicht einmal, wie weit die drei Riesen und ihre kleineren Begleiter von ihm entfernt waren. Zwar rechnete er sich ohnehin nur geringe Überlebenschancen gegen das aus, was ihn da gefunden hatte, aber er wollte wenigstens ein paar von den Viechern mitnehmen und nicht sterben, indem er Luftlöcher drosch.

Licht.

Ein Traum! durchfuhr es ihn plötzlich. *Mein Traum. Das geschieht nicht wirklich. Ich träume wieder, wie damals.* Seine Anspannung ließ ein wenig nach. Er war fast erleichtert.

»Magnus«, zischte Katharinas Stimme direkt neben seinem Ohr, und sofort war seine Anspannung wieder da, vervielfältigt durch ihre Anwesenheit.

In seinen Träumen hatte nie jemand gesprochen.

Er spürte, daß auch die roten Augen gute Ohren hatten. Unruhe breitete sich zwischen ihnen aus, und ohne Zögern zog Magnus das Schwert aus der Scheide. Betäubend laut zerschnitt das metallische Schleifen die Nacht, und Magnus hockte sich hin, vor seine Gefährten, das Schwert erhoben.

»LICHT!« brüllte er. »SUCHT DIE TASCHENLAMPEN!«

Während Sebastian, Katharina und die Boten verzweifelt im Dunkeln herumzukriechen und herumzustolpern begannen, kam Bewegung in die Formation der Feinde. Die kleinen roten Augen wischten nach links und nach rechts, während die riesenhaften Gestalten sich in Bewegung setzten – vorwärts. Verblüffend behende, wie Magnus fand. Und verblüffend laut.

Brüllend rasten die Unsichtbaren auf ihn und die seinen zu, und Magnus fühlte sich verloren. Er wußte nicht, wo sie waren; wie groß sie waren, wie weit entfernt. Seinen Augen konnte er nicht trauen. »O Gott«, flüsterte er, »o Gott«, und stand auf.

»Denk an deine Kraft«, hörte er Katharina rufen, hinter sich, dann zerschnitt der Strahl von Sebastians Taschenlampe die Finsternis, und er sah, daß ein mindestens vier Meter großes, in schwarze, wallende Lumpen gekleidetes Wesen brüllend auf ihn zukam, den Speer hoch über dem Kopf erhoben, der bloß aus grau herabhängenden Fleischlappen zu bestehen schien. Der Speer schoß auf ihn nieder, aber Magnus schaffte es, ihn mit der Klinge abzulenken, hinein in die Asche, die das Feuer hinterlassen hatte. Das Wesen geriet aus dem Gleichgewicht, und Magnus holte beidhändig weit aus, zielte auf die Kniekehle seines Gegners und schlug ihm mit einem mächtigen Hieb das rechte Bein ab.

Ohrenbetäubendes Geschrei begleitete den Fall des Schattenwesens. Mit einem Satz rückwärts entging Magnus seinem sicheren Tod unter den stürzenden Fleischmassen.

Mehr Licht teilte die Dunkelheit. Auch Katharina hatte jetzt eine Lampe und einen Revolver gefunden, während Sebastian versuchte, gleichzeitig nach vorn zu leuchten und mit der anderen Hand weitere Waffen aus den Rucksäcken zu ziehen. Urplötzlich sprang die Moto Guzzi an, und ihr großer Scheinwerfer beleuchtete den Platz, an dem sie gerastet hatten. Was Magnus sah, ließ ihm das Blut in den Adern gefrieren. Die beiden anderen Riesen schlichen vorsichtig näher, gewarnt durch die Niederlage ihres Anführers, aber noch schlimmer als diese beiden war das, was von links und rechts herangeprescht kam.

»Wölfe!« rief Magnus Katharina zu. »Schieß!«

Sie tat es, und sie traf. Winselnd ging einer der Wölfe zu Boden, aber das machte das restliche Rudel nur noch wütender.

Von allen Seiten flogen sie auf Katharina und Sebastian zu, und Magnus stürmte seinen Freunden zur Hilfe, brüllend, mit erhobenem Schwert. Er sah, wie einer der Wölfe Sebastian in den Nacken sprang, dann war die Taschenlampe aus, und Sebastian schrie um sein Leben. Katharina war in keiner besseren Lage, denn obwohl sie es schaffte, zwei weitere Angreifer im Sprung zu erlegen, verlor auch sie ihre Lampe, und im nächsten Augenblick waren die Wölfe über ihr. Magnus hörte sie schreien und sprang in die Meute. Er schlug um sich, ohne nachzudenken. Wolfsköpfe und -läufe flogen, und Magnus badete in Blut. Er kriegte Katharinas Arm zu fassen und zog sie mit sich, auf die Moto Guzzi zu, während das verbliebene Rudel eingeschüchtert zurückwich. Magnus sah nach rechts, wo Sebastian gesessen hatte, und sah niemanden mehr. Keine Wölfe, keinen Sebastian.

»SEBASTIAN!«

Katharina fand die Taschenlampe des Professors und leuchtete in Richtung Fluß. Sie sahen die Wölfe, die den leblosen Körper fortschleppten, am Ufer entlang.

»Komm«, sagte Magnus, und wollte ihnen folgen, aber in diesem Augenblick krachte es hinter ihnen, und das Scheinwerferlicht der Moto Guzzi beleuchtete plötzlich nur noch den Sand unter ihren Füßen. Als Katharina den Kegel der Taschenlampe herumfliegen ließ, standen die beiden Riesen direkt vor ihnen. Magnus schob Katharina hinter sich, hob das Schwert und wich mit ihr zurück.

»Haut ab!« brüllte er. »Zurück in eure Löcher, bevor ich euch die Beine abschlage, ihr Abschaum!«

Die Schattenwesen grunzten und machten einen Schritt nach vorn. Magnus machte mehrere Schritte zurück, um den Abstand zu wahren. Katharina drehte sich um und leuchtete mit der Taschenlampe für Sekundenbruchteile in die andere Richtung. Die Wölfe lauerten am Wasser, Sebastian war verschwunden.

»Magnus«, zischte sie, »die versuchen uns ins Wasser zu treiben.«

»Schaffen sie aber nicht«, sagte Magnus und führte einen wütenden Schlag gegen den rechten Riesen. Der jedoch wich einen halben Schritt zurück, und Magnus wurde von der Wucht seines eigenen Schlages fast von den Beinen gerissen.

Seine Gegner ließen ihn ein kläffendes Lachen hören, das alles andere als beeindruckt klang.

Dann machte der linke der beiden Angreifer einen Schritt zur Seite, und sein Schlag kam so schnell, daß Magnus ihn nicht rechtzeitig sah. Er fühlte sich von den Beinen gerissen wie von einer riesigen Keule, verlor den Boden unter den Füßen und landete hart. Während er keuchend wieder auf die Füße zu kommen versuchte, hörte er Katharina schreien. Durch die Beine des einen Riesen konnte er sehen, daß der andere sie gepackt und hochgehoben hatte und nun forttrug, auf den Fluß zu. Mit dem Mut der Verzweiflung sprang er auf und schlug mit dem Schwert nach dem Riesen, der ihm den Weg versperrte. Der aber machte abermals einen Ausfallschritt, dann holte er seinerseits aus, mit seinem Säbel, der ungleich länger, wenn auch plumper war als Magnus' Schwert.

Magnus spürte die Klinge durch die Luft auf sich zurauschen und versuchte auszuweichen. Es gelang ihm, seinen Kopf aus der Fluglinie des Säbels zu bringen, nicht aber seinen Arm. Lediglich die äußerste Säbelspitze touchierte ihn, aber trotzdem explodierten in seinem Kopf Millionen Sonnen. Für einen Augenblick übertönte sein Brüllen die leiser werdenden Hilfeschreie seiner Gefährtin.

Ungläubig hielt er sich die Schulter, die wie wahnsinnig

zu schmerzen begann. Spürte das Blut, das aus seinem Oberarm über seine Hand pulsierte, spürte die Schwärze, die ihn umfangen wollte.

Alles veränderte sich.

Bis zu diesem Zeitpunkt hatte er das Ganze nicht komplett ernst genommen. Seltsam war es gewesen, lästig, aufregend, beunruhigend, aber nicht einmal den Kampf mit Azrael hatte er als wirklich lebensgefährlich empfunden. Ein verrücktes Spiel war es gewesen, ein Spiel, bei dem er schmutzig wurde, aber mehr nicht. Jetzt war alles anders. Jetzt floß Blut aus seinem Oberarm, und es war definitiv kein Spiel mehr. Es tat weh, unfaßbar weh, und es schien, als flösse seine ganze Kraft in dunklem Rot aus ihm heraus in die kalte Erde. Er würde sterben. Er wußte plötzlich, wie der Tod aussah, und er hatte Angst. »Scheiße«, winselte er, wenig heldenhaft. »Scheiße, Scheiße, Scheiße.«

Wieder holte der Riese zu einem Schlag aus, und Magnus wußte, daß er diesmal nicht würde ausweichen können. Verzweifelt hob er das Schwert. Die Klinge sauste herunter.

Magnus parierte, ohne zu wissen, wie und weshalb.

Wo war Katharina? Er hörte sie nicht mehr. Sein wild schlagendes Herz zog sich zusammen, während das Wesen wieder die Klinge erhob, weit nach oben, über die rechte Schulter, zum tödlichen Schlag. Rasselnd sog es die Luft ein, und seine riesigen roten Augen hingen im Himmel über Magnus wie brennende Reifen.

»Herrgott!« schrie Magnus, und endlich besann er sich seiner Fähigkeiten, wurde ihm wieder bewußt, wer er war. Als das blaue Licht ihn zu umhüllen begann, hielt der Riese inne – fast schien es, als runzle er die Stirn aus fleischigen Lappen, verwirrt von dem Schauspiel, das die kleine Gestalt dort unten bot. Seine Verwirrung sollte indes nicht lange anhalten.

Magnus wartete einen endlosen Augenblick, bis die

stahlblaue Klinge seines Schwertes zu knistern und zu singen begann, dann schleuderte er seine Kraft gegen den Riesen. Wie eine Bombe zerriß das blaue Licht die stinkenden Fetzen, und krachend fiel das tote Schattenwesen zu Boden.

Magnus blieb keine Zeit zu triumphieren. Ein schwerer Schlag traf seine Brust, und während er sich um sich selbst drehte, sah er irgendwo zwischen Himmel und Erde den Schatten seines dritten Gegners, dem er das Bein abgeschlagen hatte, und begriff, daß er geschlagen worden war, wieder. Er landete im flachen, fast unangenehm warmen Wasser, schüttelte sich, ignorierte das Gefühl, nur noch Knochensplitter in der Brust zu haben und wollte aufspringen, seine Kräfte erneut konzentrieren, zurückstürmen in die Schatten, Katharina wiederfinden, wenigstens ihre verzweifelten Schreie wieder hören, wissen, daß sie noch lebte, sie retten, als ihm die Beine weggerissen und er mit Urgewalt ins tiefe Wasser gezogen wurde.

Es war, als zögen Hunderte von kleinen Händen an seinen Beinen und Armen. Noch einmal schaffte er es, den Kopf über die Wasseroberfläche zu heben und nach Luft zu schnappen. Im Scheinwerferlicht der umgestürzten Maschine sah er die Silhouette des Riesen, und es kam ihm vor, als lache das Wesen ein letztes Mal sein kläffendes Lachen, als hiebe es sich vor Freude auf das Knie, das ihm noch geblieben war. Ertrinkend sah Magnus das silberne Funkeln auf den Wellen, Lichtreflexe auch dort, wo kein Licht hinfiel, Mondlicht, das sich spiegelte, wo es keinen Mond gab. Sein Schwert war nutzlos, er konnte es nicht führen, nicht unter Wasser. Und so zog es ihn hinunter, mit Macht, und diesmal hielt es ihn fest. Todesangst überkam ihn, denn seine Lungen wollten zerspringen.

Er wehrte sich verzweifelt. Leben wollte er, ans Licht, an die Luft.

Atmen.

Nicht atmen.

Den Mund nicht öffnen. Sein Körper schrie nach Luft, brüllte ihn an, den Mund zu öffnen und einzuatmen, aber sein Verstand schüttelte energisch den Kopf.

Er wußte, daß er sterben würde.

So oder so.

Aus.

Und dann erinnerte er sich, daß er nicht das Schicksal all derer teilen mußte, die ertrunken waren auf den Meeren und in den Seen der Welt, erinnerte sich, daß er anders war als sie, daß er andere Fähigkeiten besaß; hörte auf, um sich zu schlagen, zu strampeln. Ließ sich hinabziehen und konzentrierte all seine Gedanken auf das blaue Licht.

Dachte an Luft. An Kraft. An Luft. An Kraft. An Leben. Widerstand dem brennenden Wunsch zu atmen, bis er wußte, daß er es konnte.

Er öffnete den Mund, tief unter Wasser, und holte Luft. Er war nicht wirklich überrascht, daß es funktionierte. Vorsichtig öffnete er die Augen und sah, daß die Blase aus blauem Licht, die sich um seinen Kopf gebildet hatte, größer und größer wurde. Bald umschloß sie seine Brust, seinen Bauch, und das Ziehen der tausend Hände ließ nach. Größer wurde die Kugel, und Magnus atmete immer tiefer und ruhiger. Seine Knie folgten ins Licht, und er zog die Beine an, hinein in die Kugel.

Zusammengekauert blieb er sitzen und ließ erschöpft den Kopf nach vorn sinken. Das Schwert legte er sich quer über die Beine, und die Kugel aus blauem Licht paßte sich sanft der veränderten Haltung ihres Passagiers an.

Magnus atmete tief ein und wieder aus.

Am Leben, dachte er. *Ich bin am Leben.*

Dann schossen Tränen aus seinen Augen. Jene, die seine Kleidung trafen, vermischten sich mit Wasser, die anderen, die die Haut der blauen Kugel trafen, blieben haften wie aufgeklebte Tropfen. Magnus schluchzte. Weinte um Katharina, weinte um Sebastian, um Muriel und Raja, um die ganze Welt. Weinte um sich selbst.

Sein Leben hatte er gerettet, wenigstens für den Augenblick, aber was bedeutete das noch? »Ich brauche euch doch«, flüsterte er. »Ich hätte euch doch gebraucht, eure Klugheit, euren Rat, euer Wissen, deine Liebe.«

Er blickte auf, und mit tränenverschleierten Augen sah er die zahllosen kleinen mondweißen Schatten, die um die Kugel herum tanzten. Ihre schmalen Hände, die mit Dutzenden von langen, feinen Fingern nach oben griffen, durch die Wasseroberfläche stachen und wieder hinabsanken. Er sah ihre Gesichter, ausdruckslose Flächen ohne Augen, mit Fischmäulern, in denen reihenweise winzige Zähne blitzten, und für einen Augenblick fürchtete er, sich übergeben zu müssen. Kalt war es, kalt und naß und dunkel in seiner Kugel unter dem Wasser, in der er sich treiben ließ. Wohin? Zu welchem Ziel?

Was soll ich tun? fragte er sich, und eine klare, sanfte Stimme aus seinem Inneren antwortete.

»Schlafe.«

Magnus ließ den Kopf sinken. Spürte die kalte Klinge unter seinen Händen. Spürte Verzweiflung, fühlte sich lebendig begraben, verloren und allein. Dachte an Sebastians Worte über den Strom, über den Widerstand, über das Ziel.

Und schlief.

Zwielicht

Der Mensch ist das, woran er glaubt.
ANTON TSCHECHOW

Die Realität ist nur was für Leute,
die nicht mit Drogen klarkommen
JOHN LENNON

1

»Beatrice, du bist eine gottverdammte Hure«, sagte der Mann im eleganten Zweireiher zu der schönen blonden Frau, die weinend vor ihm auf dem Bett kauerte. Ihre blonden Haare flogen vor ihrer Stirn hin und her, als sie entschieden den Kopf schüttelte, entschieden und lauter schluchzend.

Nein, nein, nein.

»Du weißt nicht, von wem du schwanger bist, nein?« Der Mann sprach leise, aber er spuckte ihr die Worte förmlich an den Kopf. »Weißt nicht, wer dich gebumst hat, keinen Namen? Weißt gar nichts, nein, hast alles vergessen. Warst du so besoffen, du Schlampe!?«

Das Schluchzen aus den Haaren verwandelte sich unter diesen Worten in ein steinerweichendes Jaulen. Aber der Mann vor dem Bett war zornig, sehr zornig, und sein verwundetes Herz war härter als Granit.

Als der Betrogene ausholte, um die Frau zu schlagen, sprang Magnus ihm mit einem mächtigen Satz in den Arm und hielt ihn fest. Er hatte bis zu diesem Augenblick nicht gewußt, daß er das konnte. Normalerweise sahen seine Träume anders aus.

Die Frau sah erschrocken auf, und Magnus wußte plötzlich, wer sie war. Er kannte sie nur von Fotos so jung und so schön, denn die Beatrice auf dem Bett war zweiundzwanzig, und ihrem Sohn Magnus hatte sie erst mit dreiundzwanzig das Leben geschenkt.

Magnus stieß den Mann weg und hockte sich neben seine Mutter. »Mama«, sagte er, und in ihren Augen flackerte nackte Panik. »Mama, wer war es? Wer ist mein Vater?«

Sie schrie auf. »Nein! Nein! Ich habe nichts getan! Ich schwöre es, im Namen Gottes, im Namen Jesu, ich habe nichts getan!« Ihre ohnehin schon aufgerissenen Augen weiteten sich jäh, und Magnus wirbelte herum. Er sah den Schlag kommen, aber er konnte nicht mehr ausweichen. Eine Faust traf ihn schwer. Schmerz durchflutete ihn, Sterne gingen auf und verloschen in absoluter Finsternis.

Er fiel ins Dunkel, und die Stimme des Mannes begleitete ihn hinab. »Wer war das! Herrgott, was …! Wo ist der Scheißkerl *hin*!«

Es folgte Stille.

Dann leises Rauschen. Wind.

Fernes Donnern.

Der Geruch von feuchtem Gras.

Schwaches Rot brannte sich durch das Schwarz hinter Magnus' Lidern. Vorsichtig öffnete er das rechte Auge und schloß es gleich wieder. Irgend etwas stimmte nicht. Nein, *alles* stimmte nicht. Da draußen, vor seinen geschlossenen Augen, schien eine friedliche Landschaft im Zwielicht einer eben untergegangenen Sommersonne zu liegen, und da er in einer Blase auf dem Weg in Richtung Erdkern eingeschlafen war, mußte er immer noch träumen.

»Augen auf, Junge.«

Auch die Stimme. Ein Traumgebilde, im Unterbewußtsein geklont aus Ben Cartwrights Synchronsprecher, Ivan Rebroff und einer ausgeleierten Kettensäge.

Magnus verspürte einen schweren Tritt gegen den rechten Oberschenkel, sagte »Aua!« und öffnete die Augen.

Zwischen ihm und einer platten, düsteren Landschaft aus Feldern und vereinzelten Baumgruppen stand ein kleiner muskulöser Mann mit breiter Brust, behaarten Schultern und narbigem Bulldoggengesicht. Er trug eine Wollmütze, eine Art lederner Cargo-Hose und New-Balance-Laufschuhe, und aus diesen Accessoires schloß Magnus blitzartig, daß der Kerl von gestern sein mußte oder noch wesentlich älter. Weiter schloß er erst mal nichts, da der Muskulöse ihm einen weiteren Tritt verpaßte und mit tiefer, gereizter Stimme hinzufügte: »Jetzt komm endlich hoch, Mensch, du bist nicht zum Spaß hier.«

»Hör auf mich zu treten«, protestierte Magnus müde und richtete sich auf. Er betrachtete sein Gegenüber und blinzelte. »Ich träume.«

»Von wegen.«

Magnus kicherte und rieb sich die Augen. »O doch.«

Der Kurze verpaßte ihm einen weiteren schmerzhaften Tritt.

»Hey!« brüllte Magnus und war sofort auf den Beinen. Er fuhr einen mäßig bedrohlich wirkenden Zeigefinger aus und hielt ihn dem Treter vor die Nase. »Noch einmal! Noch einmal! Ich hau dir in die Fresse.«

Der Hundegesichtige biß ihm kraftvoll in den Finger, worauf Magnus schreiend durch die Landschaft sprang und seiner Empörung Luft machte. »Ich faß es nicht! Er hat mich gebissen! Haargn! Beißt mir dieses Eimergesicht einfach in den Finger! Ich blute! Ich blute, du Sau!« Stinksauer holte er mit dem rechten Fuß aus, um seinem Widersacher einen gewaltigen Tritt in die Zwölf zu verpassen, und biß Sekundenbruchteile später buchstäblich ins Gras. Auf seinem Rücken lastete das erstaunliche Gewicht des kleinen Mannes, sein Arm war weit zwischen seine Schulterblätter gedreht, und die Stimme in seinem Ohr war sehr nah und sehr bissig.

»Hör zu, Söhnchen. Und unterbrich mich nicht.«

»Mmhmhhhgg!?« erwiderte Magnus, der ungefähr ein Kilo Gras und Erde im Mund hatte.

»Gut. Ich hatte Geduld mit dir.«

Magnus schaffte es, sein »Mmh!« spöttisch klingen zu lassen. Tränen schossen ihm in die Augen, als der kleine Mann auf seinem Rücken seinen Arm weiter verdrehte. »MMM-MH!«

»Ich versteh, daß du ziemlich schlecht gelaunt bist. Du hast ne Menge Sachen hinter dir, die Memmen wie du nicht gewohnt sind. Interessiert mich aber nicht. Benimm dich anständig. Wenn nicht, reiß ich dir die Nüsse ab und nehm sie als Qigong-Kugeln. Danach kannst du sehen, wie du klarkommst. Ohne Nüsse, ohne Hilfe. Ich mach das hier nicht für dich, sondern für Banshaa. Also. Bevor du noch so ne Nummer versuchst, denk an deine Eier.«

Die Last verschwand von Magnus' Schultern. Hustend und spuckend drehte er sich auf die Seite, hielt sich den Arm und funkelte den Kurzen zornig an, der sich ihm gegenüber im Gras niedergelassen und seinen Tabakbeutel aus seinem Rucksack gezogen hatte. Ehe Magnus auch nur zwei weitere Kiesel ausspucken konnte, hatte sein Gegenüber sich eine Zigarette gedreht und sie sich in den Mundwinkel gehängt. Es zog ein Zippo heraus, zündete sich die Zigarette an und ließ das Feuerzeug zuschnappen, ohne daß Magnus eine Handbewegung wahrgenommen hätte.

»Okay«, sagte Magnus. »Wer bist du?«

»Wayland.«

»Wayland, aha.«

»Derselbe.« Wayland inhalierte und blies den Rauch in Kringeln wieder aus. »Gibt Leute, die mich Volund nennen, oder Wieland, aber Wayland isses.«

»Macht ja nichts. Und *was* bist du?«

»Dein Begleiter und Lehrer. Odins Schmied und Ritter von Unterland, falls du auf Titel stehst.«

Skeptisch betrachtete Magnus die Wollmütze und die Schuhe. »Siehst nicht aus wie ein Ritter.«

»Gleichfalls.«

Magnus sah an sich herunter. Seine Anzughose war völlig verdreckt, an seiner Weste fehlten sämtliche Knöpfe, und das Jackett sah aus, als hätte man es nach einer McDonalds-Kinderparty zum Durchwischen benutzt.

»An dir, Trigon«, sagte Wayland, »ist hoffentlich auch mehr dran, als man sieht.«

»Tja, mein Kleidersack scheint den falschen Flieger genommen zu haben«, erwiderte Magnus. »Wo sind wir hier?« fragte er und sah sich um. Sie hockten zwischen Steinen und hoch wachsendem Gras auf einer Wiese, nicht weit entfernt von einem Laubwald.

»Das letzte Kaff hieß Zempow. Oder so ähnlich«, erwiderte Wayland desinteressiert.

»Klingt ostdeutsch.«

»Was du nicht sagst. Wir müssen nach Südosten ...«

»Das heißt, wir sind ... «

»Sicher, wo sonst? Der Wan hat dich direkt ans Ufer des Sees gespuckt. Zu meiner Zeit hieß der Tümpel Müritz, wie er heute heißt, weiß ich nicht. Da hab ich dich aufgesammelt, vorgestern. War nicht leicht, dich hierher zu schleppen, aber es hat ja auch keiner gesagt, daß irgendwas leicht sein würde.«

»Wan«, sortierte Magnus sein Gehirn. »Augenblick. Das ist der Fluß mit diesen Scheißviechern, ja?«

Wayland atmete Rauch aus. »Korrekt. Morigandeln. Seelensauger. Ziemlich lässige Art, zu den Müttern rüberzumachen.«

»Wenn man das vorhat.«

»Hat keiner. Aber du wirst dir noch häufiger wünschen, die Biester hätten dich gekillt.« Wayland lachte laut und dreckig. »Und ob.«

»Ich mach mich gleich naß«, sagte Magnus lässig.

»Trocknet wieder«, sagte Wayland.

»Was willst du? Mir Angst machen? Weißt du, was passiert ist, bevor ich in diesen verfluchten Fluß gesprungen bin?«

»Gargantuas.«

»Gar …? Genau! Die haben mich nicht gekriegt! Einem hab ich das Bein abgeschlagen.«

»Ganz toll.«

»Und vorher hab ich Azrael plattgemacht!«

»Ich klatsche, wenn ich ne Hand freihabe.«

»Und du meinst, ich hab noch vor irgendwas Angst?«

»O ja. Du wirst dir vor Angst in die Hose scheißen. Weil«, sagte Wayland und drückte die halb gerauchte Zigarette ins Gras, »sogar ich Angst hätte, wenn ich das tun müßte, was du tun mußt. Und ich hab mein Leben lang so was gemacht. Ich war an Beowulfs Seite, als er Grendel erwürgte und das Moorweib erschlug im tiefen Sumpf, ich habe Yggdrasil, die Weltesche, an Odins und Mirmirs Seite gegen die Pest und Feuer spuckende Midgardschlange verteidigt, ich war bei den Müttern unten und hab ihnen die Möpse unters Kinn gedroschen, ich bin im Wan getaucht und ich war tief im Herzen des Bösen, mein Alter.« Er zeigte auf sein Gesicht, und Magnus sah, daß eine lange Narbe von seinem Kinn bis zu seiner Stirn an der Nase entlang verlief. »Das ist nur äußerlich. Die richtig schlimmen Sachen sind hier drin.« Wayland zeigte auf seine Brust. »Trotzdem hätte ich die Hose voll bis zum Gürtel, an deiner Stelle.«

Wieder nickte Magnus. »Tja. Jeder, wie er muß.« Er steckte die Hände in die Hosentaschen, stellte dabei fest, daß beide unten zerrissen waren, und ging ein paar Schritte von Wayland weg. Die Landschaft, die sich vor ihm erstreckte, war nichtssagend und wirkte, als könne sie keiner Fliege etwas zuleide tun. Deutsche Provinz zwischen hier und dort, wo auch keiner wohnen will. Magnus sah nach oben, in den Himmel, und runzelte die Stirn.

»Eigenartige Wolken«, sagte er.

»Du wirst dich dran gewöhnen müssen«, sagte Wayland. »Das Böse frißt Licht, bessere Sicht kriegen wir nicht, höchstens schlechtere, wenn es Abend wird. Es ist ne Menge an die Oberfläche gekommen, was besser unten geblieben wäre. Aber es kommt noch was hinterher …«

Magnus wollte ihn fragen, ob das Böse nichts Besseres zu tun hatte, als schlechtes Wetter zu machen, aber mit einemmal erwischte ihn ein völlig unbedeutendes Bild aus seiner Vergangenheit wie eine Keule. Ein Sonnenuntergang über einem Landgasthof in der Toskana, ein offenes Alfa-Cabrio vor der Treppe, oben schwere Gewitterwolken, die die Landesfarben zu schwülem Rotgrau verschmierten, und unten, auf der Terrasse, mit einem Glas Chianti Hand in Hand, er und die Frau, die er damals begehrt hatte wie ewiges Glück. Der Gedanke an sie zog ihm das Herz zusammen.

»Wo sind Katharina und Sebastian?« fragte er leise.

Wayland zuckte die Achseln. »Weiß nicht«, sagte er. »Tot, nehme ich an.« Es erschütterte ihn offenbar nicht mehr als ein umgeknickter Grashalm am Wegesrand.

Magnus schluckte einen Zentner Hoffnungslosigkeit hinunter. »Und die Boten? Muriel und Raja?«

Wieder zuckte Wayland gleichgültig die Achseln und ging zu seinem Rucksack. »Wer will das wissen? Was spielt das für eine Rolle?« Er zog an einem der zwei Griffe, die aus dem Rucksack ragten, brachte ein Schwert zum Vorschein und kam zurück zu Magnus. Er faßte das Schwert an der Klinge und hielt Magnus den Griff hin.

Magnus nahm die Waffe entgegen.

»Und?« sagte Wayland.

»Was, und?«

»Kein Unterschied?«

Magnus drehte das Schwert hin und her und begriff, daß es jenes war, das er sich von Sebastian ausgeliehen hatte. Oder auch nicht. Denn sie ähnelten einander zwar, aber dieses erschien ihm kleiner, leichter und zugleich fester. Es lag auch besser in der Hand als zuvor, aber er wußte nicht, weshalb.

»Ich habe daran gearbeitet«, sagte Wayland, und in seiner Stimme klang Stolz mit.

»An meinem Schwert?«

»Es war unbrauchbar, vorher. Schlampig gearbeitet, obwohl es von einem meiner Schüler stammte. Grodewuld. Hatte gute Augen, aber kein Händchen für Metall. Es war ungeeignet für das, was du vorhast. Ich habe es in Späne gefeilt. Die Späne unter Mehl gemischt. Das Mehl an Tauben verfüttert. Den Kot gesammelt und in der Esse gebrannt, bis nur noch das Eisen übrig war. Und das Schwert geschmiedet. Jetzt trägt die Klinge andere Kräfte in sich, denn sie ist fest wie das Portal von Asgard und scharf genug, um Steine zu teilen. Sobald du mit Mimung vertraut bist, wird es wie von selbst deine Feinde besiegen.«

»Mimung?«

Wayland nickte dem Schwert zu. »Es trägt den Namen des schönsten, das ich je geschmiedet habe.«

Magnus nickte, fragte sich aber trotzdem, was er mit dem Prachtstück anfangen sollte.

»Kämpfen«, sagte Wayland. »Was denn sonst?«

»Aha«, sagte Magnus.

Für einen Augenblick herrschte Stille. Magnus musterte Wayland und fragte sich, ob der kleine Muskelschmied tatsächlich Gedanken lesen könne.

Wayland grinste breit und enthüllte einige Zahnlücken. »Rate mal«, sagte er.

Dann kann ich mir ja ab jetzt die Spucke sparen, dachte Magnus.

Stimmt, dachte Wayland, wie Magnus deutlich hörte.

»Hast du eben *stimmt* gedacht?« fragte er.

»Ja.«

»Denk noch mal was.«

Wayland dachte noch mal was.

»Schwer von Begriff?« fragte Magnus. »Ich?«

Wayland lachte. »Und jetzt paß auf. Konzentriere dich auf meine Gedanken.«

Magnus konzentrierte sich. Er hörte nichts. Er zuckte die Achseln.

»Du hast nichts gedacht.«

»O doch, Trigon. Eine ganze Menge, und nichts davon war schmeichelhaft für dich. Aber auch das wirst du noch lernen. Gedanken, die ein offenes Buch für jedermann sind, können tödliche Gedanken sein. Öffne sie nur dem, der sie lesen soll.«

Unfaßbar, dachte Magnus. *Dieser häßliche kleine Pitbull verarscht mich.*

Ohne Vorwarnung verpaßte Wayland ihm einen Leberhaken und ließ ihn ins Gras fallen. »In solchen Fällen«, sagte er, »wäre es doch zum Beispiel recht praktisch«. Er trat noch einmal spielerisch nach, ging ein paar Schritte, setzte sich auf einen Findling am Wiesenrand und schüttelte brummend den Kopf.

»Hör zu, Schwachkopf«, sagte er zu Magnus, der ächzend wieder auf die Beine kam. »Weißt du, warum du noch lebst?«

»Weil ich dich noch nicht lange genug kenne?« stöhnte Magnus.

»Macht«, knurrte Wayland, »wird eitel, wenn sie zu groß ist. Die Macht des Basilisken ist immens, und ebenso immens ist seine Eitelkeit. Er hat dich nicht für voll genommen. Was Wunder«, fügte er hinzu, zog Rotz hoch und spuckte aus. »Wenn er wüßte, welche Gefahr du für ihn bedeuten kannst, hätte er dich längst zerquetscht. Statt dessen hat er einen seiner armseligsten Diener geschickt, Azrael, und den hast du vernichtet.«

Magnus dachte an den Kampf zurück. Azrael, genau. Wie hatte er den noch besiegt? Ah ja. Er konzentrierte sich.

Wayland runzelte die Stirn. »Laß es«, sagte er. »Meine

Fähigkeiten stehen deinen in nichts nach, jedenfalls zum gegenwärtigen Zeitpunkt. Wir können uns auf höherem Niveau weiter bekämpfen, aber es würde dir nichts nützen. Verlierst du, stirbst du einen sinnlosen Tod, besiegst du mich, verlierst du deinen Lehrer – und stirbst im nächsten Gefecht. Also denk gar nicht erst drüber nach.«

Magnus hörte auf, darüber nachzudenken.

»Der Basilisk«, sagte Wayland, »wird sich an dich erinnern. Bald. Er wird sich fragen, wo du bist. Und wenn du nicht lernst, wenn du nicht rasch lernst, wird er deine Gedanken lesen. Und dich töten.«

Magnus richtete sich auf und sah Wayland an. *Yoda*, dachte er trübsinnig.

»Wer?«

»Oh, nichts.«

Wayland begann zu lachen, da er auch den Rest von Magnus' Gedanken gelesen hatte. »Ein kleines grünes Männchen mit langen Ohren, das Sternenkriegern beibringt, wie man Raumschiffe aus dem Sumpf hebt? Ein *gütiges* grünes Männchen? Du bist doch wirklich ein Schwachkopf. Das ist Romantik. Willkommen in der Wirklichkeit… und spar dir diese Kommentare!«

»Wayland«, kapitulierte Magnus. »Lieber, allerwertester Wayland, Schmied des großen Odin, Hüter der Weltbirke…«

»Esche.«

»Und Ritter von Unterland. Könntest du…«

»Ja?«

»Mir bitte schleunigst…«

»Ja?«

»Beibringen«, knirschte Magnus, »wie ich meine Gedanken unleserlich mache, bitte?«

»Na, das klingt doch schon wesentlich besser«, grinste das Hundegesicht.

2

Der Basilisk spielte mit seinem Schwanz. Die wohligen Seufzer, die er dabei ausstieß, untermalten aufs Widerlichste das stetige Grollen und Knirschen, mit dem das Gewölbe in Richtung Oberfläche stieg, sowie die orgiastischen Geräusche der wild aus den Wänden poppenden Teufel und Dämonen, die völlig besoffen waren vom Erfolg der großartigen Aktion ihres Herrn und Meisters. Aus der Decke ergoß sich unterdessen ein steter Blutstrom von der nur noch wenige Kilometer entfernten Oberfläche, wo die furchtlose Freiheit ihren blutigen Triumphmarsch fortsetzte.

Nachdem inzwischen sämtliche Praktikantinnen in die Knie gezwungen waren, hatten die Präsidenten aller Herren Länder aus schierer Langweile begonnen, Todesurteile gegen mißliebige Oppositionspolitiker, Journalisten und Popgruppen anzuordnen und an weit gefährlicheren Knöpfen als jenen an ihren Hosen herumzuspielen. Dies allerdings folgenlos, jedenfalls bis zu diesem Zeitpunkt, denn Voraussetzung für einen halbwegs gelungenen Krieg zwischen Staaten ist und bleibt eine lückenlose Kette von Befehlsempfängern, die fürchten, im Falle einer Befehlsverweigerung an die Wand gestellt zu werden.

Mangels Furcht war ein kontrollierter Angriff auf Nachbarländer einstweilen also völlig ausgeschlossen.

Der Krieg tobte statt dessen Auge in Auge, Mann gegen

Mann, Frau gegen Frau, tobte zwischen den Menschen, nicht zwischen den Staaten. Nachbarn bekämpften sich über den Gartenzaun, nicht aber politische Ideologien über große Entfernungen.

In den ersten achtundvierzig Stunden der völligen Furchtlosigkeit starben Hunderttausende deutscher Touristen unter den wütenden Händen freier Mallorquiner. In Bagdad fielen zuerst die Schleier und dann Unmengen verdutzter Männer. Die Reichen der Welt, ob in Saint Tropez, in Los Angeles oder auf Hawaii, hatten urplötzlich sehr viele ungebetene Gäste in ihren schicken Villen und wenig später überhaupt nichts mehr zu lachen. Jedermann erfüllte sich seine Wünsche. Und pfiff auf seine Verantwortung.

Die Versorgung der Großstädte der Welt mit Wasser, Strom und Lebensmitteln brach binnen eines Tages fast vollständig zusammen.

Moskau brannte.

Washington brannte.

Peking brannte.

Berlin drehte sich um sich selbst und ahnte nichts von dem, was sich von tief unten in seine Mitte fraß.

Diplomaten und Politiker hätten mit der Lösung des Problems alle Hände voll zu tun gehabt, wären sie nicht mit sich selbst beschäftigt gewesen. Beziehungsweise mit ihren Au-pair-Mädchen, dem Plündern von Ferrari-Autohäusern sowie damit, sich ihrer Haut zu wehren.

So wie alle anderen Menschen auch.

Und der Basilisk spielte mit seinem Schwanz, während der Seelenglobus jammerte und ächzte.

»BASIL!« sagte die Stimme, und der Schwanz des Basilisken rollte sich zitternd zusammen. »BASIL!«

»Ja, Mutter!«

»IST ER TOT?«

»Wer?«

»DER LETZTE TRIGONE!«

»Ach, der. Ähm. Ja.« Der Basilisk nickte. »Eines jämmerlichen Todes ist er gestorben in den Wassern des Wan, der Held, der keiner war. Ein lächerliches Staubkorn, das...«

»WO IST SEINE LEICHE?«

»Äh«, sagte der Basilisk und stieß sauer auf. »Unter Wasser, würde ich schätzen.«

»WÜRDEST DU SCHÄTZEN.«

»Mutter, sei unbesorgt, er ist tot.«

»ICH BIN NICHT UNBESORGT.«

»Er ist tot. Ich übernehme die volle Verantwortung«, sagte der Basilisk.

Längere Zeit herrschte Stille. Abgesehen von den schnellen Technorhythmen, die durch das Gewölbe wummerten. Sowie den wilden Schreien Hunderttausender höllischer Kreaturen, die sich nach Lust und Laune die Köpfe einschlugen respektive um den Verstand vögelten. Sowie dem Wimmern des Seelenglobus. Sowie dem Knirschen des aufsteigenden Gewölbes. Also, genaugenommen herrschte überhaupt keine Stille, sondern der gleiche Krach wie immer, aber wenigstens schwieg die Stimme im Kopf des Basilisken für einen langen, langen Augenblick.

Dann sagte sie: »NIMM DICH IN ACHT.«

»Sehr wohl, Mutter«, sagte der Basilisk und spürte erleichtert, wie ihre Präsenz von ihm wich. Sein Schwanz richtete sich wieder auf, aber irgendwie machte es nicht so viel Spaß wie vorher. Blöde Urkuh, dachte er. Sie vermieste ihm immer alles. Dabei lief doch alles bestens. Die Welt drehte durch, Blut troff in Strömen durch die Decke, und die Helden waren tot.

Aber sie machte ein Mordsgewese wegen dieser einen verfluchten Leiche. *Zur Hölle*, dachte Basil. Es interessierte ihn einfach nicht, wo die Leiche steckte, solange es eine war.

Trotzdem konzentrierte er sich. Ließ seinen Schwanz los. Wandte sich ab vom Treiben in der Höhle, ignorierte sogar die vorwitzigen Schrate, die johlend seinen Rücken erklommen. Der Basilisk machte sich auf die Suche.

Nach Magnus' Leiche.

3

Mit einem quicklebendigen »Wu-haa!« ließ Magnus Mimungs Klinge durch eine vor ihm stehende Birke sirren und zerteilte den fallenden Stamm mit mehreren raschen Hieben in handliche Scheite.

»Zorro ist nichts dagegen«, lobte er sich.

Wayland grunzte. »Überheblichkeit, Ritter, hat schon manch edlere Seele als deine in die ewige Nacht geführt.«

»Hey, das war klasse.«

»Jahrmarktklasse. Das Kompliment gebührt deiner Waffe, nicht dir. Zugegeben, du hast schon etwas dazugelernt, aber du bist noch weit davon entfernt, das Schwert zu führen wie ein Meister. Ich habe Beowulf kämpfen sehen…«

»Ja, ja, Beowulf«, sagte Magnus spöttisch und nahm sich den nächsten Baum vor. »Ich kann's langsam nicht mehr hören. Mag ja sein, daß der Typ der tollste Superheld aller Zeiten war, aber ein weiser Lehrer wie du sollte nicht ganz so sparsam mit Lob umgehen.«

»Ich lobe dich, wenn ich Anlaß zum Loben habe«, erwiderte Wayland. »Ich habe dich gelobt, als du begriffen hattest, wie man seine Gedanken verbirgt. Dafür, daß du einen wehrlosen Baum zu Brennholz verarbeitest, werde ich dich nicht loben. Mit einem Schwert wie Mimung könnte das sogar ein Blinder ohne Arme.«

Du Wichser, dachte Magnus. *Warte nur, bis du mir alles beigebracht hast. Deine Eier werden sich anfühlen wie Basketbälle.*

Er sah Wayland in die Augen und grinste.

»Sehr gut«, sagte Wayland. »Ich habe es nicht gehört. Aber ich entnehme deinem Blick, daß es etwas Häßliches war.«

Im nächsten Augenblick lag Magnus wieder im Dreck und hielt sich die blutende Nase.

»Soviel dazu«, sagte Wayland. »Nun zu etwas Wichtigem. Die Zeit drängt. Und obwohl du noch weit davon entfernt bist, mit deinen Kräften richtig umzugehen, sollten sie ausreichen, um dich den kommenden Kampf überstehen zu lassen.«

»Scheiße, meine Nase blutet«, schniefte Magnus.

»Selber schuld.« Wayland spuckte aus. »Und jetzt halt's Maul und hör zu.«

»Aua«, sagte Magnus.

»Du sollst zuhören.«

Magnus hielt sich den Kopf und stöhnte.

Wayland runzelte die Stirn, begriff und sprang zu ihm. Mit beiden Händen packte er ihn bei den Schultern und schüttelte ihn. »Widerstehe«, zischte er. »Im Namen der Götter, widerstehe.«

Magnus ächzte unter Schmerzen.

»Denk an das, was du gelernt hast. Denk an das, was du gelernt hast!«

»O Gott«, stöhnte Magnus und hielt sich den Kopf. Die Schmerzen kamen in langen Wellen, und es fühlte sich an, als versuchte jemand, ihm Eisennägel in alle Weisheitszähne gleichzeitig zu schlagen. Ohne Betäubung. »O Gott.«

»Du bist tot«, zischte Waylands Stimme von fern. »Du denkst nichts, du bist nichts. Nichts.«

Schmerz, dachte Magnus. Nur das. *Schmerz*. Alles andere verbarg er hinter der dichten Mauer, die zu errichten Wayland ihn gelehrt hatte. Keine Gedanken. Keine Worte. Kein Magnus.

Schmerz.

Weit entfernt legte der Basilisk seine Stirn in tiefe Falten.

Schmerz?

Empfindet eine Leiche – Schmerz?

Seine Liebe, dachte der Basilisk, ließ ab von der Leiche, die keine war, aber offenbar schon so viel gelernt hatte, daß er sie nicht mehr lokalisieren konnte. Und so machte er sich auf die Suche nach den anderen, den Begleitern des Helden, die ihn zu ihm bringen würden. *Gebt mir seine Liebe.*

Keuchend sah Magnus Wayland ins Gesicht. Ein Gesicht, in dem zum ersten Mal ein Ausdruck echter Sorge zu finden war.

»Was ist?« fragte Wayland.

»Er ist weg.«

»Gut«

»Aber er hat mich gefunden, glaube ich ...«

»Nicht gut.« Wayland zog Magnus auf die Beine. »Gehen wir. Rasch.«

Wie es mit einem entschiedenen »Fiat lux« für einen neuen Anfang wäre, anderswo, auf einem neuen Planeten, nahe einer neuen Sonne, ließ sich einer der Berater des Allumfassers vernehmen, und danach vielleicht mit ein paar Fischen. Der Allumfasser aber schüttelte bloß seinen Wipfel, da ER, weil es IHM so gefiel, gerade ein Mammutbaum war, der auf einem Bett aus Marshmellows thronte, und ließ seine Berater wissen, alles verlaufe zu seiner Zufriedenheit.

Je kleiner der Anspruch, echote es, desto größer die Zufriedenheit, und der Allumfasser war sich des mitschwingenden Spottes durchaus bewußt. Ein Mensch, erwiderte ER, nur einer, ein einziger, ist vonnöten. Alles, was er braucht, um zu bestehen, habe ich ihm gegeben.

Außer Waffen, echote es.
Außer Wissen, echote es.
Außer Verstehen.
Außer Selbstbewußtsein.
Außer Glauben.

Was wäre ich für ein lausiger Gott, erwiderte der Allumfasser, wenn ich nur dem hülfe, der an mich glaubt. Wie schäbig wäre ich, wie berechnend, wie menschlich. Ihr habt recht, er hat nichts. Nur sich, und das ist viel. Man kann, fügte ER hinzu und verwandelte sich in eine bezaubernde kleine Oase, nicht alles haben.

4

Exakt dasselbe dachte, allerdings wesentlich trübsinniger und einige Zeit vor dem Allumfasser, Katharina Rasmussen auf dem Rand einer schmutzigen Zinkwanne irgendwo im Nirgendwo. Dabei betrachtete sie abwechselnd die Klinge des Messers in ihrer rechten Hand und die Pulsader an ihrem linken Handgelenk. Zum ersten Mal seit Beginn ihres inzwischen dreitägigen Martyriums war sie allein, hinter verschlossener Tür, und bewaffnet. Sie wußte, daß ihr nicht viel Zeit bliebe. Frundula, die Hexe, war zum Fluß gegangen, und das war schlimmer als schlimm, denn nun war sie mit Molbart allein. Gleich würde er nach ihr rufen, und wenn sie nicht unverzüglich erschiene, würde der widerliche Magier sie suchen, finden und, da seine Frau endlich aus dem Weg war, seine Drohung wahr machen und sie vergewaltigen.

Lieber sterben, dachte Katharina. Trigonen hin, Weltrettung her.

Sie setzte das Messer auf ihren Arm.

Eine Träne tropfte auf das rostige Metall.

Katharina schniefte.

»Hoppelhäschen!« rief Molbart laut von unten, und Katharina zuckte zusammen. Der kleine Schnitt in ihrem Arm brannte wie Feuer, und mit einem leisen Fluch nahm sie für den Moment Abstand von ihrem Plan. Sie versteckte das Messer in ihrer Schürze und verbarg die Wunde unter dem Ärmel ihrer Rüschenbluse.

Sie haßte diese Rüschenbluse. Fast so sehr wie das gräßliche Dirndl und das Korsett. Sie war eine selbstbewußte junge Frau und hatte sich ihren zeitlosen Kleidungsstil hart erarbeitet. Nie im Leben wollte sie all das aufgeben, schon gar nicht für einen Mann – schon gar nicht für so einen.

»Ja, mein Gebieter«, flötete sie zurück.

»Wo steckst du denn, mein Täubchen?« rief Molbart, und schon hörte sie seine Schritte auf der Holztreppe, die nach oben führte, zu den Schlaf- und Waschräumen der Hütte im ewigen Moor.

Schaudernd schlang sie die Arme um ihren Oberkörper und schwieg. *Geh weg*, dachte sie. *Bitte, laß ihn weggehen, diesen Alptraum*, diesen frustrierten Gatten ihres zweiten Alptraums Frundula, die aussah wie eine Siebzigjährige nach acht Jahren Dauersonnenbaden in Äquatornähe und mit versteinertem Grinsen vierundzwanzig Stunden am Tag an allem herumnörgelte, was man tat oder ließ. Molbart hätte einem also leid tun können, wäre er nicht selber ein noch schlimmerer Kotzbrocken gewesen als seine Frau.

Die beiden waren lediglich zwei der zahllosen Manifestationen des Bösen, die mit dem Aufstieg des Basilisken aus unergründlichen Tiefen ins Angesicht der Erde gedrückt worden waren und dieses in immer kleiner werdenden räumlichen Abständen verunzierten wie Pickel das Kinn eines Vierzehnjährigen. Molbart indes schien Katharina eins zu eins einem Dokumentarfilm über genetische Manipulationen zu entstammen: Er sah aus wie eine Mischung aus Rudolf Mooshammer und einem verhaltensgestörten Storch in viktorianischen Puffhosen und rotem Samtwams; ein Skelett mit Pausbacken und Betonfrisur und obendrein der verlogenste, notgeilste Pantoffelheld unter der Sonne. Respektive unter den Wolken. Und nur aus einem einzigen Grund wagte Katharina es nicht, der Mißgeburt in die Weichteile zu treten und sich zu verdünnisieren: Molbart war Magier. Der beste aller Zeiten und Welten, wie es auf seinen Flugblättern hieß, die allerdings von den meisten seiner Kunden als irreführende Werbung bezeichnet worden wäre.

Das Eigentümliche an Molbarts Magie war ihre Reichweite, denn die war zeitlich wie räumlich begrenzt. Molbart konnte, anders als seine talentierteren Kollegen, weder die Vergangenheit noch die Zukunft beeinflussen, sondern bloß in der Gegenwart wirken. Und hier auch lediglich im Umkreis von exakt fünfzig Metern, mit der klitzekleinen Einschränkung, daß seine Magie auch auf diese Entfernung bloß gegen Lebewesen wirkte. Was zu früheren Zeiten insofern lästig gewesen war, als Molbart und Frundula damals nicht mitten in Mecklenburg residiert hatten, sondern am schwarzen See von Trudelglomm, in einer spärlich besiedelten waldigen Gegend am Unterlauf des Wan. Einer Gegend, in der es außer Wölfen und Fröschen bloß Zwielicht, nasses Moos und graue Steine gab. Das einzige Dorf in ganz Trudelglomm war Zorpen gewesen, und die Zorpener hatten wohlweislich eine hohe Palisade in exakt einundfünfzig Metern Entfernung um ihr Dorf errichtet, nachdem Molbart ihnen vor vierhundertzwölf Jahren einen Besuch abgestattet hatte.

Und so waren Molbart und Frundula Zeit ihres langen Ehelebens ein sehr einsames böses Paar gewesen.

Die beiden hatte bloß ihre Tiere, und die hätten ein Lied davon singen können, daß es nichts Schlimmeres gibt als einen sadistischen Idioten, der sich für den besten Magier aller Zeiten und Welten hält und zudem ein gravierendes Hormonproblem hat. Molbarts nicht besonders weitreichende Magie genügte für seine bedauernswerten Kühe, Schafe und Schweine. Und für das, was Frundula ein paar Tage zuvor am Ufer des schwarzen Sees gefunden hatte, wo sie seit Jahrhunderten regelmäßig Fische in ihren Eimer zauberte.

Eine Frau.

Eine bildschöne Frau, die Frundula bewußtlos, halbtot und klatschnaß in die Hütte hatte schweben lassen. Sabbernd hatte Molbart neben seiner Frau gestanden und ihr Meckern und Nörgeln überhört, während sie das frische Mädchen in ein viel zu kleines Dirndl stopfte, das ihre wundervollen Brüste wesentlich besser zur Geltung brachte als die langweiligen Sachen, die sie vorher getragen hatte.

Als Katharina erwachte, begann die glücklichste Zeit in Molbarts Leben – und die unglücklichste in ihrem. Denn daß er, der magische Langstreckenversager, im Nahkampf ein Genie war, hatte Katharina rasch gelernt. Er brauchte bloß mit dem Finger zu schnippen, um Menschen umzuschmeißen, in Frösche zu verwandeln oder, was er bei Katharina besonders gern tat, den Rock zu lüften.

Verzweifelt hatte sie sich an Frundula gehalten. Solange die in ihrer Nähe war, benahm Molbart sich halbwegs anständig. Sie hatte versucht, der Hexe jeden Wunsch von den Augen abzulesen, was sich allerdings als schwierig erwies, da Frundula nie mit irgend etwas zufrieden war, nicht mal mit ihren eigenen Wünschen. So sehr Katharina sich auch bemühte, sie konnte es der Hexe nicht recht machen. Und wenn Frundula unzufrieden war, schickte sie Katharina fort. In den Stall. Wo dann unweigerlich Molbart auftauchte.

Am Vortag hatte er ihr einen kurzen, sabbernden Vortrag gehalten, den er wohl für verführerisch hielt. Er hatte darauf hingewiesen, daß er sich jeden Tag mehrmals wusch, puderte und sich die Rückenhaare wegzauberte, und daß zweitens sein »Ofenrohr«, wie er sein Geschlechtsteil stolz zu nennen pflegte, in voller Größe ungefähr so lang und dick wäre wie ein Baumstamm.

Dann hatte er sein Wams aufgerissen, und Katharina war vor Lachen fast vom Stuhl gefallen. Dummerweise hatte sie sich nicht beherrschen können und gerufen, »das da« sei »nicht mal ein Zahnstocher, sondern eine Heftzwecke«, worauf der Magier sie in einen Hund verwandelt hatte …

Frundula hatte sie gerettet. Im letzten Augenblick. Und Molbart den Kopf gewaschen. Aber jetzt war sie weg. Und Katharina war allein. Und Molbart litt zwar defintiv an allen möglichen Krankheiten, aber nicht an Alzheimer.

»Bist du da drin?« Molbart Stimme drang laut durch die Holztür.

»Ja.«

»Mach auf«, sagte Molbart, »sonst verwandle ich dich in einen Silberfisch.«

Katharina stand auf und öffnete. »Was ist?« fragte sie so gelassen wie möglich.

»Wollte nur wissen, was du treibst, Schätzchen«, zwinkerte Molbart.

Mit zuckersüßem Lächeln erwiderte sie: »Ich sitze auf dem Klo, Molbart.«

»Ahem. Was dagegen, wenn ich zusehe?« Ein Sabberfaden kroch um die drei gebleckten Zähne des Magiers. Katharina hielt dem Anblick stand.

»Wenn es dich glücklich macht«, sagte sie, lüftete den Rock und setzte sich hin. Sie stützte das Kinn auf die Hände, schnallte sich ein Lächeln ins Gesicht und erinnerte sich an die wichtigste Regel, die ihre Mutter ihr mit auf den Weg ins Leben und zu einigen Therapeuten gegeben hatte: Man kann über alles reden.

»Molbart«, sagte sie sanft, »wieso bist du eigentlich immer so … uncharmant? Wie soll sich denn zwischen uns eine romantische Beziehung entwickeln, wenn du mich immer bedrängst. Hmm?«

Der Magier runzelte die Stirn. »Romantische Beziehung?«

»Ja.«

»Wieso? Was soll denn an unserer Beziehung romantisch sein?«

»Na«, sagte sie. »Es *könnte* doch romantisch sein. Du und ich. Wenn du mir ein bißchen Freiheit ließest.«

»Wenn ich dir ein bißchen Freiheit lasse, verpißt du dich sofort über den nächsten Acker und bist weg!«

»Ach, Molbart, warum denkst du denn das?« flötete sie.

»Na! Weil ich ne häßliche Bohnenstange bin, und du eine Sahnebraut mit geilen Möpsen und einem superscharfen Arsch.«

Katharina seufzte gekonnt.

»Ach, es wäre so schön. Wenn du mir bloß vertrauen würdest.«

»Warum sollte ich?«

»Weil es schöner wäre.«

»Für wen?«

»Für uns.«

»Hä?« Molbarts kantiges Gesicht verwandelte sich in ein Fragezeichen. »Wieso? Du schrubbst uns die Bude, du kochst uns Essen, und wenn Frundula ihren Arsch wegschiebt, kann ich dich nageln, wie ich will. Wie soll denn das noch schöner werden?«

»Denkst du vielleicht auch mal an mich?«

»Den ganzen Tag«, grinste Molbart. »Und jetzt steh auf und komm in die Kiste.«

Katharina erhob sich seufzend und ging auf den Magier zu. Was tun? Sie hatte viel gelernt in den paar Tagen, die sie jetzt in diesem Alptraum steckte. Viel über zickige Weiber, viel über geistesgestörte Pantoffelhelden und sehr viel über Hoffnungslosigkeit.

Sie spürte das Messer an ihrem Arm.

Lieber sterben.

Aber nicht widerstandlos. Sie wollte ihn wenigstens verletzen. Vielleicht konnte sie ihn überraschen. An sein Auge herankommen ...

Als sie an ihm vorbei in den Flur trat und sich in Richtung Schlafzimmer wenden wollte, hallte das ganze Haus von einem lauten Klopfen an der Tür wider.

Molbart, der eben sabbernd seinen Gürtel geöffnet hatte, schnaubte entrüstet. »Was soll das?«

»Erwartest du Gäste?« fragte Katharina mit zitternder Stimme.

»Nein«, sagte Molbart. »Ab in die Kiste.«

Wieder klopfte es, lauter diesmal.

»Los.« Molbart stieß die Tür auf und deutete auf das Bett. Katharina faßte das Messer fester.

»Willst du nicht wenigstens mal nachsehen?«

»Nein, ich will jetzt was anderes.«

Ein lautes Krachen im unteren Stockwerk ließ ihn zusammenzucken. »Was zum …« sagte er und stakste zur Treppe. Katharina folgte ihm vorsichtig und sah, wie er die Stufen hinunterhastete, fluchend, mit halb offener Hose.

»Wer wagt es, das Haus des mächtigen Magiers Molbart ohne Erlaubnis … wer seid ihr?«

Katharina hörte die plötzliche Unsicherheit in seiner Stimme und dann ein lautes, übles Knurren, aus dem sich langsam Worte formten.

»Du bist Molbart, der Magier?«

»Wer seid ihr? Was … o nein, was habt ihr mit ihr gemacht! Frundula!«

Katharina hörte einen Körper auf den Holzboden schlagen und es klang nicht so, als wäre Frundula nur ein bißchen benommen.

»Wo ist sie?« fragte die Stimme, die in Katharinas Ohren bedrohlich klang und überhaupt nicht nach Heftzwecke.

»Wer seid ihr?« fragte der Magier noch einmal.

Katharina beschloß spontan, auf den bestimmt spannenden Rest des Dialoges zu verzichten. Sie raffte ihren Rock zusammen, rannte durchs Schlafzimmer, riß das Fenster auf und krabbelte hinaus. Sie hielt sich mit beiden Händen am Fensterrahmen fest, ließ sich rasch hinunter und landete nach kurzem Flug auf dem Hof. Obwohl sie immer noch fürchtete, von Molbart gestellt und in ein Haustier verwandelt zu werden, ergriff sie die Gelegenheit beim Schopf – und rannte. Über den Vorplatz. Zwanzig Meter. Noch immer auf ihren eigenen Beinen, nicht auf Froschschenkeln. Am Brunnen vorbei, durch das Tor, auf den dunklen Wald zu. Dreißig Meter, vierzig. *Komm schon*, dachte sie, *renn*. Und sie rannte. Näher und näher kam der Wald, und als sie die ersten Bäume fast erreicht hatte, hörte sie den gellenden Schmerzensschrei des Magiers aus dem Haus. Als hätte man ihm ein Brandeisen ins Gesicht gedrückt, laut, schrill und gräßlich. Sie fuhr herum und sah das Haus, sah den dampfenden Schornstein, sah die Tür zum Hof. Rannte weiter, weiter, weiter, und versteckte sich hinter dem erstbesten Baum. Keuchend spähte sie um den Stamm in Richtung von Frundulas und Molbarts Hütte.

Was in diesem Augenblick aus der Tür trat, ließ ihr das Blut in den Adern gefrieren. Sie waren zu viert; vier Männer, riesengroß, muskulös und ganz in schwarzes Leder gehüllt. Alle vier trugen die grellblonden Haare kurz geschoren, alle trugen schmale Sonnenbrillen, und der größte der vier führte einen riesenhaften Dobermann an der Leine, der dadurch noch ein bißchen bedrohlicher wirkte, daß er zwei Köpfe hatte. Einer der anderen Männer schleifte einen roten Samtsack hinter sich her. Molbarts bewußtlose oder verstorbene Überreste, wie Katharina schaudernd erkannte.

»Scheiße«, zischte Katharina. »Scheiße, Scheiße, Superscheiße.« Sie rannte weiter, und es war ihr in diesem Moment völlig egal, daß der Wald mit jedem Meter finsterer wurde, daß sein Dach aus Zweigen das Licht verschluckte. Es war ihr egal. Jedenfalls in diesem Augenblick.

Zwei Minuten später stand sie verloren und verirrt in totaler Finsternis, und keine fünf Minuten später sollte sie ganz sicher sein, daß die Ledernacken und die Dobermänner doch die bessere Entscheidung gewesen wären.

5

Magnus wunderte sich. Einerseits drängte Wayland zur Eile, andererseits marschierten sie nun schon seit geraumer Zeit durch einen endlosen Wald, was Magnus schon immer, auch unter normalen Umständen, für reine Zeitverschwendung gehalten hatte. Bäume. Wurzeln. Äste. Blätter. So inspirierend wie eine Mittelohrentzündung. Er hatte den Eindruck, daß sie überhaupt nicht vorankamen, denn es war inzwischen mindestens eine Dreiviertelstunde her, daß sie das winzige ausgestorbene Dorf am Seeufer passiert und den Wald betreten hatten, in dem sie immer noch wanderten. Seine Ungeduld wuchs von Minute zu Minute. Er wollte auf der Landstraße weitergehen, schnurstracks in Richtung Zivilisation, aber Wayland hatte es abgelehnt. Ohne Angabe von Gründen.

Verdammt, Wayland, dachte er schließlich, nachdem ein weiterer Hügelkamm wieder nur den Blick freigab auf ein weiteres Tal voller Bäume und einen weiteren Hügel voller Bäume. *Was soll das werden? Wir brauchen eine Karte, ich will wissen, wo wir hier stecken.*

Ich sagte dir doch schon, daß wir auf dem richtigen Weg sind. Soll ich die Welt retten, indem ich Pilze zähle?

Nein. Wayland schüttelte den Kopf und deutete nach vorn. Vor ihnen erhob sich eine baumbestandene Anhöhe, und in ihr gähnte eine etwa acht Meter hohe Öffnung.

Magnus runzelte die Stirn. *Na, und?* Da war ein Loch, aber nur ein kompletter Idiot konnte freiwillig diesen Weg wählen, und wenn es hundertmal der direkteste war. Warum nicht einfach darüber hinweggehen?

»Weil es der einzige Weg ist«, sagte Wayland. »Komm.«

»Wo geht's da hin?« fragte Magnus und deutete mit der Spitze des Schwertes auf das dunkle Loch.

Zu Fenrir, dem Wolf, hörte er Wayland denken. *Er erwartet dich, wartet darauf, dich in Stücke zu reißen, dein Blut zu saufen und dich lebendig zu fressen. Wäre es dir lieber, wenn ich lügen würde?*

»Nein«, sagte Magnus, der sich noch nicht vollständig an die wortlose Kommunikation mit seinem Begleiter gewöhnt hatte. »Ist schon in Ordnung. Klingt eigentlich auch nicht schlimmer als eine ganz normale Wettbewerbspräsentation. Haha.«

Du scherzt noch immer zuviel, Ritter.

»Ich bin kein Ritter, Wayland. Ich wiederhole mich, ich weiß, aber da ist garantiert irgendwo eine Fliege in den Rechner geraten wie in *Brazil*.«

Brazil?

»Du gehst nicht oft ins Kino, oder?«

Kino?

»Okay, vergiß es. Wie stehen meine Chancen, da wieder rauszukommen?

Kommt drauf an.

Worauf?

Wer stärker ist.

»Na, toll.« Magnus nickte wieder. »Und du bist sicher, daß es keinen besseren Weg zur Autobahn gibt?«

Keinen anderen.

»Okay«, seufzte Magnus. »Gehen wir.«

Wayland nickte und marschierte voran, in die Finsternis.

Es war eine Höhle aus der gleichen Familie, die Magnus schon bei seinem Abstieg von der Erdoberfläche kennengelernt hatte: kalt, finster, naß und dumpf. Zum Glück zauberte sein Begleiter eine Fackel aus seinem Rucksack, und so sah Magnus wenigstens etwas genauer, wie unsympathisch das Ganze war. Kalt, finster. Naß. Dumpf. Endlos.

Sorge? fragte Wayland

Nein, erwiderte Magnus.

Schlecht, dachte Wayland

Magnus dachte ein Fragezeichen.

Sorge ist ein guter Berater – vor dem Kampf. Sorge läßt dich an die schlimmsten Fälle denken, an Situationen, in denen du mit dem Rücken zur Wand stehst. Laß deine Sorge kommen, rede mit ihr, schicke sie nicht fort, flüchte nicht. Denke an den schlimmsten Fall …

Lebendig gegessen werden?

Nein. Bereite dich vor. Fenrir wird dich angreifen, und du wirst Angst haben. Sei vorbereitet, begrüße deine Angst, mach sie zu deinem Verbündeten. Was geschieht, wenn er dich angreift?

Ich wehre mich.

Wie?

Mit meinem Schwert.

Nicht nur. Denk an deine Kräfte.

Magnus dachte an seine Kräfte. Unverzüglich begann Mimung in seiner Hand blau zu schimmern.

Dies ist ein schwerer Kampf, aber nicht der schwerste, denn er ist bloß physisch, dachte Wayland. *Dies ist nur der Anfang. Sie werden fürchterlich sein, alle drei. Der Wolf und das Tier ohne Namen und …*

Wieso hat es keinen?

Weil kein Name fürchterlich genug ist, es zu beschreiben. Sein Körper ist der einer riesigen Raubkatze, seine Tatzen sind die eines Bären, der Rachen der eines Löwen, aber zehn Hörner hat es und sieben Köpfe, und einer ist gefährlicher als der andere.

Na, dann ist ja gut. Wie groß sind die Köpfe?

Kaum größer als deiner. Aber sie werden dir erscheinen wie Berge. Wisse, daß das Tier nur mit deiner Angst spielt. Und zögere nicht, es zu töten, wenn du kannst. Bei ihm wäre Mitleid dein letztes Gefühl.

Kapiert. Was ist mit dem Wolf, fragte Magnus mutlos. *Ist der auch so groß wie ein Haus, oder krieg ich wenigstens den in der handlichen Variante?*

Kennst du die Pyramiden?

Okay, dachte Magnus energisch, *vergiß es. Spielt ja eh keine Rolle mehr. Alle Menschen, die ich liebe, sind tot, Nirvana macht keine CDs mehr, Capras Filme hab ich alle gesehen. Ab dafür.*

Nutze deine Sorgen, ignorierte Wayland die sinnlosen Abschweifungen. *Nutze sie jetzt. Und fürchte dich nicht. Du bist größer als deine Feinde, sie sind nur aus Fleisch und Blut.*

In diesem Augenblick hörte Magnus das Knurren aus der Ferne, das klang wie eine unterirdische Lawine, und sein Herz verweigerte für einen Augenblick den Dienst.

Wayland sah ihn besorgt an. *Übertreib's nicht gleich.*

Magnus nickte.

Sorge, hörte er Wayland denken, *nicht Furcht. Furcht hast du nur vor dem Unbekannten. Akzeptiere, daß es dir unbekannt bleibt, und schon segelst du auf ruhigem Meer.*

»Aphorismen hab ich schon immer gehaßt«, sagte Magnus laut und erschrak über das Echo in der Höhle. *Und ich hasse sie besonders, wenn ich gerade auf einen Wolf zulaufe, der angeblich so groß ist wie ein Mietshaus.*

Wayland behielt seine Gedanken für sich. Schweigend gingen sie weiter, und nach einigen Metern löschte der Schmied seine Fackel.

Was? dachte Magnus

Vor uns.

Magnus kniff die Augen zusammen und sah, daß das Schwarz nicht überall gleich schwarz war. Etwa dreißig Meter vor ihnen wurde es grau, oben dunkelgrau, unten etwas heller. Eine klare pechschwarze Kante schnitt waagerecht durch die hellste graue Stelle.

Sie schlichen lautlos weiter, robbten das letzte Stück bis zur schwarzen Kante der Höhle und sahen nach unten.

Magnus spürte die Präsenz des Wolfes mehr als daß er ihn sah. Etwa zehn Meter unter ihm lag ein endloser Teppich aus dunkelgrauen, verfilzten Haaren, der sich mit jedem Atemzug des mächtigen Tieres hob und senkte.

Ist das alles Wolf? dachte Magnus.

Ja.

Wo ist sein Kopf?

Dort hinten.

Magnus spähte ins Grau.

Etwa zwanzig Meter vor uns, dachte Wayland.

Magnus schluckte.

Spring, wenn er einatmet, dachte Wayland.

Magnus tat, was er gelernt hatte, und schloß seinen Lehrmeister aus seinen Gedanken aus. Ein äußerst sonderbares und äußerst unangenehmes Gefühl hatte sich seiner bemächtigt, als er den Wolf erblickte, und mit diesem Gefühl wollte er einen Augenblick allein sein. Er, der nie einen Vater gehabt hatte, stöberte plötzlich in den Erinnerungen eines kleinen Jungen, der unter seinem Vater fast gestorben war, unter seiner Präsenz, seiner Macht, seiner Gewalt. Magnus wußte, daß dies nicht seine eigenen Empfindungen sein konnten, und doch spürte er alles, als hätte er es am eigenen Leib, an der eigenen Seele erlitten. Er hörte eine kalte Stimme in seinem Inneren, die sagte: *Was du auch tust, mein Sohn, du kannst mich nicht besiegen. Ich werde immer größer sein als du, und wenn du versuchst, dich mit mir zu messen, wirst du untergehen.*

Es konnte nicht sein Vater sein, der da sprach.

Unsinn, fuhr Wayland ihm in den Gedanken. *Das ist das, was dieses Mistvieh da unten ausdünstet. Aber glaub mir, Fenrir ist dein leichtester Gegner.*

Gut, dachte Magnus. *Eigentlich hat alles ganz nett angefangen.*

Hä?

Damals im Kindergarten. Ich wollte zwar nie in die Sandkiste zu den anderen Kindern, aber irgendwie hab ich mich dann doch zurechtgefunden. Da war ich allerdings schon Mitte zwanzig. Möchtest du die Geschichte hören?

Später.

Optimist.

Geh.

Okay.

Jetzt!

Hm.

Was?

Hm.

Wieso zögerst du?

Der Gedanke, der Magnus gekommen war und den er im ersten Augenblick für sich behielt, war vollkommen absurd. Er wälzte ihn dreimal hin und dreimal wieder her. Dann entschloß er sich, seine vielleicht letzte Gelegenheit, unzurechnungsfähig zu werden, beim Schopf zu packen.

Tust du mir einen Gefallen?

Welchen.

Kannst du singen?

Wie? Ja. Warum?

Kennst du »Rip it up?«

Äh? Ja!

Echt? Klasse, dann …

Was für ein unglaublicher Zufall, daß du gerade diesen Song …

Okay, also …

Zuletzt war ich nämlich vor etwa vierzig, fünfzig Jahren kurz hier oben, bei einer Maid …

Super, aber …

Zu einem Abstecher, wenn du verstehst …

Erzähl's mir später.

Verzeihung.

Und sing es. Laut und schmutzig.

Magnus richtete sich neben dem verdutzten Wayland auf und atmete tief ein. Er fühlte, wie die Energie seinen Körper und seinen Geist erfüllte, fühlte, wie das blaue Licht von überallher zu kommen und sich um ihn und sein Schwert zu legen begann.

Der schlafende Wolf fühlte es ebenfalls. Die grauen Haare stellten sich auf und das Atmen des großen Tieres wurde unruhiger. Magnus hob das Schwert, sagte »Sing, Junge, sing für mich!« und sprang.

A one, a two. A one two, three, four … hörte Magnus in seinen Ohren, und den treibenden, wummernden Bass steuerte sein eigenes Herz bei. Er landete krachend auf dem Rücken des Wolfes, und das blauschimmernde Schwert drang durch die Haut wie durch Butter.

Well it's Saturday night and I just got paid …

Junge, du hast ja richtig Soul!

Magnus zog die Klinge wieder heraus und stand bis zu den Schienbeinen in heißem Blut. Der Wolf stemmte sich mit ohrenbetäubendem Jaulen auf die Beine.

Don't care for the life I tried to save …

Magnus lachte laut über die Textänderung, während er sich durch die grauen Rückenhaare auf den Hals des Monsters zubewegte und ihm mit raschen Schlägen Wunde um Wunde beibrachte.

My heart says go, go have a good time …

Der Wolf wandte den Kopf, und Magnus sah in riesige giftgelbe Augen, unter denen nicht minder gelbe telefonzellengroße Hauer glänzten.

Cause it's Saturday night and I 'm feeling fine …

Vom Mundgeruch wurde Magnus schwarz vor Augen, aber er hastete weiter und schlug um sich wie ein Berserker.

Festhalten!

Magnus tat es. Fenrir wirbelte herum und schleuderte seinen lächerlichen Feind durch die Höhlenluft. Magnus krallte sich in die dichten Haare und stach mit ganzer Kraft in die Flanke des Wolfes.

I'm gonna rip it up.

Gonna rock it up.

Der Wolf brüllte und zitterte und warf seinen Kopf herum. Entdeckte das winzige Wesen, fletschte die Zähne und schnappte nach seiner Seite…

Gonna shake it up.

Mit einem perfekt getimten Abwehrschlag zertrümmerte Magnus dem Wolf die gesamte untere Zahnreihe. Splitter hagelten ins Schwarz, während das riesige Tier, wahnsinnig vor Schmerz, durch die Höhle sprang.

Gonna rock it up – and ball tonight!

Magnus spürte, wie er den Halt verlor. Im nächsten Augenblick stürzte er orientierungslos durch die Finsternis.

Angst überfiel ihn, die Angst vor dem Aufprall, dem sicheren Tod.

Konzentrier dich. Du kannst überall stehen.

Magnus stand. In beträchtlicher Höhe. Er wagte nicht, nach unten zu schauen, ahnte nur, daß er sich auf einem Podest aus blauem Leuchten befand, das vorher nicht da gewesen war. Er hob sein Schwert und erwartete den Angriff des blutenden Wolfes.

Got me a date and I won't be late…

Rip it up there won't be no first aid…

Magnus' schallendes Lachen hallte von den Wänden der Höhle wider, und der Kopf des Wolfes raste auf ihn zu. Er begann laut und schmutzig mitzugrölen.

»Goin' straight down to this bloody hall«

Fenrir, der Höllenwolf, hatte im Laufe seines fast unendlich langen Lebens schon einiges erlebt, aber das, was er jetzt vor der Nase hatte, schlug dem Faß wirklich den Boden aus.

»Where the wolves jump and don't have a ball!«

Im nächsten Augenblick hatte Fenrir nichts mehr vor der Nase.

Weil er keine Nase mehr hatte.

Magnus platzte fast das Trommelfell, aber das kriegte er gar nicht richtig mit, weil ein Schwall dampfenden Wolfsblutes sich über ihn ergoß, während er wieder fiel, tiefer, tiefer, sanft und ruhig auf seinem Kissen aus blauem Licht.

Er hörte den Wolf stürzen, spürte den bebenden Boden der Höhle unter seinen Füßen und rannte auf sein Opfer zu, das Schwert über dem Kopf erhoben, den Mund weit aufgerissen zu einem alles vernichtenden Schrei.

I'm gonna rip it up, sang Wayland mit reichlich Soul.

Magnus erreichte den Kopf des Wolfes und brachte ihm eine weitere schwere Wunde an der Schnauze bei, die in seine Richtung schnappte.

Gonna rock it up.

Wiff, hatte der Wolf nur noch ein Ohr.

Gonna shake it up.

Wumpp, fiel die Halsschlagader Magnus' funkensprühender Klinge zum Opfer.

Gonna rock it up.

Magnus stürmte auf den Brustkorb des liegenden, immer noch schnappenden Ungetüms zu und warf sich, Schwert voran, gegen das Herz.

And ball tonight!

Ein letztes Jaulen, in dem alle Opfer mitweinten, die der Wolf im Laufe seiner schrecklichen Karriere gemordet hatte.

Yeah, yeaaaah.

Dann blieb nur noch der Baß übrig.

Dun-Dun-Dun-di-Dundun-Dun-Di. Dun. Dun.

Stille.

»JAAAA-HUUUU!« brüllte Wayland von hoch oben und reckte die Fäuste gen Höhlendecke. Mit einem behenden Satz war er auf dem Kadaver, mit einem weiteren Satz war er neben Magnus. Für einen Augenblick schien er seinen Schüler um den Hals fallen zu wollen, dann nahm er aus hygienischen Gründen davon Abstand.

»Großartig!« sagte er. »Fabelhaft! Seit Adebar dem Langschädligen sah ich keinen kämpfen wie dich.«

Magnus erwachte allmählich aus seinem Rausch. Fragend betrachtete er das blutüberströmte Schwert in seiner Hand, als hätte er es noch nie gesehen. Auch den Arm, der das Schwert hielt, kannte er nicht. Es konnte nicht seiner sein, denn seiner steckte in einem schwarzen Armani-Jackett, nicht in einer rotglänzenden Satinjacke.

Du wirst dich daran gewöhnen.

Nein. Werde ich nicht.

O doch.

O nein.

Wayland seufzte. *Warum so trübsinnig? Der Wolf hat das Blut von Legionen gesoffen, hat Unschuldige gemordet sonder Zahl. Kinder, Frauen, Alte, Götter. Er hatte den Tod tausendfach verdient.*

Magnus nickte und schmeckte Galle. Er wandte sich von seinem Opfer ab und sah sich um.

Bring mich irgendwohin, wo ich mich waschen kann, dachte er. *Auf dem schnellsten Weg.*

6

Katharina hatte im Laufe ihres Lebens schon etliche Wälder von innen kennengelernt, aber der Wald, durch den sie jetzt stolperte, war definitiv sonderbar. Was an sich nicht sonderbar war, da ja alles, was sie seit ihrem Abstieg erlebt hatte, sonderbar war, aber der Wald war eben besonders sonderbar. Sonderbarer sogar als Molbart und Frundula, denn die waren wenigstens schlechte Parodien ihrer neuzeitlichen Artgenossen gewesen.

Der Wald war nicht mal das.

Es fing schon damit an, daß nach knapp zwanzig Metern kein Licht mehr durch die Äste fiel. Zwar war auch außerhalb des Waldes nicht viel mehr zu sehen gewesen als Nebel, aber hier drin herrschte vollständige Finsternis. Katharina sah nach oben und sah nichts. Sie sah nach links, nach rechts, nach vorn und nach hinten und sah ein, daß sie sich verfranst hatte. Sonderbar, daß die Baumstämme, die sie ertastete, so weit auseinander standen. Wieso fiel dann kein Licht von oben durch die Äste? Sonderbar, daß die Baumstämme so glatt waren, daß sie sich anfühlten wie Granit. Am allersonderbarsten aber waren die Geräusche.

Es gab nämlich keine.

Sie hätte erwartet, daß ein finsterer Schauderwald wie dieser gespickt wäre mit nervtötenden Geräuschquellen, raschem Rascheln, schrecklichem Scharren, hohem Heulen, windigem Winseln, knochigem Knacken. Statt dessen hörte sie – nichts.

Nur die Geräusche, die sie selbst verursachte. Ein zittriges Tapsen auf Moos und Nadeln, gelegentlich unterbrochen vom Zerbrechen eines Zweiges unter ihrem Fuß.

»Mama«, flüsterte sie, während sie weiterging. Sie versuchte, sich parallel zur Waldgrenze zu halten, besser gesagt, zu der Gegend, in der sie die Waldgrenze vermutete. So, dachte sie, brauchte sie bloß eine Weile vor sich hinzutappen, dann wieder nach links zu gehen und könnte binnen kürzester Zeit einen oder zwei Kilometer vom Haus des Magiers entfernt wieder in den Nebel zurückkehren. Das war clever gedacht, aber sie hatte die Rechnung ohne den Wald gemacht.

Der nämlich war an jener Stelle, an der sie ihn betreten hatte, bloß zweihundert Meter breit, und grenzte auf der anderen Seite an eben jene Felder, über die Magnus und Wayland bis vor kurzem geschritten waren. In der Richtung hingegen, in die Katharina tappte, verbreiterte sich der stumme Wald gewaltig, so daß sie schon nach zehn Minuten hoffnungslos von allen Wegen abgekommen war und sich dort befand, wo hinein nicht einmal die mutigsten Bewohner der Unterwelt freiwillig einen Fuß gesetzt hätten: im Wurzelholz.

Es existierten reichlich Legenden über das Wurzelholz, aber die meisten waren maßlos übertrieben und wurden lediglich von Generation zu Generation weitergegeben, um frechen Teufelskindern einen Höllenschrecken einzujagen. Daß nie jemand aus den Wäldern zurückgekehrt war, lag weniger an deren furchtbaren Bewohnern, als an der Tatsache, daß man eben nicht wieder herausfand, sofern einem die Bewohner nicht halfen.

Und daß sie das grundsätzlich nicht taten, hatte einen einfachen Grund, den Katharina umgehend erfahren sollte.

»Hey!« sagte eine Stimme aus der Dunkelheit, und Katharinas Herz legte eine Technoscheibe auf.

Sie schluckte vernehmlich.

»Hey, Baby.« Die Stimme klang nach schummriger Bar. Nur dunkler. Cool. Entspannt. Und gefährlich.

»Hey?« flüsterte Katharina. »Ich … wo bist du?«

»Hier.«

»Wo?«

»Oh, *sorry*, Baby, haha, du kannst ja nix sehen!«

Es knirschte laut, und grelles Licht sickerte aus dem Boden, etwa zwanzig Meter vor ihr. Wie rote und grüne Scheinwerfer beleuchteten die Strahlen aus der Erde das Wesen, das zu ihr gesprochen hatte.

Katharina dachte an Regen und Traufe, obwohl sie die Metapher nie begriffen hatte. Sie konnte sich des Eindrucks nicht erwehren, in eine Welt geraten zu sein, die irgendwer für sie maßgeschneidert hatte, jemand, der sie gut kannte, aber haßte.

»Laß das Ding stecken, okay?« sagte sie. »Andernfalls … schneide ich mir die Pulsadern auf.«

Es war keine besonders tolle Drohung, aber das Wurzelding des Wurzelwesens schrumpfte trotzdem deutlich in sich zusammen. Das eigentliche Wurzelwesen hingegen schrumpfte nicht. Es war etwa vier Meter groß und sah aus, wie eine vier Meter hoch aufragende Wurzel eben aussieht – davon abgesehen, daß es eine Sonnenbrille und eine Goldkette um den oberen Teil trug. Sein Wurzelding allerdings war mindestens zwei Meter groß und sah aus wie der schlecht geschnitzte Scherz eines pubertierenden Jungen, der mit einem sehr großen Messer sehr lange im Wald gewesen war.

»Okay«, sagte die Wurzel. »Okay, hey. Kein Problem, Baby, entspann dich, ja? Ich hab nichts davon, wenn du dich nicht entspannst. Machen wir ein Spielchen?«

»Ein Spielchen?«

»Jap.«

»Was für eins?«

»Hey, wir spielen einfach. Wenn du gewinnst, Baby,

kannst du dir einen echt supergeilen Zauberspruch von der grünen Moospalette aussuchen. Und! Ich zeig dir den Weg hier raus.«

»Das kannst du?«

»Ah, logisch«, sagte das Wesen lässig.

»Na schön«, sagte Katharina. »Wie du willst. Laß uns …«

Augenblick mal.

»Augenblick mal. Was, wenn du gewinnst?«

»Easy, Baby. Keine große Sache.«

»Was?«

»Na ja. Wenn ich gewinne, hey … ähm, yeah, … hat was mit meiner Wurzel zu tun. Schmeckt nach Ingwer.«

»Herrgott. Ihr Kerle seid doch alle gleich«, platzte Katharina der Kragen. Angewidert betrachtete sie die Riesenwurzel und dachte an Gemüsepfannen. »Was ist so toll an einem Blowjob, verflucht noch mal.«

»Ähm.«

»Na?«

»Ich weiß nicht«, sagte das Ding mit der dicken Wurzel verlegen. »Es ist einfach …«

»Ja?«

»Es fühlt sich *cool* an.«

»Cool. Hey, das ist krank, Mann. Wurzel …«

»Rooter.«

»Was?«

»Rooter. Du kannst mich Rooter nennen.«

»Rooter.«

»Ist persönlicher. Ich hab's gern, wenn es … persönlich … ist. Yeah.«

»Rooter. Es ist genau das Gegenteil von cool, seine Wurzel im Mund einer Frau zu haben. Es ist warm …«

Katharina runzelte vehement die Stirn. Was tat sie? Was redete sie? Diskutierte sie wirklich mit einer Wurzel über *Blowjobs*? Sie kniff sich in den Arm. Ja, sie diskutierte wirklich mit einer Wurzel über Blowjobs. Unfaßbar, aber andererseits war sie hier, in dieser Gegend, diesem Wald, in Lebensgefahr, um jemand zu helfen, die Welt zu retten. Jemand, der sie behandelt hatte wie einen acht Jahre alten Flokati. Sie war von stinkenden Monstern verschleppt, in einen Fluß geworfen und von einem sabbernden Magier beinahe vergewaltigt worden – warum also sollte sie nicht mit Wurzeln über Blowjobs diskutieren?

»Rooter«, sagte sie.

»Ja?«

»Vergiß es.«

»Hey, kein Problem. Easy, Baby. Laß dich nicht aufhalten, ich bin kein Schwein. Mach's gut. Ciao.«

Die Lavalampen gingen aus.

Es war sehr still.

»Ich finde nie im Leben allein hier raus«, sagte Katharina.

»Ich weiß«, sagte die Stimme im Dunkeln.

»Wichser.«

»Äh. Jein.«

Katharina atmete tief ein und wieder aus. Schlimmstenfalls. Bestenfalls. Falls sie verlor, konnte sie immer noch wegrennen. Wahrscheinlich gegen einen Baum. Und anschließend irgendwo in der Dunkelheit verdursten. Zu verlieren hatte sie nicht sonderlich viel.

»Okay. Fang an.«

Die Lampen gingen wieder an. Die Wurzel grinste im rot-grünen Scheinwerferlicht.

»Super«, sagte Rooter. »Welches Fachgebiet?«

»Welche hast du?«

»Oh, *große* Auswahl! Wurzeltheologie, Unterlandgeographie, Wurzelholzgeschichte, Zaubersprüche, und … Sex.«

Katharina seufzte.

»Sex«, sagte sie. »In Gottes Namen, Sex.«

»Okaaaay«, sagte Rooter. »Hab ich mir gedacht, du scharfes Luder, du …«

»Frag einfach, ja? Spar dir die Kommentare.«

»Entspann dich.«

»ICH BIN ENTSPANNT!«

»Okay. Wie nennen die Inder die Wurzel? Hahaha.«

»Lingam.«

»Haha … haa?« Rooter verstummte und schwieg einen Augenblick. Einen langen Augenblick. »Scheiße. Woher weißt du das?«

»Kamasutra. Weiter.«

»Zehn Punkte«, knirschte Rooter.

»Wieviele brauche ich?«

»Neunzig.«

»Dann beeil dich, ich hab noch was vor.«

»Wie hieß die berühmteste Geliebte von …«

»Na?«

»Henry Miller. Ha! Das weißt du nie! Hahahaha …«

»Anaïs Nin. Zwanzig. Weiter.«

»Scheiße«, sagte Rooter und schrumpfte. Seine nächsten fünf Fragen hätte sogar Kaspar Hauser beantworten können, und als Katharina die achtzig Punkte zusammen hatte, reckte sie stolz die Brust. »Sieht nicht gut aus für dich«, sagte sie.

»Hm«, sagte Rooter. »Paß auf, ich mache dir ein Angebot, Baby.«

»Ich höre.«

»Wenn du die nächste Frage beantworten kannst, kriegst du erstens zwei Zaubersprüche zum Preis von einem, und zweitens sag ich dir, wie du hier rauskommst.«

»In Ordnung.«

»Moment. Wenn du die nächste Frage *nicht* beantworten kannst …«

»Ja?«

»Verfällt dein ganzes Guthaben und wir fangen mit einem anderen Fragenkomplex noch mal von vorn an.«

»Das ist nicht fair«, sagte Katharina.

»Na ja«, sagte Rooter.

»Was, wenn ich nicht akzeptiere?«

»Dann mach ich das Licht aus, und du verschimmelst.«

»Das ist erst recht nicht fair.«

»Da ist was dran. Aber was tut man nicht alles für eine gute Nummer, hm? Hach!« seufzte Rooter, »man verrät seine Ideale. Seine Mutter. Seine Freunde. Seine Hobbys. Also, wie sieht's aus?«

»Habe ich eine Wahl?«

»Nö.«

»Also. Frag mich.«

Rooter räusperte sich. »Okay. Wir machen dann gleich weiter mit Wurzelholzbiologie, ja? Hehehe.«

»Frag.«

»Bei einer Umfrage«, sagte Rooter sachlich, »wurden Frauen aller Herren Länder und Damen Rassen unter Narkose gesetzt und mit einem Wahrheitsserum geimpft und mit der Frage konfrontiert, was sie wirklich befriedigt. Das Ergebnis war überraschend. Wie lautete die Antwort?«

Schweißperlen bildeten sich auf Katharinas Stirn.

»Was heißt *befriedigt*? Ist das eine rein sexuelle Frage, du Ingwerbastard, oder ist das ein Scherz?«

»Rein sexuell.«

»Also keine Antworten wie: morgens ausschlafen und danach bis in die Puppen in Jogginghose auf der Couch liegen und Beverly-Hills-90210-Wiederholungen kucken?«

»Nein.«

Katharina ballte die Hände zu Fäusten. »Okay. Na schön, Wurzelkopf, dann sperr mal die Ohren auf, sofern du welche hast«, sagte Katharina und räusperte sich. »Erstens: Das Vorspiel muß dauern. Es beginnt am Hals und endet nach einem längeren sanften Massageweg über den ganzen Körper, unter besonderer Berücksichtigung der Oberschenkelinnenseiten, auf der Klitoris.«

Die Wurzel begann ein bißchen zu dampfen.

»Zwischen diesen Punkten liegt eine Reihe mal federleichter, mal fordernder Berührungen. Entscheidend ist das richtige Verhältnis. Der Körper jeder Frau ist ein Instrument, dem durch Berührungen die richtigen Töne entlockt werden wollen, und du weißt vielleicht, wie eine Geige klingt, wenn man ihre Saiten an der falschen Stelle drückt. Zweitens«, sagte Katharina und atmete tief durch. Sie schloß von sich auf andere, das war ihr klar, aber ihr blieb keine andere Wahl, als sich für repräsentativ zu halten. »Größe ist angenehm, aber nicht entscheidend«. Mit großer Freude sah sie die Wurzel der Wurzel schrumpfen. »Das heißt, das statistische Mindestmaß sollte nicht unterschritten werden, anatomische Deformationen sind, allen Männervorstellungen zum Trotz, im Dauergebrauch unerwünscht. Es kommt vor allem auf die Haltung an, das heißt: Sie muß in jeder Sekunde wissen, daß er sich wie ein hartgefrorener Schneekönig auf sie freut. Bei der Penetration variieren die Bedürfnisse, auch in der Testgruppe, Tendenz: ruhige, fließende Bewegungen zu Beginn, danach kurze Stöße, danach lange Stöße, Hauptsache hierbei ist und bleibt ein stetiger Rhythmus, dem frau in entsprechender Weise begegnen kann. Abschließend ist hinzuzufügen, daß die Missionarsstellung nicht mehr die beliebteste ist – bei der muß frau zwar am wenigsten arbeiten – Vorteil – aber beim Reiten verliert man mehr Kalorien – größerer Vorteil in Zeiten wie unseren – und hat etwas mehr Kontrolle über den Zeitpunkt des eigenen Orgasmus. Hab ich was vergessen?«

Es war sehr, sehr still im Wurzelholz.

»Hnarg«, murmelte Rooter.

»Was?«

»Nein.«

Katharina atmete hörbar ein und wieder aus. Sie hätte am liebsten laut geschrien, aber sie zwang sich, ruhig zu bleiben.

»Dann gib mir jetzt bitte meine Zaubersprüche und bring mich hier raus.«

»Okay«, seufzte Rooter. »Okay, Baby. Aber …«

»Nein.«

»Komm schon. Mir zuliebe, ich mein, obwohl du gewonnen …«

»VERGISS ES.«

»Ach, Scheiße.«

»Sei ein Mann, Rooter.«

»Ts.«

»Steh wenigstens zu deinem Wort.«

Wieder herrschte lange Zeit Stille. Dann hallte ein langer, lauter Seufzer durch den Wald, während Rooters Wurzel deprimiert im Erdboden versank. »Okaaaay«, sagte er, und Katharina war für einen kurzen Augenblick die glücklichste Frau auf Erden.

7

»Und, wo ist sie?« fragte der Basilisk seine ledergewandeten Schergen, eines der besten Quartette aus seinen apokalyptischen Heerscharen.

»Fort, Herr«, flüsterte der Anführer der gräßlichen Vier, die Molbart und Frundula getötet hatten, ohne mit der Wimper zu zucken. Er war ein grausamer und furchterregender Mann, aber jetzt, neben dem Basilisken, wirkte er so gefährlich wie ein Fettfleck neben einem umstürzenden Hochhaus.

»FORT?« schnaubte der Basilisk.

»Ja, Herr, aber ...«

»ABER?«

»Sie ist in den Wald gegangen.«

»In den Wald?«

»Ja. Ins Wurzelholz.«

»Oh!« sagte der Basilisk. »Das ist allerdings etwas anderes. Dann wird sie wohl inzwischen tot sein.«

»So ist es, Herr«, grinste der Lederne.

»Hmm.«

»Deshalb«, sagte sein Diener, »dachte ich, es ist in eurem Sinne.«

»Hmm«, machte der Basilisk noch einmal. »Ich hatte dir befohlen, sie zu mir zu bringen. Das hast du nicht getan. Du hast sie in den Wald laufen lassen, du bist ihr nicht gefolgt ...«

»Herr ...«

»UNTERBRICH MICH NICHT, DU RASIERTER PISSER!«

»Sehr wohl, Herr«, winselte der Anführer der Ledernen.

»Du hast also nichts von dem getan, worum ich dich gebeten habe, richtig?«

»Na ja …«

»WAS?«

»Weil es nicht ging.«

»Was, meinst du, sollte ich jetzt mit dir machen?«

»Ähm …« Hilfesuchend sah der Lederne sich nach seinen Begleitern um, die die Achseln zuckten. »Ich weiß nicht. Ich meine, wir haben es versucht, es war unmöglich, also … es wäre ungerecht, uns zu bestrafen.«

»Ungerecht. Schön. Das«, ächzte der Basilisk und schmolz die vier mit einem lauten Flammenstoß zu kleinen stinkenden Klumpen zusammen, »entspricht ja dann wohl meinem Wesen.«

Er betrachtete die schmorenden Reste der vier Versager und runzelte seine häßliche Stirn. Nein, das war nicht gut. Das entsprach ganz und gar nicht seinen Plänen. Die Frau verschwunden und vermutlich tot, der Held irgendwo im Nirgendwo, inzwischen offenbar geschult in der Kunst, seine Gedanken zu verbergen. Nein, das war nicht nach dem Geschmack des Basilisken.

Mit einem lauten *Popp* knallte ein zweiköpfiger Teufel mit brennenden Schwingen vor ihm aus dem Boden und blieb flatternd vor seiner Nase hängen.

»Herr!«

»Was willst du, Bote?«

»Fenrir!«

»Was ist mit Fenrir?«

»Fenrir schwimmt in seinem eigenen Blut, in der Wolfshöhle, niedergeschlagen und in Stücke gerissen, tot, tot ist Fenrir!«

Etliche der Teufel, die in der Höhle tanzten und feierten,

hatten die Worte des Boten vernommen und erstarrten mitten im Tanzschritt. Wie ein Lauffeuer verbreitete sich die Botschaft vom Tod des mächtigen Wolfes durch das gewaltige Gewölbe und sorgte für entsetztes Schweigen.

Ehe dieses Schweigen jedoch dramatische Ausmaße annehmen konnte, verscheuchte der Basilisk es mit einem laut ausgespuckten »PAH!« und setzte hinzu, »Das war deine letzte Tat. Denn nun kennen wir deinen Weg! DAS IST DEIN TOD, TRIGON VON NIBELHEIM!«

Mit einem extrem selbstsicheren und zornigen Blick versuchte er seine Teufel zum Jubeln zu bewegen. Die jedoch schwiegen vor sich hin.

»JETZT JUBELT GEFÄLLIGST, IHR ARSCHGEIGEN!« brüllte der Basilisk, und sofort erschütterte donnernder Jubel das Gewölbe in seinen Grundfesten.

Die Party ging weiter.

Aber der Basilisk war besorgt.

Natürlich bestand keine Gefahr. Ein einzelner Held konnte ihm nicht gefährlich werden, selbst wenn er im vollen Besitz seiner Macht gewesen wäre. Es waren schon größere als dieser im Lauf der Jahrtausende auf dem Weg umgekommen. Viele hatte der Wolf erledigt. Die wenigen, die ihm entkommen waren, hatte das Tier ohne Namen vernichtet. Und die zwei oder drei, die auch an ihm vorbeigekommen waren …

Der Basilisk lachte schallend.

Nein, niemand konnte die Prüfungen bestehen. Niemals. Er, der Basilisk, blieb unerreichbar, für alle Zeit. Grunzend ließ er sich vor seinen Seelenglobus fallen und schlug mit dem Schwanz auf den Boden.

Es bestand wirklich nicht der geringste Anlaß zur Sorge.

Die Welt gehörte ihm.

Ohne Zweifel.

Rumpelnd setzte das Gewölbe seinen Weg fort.

Hinauf ins Licht.

8

Die Selbstsicherheit des Basilisken wäre ins Unendliche gewachsen, hätte er seinen potentiellen Widersacher in diesem Moment sehen oder seine Gedanken hören können. Denn dessen Zweifel waren größer denn je.

Keuchend ließ Magnus Mimungs blutige Klinge über dem Waldboden auspendeln und sah zu, wie sich die Überreste seines jüngsten Opfers in Schwefeldampf auflösten.

»Erst Hitler«, sagte er, »dann Stalin, dann Honka. Und wer war der?«

Opa Fish, erwiderte Wayland. *Serienmörder. Hat kleine Kinder gegrillt und gegessen. Hier laufen eine Menge von diesen Viechern rum.*

»Hört das irgendwann auf? Warum stiefeln wir immer noch durch diesen Wald, und warum tauchen alle Nase lang diese Drecksdinger auf? Reicht es nicht, daß ich Fenrir geschlachtet hab, ich meine, kann ich nicht vielleicht mal ne Pause haben!?«

Wir sind bald in Grollheim. Zum Glück sind mit der Veränderung nicht nur üble Dinge an die Oberfläche gekommen, sondern auch einige, die uns nützen werden.

»Wieso? Wer wohnt in Grollheim? Batman?«

Gnome.

»Gnome. Aha. Und das ist gut?«

Ja. In Grollheim werden wir einen Augenblick rasten, ehe wir das letzte Stück des Weges zurücklegen. In Grollheim können wir essen und trinken. Und schlafen. In Sicherheit. Außerdem brauchst du neue Kleider.

»Schneidern deine Gnome Größe 52…?« fragte Magnus, als mit lautem »Uaaargh« ein mit zwei Macheten bewaffneter General Tito aus dem Unterholz sprang. Magnus seufzte und konzentrierte sich auf Mimung, das blau zu leuchten begann.

Du erlaubst? fragte Wayland.

Magnus sah ihn verdutzt an. Wayland hatte bis zu diesem Augenblick keine Anstalten gemacht, ihn bei seinen Kämpfen zu unterstützen.

»Bitte«, sagte Magnus und deutete auf den General, der schreiend auf sie zustürmte.

Danke, dachte Wayland.

Mit einer verblüffend eleganten Bewegung zog er sein Schwert aus dem Gürtel, das, kaum lag es in seiner Hand, die doppelte Größe anzunehmen schien. Wie ein silbernes Rad kreiste die Klinge durch die Luft, und Sekundenbruchteile später wirbelten zwei Generalsmacheten mit Händen dran in die Büsche. Magnus blinzelte, während Wayland in die Knie ging, mit einem Riesensatz dem General auf den Kopf sprang und den Mann von oben nach unten in zwei saubere Hälften zerlegte.

Ein Schwefelwölkchen war alles, was von dem Spuk blieb.

Lässig schlenderte Wayland zurück zu Magnus und steckte das Schwert wieder weg.

Klasse, dachte Magnus. *Warum nicht gleich so?*

Du solltest lernen. Du hast gelernt. Jetzt, dachte ich, können wir das Ganze ein bißchen abkürzen. Gehen wir? Wir sind gleich da.

»Nach dir«, sagte Magnus, und in seiner Stimme klang echter Respekt mit. »Aber bring mir das bei, okay? Was du da eben gemacht hast.«

In Grollheim, erwiderte Wayland. *Erst wollen wir rasten.*

9

»Nein«, sagte Katharina. »Und wenn du dich auf den Kopf stellst.«

»Hä?« sagte Rooter, dem die Redewendung kein Begriff war.

»Nichts zu machen«, sagte Katharina, schüttelte energisch den Kopf und dachte darüber nach, wie sie noch mehr aus Rooter herausschlagen könnte. Bislang besaß sie ihre Siegesprämie in Form von zwei Zaubersprüchen, einem – typisch Wurzel – zur Vergrößerung von Dingen, und einen zur Verkleinerung, die angeblich überall funktionierten, nur nicht im Wurzelholz (haha), sowie einen Dolch, den Rooter als Gegenleistung für einen Blick auf ihre Waden herausgerückt hatte. Die Wurzel war bescheiden geworden, und von der großen Klappe war nichts mehr zu spüren. Inzwischen war Rooter bloß noch verzweifelt und dankbar für alles, was er kriegen konnte.

»Ich fasse deine Wurzel nicht an, das hab ich dir schon dreimal gesagt.«

»Du kriegst doch auch was dafür.«

»Ich bin nicht käuflich«, sagte Katharina stolz. »Was denn?«

»Ich habe eine Lampe.«

»Hm.«

»Oh, und ich, ja, ich habe eine prima abgenutzte graue Kutte mit Kapuze.«

»Na, das ist ja ganz toll. Für eine häßliche, alte Kutte,

die ich nicht mal brauche, soll ich dir an die Wurzel fassen? Du spinnst doch.«

»Bist du sicher, daß du sie nicht brauchst?«

»Ja«, sagte Katharina entschieden. »Oder?«

»Hey, du mußt es ja wissen. Ich meine, sieh dich an.« Katharina sah sich an.

»Da draußen, Baby«, sagte Rooter, »sind noch ein paar andere Typen unterwegs, und die finden Frauen in zwei Nummern zu kleinen Dirndln, mit hochgeschnallten Mörderdutteln, genauso scharf wie ich. Aber im Gegensatz zu mir haben diese Wesen mindestens zwei Beine, und …«

»Ich hab's verstanden.«

Katharina senkte den Kopf und sah in ihren überquellenden Ausschnitt. Rooter hatte recht. So konnte sie kaum jemand unter die Augen treten, ohne hormonelle Verwirrungen auszulösen.

»Ich mache dir ein Angebot«, sagte sie. »Du gibst mir das Messer und die Kutte, und ich … nein, ich fasse deine Wurzel nicht an.«

»Och«, sagte Rooter traurig.

»Aber ich ziehe mich hier um.«

»Oh!« sagte Rooter, freudig erregt, »Cool!«, und im Wurzelumdrehen flogen Lampe, Messer und Kuttenkapuze aus der Erde.

»Aber vorher«, sagte Katharina und begann an ihrer Verschnürung zu nesteln, »sagst du mir, in welche Richtung ich gleich gehen muß. Wenn ich umgezogen bin, wirst du nämlich garantiert nicht mehr ansprechbar sein.«

»NachOstendasistdadrübenundwenndu andengroßen-Steinkommstwendestdudichnachrechtsunddannimmergeradeausundjetztmachendlich!«

»Können Wurzeln einen Herzinfarkt kriegen?« fragte Katharina und streifte das Dirndl ab.

Rooter antwortete nicht, aber es klang so.

Sie senkte verführerisch den Blick und trat einen Schritt vor. Rooter bummerte und schwieg.

»Mach weiter«, stöhnte er.

Katharina griff nach Lampe und Messer. Sie wußte, daß sie sich noch immer in akuter Lebensgefahr befand, und sie beabsichtigte nicht, Rooter noch mehr in Stimmung zu bringen und dann darauf zu vertrauen, daß er sich bis zum Ende wie eine Gentlemanwurzel verhielt.

Sie war nicht mehr siebzehn, und gewisse Fehler machte man eben nur einmal. Oder zweimal. Jedenfalls nicht dauernd.

»Warte«, sagte sie. »Ich bin keine gute Stripperin, das hab ich nie gelernt.«

»Macht nichts«, ächzte Rooter.

»Komm, Schätzchen, gib mir eine Chance. Laß mich wenigstens aus diesen Röcken rauskommen, ohne umzufallen. Den Rest kriegst du dann live und in Farbe.«

»Hä?«

»Mach mal kurz die Augen zu. Aus dem Rock muß ich mich rauswurschteln. Aber dann, mein Lieber, dann wirst du was erleben.«

Mit einem wohligen Grunzen schloß Rooter die Augen. Katharina bedeckte ihre Brüste wieder, schnappte sich die Kutte und rannte los. Nach Osten.

»Ich will kucken!« sagte die Wurzel.

Katharina rannte weiter.

»Ich kuck jetzt!« hörte sie Rooter rufen, schon ziemlich weit weg. Ihre Lampe erleuchtete die Dunkelheit vor ihr.

Hinter ihr war Sekundenbruchteile später nur noch Lärm. Sie hatte noch nie im Leben jemanden oder etwas dermaßen laut brüllen hören. Und einige der Schimpfwörter, die ihren Rücken trafen, wollte sie sich unbedingt für später merken.

Falls sie je wieder schwachsinnige Pornographie übersetzen sollte, konnte sie die garantiert brauchen.

Als sie den großen Stein erreichte, von dem Rooter gesprochen hatte, wandte sie sich allerdings irrtümlich nach links, nicht nach rechts, und marschierte schnurstracks weiter. Das war ihr Glück, denn natürlich hatte Rooter gelogen, und wäre sie nach rechts gegangen, wäre sie nach einem langen Marsch im Mangrovensumpf gelandet, dessen affenartige Bewohner Rooters telepathischem Kommando unterstanden und sie, natürlich ordentlich verschnürt, umgehend zu ihrem Chef zurückgeschleift hätten.

Aber es hatte eben nicht sein sollen. Weil Katharina glücklicherweise den falschen Weg nahm. Irren ist menschlich, und so irrte sie nicht durch den Wald, sondern spazierte zehn Minuten, nachdem sie Rooter entkommen war, in eine Landschaft hinein, die aussah wie Mecklenburg-Vorpommern kurz vor Sonnenuntergang.

Erleichtert seufzend ließ sie sich ins Gras fallen.

Ihr Herzklopfen ließ langsam nach.

Die Bilder kamen schnell und unerwartet.

Eine Terrasse um halb zehn. Ein altes Cabrio auf der Straße. Chianti. Sanfte Musik, weit weg. Zypressen, orangene Straßen in der Ferne, die Liebe so nah. Träume vom Glück. Die scheitern mußten am Egoismus des Mannes, den sie immer geliebt hatte. *Was für ein Arsch*, dachte sie und seufzte.

Sie ließ den Blick schweifen.

Es war niemand zu sehen, aber in dieser Gegend wußte man ja nie, ob man nicht vielleicht gerade auf einem durchgedrehten Stein saß oder ob im nächsten Moment Zombies aus der Erde schossen.

Sie nahm die schmutzige Kutte, schlüpfte hinein, verstaute Dolch und Lampe in den geräumigen Taschen und fragte sich, welche Richtung sie einschlagen sollte. Sie hatte nicht den blassesten Schimmer, wo sie sich befand. Wo sollte sie Magnus suchen, sofern der noch lebte? Am Oberlauf des Flusses, in den sie gefallen war? War es derselbe Fluß, an dem sie gerastet hatten? Am Seeufer? Wie weit hatten die Riesenviecher sie geschleppt? Und wie sollte sie zum See zurückkommen, ohne den Wald wieder zu durchqueren?

Seufzend setzte sie sich in Bewegung. Ohne Ziel und ohne Plan. Sie brauchte dringend eine Straße. Ein Dorf. Essen und Trinken. Sie brauchte dringend Hilfe.

Aber wer sollte ihr hier helfen?

»Himmelherrgott«, sagte sie laut. »Herrgott, was für ein Mist.«

10

»Ahh-Mmmh!« ächzte Magnus wohlig, als drei freundliche Grollheimer Gnome einen weiteren Kübel heißen Wassers in seine improvisierte Badewanne wuchteten, die normalerweise als Wasserreservoir diente. »Wunderbar! Danke, das ist heiß genug. Ich danke euch.«

»Gern geschehen, Meister«, sagte einer der Gnome, zog seine Mütze ab und hielt sie mit beiden Händen vor der Brust. Er verneigte sich, und sein Lächeln geriet zu einem schalkhaften Grinsen. »Wir schätzen uns glücklich, dem großen Trigon von Nibelheim unsere Gastfreundschaft angedeihen lassen zu dürfen.«

»Prima«, sagte Magnus, schloß die Augen und ließ sich selig zurücksinken. Es war herrlich. Absurd, aber trotzdem herrlich. Sauber zu sein. Den ganzen Schmutz von sich abzuwaschen und vor allem das Blut. Die Gnome, allesamt knubblige Gesellen mit kurzen Hälsen, groben Zügen und verwarzten Säufernasen, die bei einem Schneewittchen-Casting nicht mal am Pförtner vorbeigekommen wären, hatten einen Heidenschreck bekommen, als er und Wayland in ihr Dorf im tiefsten Wald gewankt waren, und als Magnus sich kurze Zeit später in einer der Hütten im Spiegel sah, wußte er auch warum. Er hatte ausgesehen wie der frisch entfernte Blinddarm eines Riesen.

Jetzt aber war er sauber. Und fühlte sich wohl.

Die Gnome waren überaus nett zu ihm und seinem Begleiter. Unheimlich nett. Sie verneigten sich ständig. Lasen ihm jeden Wunsch von den Augen ab. Behandelten ihn wie einen Fürsten, wie einen Helden. Der er in ihren Augen offensichtlich war. Daß sie dabei ständig grinsten, hatte ihn nur einen Augenblick lang irritiert. Das taten sie nämlich alle. Vorwiegend zahnlos.

Magnus hatte sich jedenfalls vorgenommen, ihren Irrtum nicht vor seiner Abreise aufzuklären.

Andererseits – wieso Irrtum? In gewisser Weise war er ja tatsächlich ein Held. Immerhin hatte er den Wolf getötet. Und Hitler. Und Stalin. Und so weiter. *Meister*, ja, das klang nicht schlecht. *Herr*, das war auch ganz schön, dachte er hinter geschlossenen Lidern. Oder *Hoheit*.

Wie wär's mit ›anmaßender Schwachkopf‹? hörte er Wayland ziemlich laut denken, und als er die Augen öffnete, stand der Schmied in der Hütte, direkt neben seiner Wanne.

»Ah, Freund Wayland«, sagte Magnus huldvoll. »Nimm doch Platz.«

Wayland sah ihn skeptisch an. *Dünkel*, dachte er. *Selbstzufriedenheit, obwohl du noch nicht das Geringste erreicht hast. Du bist wirklich eine Schande für dein ganzes Geschlecht, Trigon.*

»Ja, ja«, winkte Magnus ab. »Was hast du da?« Er nickte in Richtung des Kleiderhaufens, den Wayland auf dem Arm trug. Wayland ließ alles auf den Boden fallen.

Deine Sachen. Deine neuen Sachen. Die Gnome haben sie angefertigt.

»Flinke Finger.«

Es sind edle Kleider. Vergiß nicht, den Gnomen zu danken.

Magnus betrachtete das Lederbündel genauer. Es sah gut aus. Viele Taschen, viele Schnüre, feine Nähte in festem schwarzem Leder.

Deine alten Kleider habe ich den Gnomen überlassen.

Magnus zuckte die Achseln. »Ist eh nicht die richtige Gegend für Designerklamotten.«

Hier sind noch ein paar Dinge … Wayland kramte in den

zahlreichen Taschen seiner Cargo-Hose und beförderte einen kleinen silbernen Kasten ans Licht.

»Gib mal her, bitte«, sagte Magnus und nahm sein Handy entgegen. Er schob die Klappe nach unten und wollte auf den Power-Knopf drücken.

NICHT!

»Was?«

NICHT EINSCHALTEN! Wayland riß ihm das Handy aus der Hand, warf es zu Boden und trat drauf. Häßliches Knirschen begleitete das Ableben des Gerätes.

»Hey!« rief Magnus, »das war scheißeteuer!«

Idiot, dachte Wayland verächtlich. *Du weißt doch, woher diese Dinger kommen.*

»Na, ich weiß jedenfalls, daß das da«, Magnus zeigte auf den zermalmten Kasten, »finnisch war. Sieht auch jetzt noch nach finish aus ...«

Wie wenig du weißt. Eine Erfindung, die dich jederzeit erreichbar macht, in den Momenten der Einkehr, der Sammlung, der Muße ...

»Man kann es aus-schal-ten, Herzchen. Das ist der Trick.«

Theoretisch, Schwachkopf. DAS ist der Trick.

»Warum schreibst du eigentlich keine esoterischen Ratgeber? Du könntest stinkreich sein.«

Dir bleibt nicht mehr viel Zeit, diese Denkweise abzulegen. Hättest du den Apparat eingeschaltet, hätte der Basilisk sofort gewußt, wo wir sind.

Hm, dachte Magnus ernst, ließ den Gedanken ein wenig sacken und fügte dann fröhlich hinzu, *Na, wir sind hier bestimmt eh in einem Funkloch.*

Was?

»Egal. Was hast du noch?«

Wayland kramte Magnus' Brieftasche heraus.

»Danke«, sagte Magnus und nahm sie entgegen. Das Leder war naß, aber sauber. Die Gnome hatten sich offenbar die Mühe gemacht, auch die Brieftasche gründlich von Blut und Dreck zu reinigen, und Magnus stellte gleichgültig fest, daß er zum ersten Mal in seinem Leben gewaschenes Geld besaß. Außerdem steckten in der Brieftasche einige Kreditkarten, die Krankenversicherungskarte, ein durchweichter Führerschein, die Keycard für die Garage …

Lächerlich, dachte er, als Wehmut ihn überkam.

Was? dachte Wayland.

Nichts, dachte Magnus.

Seine Wehmut wurde größer, viel größer, als er die nassen Scheine vorsichtig nach vorn zog und das darunterliegende Foto sichtbar wurde. Er wußte, daß es da war, und er wußte, daß es weh tun würde.

Das Bild war fast unbeschädigt. Bloß naß.

Wayland spürte den Stimmungsumschwung seines Schützlings und trat besorgt neben ihn.

Was ist mit dir?

Magnus hielt ihm wortlos das Foto hin. *Das ist mein Sohn*, dachte er. Dann dachte er noch ein paar andere Dinge und war fast froh, daß sein Gesicht schon naß war vom Wasser.

Das darfst du nicht denken. Wayland legte ihm die Hand auf die nackte Schulter. *Das darfst du nicht denken. Nie darfst du die Dunkelheit Macht über deine Gedanken erlangen lassen. Nie darfst du die Hoffnung aufgeben, daß alles sich zum Guten wenden wird, nie einen Freund, eine Idee, ein Leben ausgelöscht dir vorstellen, solange es nicht geschehen ist.*

Katharina auch, dachte Magnus niedergeschlagen. *Also, was soll der Scheiß noch?*

Hör auf damit. Wayland packte ihn an beiden Schultern und sah ihm in die kummerfeuchten Augen. *Wer sagt, daß sie tot sind? Vielleicht leben sie noch. Aber sie werden gewiß sterben, wenn du versagst.*

Magnus nickte. Er nahm das Bild seines Sohnes aus der Brieftasche und ließ es auf den Kleiderhaufen vor der

Wanne fallen. Wenigstens das wollte er bei sich behalten. Die Brieftasche klappte er zu und legte sie neben die Behelfswanne.

»Die brauche ich nicht mehr«, sagte er.

Du kannst sie auf dem Rückweg abholen.

»Genau«, lachte Magnus spöttisch. »Auf dem Rückweg. Andernfalls sollen die Gnome sich irgendwas Lustiges aus den Kreditkarten basteln, Frühstücksbrettchen oder so.«

Wo ist dein Amulett, dachte Wayland, und in seiner Frage klang Sorge mit. Magnus runzelte die Stirn.

»Was?«

Dein Amulett.

»Ach so, das.« Magnus spähte über den Wannenrand. »Da hinten, auf dem Hocker. Das kannst du ihnen auch schenken, ich brauche es nicht.«

O doch. Wayland ging um die Wanne herum, hob den kleinen Klappspiegel auf, Sebastians Geschenk, und hängte ihn Magnus um den Hals.

Hüte es wie deinen Augapfel. Und lege es nie wieder ab. Nie wieder.

»Warum?«

Es ist ein Spiegel, nicht wahr?

»Ja.«

Spiegel haben große Macht.

»Ich weiß, über Frauen, die sich zu dick fühlen.«

Wayland verbarg seine Gedanken. Er starrte Magnus bloß an, und das reichte.

»Okay, ich behalte es. Kuck nicht so. Versprochen. Bist du jetzt zufrieden? Darf ich jetzt weiter baden?«

Nein. Das Essen ist fertig. Die Gnome erwarten uns. Sie haben hohen Besuch, und es wird erwartet, daß der Besuch sie mit Erzählungen seiner Taten beglückt.

»Wer?«

Du.

»Ich?«

Ja.

»Was für Taten?«

Heldentaten. Wayland verzog das Gesicht. *Also, beeil dich. Zieh dich an und enttäusche unsere Freunde nicht.*

Er wandte sich ab und verschwand.

Magnus verbarg seine Gedanken.

11

Als Katharina nach einem halbstündigen Marsch über Wiesen, Felder und zuletzt eine verlassene Landstraße des verhutzelten Weibleins gewahr wurde, das etwa hundert Meter vor ihr auf einem großen Stein am Wegesrand hockte und gedankenverloren gegen den Horizont blickte, schlug lebenserhaltende Skepsis ihr den Freudenschrei von den Lippen. *Weiblein*, dachte sie. Wer weiß in dieser verrückt gewordenen Welt noch, was Männlein, was Weiblein ist? Nachher ist das bloß wieder eine als Frau verkleidete notgeile Wurzel oder sonstwas Garstiges. Eine Handtasche hat nichts zu sagen. Und lange graue Haare noch viel weniger. Geschweige denn das Haarband.

Sie näherte sich vorsichtig, das Messer in der Tasche aber fest im Griff. Als sie auf etwa zwanzig Meter herangekommen war und die Gestalt noch immer starr in die Ferne blickte, räusperte sie sich vorsichtig.

In der allgemeinen Stille klang es wie Donnerhall, und die alte Frau schreckte zuerst auf, dann zurück und stolperte über den Stein in den dahinterliegenden flachen Graben. Aus schreckgeweiteten Augen sah sie zu Katharina hoch.

Zwei Unterkiefer folgten fast synchron der Erdanziehungskraft.

»Katharina?« krächzte die Alte.

»Sebastian?« keuchte Katharina.

»Du lebst?« fragten beide, dann fielen sie einander in

die Arme. Nach einigem Drücken, Herzen, Aufatmen und flüchtigem Auf-die-Wangen-und-auf-die-Stirn-küssen fand Katharina als erste die Fassung wieder und ließ ihrer Neugier freien Lauf.

»Wo warst du«, fragte sie, »wo sind wir hier, wo ist Magnus, lebt er noch, hast du irgendwas gehört, und wieso läufst du in Frauenkleidern rum?«

»Eins nach dem anderen«, sagte Sebastian.

»Ich meine, nicht, daß ich was dagegen hätte, jeder nach seiner Façon, aber, ehrlich gesagt, es macht dich nicht direkt jünger ...«

»Ich trage diese Kleider nicht freiwillig.«

»Ach, schon gut, du mußt dich nicht rechtfertigen, jeder hat ja ...«

»Sieh dich doch mal an.«

Katharina tat es. »Na ja, es ist nicht ganz so schick wie das, was ich sonst ...«

»Trägst du es freiwillig? Nein. Also.«

»Verstehe. Du ...« Sie deutete auf sein sackartiges, sackfarbenes Kleid. »Du ... mußtest?«

»Wenn der Teufel in der Not sogar Fliegen frißt, wirst du wohl nichts dagegen haben, daß ich in der Not sogar Frauenkleider trage. Ich wäre vielleicht noch weiter gegangen, um zu entkommen.«

»Wem?«

»Ich verspüre kein Bedürfnis, darüber zu sprechen.«

»Aha. Irgendwelche Sachen mit Wurzeln?«

»Wie bitte?«

»Schon gut.«

»Wurzeln?«

»Ich hatte eine Wurzel. Und eine Hexe und einen Magier, der mich ununterbrochen ... schön, ich möchte eigentlich auch nicht drüber sprechen.«

Sebastian runzelte ritterlich die Stirn. »Er hat dich ...«

»Nein. Er hat's nur versucht.«

»Wo ist das Schwein?«

»Am Fluß, hinter dem Wald«, sagte Katharina.

»Den werd ich…«, sagte Sebastian und wollte losstampfen, aber Katharina hielt ihn fest.

»Nein, laß das. Sebastian! Wenn du in dem Fummel in den Wald gehst, triffst du Rooter, und das würde dir garantiert nicht gefallen.«

Sie fragte sich kurz, in welcher von Rooters Quizkategorien Sebastian seine Punkte hätte sammeln sollen.

»Außerdem«, fügte sie mit gespielter Heiterkeit hinzu, »war es doch gar nicht so schlimm.«

»Nicht so schlimm? Er wollte dich…«

»Bitte, Sebastian, vergiß es. Wenigstens ist dir das nicht passiert.«

»Nein«, sagte Sebastian verbittert. »Aber es scheint, als halte diese sonderbare Gegend für jeden seine eigene Marter bereit.« Er seufzte und sah seiner Begleiterin tief in die Augen. »Ich will nur so viel sagen: Zuerst mußte ich ein Ratespiel von erschütternder Banalität moderieren, danach wurde ich von kleinen, äußerst bissigen Gestalten zum Abendunterhalter in einer Art Altenheim befördert, dessen Insassen sich allesamt als Friseurinnen und Floristinnen mit bestenfalls angebrochener Grundschulbildung entpuppten. Du wirst dir ohne große Mühe vorstellen können, auf welchem Niveau diese Kreaturen unterhalten werden wollten, und du kannst dir ebenso mühelos vorstellen, wie sehr mir ihre körperlichen Avancen zuwider waren. Welkes Fleisch«, fügte er hinzu und schüttelte sich. »Da aber die sehr, sehr bissigen Eigentümer dieser Anlage einen nicht unbeträchtlichen Betrag an die Gargantuas berappt hatten…«

»Wen?«

»Die Wesen, die uns angegriffen und mich verschleppt haben. Jedenfalls haben sie mich bewacht. Und ich habe es lediglich meinem Geschick und meinem Einfühlungsvermögen zu verdanken – sowie, wie ich zu meiner Schande gestehen muß, einem gerüttelt Maß an krimineller Energie –, daß ich den fürchterlichen Friseurinnen und meinen bissigen Besitzern entkommen konnte. Immerhin«, beendete er seinen kurzen Vortrag, »habe ich in diesem Heim und auf dem Weg hierher einiges in Erfahrung bringen können, das uns weiterhelfen dürfte. Sofern wir Magnus finden, sofern …«

»Heißt das, er lebt?«

»… er lebt.«

»Er lebt? Wo ist er?«

Seufzend erinnerte sich Sebastian Katharinas unschönster Eigenschaft. »Hör mir zu«, sagte er geduldig, »laß mich ausreden. *Sofern* er lebt. Ich weiß es nicht.«

»Oh. Entschuldige.«

»In dem Fall könnte ich ihm vielleicht einiges mitteilen, das ihm auf dem weiteren Weg …« Sebastian schauderte.

»Was ist?« fragte Katharina.

»Nichts. Ich dachte nur an seinen Weg.«

»Ach, kennst du den?«

»Man hat mir zugetragen«, sagte Sebastian gewichtig, »was den Helden erwartet – überwiegend Sagen, Mythen und Legenden, anders gesagt, Altweibergewäsch, aber immer um einen wahren Kern herum gewachsen, den zu erkennen …«

»Ja, ja«, sagte Katharina und sah sich um. »Komm zur Sache, Sebastian.«

»Bitte?«

»Wir sind hier nicht im Seminar, also mach's kurz. Oder erzähl's mir auf dem Weg. Wohin müssen wir?«

Sebastian war es nicht gewohnt, daß man so mit ihm sprach.

»Jetzt zick nicht rum«, sagte Katharina, als sie seinen Gesichtsausdruck bemerkte. »Wohin?«

Sebastian deutete auf den angrenzenden Wald. »Dorthin. Aber ich darf sagen, daß mir dein Ton nicht gefällt. Auch wenn du angespannt bist und schwere Zeiten … warte … jetzt warte doch, ich komme mit.« Er raffte sein Kleid und holte sie rasch wieder ein. »Notsituationen bringen den wahren Menschen zum Vorschein …«

»Sebastian, wo ist Magnus – *sofern* er noch lebt?«

»Es gibt einen Weg durch diesen Wald – und eine Höhle, die wir keinesfalls betreten dürfen, wie man mir sagte – aber jenseits dieser Höhle soll es ein kleines Dorf geben, in dem man uns helfen kann …«

12

»Ich soll ihnen was erzählen?«

Geschichten deiner Heldentaten.

»Wayland, ich …«

Komm, dachte der Hundegesichtige und zog den Helden nach draußen, heraus aus der Hütte, in das von Fackeln erhellte Gnomendorf. Magnus blieben alle Proteste im Halse stecken, denn auf dem Platz in der Dorfmitte erwarteten ihn bereits zwei Dutzend Gnome, die sein Erscheinen mit erwartungsvollen »Ahs« und »Ohs« goutierten. Der unfreiwillige Star des Abends ließ sich von Wayland ans Feuer zerren, nahm Platz und lächelte freundlich in die Runde.

»Ich grüße euch«, sagte er und hob zur Bekräftigung die Rechte. Er hatte das Gefühl, sich ein bißchen Mühe geben zu müssen. Immerhin trug er nun das lederne Gewand eines Ritters, und die Kleinwüchsigen hielten ihn für einen Helden. Obwohl er sich ein bißchen vorkam wie ein Kindergärtner, war er finster entschlossen, seinen Gastgebern nicht den Abend zu verderben. »Ich danke euch von Herzen – für eure Gastfreundschaft und für die schönen Kleider.«

»Nicht der Rede wert«, unterbrach ihn abwinkend einer der Gnome zu seiner Rechten, ein besonders verhutzeltes Exemplar mit einer fast nasengroßen Warze auf der Nase. »Es gibt eben Leute, die kann man gut kleiden, und es gibt Leute, die kann man überhaupt nicht kleiden.«

Magnus lächelte unbeirrt weiter, während die anderen Gnome sich auf die Schenkel klopften und prustend ums Feuer kullerten.

»Äh, ein wahres Wort, ja«, sagte er würdevoll.

»Herr«, sprach ihn ein anderer Gnom an, »ist es wahr, daß ihr den mächtigen Fenrir erschlagen habt?«

»So ist es«, sagte Magnus stolz.

»Dann könnte man wohl sagen: Ihr habt den Wolf durch denselben gedreht?«

Magnus neuerliches »So ist es« ging im schallenden Gelächter der Gnome unter. Magnus wandte den Kopf und warf Wayland einen fragenden Blick zu, aber der grinste bloß ins Feuer und nahm einen tiefen Schluck aus seinem Becher.

»Meine Damen und Herren!« erhob ein weiterer Gnom die Stimme, »pssst!«

Damen? dachte Magnus.

Schwer auseinanderzuhalten, erwiderte Wayland.

»Bitte!« brachte der Gnom die anderen zum Schweigen. »Danke. Die Unterhaltung scheint mir doch ein wenig unseriös zu werden. Erlaubt daher, daß nun *ich* meinen Senf dazugebe!«

Mit diesen Worten zog er ein kleines Tongefäß aus seinem Wams und leerte es neben das Feuer. Magnus verdrehte die Augen, während die Gnome giggelnd auf den Klumpen Senf neben den Flammen deuteten.

»Laßt uns einen Toast auf unseren Helden ausbringen!« schallte es von irgendwoher, und im Handumdrehen hatten sämtliche Gnome Toastscheiben herausgezogen, warfen sie Magnus an den Kopf und hielten sich gackernd die Bäuche.

Wayland, dachte Magnus, *sind die nicht ganz dicht?*

Sie amüsieren sich nur.

»Ruhe!« rief ein weiterer Gnom, und seine Stimme klang ernst, ja, feierlich, »bedenket bitte, ihr albernen

Gnome, daß wir einen todesmutigen Helden unter uns haben, einen Ritter der edlen Sache, einen Märtyrer!«

»Ich hatte auch mal einen Märtyrer unter mir«, erwiderte ein anderer Gnom. »In meinem letzten Leben war ich nämlich Gepäckträger auf einer Postkutsche!«

»Einer Postkutsche?«

»Ja.«

»Einem Märspänner?«

»Nein, sie fuhr nur über Land. Und wir haben immer alles präzise zugestellt!«

»Präzise wie ein Fuhrwerk?«

Wayland, können wir jetzt gehen?

Oh, nein. Sie erwarten noch etwas von dir.

Ich war nie besonders gut im Kalauern.

Das können sie selbst. Von dir wollen sie etwas anderes.

»Sag, Held«, sprach einer der Gnome, »nun, da wir genug gescherzt und gelacht haben, jedenfalls für den Augenblick: Willst du uns eine Geschichte erzählen, die uns in Staunen versetzt? Die unsere Augen leuchten läßt, zu der wir komisch die Köpfe neigen und lustige Laute hören lassen können, wie es Gnome zu tun pflegen, wenn deinesgleichen ihnen die Ehre eines Besuchs erweist?«

»Äh«, sagte Magnus. »Was?«

»Irgendwelche Heldengeschichten? Außer der Schlacht mit Fenrir, die uns bereits dein edler Begleiter geschildert hat?«

»Ich ...« Magnus räusperte sich. »Ähm, ja. Sicher, gern.«

Die Gnome machten es sich unter vorfreudigem Raunen und Ächzen bequem und sahen ihren Gast erwartungsvoll an. Dieser fühlte sich zurückversetzt in die sechste Klasse, als er zum ersten Mal Blockflöte vorspielen sollte. Aber diesmal wollte er nicht bloß kläglich tröten, sich vor Scham fast in die Hose machen und aus dem Klassenzimmer rennen, diesmal wollte er alles richtig machen.

Aber wie?

Heldengeschichten?

Ganz egal, irgendeine, erwiderte Wayland.

»Nun denn«, sagte Magnus und räusperte sich, »als ich sechzehn war unternahm ich einen abendlichen Ausflug mit einer edlen … Prinzessin. Sie war hübsch anzusehen, und groß war die Zahl der Verehrer, die um sie buhlten. An diesem Abend geleitete ich sie nach Haus …«

Warum quatschst du so geschwollen?

Was?

Kannst du nicht normal reden?

Also, ich dachte, weil, diese Gnome …

Vergiß es.

»Okay, sie war sechzehn, wie ich, sie war toll gebaut, und ich hatte ein Mokick und mir wuchs dieser Flokati hinter den Ohren raus. Also, ich fahre mit dieser Schnecke nach der Disco nach Haus und plötzlich stehen da die vier Pappnasen aus der Kreidler-Gang vor uns auf der Straße, nachts um halb drei. Die waren natürlich genauso scharf auf die Braut wie ich, aber nicht besonders scharf auf mich. Da stehe ich also, und die Kreidlers sind eindeutig einen Zacken besser frisiert als meine Karre, an Abhauen ist also nicht zu denken …«

Ein Gnom gähnte.

»Was bleibt mir also anderes übrig, als mich mit denen auseinanderzusetzen. Ich steige also ab, unbewaffnet, klar, und vor mir stehen diese vier Alkoholikerkinder aus dem Heim für Schwererziehbare …«

Zwei weitere Gnome gähnten.

»Also«, kürzte Magnus ab, »ich steige ab und stelle mich. Einer gegen vier.«

Zwei Gnome aus den hinteren Reihen standen auf und gingen einfach weg.

»Hey«, sagte Magnus. »Die Geschichte ist noch nicht zu Ende.«

»Hast du sie getötet?« fragte ein Gnom.

»Nein, ich hab sie verdroschen«, übertrieb Magnus.

»Wäre die Prinzessin sonst gestorben?«

»Nein, aber ... bestimmt hätten sie sie vergewaltigt«, log Magnus.

Der Gnom, der gefragt hatte, runzelte enttäuscht die Stirn, während zwei weitere seiner Kumpane vergrätzt das Weite suchten.

»Hast du noch eine andere Geschichte? Vielleicht von Sirenen, die dich in einen Stein verwandeln wollten?«

»Oder Labyrinthen?« assistierte ein anderer Gnom. »Ich liebe Labyrinthgeschichten!«

»Oder von Teufeln, die dein ganzes Volk zu töten suchten? Oder von Schlangen, brennenden Schlangen, groß wie Bergmassive, die deine ganze Sippe in den Tod zu reißen drohten und denen du unter Einsatz deines Lebens und deiner übermenschlichen Kräfte trotzen konntest, obwohl es dich eine Hand, einen Arm oder einen Teil deines Herzens kostete ... ?«

»Äh, nein.«

»Irgendwelche Narben?«

»Na ja, die Pockenimpfung war ziemlich hart ...«

»Oder kannst du uns wenigstens von einer Plage berichten, die du von deinem Volke abwenden konntest?«

»Ich hab bestimmt zwei, drei Talkshows verhindert ...«

Inzwischen waren bis auf drei Gnome alle Bewohner des Dorfes aufgestanden und enttäuscht zu Bett gegangen.

»Nichts dergleichen?« fragte der Gnom, während auch der drittletzte gähnend aufstand und verschwand.

»Nein«, sagte Magnus verdattert.

»Äußerst bedauerlich«, sagte der Gnom, stand auf, sagte »Gute Nacht« und ging.

Ein einziger blieb. Derjenige mit den grünen Augen. Magnus musterte ihn. »Danke«, sagte er dankbar. »Ich weiß es zu schätzen, wirklich. Möchtest du noch eine Geschichte hören? Ich hab mal auf der Autobahn zwei Leuten das Leben gerettet, nach einem Unfall …«

»Nein«, sagte der Gnom, und seine Stimme klang wie die eines Mannes, durch dessen Salatdressing sich gerade eine zehn Zentimeter lange Made ans Tageslicht wühlt. »Ich wollte es nur bis zum letzten Augenblick auskosten, um meinen Enkeln und Enkelinnen davon berichten zu können. Zweitausenddreihundertundelf Jahre bin ich alt, und vieles haben meine müden grünen Augen gesehen, manchen Helden. Baldur, den Schönen. Beowulf, den Strahlenden. Adebar, den Längschädligen. Roland, den Blutsäufer. Hödur, den Blinden. Aber nicht einmal Aasgeyr, der Eierkneifer, war so erbärmlich wie du.«

Und mit diesen Worten stemmte er sich ächzend auf die Beine und schlenderte davon.

Magnus sah ihm nach. Lange. Er sah ihm sogar noch nach, als er schon lange verschwunden war.

Mach dir nichts draus, dachte Wayland und haute ihm auf die Schulter. *Sie sind eben verwöhnt. Wir werden große Geschichten zu erzählen haben, wenn wir zurückkehren.*

»Wenn«, sagte Magnus.

Na schön, falls, erwiderte Wayland. *Laß uns ruhen, wir benötigen unsere Kraft für wichtige Dinge. Morgen früh werde ich dir noch etwas beibringen – das Schwert zu führen wie deine Vorfahren und deine Kräfte nach Belieben einzusetzen gegen alles, was da lebt und jemals lebte, gegen Mensch und Stein, gegen Luft und Erde, gegen Feuer und Wasser.*

»Augenblick mal«, sagte Magnus, als Wayland aufstehen wollte. »Meine Vorfahren …« Er sah dem Hundegesichtigen in die Augen. »Du weißt, wer meine Vorfahren waren?«

Sicher.

»Dann sag's mir.«

Wayland hielt seinem Blick stand. Schien in den Augen des gedemütigten Geschichtenerzählers nach etwas zu suchen, einem Halt, einer Bestätigung. Schien es schließlich gefunden zu haben, denn er nickte ernst und seufzte.

Nun denn. Es ist ein altes Geschlecht, das der Trigonen. Alt und ehrwürdig wie das Land, auf dem es geboren vor ewiger Zeit. Das Land im Meer, das Land, das unter Gottes Hammerschlag versank in Feuer, Rauch und Vergessen vor langer Zeit, vor Jahrtausenden, ist unser aller Heimat, umrankt von Legenden. Trigon hieß der Herr dieser Welt, und Trigon heißt auch du, wie alle seine Nachfahren. Trigon, Odin genannt, hieß jener, der über das Meer schritt nach dem Untergang, nach Osten, so wie sein Bruder Trigon, den sie Quetzal nannten, den Weg nach Westen fand. Ah, Quetzal, mit der wehenden Mähne, was für eine Erscheinung war dieser Mann, dieser Gott. Und auch Odin war ein stattlicher Held, wenngleich seine Schönheit sich nicht mit der seines Bruders messen konnte. Das Geschlecht der Trigonen war es, das an den Küsten der verbliebenen sieben Kontinente strandete, letzte Überlebende einer verlorenen Welt, mit der Weisheit von Jahrtausenden in den Herzen, beschenkt von den Göttern mit dem Wissen um die Liebe, um den Krieg, um den Menschen. Sternwarten errichteten sie im Wüstensand, die das Sternbild des Orion fixierten, und Legenden ranken sich um sie, für alle Zeit. Der erste der Trigonen war es, der die Götter schuf, die deine Vorfahren kannten. Trigon hieß der Vater von Asgard und des Olymps und aller anderen tröstlichen Himmel, Trigon hieß der Herr deiner Welt.

Wayland seufzte.

Magnus seufzte ebenfalls. *Da muß aber irgendwas kapital schiefgegangen sein im Lauf der Jahrtausende.*

Du kennst den Lauf der Dinge und der Zeit – die Epochen verwässern das Blut, es mischt sich mehr und mehr göttliches Wesen mit gewöhnlichem, und vieles gerät in Vergessenheit. Am Ende – und bei diesem Gedanken funkelte er Magnus an – *am Ende wissen selbst die Trigonen nicht mehr um sich selbst, um ihre Bestimmung, um ihr Erbe. Um die Verantwortung, die sie tragen.*

Er verstummte.

Lange Zeit herrschte Stille. Nur das Feuer flackerte vor sich hin, und hin und wieder knackte es, als wäre ihm zu warm.

Wer war mein Vater? fragte Magnus schließlich.

Welche Rolle spielt sein Name? erwiderte Wayland. *Trigon. Einer aus der Reihe, Vater der letzten sieben. Du hast ihn nie gesehen. Oh, auch deine Mutter hat ihn nie gesehen, denn er kam, wie die Trigonen immer kamen, in anderer Gestalt. Nicht als Stier und nicht als Stern. Aber die Trigonen besitzen das Wissen und die Macht, ihre Nachkommenschaft berührungslos sicherzustellen.*

Magnus dachte an seine Mutter und fühlte eine heiße Träne in seinem Augenwinkel. Sie hatte leiden müssen für ihren Fehltritt, der keiner gewesen war. Wie oft hatte er sie nach seinem Vater gefragt, wie oft hatte er sie verflucht, weil sie ihm die Antwort schuldig geblieben war.

Trigon, dachte er.

Ja, dachte Wayland und fing den nächsten Gedanken seines Schützlings ab, ehe er ihn zu Ende gedacht hatte.

Du bist kein Gott, nein. Die Erinnerung an die Trigonen lebt fort in euren Mythen, in euren Legenden von Zeus bis zur Jungfrau Maria. Nichts daran ist göttlich. Trigon war ein Mensch, ein Mensch wie du. Allerdings ein fast vollkommener.

Magnus rechnete. Stutzte. Dachte noch mal nach.

Wo ist er?

Er war überrascht, wie lange Wayland schwieg.

Wer weiß, lautete schließlich die Antwort.

Du.

Nein.

Du lügst.

Ich lüge nicht. Das Schicksal Trigons ist ungewiß. Es heißt, er sei gestorben, aber wenn das wahr ist …

Dann? Magnus packte Wayland bei den Schultern. »Was meinst du? Woran ist er gestorben? An Altersschwäche? Wie alt war er, als er mich gezeugt hat?«

Der Schmied, der schon so viele Helden hatte kommen und sterben sehen, wandte den Blick gen Himmel. Sein Seufzen war lang, laut und schwer.

Es ist besser, nicht alles zu wissen …

Das sehe ich anders, und ich gehe davon aus, daß mein Vater mir recht gegeben hätte.

Wayland seufzte erneut.

»Sag's mir«, sagte Magnus.

Es heißt, erwiderte Wayland, *er sei gestorben, als er versuchte, das Tier ohne Namen zu bezwingen, als erste Kunde vom Plan des Basilisken ihn erreichte. Die Legende sagt, er sei bis hierher gekommen. Es heißt, er habe dem Wolf entkommen können, mit List und Geschick. Bei den Gnomen verliert sich seine Spur, hier, auf dem Platz, auf dem du sitzt. Hier sahen wir ihn zum letzten Mal.* Tränen füllten die Augen Waylands, als er weiterdachte. *Hier saß er, der Würdige, der große Trigon, rastete ein letztes Mal, aß ein letztes Mahl, und brach auf, um das Tier zu erschlagen. Er, der Große, er, der Held, aus dem Blute der Trigonen.*

»Und?«

Er kehrte nie zurück. Und das Tier lebt.

Das Feuer knackte zittrig vor sich hin, während Magnus und Wayland es anstarrten.

»Wann brechen wir auf?« fragte Magnus.

Wayland sah ihn verdutzt an. *Ich dachte …*

So kann man sich täuschen.

Fürchtest du dich nicht?

»Oh«, sagte Magnus. »Sagen wir's mal so: Mir geht der Arsch auf Packeis, aber eins hab ich gelernt in meinem Leben.«

Und das wäre?

»Wenn du einen wichtigen Termin hast, schlaf dich vorher aus.«

Wayland grinste. *Ich verneige mich vor deiner Weisheit, Trigon.*

Magnus stand auf. »Von zuviel Pathos kriege ich Pickel, und von Süffisanz Furunkel. Also, alter Freund, wo kann ich ein paar Stunden pennen, bevor ich diesem Scheißvieh die Köpfe abschlage?«

Spurlos

Wie wer nicht will, was er gewollt, und innen
an Neues denkt und ändert seinen Plan,
so daß er völlig absteht vom Beginnen,
so ging es mir auf jener finstren Bahn.
Durch Grübeln machte ich die Tat zuschanden,
die erst auf solche flinke Art begann.

DANTE, DIE GÖTTLICHE KOMÖDIE

Das Ziel ist im Weg.

CHINESISCHES SPRICHWORT

1

Als Magnus erwachte, hatte er das Gefühl, keine drei Stunden geschlafen zu haben. Was vor allem daran lag, daß er bloß zwei Stunden geschlafen hatte.

Weder der Lärm noch der Schein der Fackeln hatten ihn aus dem Schlaf gerissen – immerhin hatte er vier Jahre an einer Hauptverkehrsstraße gelebt, also waren seine Sinne einigermaßen abgestumpft –; es war Wayland, der ihn weckte. Waylands unverdrossenes und rüdes Rütteln an seiner Schulter.

»Was ist denn?« murmelte Magnus. »Hey, laß das …«

Komm schnell. Wach auf.

»Ich bin wach!«

Komm, rasch.

Stimmengewirr drang in die Hütte, in der Magnus sich hatte ausschlafen wollen. Das aufgeregte Schnattern von ein paar Dutzend Gnomen, die draußen, auf dem Platz vor den Hütten, ihre Fackeln schwenkten.

Sie haben deinen Freund!

Welchen Freund?

Den alten Mann.

Magnus war mit einem Satz auf den Beinen und mit drei weiteren Sätzen auf dem Platz zwischen den Hütten. Der Anblick, der sich ihm dort bot, vertrieb seine Restmüdigkeit mit einem Schlag.

Sebastian sah aus wie ein frisch geschlachtetes Rind, abgesehen davon, daß Rinder keine Frauenkleider tragen. Im ersten Augenblick war Magnus sicher, daß das, was er da sah, unmöglich am Leben sein konnte, aber das Verhalten der Gnome belehrte ihn rasch eines Besseren. Einen Toten verarztet man nicht, und genau das taten sie. Krüge und Wannen wurden herbeigeschleppt, gefüllt mit Flüssigkeiten, deren Dampf Magnus Augen und Magen verdrehte; Verbände wurden gereicht, grünliche und ockerfarbene Pulver in warmem Wasser gelöst und dem alten Mann in den Hals gegossen. Es war offensichtlich, daß sie ihn nicht einbalsamierten, sondern sein Leben zu retten versuchten.

Magnus kniete sich neben Sebastian und nahm seine Hand. »Sebastian?«

»Haarrg.«

»Halte durch, alter Junge. Es wird alles wieder gut.«

»Nn.«

Es sah allerdings nicht so aus. Magnus ließ einen Blick über das zerfetzte Kleid wandern, stellte fest, daß aus manchen Wunden noch immer Blut sickerte und betete, die Gnome mögen ihr Handwerk verstehen.

Was ist mit ihm passiert? dachte er.

Ruhelose, erwiderte Wayland. *Dämonen von der Sorte, die auch uns angegriffen haben, auf dem Weg hierher. Ein Wunder, daß er noch lebt.*

Sebastian röchelte erstickt und murmelte Unverständliches.

»Er stirbt«, hörte Magnus einen der Gnome flüstern. Kopfschüttelnd, verzweifelt wrang er den Lappen aus, tauchte ihn wieder in das Desinfektionsmittel, das sich inzwischen von Ocker zu matschigem Dunkelrot verfärbt hatte.

»Bitte«, sagte Magnus, »rettet ihn.«

»Wir tun, was für können, Herr«, schnauzte der ihm gegenübersitzende Gnom, ohne seine Arbeit zu unterbrechen. »Aber er blutet aus so vielen Löchern, daß es schwer ist, ihn zu stopfen.«

Herrgott, laß ihn nicht sterben.

Laß IHN aus dem Spiel, Trigon, dachte Wayland scharf. *Dies ist nicht SEIN Revier, dies ist die Schattenwelt. Und wie heißt es so schön in euren Sprichwörterfibeln: Hilf dir selbst, dann hilft dir Gott. Soll denn ER hinabsteigen aus den Himmeln, eine Gestalt annehmen, die dir genehm ist, einen Anblick wählen, der dich nicht auf der Stelle wahnsinnig werden läßt, nur um die tödlichen Wunden deines Freundes zu verarzten?*

Es gibt bessere Momente für Spott.

Es gibt keinen besseren Moment, sich seiner Kräfte zu besinnen, als den Moment der Krise. Begreifst du denn noch immer nichts?

Magnus sah ihn an.

Wayland verzog den Mund und verdrehte die Augen, als wäre Magnus ein Sechstkläßler, der immer noch kein B vom D unterscheiden kann. Immerhin begriff Magnus danach ziemlich schnell.

Als das blaue Licht von überallher auf ihn einzuströmen begann, wichen die Gnome unter erstauntem Murmeln zurück und ließen ihre Tücher, Tiegel und Salben stehen und liegen. Das hatten sie nicht erwartet, nicht von einem, der im Leben lediglich eine einzige Heldentat vollbracht hatte (beziehungsweise erfunden haben mußte, so jedenfalls die allgemeine Überzeugung seiner Zuhörer vom Vorabend.)

Magnus' Hand, von blauem Licht umschimmert, legte sich auf die Wunde an Sebastians Hals. Er spürte förmlich, wie die Haut unter seiner Hand zusammenwuchs, und gleichzeitig fühlte er, wie Kraft aus ihm herausfloß. Als er seine Hand zurückzog, war die Wunde geschlossen und neue Kraft, die von überall her zu kommen schien, erfüllte ihn. Er fuhr mit der Heilung fort, Wunde für Wunde, am Körper entlang, zuerst die tiefen Verletzungen, dann die kleineren Risse und Blessuren. Als er seine Hand auf Sebastians zerschrammte Stirn legte, öffnete der Alte die Augen.

»Die Tür ist offen«, sagte er verwirrt, aber deutlich.

Magnus lächelte. »Willkommen im Leben.« Es war ein schöner Moment. Ein Augenblick des Glücks in all der Finsternis, der ihn erfüllte mit dem Gefühl, zur Abwechslung mal etwas richtig gemacht zu haben, nützlich zu sein, ein Leben gerettet…

»Wo ist Katharina?« ächzte Sebastian.

Magnus' Lächeln starb den Sekundentod.

»Katharina? War sie bei dir?«

»Ja.«

Magnus wandte sich erschrocken an die Gnome. »Wo habt ihr ihn gefunden? Wo?«

»Nicht weit von hier. Im Wald«, erwiderten sie. »Er hat sich ein Stück weitergeschleppt. Da war eine Blutspur. Es war sonst niemand bei ihm.«

»Zeigt mir die Stelle«, sagte Magnus und sprang auf.

Augenblick mal, hörte er Wayland denken.

»Was denn?«

Was hast du vor?

»Bist du taub? Sie ist hier. Sie war bei ihm.«

Sebastian meldete sich murmelnd zu Wort. »Es waren so viele, meine Güte … was für Gestalten, was für eine fürchterliche… Magnus?«

»Moment …« *Was meinst du wohl, was ich vorhabe? Ich gehe sie suchen.*

Sie ist wahrscheinlich schon lange tot.

Vielleicht auch nicht.

Es sind Dämonen, vergiß das nicht. Sie töten, wie Menschen atmen. Es besteht keine Hoffnung.

Hoffnung, mein Allerwertester, ist die schöne Schwester der Ungewißheit. Und die Hoffnung stirbt zuletzt. Deine Worte. Ich will es wissen.

»Magnus…«

»Gleich, Sebastian.«

»Was machst du denn da?«

»Ich rede mit Wayland.«

Sebastian runzelte verwirrt die Stirn, nickte und schwieg.

Trigon, dachte Wayland und trat neben Magnus. *Ich verstehe deinen Schmerz, aber es ist zwecklos. Die Dämonen sind stark, und sie sind schnell – solltest du recht haben, was ich nicht glaube, sollte sie noch leben – wie willst du sie finden? In welcher Richtung willst du suchen? Der Wald ist groß …*

Spar dir die Worte, erwiderte Magnus.

Nein. Du wirst Tage brauchen, um sie zu finden. Waylands Ton wurde schärfer. *Und jede Minute, die du verschwendest, kostet Tausende von Menschen das Leben, denn da draußen lodert der Weltenbrand. Du bist auserwählt, die Welt zu retten. Du bist der letzte der Trigonen. Wenn du jetzt umkehrst, wirst du zum Diener des Bösen, zum Vollstrecker des Urteils über die Welt.*

Magnus sah dem kleinen Schmied tief in die Augen. Es war ihm vollkommen ernst.

Aber, dachte Magnus.

Nein, dachte Wayland.

Magnus sah zu Boden. Er atmete tief durch und machte aus seinen Gedanken ein heimliches Zimmer. Tief in sich hörte er sein Herz schlagen, ruhig und schwer. Hörte Stimmen, die durcheinanderschrien. Waylands Stimme war darunter, seine eigene, mit der er eben argumentiert hatte, Stimmen von Freunden, Weggefährten, Philosophen, Weisen der Weltgeschichte, und dazu viel unverständliches Rumoren und Rhabarbern. Katharinas Stimme, die um Hilfe flehte, übertönt von Kinderstimmen, oben auf der Welt, von Unschuldigen, seinem Sohn. »Rette uns!« Er konzentrierte sich und versuchte, die richtige Stimme zu hören. Es kam ihm vor, als hätte man ihn in ein Quizshowstudio geschmissen, in dem vierhundert Leute verschiedene Lösungen brüllten, so daß er, der Kandidat, die Frage des Quizmasters vor lauter Krach überhaupt nicht hören konnte. Worum ging es? Trigon sollte die Welt retten, Trigon, der Held. Denn er sollte ins Herz des Bösen stoßen und bestehen. Wie aber mußte sein Herz beschaffen sein, wollte er diese Prüfung bestehen? Die Stimmen verstummten.

Er wandte sich Wayland zu. Und lächelte.

Du irrst dich, mein Guter, dachte er. *Nenn es Romantik, nenn es Herz. Ich weiß, was ich zu tun habe, und ich weiß, daß es richtig ist.*

Waylands Kieferknochen schienen plötzlich dringend an die frische Luft zu wollen. *Du Narr*! polterte er los, *du verblendeter Narr! Du Kind des Kitsches aller Epochen! Weißt du, wie alt deine alberne Vorstellung von der Liebe ist, Schwachkopf? Ein paar hundert lumpige Jahre! Aber die Idee, um die es hier geht, die wahre Gestalt der Liebe, die ist so alt wie die Erde, auf der deine jämmerlichen Füße stehen! Du begreifst wirklich GAR NICHTS!*

Aber Magnus hatte sich bereits abgewandt und marschierte schnurstracks in den Wald. Er hätte sich gern noch einmal umgedreht und kurz mit Sebastian unterhalten, aber er brachte es nicht fertig. Waylands Worte gingen ihm durch Mark und Bein, und die Stimmen waren alle wieder da, nur daß sie diesmal auch ihre Verwandten mitgebracht hatten. Er konnte sich nicht umdrehen. Er mußte weitergehen.

Stolz, dachte er tapfer, aber ungeschützt, und sofort keulte ihn Waylands Stimme von hinten nieder.

Stolz! Bastard von Dünkel und Eitelkeit, das ist dein Stolz! Komm zurück, du Wahnsinniger!

Magnus ging weiter.

Wayland stampfte wutschnaubend hinterher.

Und einen Augenblick später waren beide verschwunden.

Sebastian Halmer lag immer noch auf dem Boden und hatte seine Schmerzen vor lauter Verwunderung völlig vergessen. Langsam klappte er den Mund zu. Was war geschehen? Wieso hatte er das Gefühl, einer lautstarken Auseinandersetzung beigewohnt zu haben, obwohl doch niemand ein Wort gesagt hatte? War er verrückt geworden? Während Magnus – das war doch Magnus, oder? – und der kleine Kerl, das aussah wie eine Bulldogge mit Turnschuhen – wer war das eigentlich, um Himmels Willen? – schweigend in die Finsternis marschierten, umringte ihn ein Dutzend Gnome und fing respektlos an, seine auf wundersame Weise vernarbten Wunden zu berühren.

»Äh«, sagte Sebastian. »Guten Tag … Kann mir bitte mal irgend jemand erklären, was hier eigentlich los ist?«

2

»OOOOOOOAAAAHHHH!« stöhnte der Basilisk und zuckte vor Lust am ganzen Körper zusammen (was wieder ein paar hundert Teufel und Dämonen in Reichweite seines Schwanzes das Leben kostete, ihn jedoch nicht die Bohne interessierte). »OOOOOAAAAHHH, IST DAS GEIL!« Sein Lachen erschütterte das Gewölbe, und sämtliche Teufel lachten lauthals mit, obwohl sie nicht wußten was ihren Herrn und Gebieter so überaus fröhlich stimmte.

»Was hat er denn?« fragte Loki den neben ihm stehenden Beelzebub.

»Man munkelt, sein Erzfeind sei vom Wege abgekommen.«

»Tatsächlich! Na, das sind gute Nachrichten.«

»Deshalb geht dem Schwein ja auch gerade einer ab.«

»OOOOOOOAAAHHHH-HA-HA-HA!« machte der Basilisk.

Beelzebub runzelte die Stirn. »Na ja. Also, ich würde sagen, wenn ihm wirklich, also buchstäblich, einer abgeht, dann sollten wir nicht an der falschen Stelle stehen.«

Loki schluckte vernehmlich und spähte in Richtung des Basilisken. »Du meinst …«

»Ich meine ja nur.«

»Ja, ja. Aber meinst du …?«

»Nein, eigentlich nicht. Also, ich kann es mir nicht vorstellen, und ich möchte es mir auch nicht vorstellen.«

»OOAAHHHH-HH-HH-MM-MM-MHH!« machte der Basilisk.

»Was hat denn Rattilein? Warum isses denn so begeistert?« fragte Satan, der zu den beiden getreten war, ohne den Basilisken aus dem Auge zu lassen. »Ist der Held nach Hause gegangen, oder hat ihn die Verzweiflung gepackt, oder was?«

»Genaues weiß man nicht, aber man munkelt, er habe sich entschieden, eine andere Rettung der Rettung der Welt voranzustellen«, erwiderte Loki vergnügt.

»Nein!«

»Doch. Die Rettung einer Frau.«

»OOOOAAAHHHHH!« machte Satan und schüttete sich aus vor Lachen.

»Göttlich, nicht?« lachte Beelzebub und genehmigte sich rasch eine vorbeihuschende Teufelin.

Andernorts, zu anderer, immer anderer Zeit, verwandelte sich der Allumfasser in ein gemütlich wogendes Meer und funkelte blau, türkis und nichtsnutzig vor sich hin, was seine Berater, insbesondere die gefiederte Schlange, in ungöttliche Rage versetzte. Welchen Grund ER habe, sich derart aufzuführen, wollten sie wissen, und fügten hinzu, all SEINER unerfindlichen Wege zum Trotz müsse es doch auch im Irrationalen die eine oder andere Konstante geben, sogar im absoluten Chaos eine Struktur, wenigstens eine chaotische, andernfalls könne man sich ja nicht einmal mehr darauf verlassen, daß man sich auf nichts verlassen könne.

Der Allumfasser ließ ein paar Wellen klatschen.

Alles, ließ ER sie wissen, geschehe nach seinem Willen. Denn SEIN Wille sei unergründlich, ergo sei gerade das Unergründliche IHM gerade recht. Auf menschliche Logik wären sie hereingefallen, schalt ER sie mit leisem Plätschern, und fast klang es in ihren Ohren, als kicherten die Wellen vor sich hin. Teil eines größeren Planes sei dieser Held, Teil eines Planes, der in seinem Herzen lag, nicht in seinem Bewußtsein. Oberflächlich betrachtet, fuhr ER fort, habe der Held gegen das Gesetz der Logik verstoßen, indem er die Rettung der einen der Rettung der vielen voranstellte. Getan habe er das allerdings im Bewußtsein, daß das edle Herz nichts unversucht lassen darf, eine Seele zu retten, daß kein Mensch mehr wert sei als der andere – in dieser bedeutenden Hinsicht also verhielt er sich nur konsequent im Sinne der Religion seiner Vorväter, die ja diesbezüglich durchaus in seiner, des Allumfassers Urheberschaft stünden.

Letztere Ausführungen veranlaßten einige der Berater des plätschernden Allumfassers, sich ihrerseits in Steine zu verwandeln, da Steine bekanntlich über keine Sinnesorgane verfügen, mit denen sie solch verwirrenden Ausführungen folgen könnten.

Aber, hallte die Stimme des Allumfassers unbeeindruckt in die Steine hinein, all dies sei völlig unerheblich, denn dem Helden sei überhaupt nicht bewußt, weshalb er sich verhielt, wie er sich verhielt. Weiß er, was seine Bestimmung ist? Nein – er kann es nicht wissen, denn der Blick in die Zukunft steht ihm nicht offen. Kann er sich also im Sinne seiner Bestimmung kraft seiner Logik richtig verhalten? Nein – denn er kennt seine Bestimmung nicht. Was kümmert es uns, aus welchen rationalen oder irrationalen Gründen er seine Entscheidungen trifft, solange sie, zufällig oder nicht, im Sinne seiner Bestimmung richtig sind?

Die Steine dachten eine ganze Weile darüber nach.

Seiner Bestimmung, die Welt zu retten? fragte schließlich einer.

Das Meer klatschte Applaus. Ein Ziel, das zum Greifen nah erscheint und doch nicht zu greifen ist, verliert man nicht aus dem Auge, indem man sich von ihm abwendet und die Wege betrachtet, die hinter einem offenstehen.

Äußerst menschliche Betrachtungsweise, erwiderten die Berater wie aus einem Guß.

3

Lautes Klopfen an der Schädeldecke riß Katharina aus ihrer Ohnmacht und lud sie ein, gleich wieder hineinzufallen. Allein ihr Selbsterhaltungstrieb ließ sie der Versuchung widerstehen, denn die Schmerzmeldungen waren Legion und standen Schlange vor ihrem Gehirn. Beine, Arme, Brust, Kopf, innere Organe, Knochen, Fingerspitzen, alles schrie Zeter und Mordio. Sie verriegelte die betreffenden inneren Pforten und öffnete statt dessen vorsichtig ein Auge, um die Ursache des Stimmengewirrs um sie herum zu erkunden.

Direkt neben ihrem Kopf ging ein Vollbärtiger in weißem Gewand, der durch Zotteln irre glotzte, zum Glück nach vorn, und fortwährend »Sharon« murmelte. Bilder holten Katharina ein, Bilder von Sebastian, der von einer Horde bärtiger Männer und langhaariger Frauen in weißen Capes brutal zusammengeschlagen und niedergestochen wurde. Sie focht eine zweite Runde gegen die Ohnmacht und gewann erneut.

Sie wußte, daß sie einen klaren Kopf behalten mußte, aber es gibt leichtere Übungen, wenn man, an Händen und Füßen gefesselt, über Wurzeln und Äste geschleift wird. Behutsam hob sie den Kopf einen Zentimeter weit an, um nicht mehr dauernd aufzuschlagen. Es kostete sie unendlich viel Kraft, aber das Ergebnis lohnte sich.

Aus dem Augenwinkel versuchte sie abzuschätzen, wie viele Dämonen sie fortschleppten. Acht? Zehn? Wieso war es so finster unter diesen Bäumen? Wieso drehte niemand das Licht an?

Andererseits – was hätte es ihr genützt? Auch wenn man sie durch einen grell erleuchteten Flugzeughangar geschleppt hätte, wären ihre Möglichkeiten nicht der Rede wert gewesen. Sie war gefesselt. Sie war allein. Sie konnte nichts tun.

Gar nichts.

Der Zottelkopf mit dem irren Blick, der neben ihr herging, murmelte und zischte haßerfüllt vor sich hin. »Aufschlitzen«, verstand sie, und »deinen Namen«, »Blut« und »an die Wand schreiben«.

Nichts davon klang gut, fand Katharina.

Der Zottelkopf war nicht besonders groß. Eher klein.

Klein.

Klein.

Warum, fragte sie sich, *wiederholt mein Gehirn das*?

Klein.

Wieso?

Herrgott, dachte sie dann. *Bist du dumm. Es ist doch so einfach. Wenn Rooter nicht gelogen hat.*

Es konnte jedenfalls nicht schaden, es auszuprobieren.

»Sergundus dius dius mergazim«, sagte sie laut und vernehmlich zu dem kleinen Bärtigen, und im nächsten Augenblick war der Dämon, der vorher etwa einen Meter sechzig groß gewesen war, dreieinhalb Meter groß. Verdutzt schaute er an sich herunter, während seine Kumpane und Kumpaninnen, ebenfalls erstaunt, stehenblieben und zu murmeln begannen.

»Verflucht«, sagte Katharina. Es war doch der andere. »Äh ...« Der zweite Spruch, den sie gewonnen hatte.

Die Gestalten zückten ihre Messer und fletschten scharfe Zähne.

»Sergundus dius dius *mingazim*!« rief Katharina, und jeder, den sie mit ihrem Blick getroffen hatte, schrumpfte um die Hälfte in sich zusammen. Damit war die Gefahr zwar halbiert, aber beileibe noch nicht beseitigt. Während die weißen Capes auf sie zuwehten, beeilte sie sich, den Spruch zu wiederholen.

»Sergundus dius dius mingazim! Sergundus dius dius mingazim! Sergundus dius dius mingazim! Sergundus dius dius mingazim! Sergundus dius dius mingazim!«

Niedliche Trolle, kaum mehr fünf Zentimeter hoch, hatten plötzlich einen weiten Weg. Sie stolperten über Zweige und zischten wütende Flüche in die Luft.

»Sergundus dius dius mingazim!«

Zweieinhalb Zentimeter pro Person. Fünf für den Bärtigen.

»Sergundus dius dius mingazim!«

Ein guter Zentimeter.

Der Bärtige war ihr jetzt ganz nah, und in seinen irren Blick mischte sich irre Angst.

»Ich schlage dir ein Geschäft vor«, sagte Katharina sachlich.

Der Bärtige blieb stehen.

»Ich gebe dir deine Größe wieder.«

Der Bärtige runzelte die Stirn und legte den Kopf seitlich. Seine inzwischen auf Kakerlakengröße geschrumpften Kumpane versuchten unterdessen, heruntergefallene Blätter und Zweige unfallfrei zu überqueren.

»Wenn«, sagte Katharina, »du mich losschneidest.«

Der Bärtige betrachtete seinen kleinen Säbel. Dann sah er Katharina an.

»Vertrau mir«, sagte sie und fügte so lässig, wie ihre Kopfschmerzen erlaubten, hinzu: »Du hast sowieso keine andere Wahl.«

Darüber dachte der Bärtige eine Weile nach, während die Kakerlaken sich weiter abmühten.

Schließlich hob er wortlos seinen kleinen Säbel und zerschnitt mit einiger Mühe die Fesseln um Katharinas

Hände. Sie richtete sich auf, rieb sich die schmerzenden Handgelenke und atmete tief durch.

Inzwischen hatten einige der Kakerlaken ihre Füße fast erreicht. Sie waren klein, aber ihr Haß war riesengroß, und ihre Klingen waren noch immer rasiermesserscharf.

»Mach mich wieder groß!« piepste der Bärtige.

»Versprochen ist versprochen«, seufzte Katharina. »Sergundus dius dius... mingazin!«

Der Bärtige schrumpfte auf Kakerlakengröße, und unter seinem unbeschreiblichen Fluchen beeilte Katharina sich, ihre Fußfesseln zu lösen. Als die Winzlinge sie umringt hatten und mit ihren Säbelchen ausholten, um sie zu verletzen, erhob sie sich zu voller Größe über die krabbelnde Schar und hörte sich über das tosende Meer aus Schmerz in ihrem Kopf hinweg brüllen: »Ihr Mißgeburten habt zum letzten Mal jemandem weh getan! Das ist für Sebastian!«

Knack, zertrat sie den ersten. *Knack*, *Knack*, *Flatsch*, den zweiten, dritten, vierten. Tanzte wie eine Ravegöttin im dämmrigen Unterholz zu ihrem eigenen zornigen Rhythmus, bis nur noch Blutlachen übrig waren, neben denen Säbel und kleine Fackeln lagen.

Keuchend lehnte sie sich gegen den Stamm einer großen Buche, Stirn voran. Die Rinde war kühl, angenehm kühl, aber nichts linderte ihren Schmerz. Erschöpft ließ sie sich auf den Boden sinken, und erst als die letzte Fackel der Höllenzwerge im Blut ihrer Besitzer verlosch, wurde ihr bewußt, daß um sie herum Nacht war.

Daß sie verloren war. Endgültig.

4

»Katharina!« rief Magnus in die Dunkelheit, während hinter ihm Wayland fünf ruhelosen Gestalten in altchinesischen Uniformen den Garaus machte. Seine Stimme klang schon seit geraumer Zeit nicht mehr energisch und zuversichtlich, sondern bloß noch verzweifelt und wütend. Er wußte, daß er Zeit verlor, wertvolle Zeit, und sein Gewissen riß ihn genüßlich in Stücke. Es war völlig aussichtslos. Sie irrten nun schon seit mindestens einer Stunde durch die immer gleiche finstere Landschaft aus Bäumen und Tümpeln, und er wußte inzwischen mehr über die Bewohner dieses häßlichen Fleckens Erde, als er je hatte wissen wollen. Er kannte ihr Aussehen, er kannte ihre Angriffstaktiken und -techniken, er kannte ihre Waffen, und er wußte, wie man welchen von ihnen am schnellsten in Fetzen schlug.

Er war müde.

Kehren wir jetzt endlich um? fragte Wayland nicht zum ersten Mal.

Das fragst du mich schon seit einer Stunde, erwiderte Magnus.

Wir müssen umkehren. Wir müssen unseren Weg fortsetzen, Trigon. Wayland legte ihm die Hand auf die Schulter und zog ihn zu sich herum. Zum ersten Mal, seit sie sich auf die Suche nach Katharina gemacht hatten.

Hätte. Wäre. Wenn.

Wäre Katharina nicht so erschöpft gewesen, hätte sie nicht geschlafen. Wenn sie nicht geschlafen hätte, wäre ihr nicht entgangen, daß keine zweihundert Meter von ihr entfernt eine Fackel durch die Nacht tanzte. Hätte sie das bemerkt, wäre sie aufgesprungen und hätte gerufen, und Magnus hätte sie wiedergefunden und alles wäre ganz anders gekommen.

Es gibt Leute, die sich mit solchen Überlegungen plantagenweise graue Haare züchten und schließlich jung und frustriert und völlig zu Recht an Magengeschwüren sterben.

Katharina schlief den Schlaf der Verzweifelten.

Magnus kehrte hundert Meter zu früh um.

Alles kam anders.

»WAS GESCHIEHT, BASIL?!«

»Nichts, Mutter.«

»DAS MERKE ICH.«

»Ich kann mir das nicht erklären, Mutter.« Mit tief gefurchter Stirn betrachtete der Basilisk seinen Seelenglobus und kratzte sich mit der Klaue am Kopf. Die leise schaukelnde Bewegung, die ihren Aufstieg begleitet hatte, war seit einigen Minuten nicht mehr zu spüren. Die Grotte, die ganze schöne riesige Grotte voller Teufel, die auf dem Weg ans Licht gewesen war, ruhte friedlich.

»BASIL.«

»Ja, Mutter?«

»TU ETWAS.«

»Ja, Mutter. Sofort. BEELZEBUB!«

Der Gerufene erschien unverzüglich vor seinem Herrn und Meister.

»Ja, Herr?«

»Tu etwas!«

»Was?«

»Scheiße!«

»Hier?«

»Nein, du Mißgeburt!« Die Verwirrung des Basilisken war groß. Weshalb bewegten sie sich nicht mehr nach oben? Ihr Antrieb war stark, destilliert aus Blut und Unrecht, aus Haß und Mord, aus allem, was sich an der Oberfläche ereignete. Der Groschen fiel langsam, aber als er gefallen war, schloß das Ungetüm die Augen und blickte nach oben. Entsetzt ließ er den Blick über die Welt wandern, über eine Welt, in der Stillstand herrschte, in der Menschen, immerhin einige, miteinander sprachen, anstatt einander abzuschlachten, eine Welt, in der es zu ersten Verhandlungen kam, zu zaghaften Versuchen, irgendeine Form von Ordnung wiederherzustellen. Groß war der Schmerz des Basilisken, und obwohl ihm unerklärlich blieb, weshalb die Welt die Bewegung des Einzelnen spürte, des Letzten, empfand er zum ersten Mal Respekt. Respekt, den er in Zukunft nur noch vor einem Toten haben wollte. In allernächster Zukunft.

»Er ist umgekehrt«, murmelte er und ignorierte das verwirrte »Wer?« des vor ihm wartenden Beelzebub. Furchterregend baute er sich vor den versammelten Teufeln auf, sorgte für Ruhe, indem er einen mittelgroßen Feuerball durch die Grotte jagen ließ, und erteilte seine Anweisungen. »Eine Vorhut! Wenn sie nicht selbst auf die roten Knöpfe drücken, dann führt ihnen die Hand! Überall dort, wo sie verhandeln, schießt ihnen die Köpfe ab! Und«, fügte er hinzu, »bringt mir die Schattenreiter!«

Es wurde sehr still.

Man hörte einen Teufel fallen.

»BRINGT MIR DIE SCHATTENREITER!« donnerte der Basilisk, finster entschlossen, dem Spuk ein Ende zu bereiten.

Ein für allemal.

5

»Ja, ich halte es für eine gute Idee, zum letzten Mal«, knurrte Magnus Wayland und Sebastian an, als sie sich dem gelben Schild mit der Aufschrift *Rheinsberg* näherten. Die beiden Skeptiker trotteten schweigend weiter neben ihm her. Im Gegensatz zu Magnus wollten sie nicht nach Rheinsberg. Beide hatten auf dem Weg mehrfach ihrer Befürchtung Luft gemacht, in einer Ortschaft könnten sie auf unvorhergesehene Widerstände treffen, aber Magnus wollte trotzdem hin – obwohl er ihre Sorge teilte. Am Rande der schmalen Kopfsteinallee hatten sie immer wieder Leichen gesehen, in den Gräben, auf den Feldern, im Wald, und Rheinsberg selbst grüßte schon von weitem mit dunklen Rauchwolken und mehreren Galgen, die trotz des schwachen Lichtes wie mahnende Finger in den roten Himmel ragten. Was Magnus dennoch in den Ort trieb, war eine einfache Überlegung; anders als Wayland war er es nicht gewohnt, größere Entfernungen zu Fuß zu bewältigen. Und in Anbetracht der Tatsache, daß sie durch seinen romantischen Anfall Zeit verloren hatten, hielt er es für dringend geboten, ein bißchen Gas zu geben. Was man in seinen Augen am besten mit dem rechten Fuß tat, hinter dem Lenkrad eines Autos.

Neben diesen vernünftigen Überlegungen gab es allerdings einen zweiten Grund für Magnus' Leichtsinn. Seit er die Suche nach Katharina abgebrochen hatte, fühlte sich seine Brust an wie mit einem rostigen Messer ausgeschabt, und er hätte nichts dagegen gehabt, mit einem oder zwei Dutzend Mördern und Kinderschändern kurzen Prozeß zu machen. Seinem heiligen Zorn freien Lauf zu lassen und wenigstens für ein bißchen Gerechtigkeit zu sorgen.

Obwohl er diesen Gedanken sorgsam vor Wayland verborgen hielt, wußte der Schmied Bescheid. Schließlich las er Sebastians sorgenvolle Gedanken, und er war nicht blind. Nur ratlos. Denn er konnte Trigon nicht mit Gewalt von dem abhalten, was er vorhatte, und Argumenten war der Held nicht mehr zugänglich. Aber seine blutrünstigen Gefühle gefährdeten alles, selbst wenn er recht haben mochte, daß sie mit einem fahrbaren Untersatz schneller das Tier ohne Namen und den Basilisken erreichten.

Was sollten sie da noch ausrichten? Das Tier würde Trigon zerquetschen, ohne Mühe. Ein zorniger Held? Einer, der um seiner Definition von Gerechtigkeit willen andere abschlachtete, der Blut vergoß, um sich von einer Seelenlast zu befreien? Absurd. Trigon befand sich auf direktem Weg in die Hölle, in die Fänge dessen, was er bekämpfte. Nein, Zorn und Haß waren nicht die Begleiter, die einer brauchte, der gegen das Böse bestehen wollte. Zorn und Haß waren die Kinder des Basilisken, und Trigon war im Begriff, ihr Bruder zu werden.

Sie passierten das Ortsschild und sahen den See ruhig und friedlich hinter gepflegten Wohnhäusern liegen. Zunächst wirkte alles völlig normal, als hätten die Bewohner bloß kurz alles stehen und liegen lassen, ihre Gießkannen, ihre gedeckten Kaffeetische im Freien, ihre kleinen Boote in den Gärten. Die folgenden Häuser jedoch, Ausflugslokale und Läden, wiesen deutliche Spuren der Verwüstung auf. Viele Scheiben waren eingeworfen, und zwischen den verbliebenen Glaszähnen gähnten leere Flächen. Hier und da hatten die Plünderer etwas liegen lassen – einen kaputten Fernseher im Elektroladen, ein buntes Sammelsurium verstreuter Lebensmittel im Tante-Emma-Laden, zerrissene Kostüme beim Schneider. An den Straßenrändern standen mehrere verbrannte Autos, aber es schien, als hätten die meisten Bewohner von Rheinsberg rechtzeitig das Weite gesucht – bedauerlicherweise mit ihren Wagen.

Sie gingen weiter und folgten der abschüssigen Kopfsteinpflasterstraße in Richtung Ortskern. Fünf Minuten später standen sie auf dem einst so idyllischen Marktplatz, der das gleiche Bild bot wie die Straße, die zu ihm führte. Zerschlagene Scheiben, geplünderte Läden, verbrannte Autos.

»Fällt euch was auf?« fragte Magnus, ohne seine Begleiter anzusehen.

»Keine Menschenseele. Wo sind die Leute alle hin?« fragte Sebastian.

»Vermutlich tot«, sagte Wayland.

»Möglich«, nickte Magnus. »Aber wo sind die Leichen?«

Schweigend stimmten seine Begleiter ihm zu. Seit sie den Ort betreten hatten, fehlten die Leichen, ihre ständigen Begleiter auf dem bisherigen Weg. Die drei blieben mitten auf dem Marktplatz stehen und sahen sich um.

»Irgend jemand ist hier«, sagte Magnus, und Wayland nickte. Auch er hatte das Gefühl, daß sie beobachtet wurden, aber hinter den Fenstern der Häuser um den Platz herum rührte sich nichts.

»Kann mir das einer erklären?« fragte Magnus. »Keine Leichen, keine zurückgelassenen Autos – abgesehen von den verbrannten, keine Menschen … die können doch nicht alle abgehauen sein.«

»Wieso nicht?« fragte Sebastian. »Vielleicht halten sie sich irgendwo versteckt und warten, daß der Spuk vorübergeht.«

»Nein. Es muß auch hier Alte gegeben haben. Und ab einem gewissen Alter laufen Leute nicht mehr weg, nicht mal, wenn das Heim brennt …«

Mitten in seinen Satz hinein mischte sich ein kaum

wahrnehmbares Brummen aus weiter Ferne. Die drei lauschten, und Magnus' Augen begannen zu leuchten.

»Ein Auto«, sagte er und setzte sich in Bewegung.

Das Brummen kroch näher und näher, ehe es plötzlich wieder leiser wurde und abzudrehen schien. Für einen Augenblick blieben die drei stehen und lauschten, dann folgten sie dem Geräusch im Laufschritt durch die engen Gassen am Rande des Marktplatzes, hinaus zum Ortsrand. Das Geräusch erstarb, und sie setzten ihren Weg fort, bis sie eine weitere breite Straße erreichten, die hinter Rheinsberg ins Nirgendwo führte. Dort erwarteten sie mehrere größere Gebäude, eine Tischlerei, ein kleiner Baumarkt und drei weiß gestrichene Lagerhäuser, und was vor einem dieser Lager stand, entlockte Magnus einen kurzen enthusiastischen Laut.

»Hey! Genau so hab ich mir das vorgestellt«, sagte er, während er weitereilte, auf den schwarzen Landrover zu, der vor der Halle parkte. Der Wagen glänzte verblüffend sauber, als hätte der Besitzer trotz der prekären Lage Zeit gefunden, ihn am Morgen durch eine Waschanlage zu fahren.

Sebastians Interesse galt eher den Hallen zur Linken als dem Wagen, und als er »Lieber Gott« murmelte, sah Magnus ihn an und fand ihn unnatürlich blaß. Er ließ dem Blick des Professors seinen eigenen folgen und las die in dicken Lettern auf die weiße Wand gemalten Buchstaben.

»Was ist ein Kühlhaus?« fragte Wayland, während Magnus bereits auf den Eingang der Halle zuging und Sebastian auf den Wagen. Wayland holte Magnus ein und wiederholte seine Frage.

»Psst.« Magnus öffnete die kleine Eisentür in dem großen Eisentor einen Spalt weit und wollte gerade eintreten, als Sebastian ihm von hinten die Hand auf die Schulter legte und eindringlich flüsterte, »Magnus, der Schlüssel steckt. Laß uns von hier verschwinden …«

»Nein.«

»Was willst du denn da drin.«

»Nachkucken.«

»Warum denn? Selbst wenn du recht hast…«

Wayland blickte verwirrt von einem zum anderen.

»Was?« fragte er und las Sebastians Gedanken, dann trat er wütend zwischen den beiden durch und marschierte voran in die Halle.

Magnus und Sebastian folgten ihm rasch, und schon nach wenigen Schritten wurde ihre Ahnung zur Gewißheit. Durch ein halb geöffnetes Flügeltor an der Seite des Gebäudes sahen sie draußen mehrere weiße Kleinlaster stehen, und hinter diesen befand sich das Schlachthaus. Zeit, diesen Anblick auf sich wirken zu lassen, fanden sie allerdings nicht, denn etwa zehn Meter vor ihnen stand der Besitzer des Landrovers, der genauso gepflegt wirkte wie sein Wagen, und sprach mit zwei weißgekleideten Männern über die Weiterverarbeitung des tiefgekühlten Frischfleischs, das sie gerade aus dem Kühlraum geholt hatten.

Sie hatten sich nicht die Mühe gemacht, ihre Opfer vor dem Einfrieren zu portionieren. Auf dem flachen Transporter neben den drei Männern lagen etwa zehn tiefgefrorene nackte Leichen.

Einer der weißen Overalls bemerkte die Eindringlinge und deutete alarmiert in ihre Richtung. Die Köpfe der beiden anderen Männer flogen herum, und mit ihren Blicken hätte man sogar Tiefgekühlte erdolchen können.

Ruhig, dachte Magnus und legte dem empörten Wayland die Hand auf die Schulter. *Ganz ruhig.*

Der Anzugträger war klein und breit, hatte mehr Haare über den Augen als auf dem Kopf und wirkte, als hätte er schon im Kindergarten andere um ihr Spielzeug gebracht und später als skrupelloser Autohändler Karriere gemacht. Er wandte sich jetzt ganz ihnen zu, während die beiden anderen Männer sich umsahen, als suchten sie Verstärkung. Magnus sah ihrem Chef in die Augen und genoß einen Moment dessen Verwirrung. Das »Raus!« lag ihm förmlich auf den fleischigen Lippen, wollte aber nicht springen, denn etwas schien ihm zu sagen, daß ein Schwertträger in lederner Rüstung und ein Zwerg mit Turnschuhen in Begleitung eines älteren Herrn nicht in die Kategorie »Landstreicher« gehörten. Binnen Sekundenbruchteilen wich seine Verwirrung allerdings einem bauernschlauen Blick, der in Magnus' Kopf sämtliche Alarmleuchten angehen ließ. Er machte sich die Mühe, noch ein paar Gedanken des Mannes zu Ende zu lesen.

»Okay, Meister«, sagte er, »nette Idee, aber vergessen Sie's gleich wieder. Wir sind kein Fall für die Kühltruhe, auch wenn sie's schaffen, ihren Werkschutz zu alarmieren. Finger weg von dem Beeper in ihrer Hosentasche, sonst mach ich sie einen Kopf kürzer, und sie sind schon kurz genug … So ist's brav. Und jetzt raus mit dem Ding und her damit.«

Der Anzugträger zog den Beeper heraus und hielt ihn verblüfft in der Hand.

»Richtig«, sagte Magnus, »das kann ich. Also passen sie ein bißchen auf, was sie denken. Sie schlachten hier Menschen, ja?«

»Wer sind Sie überhaupt?«

»Das geht Sie einen Scheißdreck an. Was machen Sie hier?«

»Das geht *Sie* einen Scheißdreck an«, erwiderte der Anzugträger, plötzlich trotzig. »Sie befinden sich auf einem Privatgrundstück, und das verlassen Sie jetzt sofort wieder, andernfalls lasse ich Sie rausschmeißen.« Er drehte sich zu den beiden anderen um. »Hartmut, Georg, holt den Werkschutz.«

»Hartmut, Georg«, sagte Magnus, »ihr bleibt hier.«

Wayland sprang mit einem Satz über den Anzugträger

und landete wie ein Ausrufezeichen vor Hartmut und Georg. Magnus trat dicht an den Chef der beiden heran.

»Arschloch«, sagte er. »Du handelst mit Menschenfleisch?«

»Ich …«

»Wie heißt du?«

»Petzhold. Und mit wem habe ich das Vergnügen?«

»Es ist keins. Nenn mir einen Grund, weshalb ich dich leben lassen soll, Abschaum.«

Waylands Empörung verwandelte sich wieder in Sorge. Bestürzt sah er Magnus an und dachte *Laß dich nicht hinreißen. Es ist nicht deine Aufgabe, Menschen zu bestrafen.*

Magnus ignorierte ihn. »Einen Grund, Petzhold.«

Aus Petzholds Stirn traten mehrere kleine Schweißperlen und suchten Deckung in seinen buschigen Brauen. Trotzdem gelang es ihm nicht, kleinlaut zu klingen. »Sie …« Er räusperte sich. »Ich weiß nicht, wer sie sind, Mann, aber spielen sie hier nicht den Moralisten. Sie wissen doch, wie die Dinge liegen, wir müssen das machen, sonst verhungert der Rest von uns auch noch.«

Mit dünnem Lächeln erwiderte Magnus. »Nicht besonders überzeugend, wenn sich die Gedanken an ihren Kontostand direkt anschließen. Sie verdienen nicht schlecht an den Kannibalen.«

»Ich hab die Preise nicht gemacht. Und wir verkaufen das Fleisch nicht viel teurer als früher.«

»Menschenfleisch.«

»Wir haben nichts anderes mehr.«

»Magnus«, sagte Sebastian, und Magnus sah nach rechts und bemerkte die Männer, die die Halle durch das Seitentor betraten. Es waren zwölf, und die meisten von ihnen trugen blaue Uniformen und schwarze Gewehre. Petzhold machte einen raschen Schritt zurück und fing an zu brüllen.

»NEHMT DIESEN ARSCHLÖCHERN DIE WAFFEN

WEG UND SCHAFFT SIE WEG, VERDAMMT NOCH MAL!«

Während die Männer sich rasch in Bewegung setzten, schüttelte Magnus angewidert den Kopf in Petzholds Richtung und sammelte Energie aus der Hallenluft. Er breitete die Arme aus und schickte in die Welle der Angreifer eine Welle aus blauem Licht, die mit stummer Wucht durch die Halle fegte und ein Dutzend Bewußtlose hinterließ.

Wayland murmelte Stoßgebete in Magnus' Kopf, aber der hatte anderes im Sinn. Er streckte den Arm in Petzholds Richtung aus und hob den dicken Mann hoch. Hoch und höher, in Richtung Hallendecke. Petzhold brüllte, zuerst Flüche, dann Angebote, aber erst in acht Metern Höhe ließ Magnus ihn hängen.

»Petzhold, ich mache Ihnen einen Vorschlag.«

»Ja, ja, machen Sie mir einen Vorschlag! Ich tue alles, was Sie wollen, aber bitte! Lassen Sie mich wieder runter.«

»Erstens«, sagte Magnus. »Sorgen Sie dafür, daß diese Fabrik hier zumacht.«

»Ja, ja! Alles, was Sie wollen!«

Magnus ließ ihn fallen. Petzhold brüllte wie am Spieß. Zwei Meter über dem Boden fing Magnus ihn in blauem Licht auf und ließ ihn wieder hinaufschnellen in seine alte Position.

»Sie vergessen, daß ich Ihre Gedanken lese.«

Petzhold bibberte Unverständliches, während es aus seinen Hosenbeinen erdwärts tropfte.

»Also«, sagte Magnus. »Sie schließen die Firma, Sie schicken Ihre Leute nach Hause, Sie sorgen dafür, daß hier kein Unrecht mehr geschieht.«

Spiel dich nicht so auf, Himmel noch mal.

»Sie lassen die Leichen beerdigen, Sie tun mit Ihrem Geld etwas Gutes, bis sie den letzten Pfennig los sind, und anschließend denken sie über den Haufen Scheiße nach, den Sie Ihr Leben nennen.«

Pathos! Maßloses Pathos! Laß ihn …

»Wird Ihnen gut tun. Und der Witz an der ganzen Sache ist folgender: Ich komme nächste Woche wieder und sehe nach. Sollten Sie irgendwas von dem, was ich Ihnen befehle, nicht ausgeführt haben, werden Sie sich in den letzten circa vierundzwanzig extrem qualvollen Stunden Ihres Lebens wünschen, Sie hätten nie gelebt. Alles verstanden?«

»Ja«, wimmerte Petzhold von oben, »Ja, ja! Ich habe alles verstanden! Ich mach das alles genau so, wie Sie gesagt haben!«

Magnus bohrte sich einen Augenblick in Petzholds Gedanken und nickte zufrieden. Es war keine Spur Falschheit darin, jedenfalls nicht im Augenblick. Behutsam ließ er den Mann zurück auf den Boden schweben und verbeugte sich formvollendet.

Angeber.

Schnauze.

»Es freut mich«, sagte Magnus, »daß Sie den richtigen Weg einschlagen. Wir werden uns Ihren Wagen ausleihen.«

»Meinen …? O ja. Tun Sie das. Tun Sie das.«

»Danke.«

Magnus wandte sich ab, winkte Sebastian und den immer noch schimpfenden Wayland hinter sich her und marschierte schnurstracks aus der Halle. Ohne sich noch einmal umzusehen, ging er nach draußen, warf seinen Rucksack hinten in den Landrover und kletterte auf den Fahrersitz. Er umfaßte das Lenkrad mit beiden Händen und atmete tief durch, während Sebastian hinten einstieg und Wayland auf dem Beifahrersitz Platz nahm. Alles fühlte sich richtig an, richtig und vertraut. Ein Lenkrad, ein Ledersitz unterm Hintern und die Straße vor der Nase.

»Also dann«, sagte Magnus und drehte den Schlüssel herum. »Sehen wir zu, daß wir die Autobahn finden.«

6

Katharina Rasmussen hatte auf ihrem inzwischen mehr als dreißig Jahre währenden Lebensweg viel Zeit damit verbracht, an Abzweigungen herumzustehen, zaghafte halbe Schritte mal in diese, dann in jene Richtung zu unternehmen und jeden Schritt sofort wieder rückgängig zu machen. Was Wunder bei einer Frau, die schon als Mädchen, schon als Kind über eine ausgeprägte Phantasie verfügte und sich daher der möglichen Konsequenzen aller denkbaren Schritte jederzeit bewußt gewesen war. Alles in allem war ihr die viel gepriesene Phantasie also keine große Hilfe gewesen, sondern ein schier unüberwindliches Hindernis in jenem Labyrinth, das der so harmlos klingende Lebensweg in Wahrheit ist – mit seinen Myriaden von Abzweigungen, Weggabelungen und Möglichkeiten auf Schritt und Tritt. Festgenagelt von ihrer Vorstellungskraft, war sie ununterbrochen, grübelnd und zaudernd, so lange auf der Stelle hin und her getrippelt, bis irgend etwas Schicksalhaftes in Gestalt eines Menschen oder Ereignisses von hinten oder vorn heranrauschte und sie auf einen der zur Auswahl stehenden Wege stieß. Einen Weg, mit dem sie dann selbstredend prima hadern konnte, da sie ihn ja nicht aus freien Stücken gewählt hatte. Und so kam es ihr rückblickend vor, als hätte sie den größten Teil ihres Lebens damit verbracht, Dinge nicht zu entscheiden und den zweitgrößten Teil damit, zurückzublicken.

Im Wald hatte sie damit aufgehört, ein für allemal, wie sie hoffte. Denn auch im Wald, in dem sie allein und verlassen, hungrig und durstig und ohne Orientierung gesessen hatte, im Dunkeln, hatte sie über eine unendliche Zahl von Möglichkeiten verfügt. Sitzenbleiben. Schreien. Aufstehen. Nach links gehen. Nach rechts gehen. Nach halblinks…

Zum ersten Mal in ihrem Leben hatte sie in diesem Wald, in völliger Finsternis zwischen den blutigen Überresten einer geschrumpften Dämonenbande, denkbar weit entfernt von allem, was perfekt war, gewußt, daß es sinnlos war, der Phantasie allzu viel Spielraum zu lassen und erst recht sinnlos, sich mit Überlegungen aufzuhalten, denn sie war kaum mehr in der Lage gewesen, sich zu rühren.

Also rührte sie sich.

Schaltete die Vernunft ab.

Lauschte statt dessen in sich hinein, hörte eine Stimme, die klar und deutlich zu ihr sprach, und fand tausend Argumente gegen das, was sie sagte.

Sie wischte all diese Argumente fort und folgte dem Weg, den die Stimme vorgeschlagen hatte.

Als sie dann wenig später mit einem Trupp zahnloser, warzennasiger Gnome zusammengestoßen war, hatte sie die Stimme verflucht. Und sich selbst. Und anschließend die Gnome, die sich um sie drängten, mit einem Dutzend Zaubersprüche in sehr viel kleinere Gnome verwandelt, bis ihr aufging, daß die immer winziger werdenden Kerlchen nicht nur »Wir kommen in Frieden!« piepsten, sondern auch ihren Namen sowie die ihrer Freunde Magnus und Sebastian.

Die Grollheimer hatten sie gepflegt. Die Guten. Gefüttert. Getröstet. Ihren kurzen Schlummer bewacht. Ihr Mut gemacht. Ihre Wunden verbunden. Ihr von Magnus und Wayland berichtet; vom toten Wolf und von dem, was den Helden erwartete auf seinem Weg nach Osten. Sie überschüttet mir einem Haufen unglaublich dämlicher Kalauer. Ihr den Weg nach Rheinsberg gewiesen.

Und so hatte Katharina ihren Weg schließlich fortgesetzt, etwa acht Stunden, nachdem Magnus, Sebastian und Wayland Grollheim verlassen hatten – mit neuem Mut, mit einem ziemlich scharfen Schwert, einem noch schärferen Lederanzug und einigen frischen Funken Hoffnung im Herzen.

Als sie nach halbstündigem Fußmarsch durch den Wald und am Rande der Landstraße entlang von fern ein Pferd wiehern hörte, zögerte sie zu ihrer eigenen Überraschung keine Sekunde, verließ den direkten Weg und entschied sich, ein kleines Waldstück zu durchqueren, hinter dem sie tatsächlich eine verlassene Weide und, weit entfernt, ein verängstigtes Pony entdeckte. Es ließ sie nicht näher als zehn Meter an sich heran, aber nachdem sie es auf Schoßhundgröße kleingezaubert hatte, fiel es ihr nicht schwer, das verwirrte Tier einzufangen, es wieder in seine ursprüngliche Gestalt zurückzuversetzen und aufzusitzen.

Auf diese Weise, auf dem Rücken eines müden Ponys, erreichte sie schließlich den verlassenen Marktplatz von Rheinsberg. Sie hatte gehofft, hier entweder einen Menschen zu finden, der Magnus und die anderen gesehen hatte, oder wenigstens einen fahrbaren Untersatz, und war ebenso enttäuscht wie Magnus, als sie in der verlassenen Stadt nur ausgebrannte Wracks vorfand.

Das Pony fühlte den Tod, der an diesem Ort herrschte, und schnaubte und trippelte nervös auf der Stelle. Katharina tätschelte ihm beruhigend den Hals und sah sich um. Auch sie spürte, daß etwas nicht stimmte, aber zu sehen war nichts.

Sie trieb das Pony weiter, durch eine enge Gasse auf der anderen Seite des Marktplatzes, vorsichtig. Am Ende der Gasse sah sie eine breite Straße, eine Landstraße, die hinter dem Ort nach Irgendwo führte, und ließ das Pony weiter langsam in diese Richtung trotten.

Dorthin, wo eben ein gewisser Oskar Petzhold, bis vor

wenigen Stunden ein skrupelloser Sünder vor dem Herrn, eine hastig vorbereitete Rede gehalten hatte. Eine bewegende, ja, eine von den Flammen der Leidenschaft getragene Rede zugunsten der Nächstenliebe, die in dem Befehl an seine wie vom Donner gerührten Angestellten gipfelte, ihr schändliches, unmenschliches Treiben einzustellen, an seiner, Petzholds Seite dem Guten zu dienen und für ein wenig Gerechtigkeit in dieser verrückt gewordenen Welt zu sorgen.

Dorthin, wo vor wenigen Minuten das strahlende Licht der Liebe aufgeflammt war und die Gesichter von hundert Männern und Frauen gewärmt hatte, dorthin, wo hundert Münder das Licht zuerst leise murmelnd und dann laut brüllend ausgeblasen hatten.

Wo eben ein Chef für verrückt erklärt und abgesetzt worden war.

Wo eine Hundertschaft blau und weiß uniformierter geldgieriger Schlachter auf frisches Fleisch wartete.

Wo ihr sicherer Tod sie erwartete.

7

»Aber es ist doch der kürzeste Weg – wenn ihr freundlicherweise einen Blick auf diese Karte werfen würdet!« Sebastian Halmer hielt gereizt den leprösen Falkplan zwischen die Vordersitze, von wo aus Magnus ebenso gereizt zurückknurrte.

»Sebastian, wir wissen, was wir tun.«

»Ihr fahrt Zickzack, das tut ihr! Der kürzeste Weg führt von Dierberg – hier – nach Alt Ruppin – da –, und von dort aus nach Neuruppin und auf die Autobahn. So, wie ihr fahrt, werden wir zwei Stunden länger brauchen, sofern wir überhaupt irgendwo ankommen!«

»Sebastian, wir fahren Zickzack, weil ...«

»Halt«, sagte Wayland, da sie wieder eine Abzweigung erreicht hatten. Er sagte es ausnahmsweise laut, um Sebastian nicht noch weiter zu verwirren. Einen Augenblick lang überlegte er, dann deutete er nach links, auf ein kleineres Schild, auf dem *Seebeck-Strubensee* stand.

»Nein!« rief Sebastian verzweifelt, haute mit der flachen Hand auf die Karte und deutete nach vorn. »Nicht schon wieder! Nicht links, sondern geradeaus!« Er deutete durch die Windschutzscheibe auf das Schild am anderen Straßenrand, das Schönberg ankündigte. »Da längs. Jetzt haben wir schon einen Umweg gemacht, also fahr weiter nach Herzberg, dann nach ...«

Er wird langsam lästig, Trigon, dachte Wayland.

»Radensleben, und von dort aus ...«

»Sebastian«, sagte Magnus geduldig, während er den

Wagen wieder in Gang setzte und nach links abbog, auf einen Schotterpfad zwischen den Häusern. »Der Basilisk steigt an die Oberfläche.«

Sebastians Augenbrauen machten einen empörten Satz nach oben. »Als ob ich das nicht wüßte! Eben drum! Also sollten wir uns doch wohl ein bißchen beeilen, statt hier die Landschaft zu genießen und einen Umweg nach dem nächsten zu fahren.«

»Stimmt. Aber er schickt seine Vorboten, Dinge, die vor seiner Ankunft an die Oberfläche gedrückt werden, alte Dinge. Kapiert?«

»…?«

»Das Altenheim, in dem du auftreten mußtest. Der Wolf. Dieser Wald, in dem Katharina war, der Magier. Die Hitlers und Stalins. Und es wird immer mehr.« Der Landrover holperte und hopste über die schlecht erhaltene Straße. »Wayland verfügt über ein feines Gespür für diese Dinge.« Er verkniff sich die Bemerkung, daß auch er selbst inzwischen im gleichen Augenblick wie Wayland wußte, daß sie sich gefährlichem Gebiet näherten. »Und wenn er etwas wittert, trete ich auf die Bremse. Ich verspreche dir, daß wir so trotzdem schneller sind als auf dem direkten Weg, denn was genau uns in diesen dunklen Bereichen erwartet, wissen wir alle nicht. Einen Wald wie den, in dem Katharina sich fast verirrt hätte, können wir uns jedenfalls nicht leisten.«

Sebastian knitterte die Karte zusammen und schwieg.

Rechts, dachte Wayland und deutete auf einen Feldweg. Durch die Felder.

Magnus bog ab und ließ den Wagen mit Vollgas über den Weg holpern. Weder er noch Wayland spürten auf den nächsten Kilometern irgend etwas Gefährliches, und fünf Minuten später kehrten sie auf die Landstraße zurück. Auf diese Weise kamen sie langsam, aber stetig und ungestört voran, und schließlich erreichten sie eine Autobahnauffahrt zwischen zwei Ortschaften und fuhren auf die A24 in Richtung Berlin.

Magnus und Wayland schickten Stoßgebete in den Himmel, der Zufall möge nicht ausgerechnet auf der Autobahn weitere schwarze Flecken geboren haben.

Keine Präsenz. Alles in Ordnung. Magnus gab Gas.

Der Landrover wurde schneller und flog auf der leeren Autobahn weiter.

»Na, Sebastian?« rief Magnus nach hinten. »Ist jetzt alles in deinem Sinne?«

»Solange du nach vorn schaust …«

Magnus lachte, als ein lauter Knall und dessen ebenso lautes Echo die Stille zerrissen. Obwohl er gedankenschnell reagierte und sofort gegenlenkte, konnte er nicht verhindern, daß der Landrover ins Schlingern geriet. Mit Mühe und Not gelang es ihm, den Wagen nach einer 180-Grad-Drehung zum Stehen zu bringen.

Puh, dachte Magnus.

Was war das? dachte Wayland.

»Was war das?« fragte Sebastian.

»Der Reifen«, sagte Magnus und öffnete die Tür. Er ging um den Wagen herum und verschwendete einen flüchtigen Gedanken auf die Frage, weshalb in Film, Funk und Leben immer die Guten mit solch lächerlichen Zufällen konfrontiert wurden, aber als er sah, daß beide Vorderreifen sich gleichzeitig verabschiedet hatten, wußte er, daß der Zufall in diesem Fall keine Rolle spielte.

Er bedeutete seinen Begleitern, die Köpfe einzuziehen, und schlich geduckt zum Heck des Wagens. Mit zusammengekniffenen Augen untersuchte er das Straßenstück hinter ihnen und fand, was er gesucht hatte. Einen grauen Metallbalken, gespickt mit langen Nägeln, der leicht verbeult auf der Fahrbahn lag.

»Die Hände hoch und keine falsche Bewegung!« brüllte eine junge unsympathische Stimme, und Magnus leistete der Aufforderung vorsichtshalber Folge. Er drehte sich langsam um und sah vor sich einen Polizisten, der ihn mit einer Maschinenpistole bedrohte. Schlimmer war, daß drei weitere Olive Wayland und Sebastian aus dem Wagen zerrten und ihnen die Läufe ihrer Pistolen an die Schläfen drückten.

Töten? fragte Wayland.

Warte, erwiderte Magnus. Er bezweifelte nicht, daß Wayland den Polizisten, der ihn bedrohte, im Handumdrehen entwaffnen konnte, und er machte sich auch um sich selbst keine Sorgen. Wohl aber um Sebastian, denn die vier Uniformierten sahen ungeheuer nervös aus.

»Guten Tag, meine Herren«, sagte Magnus. »Was haben wir angestellt?«

»Die Fragen stelle ich!« brüllte der junge Polizist, der Magnus bedrohte. Er trat einen Schritt näher an ihn heran, nahm ihm das Schwert ab und klopfte ihm auf Brust und Seiten. Dann trat er wieder zurück, die Waffe immer noch im Anschlag.

»NAME!?«

»Trigon von Nibelheim«, sagte Magnus mit einer knappen Verbeugung und wies auf seine Begleiter. »Professor Sebastian Halmer, Wayland, Ritter von Unterland.«

»Ritter? Laber keine Scheiße. Raus damit, wer seid ihr?«

»Wir …«

»Ausweise und Fahrzeugpapiere!«

»Haben wir nicht«, sagte Magnus nach einer kurzen Pause.

»Gehört das Fahrzeug Ihnen?«

»Wir haben es … geliehen.«

»SEMMLER!« brüllte der Polizist seinen Kollegen an. »Überprüfen!«

Semmler, ein dicker Junge mit Schnauzer und Stirnglatze, trat zackig vor den Wagen und musterte das Nummernschild. Wie in Zeitlupe verdüsterte sich seine Miene. »Wachtmeister Holgenrath! Es handelt sich um den als gestohlen gemeldeten Wagen der Firma Petzhold!«

»A-HA!« triumphierte Holgenrath.

»Okay«, sagte Magnus. »Ich erklär's Ihnen.«

»Da bin ich aber mächtig gespannt!«

»Es handelt sich um einen Notfall. Wir brauchen den Wagen, um auf dem schnellsten Weg nach Berlin zu kommen. Wir sind …«

Es klingt wirklich ungeheuer albern.

Sag es trotzdem, erwiderte Wayland.

»Das Böse wird sich in Berlin zeigen, und wir sind diejenigen, die es zurückschicken werden in die Tiefe, wohin es gehört. Wir sind die einzigen …«

»Hauchen Sie mich mal an«, sagte Holgenrath und trat einen Schritt näher an Magnus heran.

Magnus' Geduldsfaden riß.

»Jetzt hören Sie mal zu, Sie Halbdebilder …«

»A-Ha!«

»Daß Sie sich hier immer noch im Straßenbegleitgrün verstecken und Leuten auflauern, ist ihr persönliches Problem, aber …«

»Die Hände hoch!«

Magnus spürte die Nervosität in den Fingern der anderen Polizisten, besonders in denen des Mannes, der Sebastian bedrohte. Er riß sich zusammen.

»Wir haben allerdings auch eins … ein Problem …«

»Und zwar!«

»Professor Halmer«, sagte Magnus, »hat das Lassa-Fieber.«

»Was?« sagte Halmer.

»Und eine schlimme Erkältung.«

»Wer?« sagte Halmer.

»Beuerle! Einen Schritt zurück!« sagte Holgenrath, und Magnus sagte »Danke« und dachte *Los.*

Die Polizisten waren Temposünder gewohnt, aber das Tempo, mit dem Magnus und Wayland sie entwaffneten und aufs Pflaster schickten, stammte aus einer anderen Welt. Holgenrath wußte überhaupt nicht, wie ihm geschah. Eben war die Welt noch in Ordnung gewesen, und jetzt lag er auf dem Rücken, hatte Kopfschmerzen unter einem blauen Himmel voller Sterne und auf seiner Brust stand ein Lederstiefel.

Magnus nahm seinen Fuß von Holgenraths Brust und hielt ihm die Hand hin. Der Polizist wich wimmernd zurück.

»Schön, bleiben Sie halt liegen. Wo steht Ihr Wagen?«

»Das sag ich Ihnen nicht!«

»Dann sind Sie tot.«

»Da drüben«, sagte Holgenrath wie aus der Pistole geschossen und deutete zum Fahrbahnrand. »Hinter den Büschen.«

»Danke. Sie finden ihn in Berlin. Wahrscheinlich.«

Magnus nickte in Waylands Richtung, schmolz die Maschinengewehre mit einem blauen Blitz zu einem grau schimmernden Fußball zusammen und ging voran.

»Ähm, Polizisten gehören demnach nicht zu dem, was ihr … spürt?« murmelte Sebastian, und gab sich keine Mühe, gelassen zu klingen.

»Nein«, sagte Magnus und klang genauso.

»Das spielt keine Rolle«, sagte Wayland. »Unsere Feinde sind größer.«

»Mag sein«, erwiderte Magnus. »Aber denk mal drüber nach, wie wir an die rankommen, wenn wir vorher ohne Ausweise und Fahrzeugpapiere an der gesamten Berliner Polizei, dem Grenzschutz und der Bundeswehr vorbei müssen.«

»An wem?«

»Siehst du, Mann. Das ist *dein* Handicap. Du hast keine Ahnung von dieser Welt.«

8

Alles ging so schnell, daß Katharinas Herz gar keine Zeit fand, zwei Schläge auszusetzen. Als sie gerade um die Häuserecke traben wollte, rannte aus dem Nichts ein kleiner Mann im Anzug ihrem Pony vor die Stirn und prallte schreiend ab. Das Pony tat, was Ponys tun, statt zu schreien. Es wieherte und scheute und warf seinen Ballast ab. Katharina flog kurz und landete hart auf dem kurzen Schwert, das die Zwerge ihr geschenkt hatten. Ein stechender Schmerz im Bein nahm ihr fast den Atem, trotzdem rollte sie herum, zog das Schwert heraus und richtete es gegen den Angreifer. Der war inzwischen wieder auf den Beinen, hielt sich den Kopf und sah nicht sie an, sondern zurück.

Erst dann blickte er in ihre Richtung, und seine dichten Augenbrauen wirkten vor lauter Verwirrung über Roß und Reiterin wie frisch zusammengenäht.

Katharina hörte Stimmen.

Petzhold hörte sie auch.

Er machte einen Schritt auf sie zu. »Stecken Sie das Ding weg! Na los!« Mit einem weiteren Schritt war er bei ihr, riß sie hoch und schleifte sie förmlich weg. »Laufen Sie! Los!«

»Mein Pferd …« stammelte Katharina.

»Lassen Sie es stehen. Das wird sie aufhalten.«

Katharina befreite sich und lief neben Petzhold her, ohne genau zu wissen, weshalb. Als er sich umwandte, tat sie es ihm nach. Am Ende der Gasse tauchte eine Gruppe von Männern in weißen und blauen Overalls auf. Einige deuteten in ihre Richtung, andere fingen das Pony ein, wieder andere rannten hinter ihnen her.

»Wer sind die?« fragte sie.

»Reden Sie nicht, laufen Sie«, keuchte Petzhold. »Hier entlang!« Er bog nach rechts ab, und Katharina folgte. Er bog nach links ab, und Katharina folgte. Sie warf einen Blick zurück. Von den Verfolgern war nichts mehr zu sehen. Petzhold bog wieder ab, in eine schmale Gasse zwischen alten Häusern. Vor einer schmalen Fachwerkfassade hielt er an, zitterte einen Schlüsselbund heraus und schloß die Tür auf. »Rein«, sagte er.

Sie blieben hinter der Tür stehen, keuchend, die Rücken fest gegen das Holz gepreßt. Sekunden später ließen sie das Keuchen bleiben und hörten die Verfolger vorbeistürmen.

Petzhold lauschte mit angehaltenem Atem.

Katharina atmete flach und blickte nach vorn, in das Durcheinander eines geplünderten Damenschuhgeschäfts. Trotz der prekären Lage, in der sie sich befand, nahm das Jammern ihrer Seele über den Verlust der Normalität mit all ihren Sonnenseiten in ausgerechnet diesem Augenblick erschütternde Formen an.

Mit der Frage, »Was ist hier eigentlich los?« verscheuchte sie den Gedanken an all die wundervollen kleinen Läden, in denen sie einen Großteil ihres Shoppinglebens verbracht hatte.

Petzhold lauschte noch einmal in die Stille, dann zog er sein Einstecktüchlein aus der Brusttasche und fuhr sich über die schweißnasse Stirn. »Sie sind in großer Gefahr. Lassen Sie sich nicht von denen erwischen. Sie müssen hier weg.«

»Wieso? Was sind denn das für Typen?«

Petzhold sah sie an, und sein rechtes Augenlid begann nervös zu zucken. Er war schon ohne diesen Tick kein schöner Anblick gewesen. »Schlachter«, sagte er.

»Schlachter?«

»Ja. Sie beliefern die Menschen in der Gegend mit Fleisch. Die, die es sich leisten können.«

»Na, und? Oh«, fiel der Groschen. »Das ist nicht Ihr Ernst. Mit Menschenfleisch?«

»Alles, was sie kriegen können. Pony geht auch. Gibt nur nicht mehr viele.«

»Und wer sind Sie?«

»Ich bin ihr Chef.«

Katharina trat einen Schritt zurück und griff nach ihrem Schwert. Petzhold hob abwehrend die Hände.

»Lassen Sie das, ich tue Ihnen nichts.«

»Warum wollen die Ihnen ans Leder, wenn Sie der Chef sind?«

»Weil ich ihnen gesagt habe, sie sollen damit aufhören.«

»Womit?«

»Mit dem Schlachten.«

»Und das wollten die nicht.«

»Nein.«

»Augenblick mal, wieso wollten *Sie* es? Sind Sie über Nacht zum Vegetarier geworden?«

»Nein. Weil … heute morgen ist jemand hergekommen und hätte mich fast umgebracht. Stellen Sie sich vor, er hat mich einfach so hochgehoben, ohne mich anzu …«

Katharina packte ihn an beiden Schultern und schüttelte ihm fast das Gehirn aus den Ohren. »Wer? Wie hieß der Mann?«

»Er-hat-sich-mir-nicht-vorgestellt-hören-Sie-auf …«

»Wie sah er aus?«

»Groß. Dunkelblond. Unrasiert. Leder. Kennen Sie den etwa?«

»War er allein?«

»Nein, es war so ein häßlicher Zwerg bei ihm, und ein alter Mann.«

Katharinas Herz machte laute Sprünge, und augenblicklich schrumpfte ihre Verzweiflung über den Verlust aller Schuhgeschäfte zu leiser Wehmut zusammen. »Wo sind sie?«

»Weg«, sagte Petzhold.

»Wohin?«

»Keine Ahnung. Hören Sie...«

»Hören Sie, Betzhold...«

»P...«

»... Sie müssen mir helfen. Meine Sachen sind auf dem Pony, ich habe nur noch das, was ich bei mir trage. Ich brauche dringend ein Auto, und am besten ein bißchen Proviant. Gibt's das hier irgendwo?«

Petzholds Augenlid flackerte heftiger. Angesichts der energischen Schönen im engen Lederdreß gerieten sich seine frisch erworbene christliche Grundhaltung und sein angeborener Geschäftssinn in die Haare. Sein gewachsener Sinn für sexy Dominas gesellte sich zum Geschäftssinn, und flüsterte diesem ins Ohr, die ganze Weltverbesserungsscheiße gelte schließlich nur für die Schlachterei – niemand, auch nicht der komische Typ von vorhin, hatte ihm verboten, seine natürlichen Neigungen auszuleben.

»Jaaa«, sagte Petzhold und schaffte es, in dieses eine Wort einen ganzen Satz hineinzulegen: *Könnte schon sein, daß es so was gibt, aber es ist schwer zu beschaffen und es kostet.*

»Ja oder nein«, sagte Katharina.

»Ich könnte dir was besorgen.«

Katharina deutete seinen Blick goldrichtig. Mit einem verächtlichen Laut schnallte sie sich ein Grinsen ins Gesicht, das Petzhold im Schritt wehtat. »Erzählen Sie das Ihrer Frau, wenn Sie die noch nicht gegessen haben. Sie besorgen mir einen fahrbaren Untersatz, sonst gar nichts.«

»So kommen wir nicht ins Geschäft«, sagte Petzhold, wandte sich ab und sah durch das Schaufenster hinaus auf die Straße.

»Sergundus dius dius mingazim«, sagte Katharina.

Petzhold sagte »Was?« und drehte sich um. Ein leichter Schwindel erfaßte ihn, aber Sekundenbruchteile später wußte er, daß er sich nicht bloß zu rasch umgedreht hatte.

»AHHHHH!«

»Ich kann's noch mal sagen.«

»NEIN! Mensch, ich hab dir das Leben gerettet, du undankbare …«

»Ich bin nicht undankbar. Vergessen wir einfach die letzten paar Sekunden des Gesprächs, dann mache ich dich nicht noch kleiner.«

Petzhold wägte seine Chancen ab. Es dauerte nicht lange.

»Kannst du mich auch wieder … normal machen?«

»Sicher. Das ist der Deal. Dein Auto und dein Proviant gegen das Tollste, was du dir im Moment wünschen kannst.«

»Okay«, seufzte Petzhold, reckte sich nach der Klinke und sehnte sich zurück nach der Zeit, als es noch einfach gewesen war, mit scharfen Weibern in Lederklamotten ins Geschäft zu kommen. »Komm mit, es ist nicht weit.«

9

Sebastian Halmer war Zeit seines von Erkenntnissehnsucht bestimmten Lebens der Auffassung gewesen, nichts Menschliches sei ihm fremd – ganz gleich, ob es sich dabei um sonderbare Opferriten untergegangener Kulturen handelte, um die Motive von Amokläufern oder die von Frauen in Schuhgeschäften. Dennoch fragte er sich mit zornig wachsendem Unverständnis, wie ein Menschenherz so plötzlich kalt werden konnte wie das des angeblichen Helden, des designierten Retters der Menschheit, Magnus Morgenstern. Dessen Liebste war vermutlich tot. Verlassen hatte er sie, in höchster Not – nun gut, für ein edles Ziel, aber dennoch. Tot war sie, gestorben vermutlich unter Qualen, gefoltert von Dämonen, und er, der Hoffnungsträger, der Held mit dem Löwenherzen, steuerte einen Polizeiwagen nach Berlin und scherzte mit einem kleinen hundegesichtigen Schmied aus einer vergessenen Welt. Wie, fragte sich Sebastian Halmer, konnte jemand so gottverdammt *cool* sein?

Allem Zorn zum Trotz wagte er es nicht, Magnus zu fragen, denn die für ihn traumatischen Bevormundungen auf der Suche nach dem richtigen Weg zur Autobahn hatten seinen Bedarf an Verhöhnungen einstweilen gedeckt. So bildete er sich ein Urteil aufgrund von Annahmen, die komplett abwegig waren, weil er von falschen Prämissen ausging.

Denn was feine Empfindungen betraf, war Magnus inzwischen nicht nur Sebastian meilenweit voraus, sondern sogar seinem Lehrmeister. Er spürte lange im voraus, genau wie Wayland, jede Gefahr aus dem Reich der Schatten, aber sein Gespür reichte weiter, viel weiter.

Magnus wußte, daß Katharina lebte.

Er spürte sie in seinem Herzen, spürte ihre Bewegung, spürte ihre Kraft. Nein, sie lag nicht irgendwo und krepierte, sie lebte, lebte und bewegte sich. Und wenn auch in der Welt, erst recht in dieser Welt, nichts von Dauer war, so wußte er doch, besser als Wayland, besser vielleicht sogar als Katharina, daß sie auf dem Weg zum ihm war und daß sie sich wiedersehen würden. Er wußte es, sah es, und er meinte noch mehr zu sehen. Sah sie leben und sich …

Diese letzte Ahnung gefiel ihm nicht.

Er verbuchte sie entschlossen unter »Irrtümer«, obwohl er ahnte, daß sich gerade das als Irrtum erweisen könnte.

Wichtig war nur, daß sie lebte. Wichtig war nur, daß sie sich wiedersehen würden. Der Rest würde sich finden.

Sie lebte.

Magnus wußte, daß er sie hätte finden können. Umkehren, ihre Spur aufnehmen, vor ihr niederknien, sie in die Arme schließen, all das wäre leicht gewesen. Es hätte lediglich zur Folge gehabt, daß der Basilisk triumphierte. Das Ende. Seines. Ihres. Das seines Sohnes. Aller, die er liebte.

Und so plauderte er mit Wayland, schmiedete Pläne, ließ sich vom Helden Beowulf berichten und vom letzten Besuch des kleinen Mannes auf der Oberfläche, damals, in den wilden Siebzigern, als er »Rip it up« gelernt hatte und noch ein paar Dinge mehr. Sein Wissen und seine Gedanken hielt Magnus verborgen und ertrug Sebastians gedachte Schimpfkanonaden mit Engelsgeduld.

Sie hatten etwa zwanzig Kilometer auf der Autobahn zurückgelegt, zwischen gelegentlichen Autowracks an den

Leitplanken und verkohlten Leichen hindurch, als vor ihnen ein weiteres Hindernis auftauchte. Diesmal kein uniformiertes, sondern eines aus Blech. Hunderte von Autos standen ineinander verkeilt auf der Fahrbahn und versperrten den Weg.

Magnus bremste fünfzig Meter vor der schwarz verfärbten Blechlandschaft. Das Feuer hatte alles bis zur Unkenntlichkeit verbrannt und zusammengeschmolzen, aber trotzdem rochen sie den Tod derer, die in den Wagen gesessen hatten.

»Und jetzt?« fragte Sebastian. »Kannst du das alles aus dem Weg heben?«

»Ich weiß nicht«, sagte Magnus, stieg aus dem Wagen und schwang sich aufs Dach. Es war schlimmer, als er gedacht hatte. Die verbrannte Blechlandschaft erstreckte sich bis fast zum Horizont, und es war nur am Rand ein schmaler Streifen befahrbar, eben breit genug für ein Fahrrad, oder um zu Fuß hindurchzumarschieren.

Oder … er kniff die Augen zusammen und fixierte einen Punkt in weiter Ferne. Einen Punkt auf dem Seitenstreifen, einen bunten Punkt. Blinkendes Blech im verbrannten Schwarz. Magnus hob beide Arme und winkte.

Die Gestalt auf dem schillernden Blech winkte zurück.

Mit weit ausladenden Bewegungen signalisierte Magnus dem Motorradfahrer in der Blechwüste, er solle zu ihm kommen, und Sekunden später zerschnitt das Geräusch eines anspringenden Motors die Stille.

Magnus sprang vom Dach und rief seinen Begleitern zu, sie sollten die Sachen packen und warten.

»Wo willst du hin?«

»Verhandeln. Da ich hier der einzige bin, der wie ein waschechter Biker aussieht, bleibt ihr gefälligst, wo ihr seid.«

Während er auf die Blechlandschaft zuwanderte, sahen Wayland und Sebastian einander fragend an.

»Was ist ein *Biker*?« fragte Wayland.

»Ich habe keine Ahnung«, erwiderte Sebastian.

Der Anführer der glorreichen Sieben sah etwa so gepflegt aus wie Meat Loaf nach einem Drei-Stunden-Gig, hatte die flinken kleinen Augen eines Wiesels, trug speckiges Leder über einem Cartman-T-Shirt mit dem Aufdruck »O my God, they killed Kenny!«, einen Wehrmachtshelm auf fettigen grauen Strähnen und war der warmherzigste Mensch, dem Magnus seit langem begegnet war. Der Fleischriese auf der schweren Harley begrüßte ihn mit einem lauten, fröhlichen Hallo, als er von den verbrannten Wracks heruntersprang.

»Spook«, stellte er sich vor, und Magnus schüttelte seine tätowierte Pranke.

»Magnus. Ich grüße dich.«

»Was führt dich in diese beschissene Gegend, Junge?«

»Ich bin auf dem Weg nach Berlin«, sagte Magnus.

»Nicht das schönste Reiseziel im Moment. Ich mein, war ja auch früher nicht direkt lauschig, aber … Was willst du da?«

»Das Böse steigt aus der Erde, und ich werde es da treffen.«

Spooks kleine Augen musterten ihn sekundenlang nachdenklich. »Dann bist du Magnus Morgenstern, genannt Trigon?«

»Ja«, sagte Magnus. »Steht das auf meiner Stirn?«

»Nein. Die Boten sagen es.«

»Welche Boten?«

»So kleine Viecher. Sehen aus wie abgebrochene Mönche, nur daß sie längere Nasen haben.«

Magnus nickte. »Wir haben ein paar Dutzend von denen bei uns. Wir haben sie befreit, die Grottenweiber hatten sie.«

»Grottenweiber …«

»Kennst du nicht? Fiese alte Viecher, ein Blick von denen, und dein Gehirn ist Schlamm.«

»Deins offenbar nicht.«

»Tja«, sagte Spook. Er griff in die Brusttasche seiner Jacke und zog eine Sonnenbrille heraus. Mit breitem Grinsen setzte er sie auf. »Da sieht die Grottenommi keine Schnitte. Besorg dir gelegentlich eine, wär schade um dich.«

Magnus nickte. »Kannst du uns helfen?«

»Möglich. Was brauchst du?«

»Motorräder. Zwei.«

»Schwierig.«

»Wie viele seid ihr, du und deine Leute?«

Spook schob die Unterlippe vor. »Sieben. Aber wir haben keine Maschine übrig.«

»Es geht um viel, Spook.«

»Ich weiß. Aber keiner von meinen Jungs würde seine Maschine freiwillig hergeben. Sterben müssen wir so oder so, aber nicht ohne unsere Mühlen.«

Magnus dachte sich seinen Teil, und Spook sah ihn an, als könne auch er Gedanken lesen. »Alter, ich weiß, daß du mich zwingen kannst. Die Boten erzählen viel. Aber es gibt noch eine andere Möglichkeit, mein Freund.«

»Und zwar?«

»Sieben Maschinen bieten Platz für vierzehn Leute. Wir sind sieben, ihr seid drei – wo ist das Problem?«

10

Drei Golf. Ein Jaguar. Zwei Astra. Ein Cherokee. Ein MX-5. Ein Porsche. Zwei Mercedes. Ein Range Rover … Katharina schüttelte ungläubig den Kopf, während sie durch die geräumige Scheune am Rheinsberger Ortsrand schlenderte und Petzholds »Fuhrpark« inspizierte.

»Sagen Sie mir nicht, woher sie die alle haben«, sagte sie. »Sagen Sie gar nichts.«

Petzhold wieselte hinter ihr her. »Kann ich … kann ich jetzt bitte wieder groß sein?«

»Gleich.«

Katharina überlegte, welchen Wagen sie nehmen sollte. Den schnellen Porsche? Den geländetauglichen Jeep? Den unauffälligen Honda Civic?

Honda.

Honda.

»Petzhold, waren Sie mal draußen, auf den Autobahnen?«

»Was? Ja, manchmal. Warum?«

»Wie sieht's da aus? Kann man fahren?«

»Teilweise. Auf den Landstraßen geht es ganz gut – wenn da was im Weg steht, kann man einfach drum herumfahren. Oder das Hindernis wegdrücken, wenn man das richtige Auto hat. Auf der Autobahn kommt man ungefähr bis Kremmen. Da ist ein Riesenunfall gewesen, das ganze Dreieck ist dicht. Von da an geht nichts mehr, außerdem ist die Gegend ziemlich unsicher, wegen der …«

»Haben Sie«, unterbrach Katharina ihn mit banger Hoffnung, »vielleicht auch ein Motorrad?«

»Drei«, sagte Petzhold. »Hier drüben.«

Er ging voraus bis zum anderen Ende der Garage, und Katharina dankte dem Herrn für seine Gnade. An der Wand lehnten zwei Vespas und eine großkalibrige, knallgelbe Kawasaki, die aussah, als könne man sie auch als Aufsatz für einen Marschflugkörper benutzen.

»Super«, sagte sie, klemmte sich auf den Sattel und schenkte dem abgebrochenen Schlachter ein Lächeln, diesmal ein echtes. »Sie sind ein Schatz. Vollgetankt?«

Petzhold nickte. Und schluckte. Das war alles ein bißchen zu viel für ihn. Diese Frau. Dieser Dreß. Diese Maschine. Sein Blick trudelte ins Leere, und das Leben wurde schön. Sie rutschte lasziv von der Maschine, fuhr ihm mit der Hand über die Brust, legte dann die Hände auf ihre eigenen Brüste und riß mit einer raschen Bewegung das geschnürte Leder auseinander …

»Wie sieht's denn mit Proviant aus?« riß sie ihn aus dem Traum.

»Was?«

»Futter. Hamm Hamm.«

»Oh. Ja. Allerdings …« Petzhold trippelte weg, auf den Range Rover zu, und hangelte sich an der Fahrertür hoch. Er griff unter den Sitz und und zauberte einen Rucksack hervor.

»Das ist meiner. Meine Notration. Sind aber nur ein paar Konservendosen, Traubenzucker und Knäckebrot.«

»Wunderbar«, sagte Katharina mit strahlenden Augen und schnallte sich den Rucksack auf den Rücken. Sie drückte auf den Startknopf und drehte kurz am Gasgriff. Wie ein Raubtier brüllte die Maschine nach Taten, und schieres Glück überschwemmte Katharina, vom Bauch ausgehend, in großen Wellen bis Kopf und Fußspitze.

Vor ihr stand der unglückliche Petzhold, achtzig Zentimeter klein, und blickte zu ihr hoch wie ein begossener Pudel.

»Danke«, sagte Katharina. »Sergundus dius dius mergazim.«

Petzhold betastete ungläubig seine Arme und seine Brust und seufzte erleichtert. Katharina legte den ersten Gang ein.

In Petzholds Kopf spielten die Gedanken Schlußverkauf. Was schließlich aus ihm heraussprudelte, waren die Worte. »Also, ich, Sie, entschuldigen, aber, ich weiß, es ist unpassend, aber, ich hab Ihnen doch wirklich geholfen, oder, und ich verspreche auch, daß ich ab jetzt, wie ihr Freund gesagt hat, aber, wissen Sie, also, ich, es ist mir wirklich peinlich.«

»Ja?«

Katharina fuhr einen Meter vor und blieb direkt vor ihm stehen.

»Ich … Ach, nein.«

»Sagen Sie's schon. Aber sagen Sie nicht: *Wenn Sie auf dem Rückweg vorbeikommen, können wir ja trotzdem mal essen gehen.*«

»Nein, nein. Nur, ich meine, Sie können doch, bedeutet das, immer doppelt so klein und doppelt so groß, und gilt das auch, ich meine, für Einzelteile?«

Obwohl es sein sehnlichster Wunsch war, zuckte er doch zusammen, als sie mit einem unfaßbar coolen Lächeln ihre Hand zwischen seine Beine legte und »Sergundus dius dius mergazim« flüsterte. Dann legte sie den Gang wieder ein und schoß mit einem lauten Fauchen davon.

»Danke!« brüllte Petzhold, der überhaupt nicht fassen konnte, was er plötzlich fühlte. »Oh, Mann, danke! Hey! Hey!«

Katharina bremste noch einmal, direkt vor dem Tor, das hinausführte ins rote Zwielicht.

»Ähm, wenn du auf dem Rückweg vorbeikommst …«

Ein spöttisches Lächeln, ein wunderschöner Rücken und ein Hinterteil, für das er ganz Mecklenburg ermordet und eingefroren hätte, aller Drohungen des komischen Lederaffen zum Trotz, das war das letzte, was er von ihr sah. Mit lautem Sirren schoß die gelb-schwarze Hornisse aus seinem Leben.

11

Hauptwachtmeister Holger Holgenrath war frustriert. Frustriert und stinksauer. In seinem Leben gab es wenig von Bedeutung. Er hatte keine Freundin, denn er war nicht nur häßlich und schlecht frisiert, sondern zudem von erschütternder Charmelosigkeit; sein einziges Hobby war Leute anschreien, und er hatte keine Interessen – außer von großen Autos, großen Kanonen, großen Brüsten und einer Karriere bei den *Marines* zu träumen. Holgenrath war für den Dienst geboren. Es machte ihm Spaß, Leute grundlos zu schikanieren, und er hatte jahrelang an seinem Lieblingssatz gefeilt – »Die Fahrzeugpapiere bitte!« – bis er ihn endlich herausgebracht hatte wie seine Helden aus der Zeit vor der deutschen Teilung.

Und dann das.

Diese linke Lederschwuchtel.

Holgenrath brauchte ein Opfer. Und er war in der richtigen Verfassung, ohne Warnung von der Dienstwaffe Gebrauch zu machen, als er die Reiter am Horizont entdeckte. Sie kamen rasch näher, über die Autobahn, und ihm fiel nicht einmal auf, daß die Hufe ihrer Pferde kein Geräusch verursachten.

»Beuerle! Semmler! Klump! Personalien feststellen!«

Die Reiter kamen näher. Vier waren es, vier große Burschen in langen hellgrauen Umhängen. Mit Kapuzen. Maskiert also. *A-ha*, dachte Holgenrath, *Verstoß gegen das Ver-*

mummungsverbot! Die mach ich zur Sau. Er hob gebieterisch den rechten Arm, als die Reiter auf etwa fünfzig Meter heran waren.

Als die vier unmittelbar vor ihm stehenblieben, spürte er ein Frösteln auf den Armen und im Nacken. In den weiten Kapuzen waren keine Gesichter. Bloß tiefes Schwarz, in dem es zu brodeln schien. Mit Augen drin. Großen Augen. Silbernen Schlitzaugen mit komischen senkrechten Pupillen. Außerdem waren die Typen wirklich verdammt groß. Was waren das bloß für Riesengäule? Und was waren das für Kerle?

»Absteigen!« brüllte er.

Der Anführer der Reiter wechselte einen Blick mit seinen Kumpanen. Besser gesagt, die hellgraue Kapuze bewegte sich kurz zur Seite und dann wieder nach vorn.

»WIR SUCHEN EINEN MENSCHEN«, sagte der Schattenreiter, und Holgenrath begann am ganzen Körper zu zittern. Denn ihm, der so lange an einem furchterregenden Tonfall gearbeitet hatte, wurde schlagartig bewußt, daß er sein Leben lang ein Dilettant bleiben würde, ein Nichts. Denn die Stimme, die aus dem Umhang klang, war nicht nur tief wie die See, war nicht nur kaputt wie Dresden nach dem Krieg, war nicht nur niederträchtig wie der Teufel selbst; nein, diese Stimme, die dunkel schepperte wie über metallene Fangzähne hinweg, war die eines Wesens, das so selbstverständlich tötete, wie Menschen frühstückten.

Aber Holgenrath hätte seine gesamte Persönlichkeit über Bord werfen müssen, um darauf angemessen zu reagieren, und wer kann das schon?

»Das mag ja sein«, sagte er, hocherfreut, daß seine Stimme ihn nicht im Stich ließ. »Aber erst mal steigen Sie ab!«

Im nächsten Augenblick sahen seine verdutzten Kollegen Beuerle, Semmler und Klump, wie Hauptwachtmeister

Holgenrath von einer unsichtbaren Hand gepackt und zum Anführer der Reiter gezogen wurde. Holgenraths lautstarker Protest endete abrupt, als der Reiter ihn am Nacken packte und ihm mit einer entsetzlich beiläufigen Bewegung das Genick brach, als wäre es ein etwas zu dick geratenes Streichholz.

Der Schattenreiter ließ Holgenraths Leiche auf den Asphalt fallen und wandte sich an die verbliebenen Beamten.

»WO IST ER?« fragte die furchterregende Stimme.

»Da lang«, stammelten die Polizisten und deuteten in Richtung Berlin. »Sie können noch nicht weit sein!«

»SIE?« fragte der Schattenreiter.

»Drei!« rief Semmler. »Es sind drei! Einer in Leder, dann ein kleiner mit Turnschuhen und ein Alter.«

Hob ihn hoch, den verzweifelt sich wehrenden Helden, gezeichnet vom Kampf, den er so tapfer und zuversichtlich begonnen, hob ihn hoch, das schreckliche, riesige Tier, hielt ihn fest mit den langen Krallen seiner Pranken, und ohrenbetäubend war das Triumphgeheul des Basilisken, als er Trigon zerquetschte, bis Blut und Knochen aus seiner Pranke quollen.

Katharina sah dies und mehr, während sie pfeilschnell durch die Landschaft schoß. Ein zentnerschwerer Stein klemmte ihr zwischen Brust und Magen, denn die Bilder verfolgten sie, stürmten auf sie ein, und so schnell sie auch fuhr, sie konnte sie nicht abschütteln. Natürlich kannte sie das Phänomen aus normaleren Zeiten: Kaum bewegte man sich längere Zeit rasch voran, geriet das Gehirn ins Schlendern und produzierte seltsame Collagen, Wahnvorstellungen und Wünsche, Ängste und Hoffnungen. Schnelles Fahren war immer ihre Art der Meditation gewesen und der einzige Ort, an dem sie wirklich zu sich selbst gefunden hatte, war der bewegte gewesen, ihr Auto auf dem Weg von hier nach dort.

Aber die Bilder, die sie in den letzten Minuten vor

ihrem geistigen Auge gesehen hatte, stammten nicht aus ihrer Phantasie, das wußte sie; ein Ungeheuer wie das, das Magnus tötete, hätte sie sich trotz ausgiebiger cineastischer Erfahrungen mit Gigers Kreaturen in ihren kühnsten Alpträumen nicht vorstellen können, nicht in dieser Größe, mit diesem absurden Kopf, mit diesem absurden Schwanz, mit derart unbeschreiblichen Zügen um die blutigen Lefzen. Was sie nicht verstand war, was all das zu bedeuten hatte. Denn es waren viele Bilder, viele Tode, die sie sah.

Ein anderes Tier, eines mit sieben Köpfen, allesamt gekrönt, vor dem Trigon wimmernd kauerte, bereit, den Tod zu empfangen. Ein kleiner hundegesichtiger Mann, der sich dem Helden von hinten näherte und ihm ein Schwert durch die Brust stieß. Zuletzt ein Spiegeltraum wie aus dem Archiv eines besoffenen Malers, Trigon, in einer Arena aus zerbombtem Beton, umringt von Zuschauern, unter denen viele alte Bekannte waren, Trigon, heldenhaft, ledergewandet, in Erwartung seines Gegners. Magnus, der selbst aus der anderen Ecke trat, im Anzug, mit charmantem Grinsen. Trigon, der das Schwert herauszog, mit majestätischer Geste. Magnus, der einen Revolver herauszog und Trigon lässig erschoß.

Wäre Katharina nur ein wenig langsamer gefahren, hätten sie noch ganz andere Dinge heimgesucht. Leibhaftige Dinge, alte Dinge, böse Dinge. Denn ohne es zu ahnen, raste sie auf ihrem direkten Weg zur Autobahn durch eben jene Gebiete, in die Magnus oder Wayland nie im Leben einen Fuß oder Reifen gesetzt hätten, und was Katharina vor ihrem geistigen Auge sah, war bloß eine Art schwarzer Fallout, das einzige, was an ihr haften blieb.

Geschwindigkeitsüberschreitungen können Leben retten, und Katharina sollte diese These in wenigen Augenblicken noch einmal mit Karacho untermauern.

Sie sah die Gruppe schon von weitem mitten auf der Autobahn stehen. Sie flog mit hundertachtzig Sachen auf die Gestalten zu und dachte keinen Augenblick darüber nach, ob sie ihretwegen anhalten sollte. Die Zeiten waren vorbei, ein für allemal. Links war Platz genug, und damit basta.

»Achtung!« rief Semmler, der die Maschine kommen sah, und hielt seine Mütze fest. Die Köpfe der Schattenreiter wandten sich langsam nach hinten, aber als sie dort angekommen waren, war ihr Ziel schon wieder vor ihnen. Ein gelber Strich blieb sekundenlang auf den Netzhäuten der Polizisten kleben, während das Hornissengeräusch in der Ferne verklang.

»WAS WAR DAS?« fragte der Anführer der Schattenreiter.

»Ein …«, sagte Semmler.

»Motorrad«, assistierte Beuerle.

»Mit überhöhter Geschwindigkeit«, ergänzte Klump. »Hier sind nämlich nur hundertzwanzig erlaubt.«

»HUNDERTZWANZIG WAS?«

»Stunden … kilometer.« Es war Beuerle, der sprach. Und als ihn der funkelnde Blick aus der Kapuze verständnislos traf, war er zu sehr Mensch und Polizist, um seinen Kopf aus der Schlinge zu ziehen. Er wiederholte das Wort zwar lediglich, sagte noch einmal »Stundenkilometer«, aber diesmal mit einer Selbstverständlichkeit, die völlig unangebracht war, denn in seinem Ton klang die weit, weit entfernte, für kein Menschenohr wahrnehmbare Andeutung mit, das wisse doch wohl jeder, was ein Stundenkilometer ist. Jedes Kind. Jeder Idiot.

Der Schattenreiter verpaßte ihm eine Art Ohrfeige, und Beuerles abgeschlagener Kopf kullerte gegen die Leitplanke am Fahrbahnrand.

»ICH HASSE DIESE WELT«, sagte er, und seine Begleiter knurrten Zustimmung.

Vorbei an den zwei überlebenden Polizisten, die einander zitternd umklammert hielten wie obdachlose Waisenkinder im Orkan, setzten die mächtigen Reiter sich wieder in Bewegung. Kein Laut war zu hören, kein Hufschlag erklang, und gespenstisch war die Ruhe vor dem Sturm.

Zustimmung nickten die Berater des Allumfassers, als ER sie seine maßgebliche Meinung wissen ließ, dieses besondere Menschenkind sei eines nach seinem Geschmack. Diese Tochter Evas, die mit Kraft und Mut und ohne Zögern ihr Schicksal und auch das der Welt, wie sie wohl tief im Herzen spürte, mit beiden Händen packte. Sie, diese Frau, so fügte ER hinzu, sie sei der Schlüssel. Worauf gleich mehrere seiner Berater erwiderten, der Schlüssel könne bei allem Respekt, nur der Held selbst sein, der, dessen Vorfahren Halbgötter gewesen waren, nicht eine Sterbliche. Ob, fragte der Allumfasser, seine Berater spitzfindig werden wollten? Ob, fragte ER weiter, während ER sich in eine große Packung Jaffa-Kekse verwandelte, sie schon so sehr vermenschlicht wären in ihrem Denken, daß sie von IHM erwarteten, die Frau als *Schloß* zu bezeichnen? Kleinlaut duckten sich die Berater unter SEINER unermeßlichen Gerechtigkeit. Des Helden bessere Hälfte, so fügte der Allumfasser hinzu, sei sie, das Blasrohr, durch das er, der Pfeil ins Ziel treffen müsse, unersetzlich, unerläßlich. Leise brummte Shiva IHM ins papierne Antlitz, in diesem Fall könne ER die Rettung der Welt getrost als verhindert betrachten, denn sterblich sei sie, o ja, und sterblich im schlechtesten Sinn. Unsterbliche aber jagten sie, und selbst wenn die ihrer nicht habhaft wurden, genügte doch eine einzige Dummheit eines anderen Sterblichen, sie zu vernichten und mit ihr den gesamten Plan.

Darauf schwieg der Allumfasser in seiner grenzenlosen Weisheit, und seinen Beratern schien es fast, als runzle die Jaffapackung den Deckel.

12

Die verbrannten Wracks rund um das Autobahndreieck Havelland erstreckten sich über eine Länge von fast fünfzehn Kilometern, und am Rand der Blechlandschaft kam die eigenartige Biker-Kolonne nur im Schrittempo voran. Magnus saß auf der Maschine von Spook, auf dem Sozius, während Wayland die Sitzbank mit Marco teilte, einem Zahnarzt aus Magdeburg, und Sebastian hinter dem Ältesten der »Glorreichen Sieben« Platz genommen hatte, dem weitgereisten Architekten Hermann aus Dahlem. Die anderen vier hießen Thomas, Otto, Rudi und Gregor, allesamt gutsituierte, friedliebende Motorradfanatiker aus Berlin, die sich unmittelbar nach dem Ausbruch des Chaos gefunden und organisiert hatten. Sie hielten sich überwiegend im Verborgenen, in einem kleinen Camp nahe der Bahnlinie versteckt, das sie mit einer zweiten »Truppe« teilten, einer »durchgeknallten Weiberbande«, wie Spook meinte. Fünf motorisierten Frauen, die zwar eigentlich militante Emanzen waren und Männer haßten, sich jedoch nach mehrtägigen Schlägereien mit den alten Herren besonnen hatten. Inzwischen vertrug man sich leidlich, gemeinsame Erkundungen kamen aber weiterhin nicht in Frage. Spooks glorreiche Sieben schwärmten nur gelegentlich gemeinsam aus, um sich etwas zu essen zu besorgen oder die Lage zu peilen. Auch sie waren mit dem weltweiten Umbruch frei geworden, aber da ihr einziger und sehnlichster Wunsch darin bestanden hatte, sich ganz allein mit sich und ihren Mühlen acht bis zehn Stunden täglich den Fahrtwind um die Nase wehen zu lassen, hatte ihr skrupelloser Egoismus niemand das Leben oder die körperliche Unversehrtheit gekostet.

»Wir waren lange nicht in Berlin«, sagte Spook zu Magnus. »Man kommt schlecht ran an die Stadt, wegen der Truppen.«

»Bundeswehr?«

»Nee. Deilhart, heißt der Typ. Die Cleversten haben die Nase vorn, war doch immer so, oder?«

Magnus nickte.

»Tja, der Bursche war Bauunternehmer oder so was. Vorstrafenregister so lang wie Hermanns Bart, klar, aber mit Instinkt. Hat sich sofort ne Horde Idioten gegriffen, die sowieso nur anderen auf die Fresse hauen wollten, und das durften sie dann auch. Jetzt isser Chef von dat Janze, wenn du verstehst, was ich meine. Gibt natürlich auch noch ein paar andere Gruppen, also, es ist Krieg, klar. Aber Deilharts Leute kontrollieren den Westen, und die stellen keine Fragen.«

»Kommen wir trotzdem irgendwie durch?«

Spook zuckte die Achseln. »Mal kucken. Von unten, über die Wannsee-Autobahn, da könnte was gehen. Die ist schnurgerade. Nachteil ist, daß man schneller gesehen wird. Vorteil ist, daß wir die Typen schneller sehen.«

Magnus schüttelte den Kopf. »Wir machen keine Umwege. Wir gehen direkt rein. Ist die Autobahn frei?«

»Ja«, sagte Spook unsicher. »Bis auf die Sperren von Deilhart.«

»Um die müssen wir uns keine Sorgen machen.«

»Dein Wort in Gottes Ohr, Junge. Na schön, dann fahren wir direkt rein.«

Trigon, hörte Magnus Wayland denken.

Ja.

Spürst du das?

Magnus spürte es schon seit einigen Minuten. Wie kalte Finger, die in stockfinsterer Nacht nach seinem Nacken tasteten.

Was ist das?

Ich weiß es nicht genau, aber es beunruhigt mich. Das ist etwas Großes. Soll ich absteigen und versuchen, es aufzuhalten?

Unsinn. Du kommst mit uns. Ich spüre auch vor uns etwas Dunkles. Wie steht es damit?

Es liegt ein Ring um diese Stadt, ein unsichtbarer Gürtel. Wir können nicht ausweichen, wir müssen hinein. Auf dem schnellsten Weg.

Das habe ich gerade angeordnet.

Gut.

Na ja.

Magnus spürte noch etwas anderes, aber das behielt er für sich. Das Gefühl war vage, schwach, und er wollte es selbst nicht wahrhaben, denn in diesem Fall hätte sein romantisches Herz ihn zum Anhalten gezwungen. So beerdigte er das Gefühl, daß zwischen ihm und dem, was dort hinten kalt nach ihm griff, noch etwas anderes war, sein Herz, seine Liebe. Es konnte nicht sein.

Etwa hundert Meter von ihnen endete der größte Auffahrunfall aller Zeiten und die graue Autobahn erstreckte sich bis zum Horizont, bis zum Stadtrand von Berlin. Leer, unschuldig und von eigenartigem Charme im rot-grauen Licht des Nachmittags.

»Spook?«

»Ja.«

»Hast du etwas von … einem Ring gehört? Einem Hindernis auf dem Weg in die Innenstadt?«

Spook nickte. »Gehört, ja. Aber mehr auch nicht. Glaubst ja wohl nicht, daß wir da so dicht ranfahren. Normalerweise ist spätestens hier Schluß. Kennst du Berlin?«

»Einigermaßen.«

»Wenn du von der Autobahn runterfährst, Richtung Tiergarten ...«

»Ja.«

»Na ja, da soll so ne Art ... Wall sein. Rundrum. Bis rauf nach Moabit, bis runter nach Schöneberg, und wahrscheinlich einmal rund ums Zentrum. Also, nimm's mir nicht übel, aber ...« Er verstummte kurz. »Erwarte nicht, daß wir von da an weitergehen.«

»Ich hoffe, daß wir überhaupt so weit kommen.«

Wenn du nicht endlich aufhörst, daran zu zweifeln, brechen wir uns wahrscheinlich in der nächsten Kurve den Hals, unkte Wayland von hinten.

»Kein Problem«, Magnus haute Spook zuversichtlich auf die Schulter. Inzwischen hatten sie die Ursache des blechernen Hindernisses erreicht, einen erstaunlicherweise fast unversehrt dastehenden weißen Fiat Uno »Gib Stoff, Alter«, sagte Magnus. »Wir sind spät dran.«

Katharina kniff die Augen zusammen und fluchte. Sie war nicht sicher, ob sich dort, weit, weit vor ihr im roten Dunkel, tatsächlich etwas am Rand der Blechwüste bewegte. Waren es nur Lichtreflexe, oder waren es tatsächlich Menschen? Motorräder? Sie wäre gern mit Höchstgeschwindigkeit hingerast, aber ihr blieb kaum Platz zum Manövrieren, und sie mußte beide Füße auf den Boden setzen und die Kawasaki quälend langsam zwischen der Leitplanke und den Wracks hindurchlavieren.

Als sie wieder einmal fast zu Boden ging, fiel ihr Blick in den Rückspiegel. Langsam gewöhnte sie sich daran, mit zusammengekniffenen Augen in irgendwelche Richtungen zu schauen, aber diesmal war ihr der Anblick ganz und gar nicht geheuer.

Sie drehte sich kurz um und vergewisserte sich, daß sie nicht träumte. Dann blickte sie nach vorn und sah sich nach einem geeigneten Versteck um. Sie fand es zwischen zwei verbrannten Wracks, die so charmant ineinander verkeilt waren, daß die Kawasaki wie angegossen dazwischenpaßte und kaum mehr zu sehen war. Katharina ließ die Maschine im Stich und verkroch sich ein paar Meter weiter im Fahrerhaus eines verbeult auf der Seite liegenden Kleinlasters. Im Rückspiegel über ihrem Kopf sah sie die vier näherkommen, und das Herz rutschte ihr bis in die Schuhe.

Die Typen waren nicht nur sehr, sehr groß, sie gehorchten auch nicht den Regeln, die sie in der Schule gelernt hatte. Denn wo sie selbst sich mühsam hatte vorbeiquetschen müssen, da schienen ihre unheimlichen Verfolger zu schweben, majestätisch, grau und geräuschlos über die verschmorten und verdrehten Überreste der Hochtechnologie hinweg. Binnen einer Minute waren sie von Flekken am Horizont zu imponierender Größe herangewachsen, und obwohl Katharina wußte, daß sie Magnus auf den Fersen waren, betete sie, die vier mögen nicht ausgerechnet neben ihrem Laster eine Schnittchenpause einlegen.

Die vier erreichten ihr Versteck.

Und ritten weiter.

Katharina atmete tief durch.

Die vier blieben stehen.

Katharina hielt die Luft an.

Bitte nicht, dachte sie. *Bitte nicht, Gott. Zeig wenigstens einmal, daß es dich gibt.*

Die Reiter sprachen miteinander. Unhörbar. Katharina sah einen von ihnen in ihre ungefähre Richtung deuten. Die anderen schüttelten die Köpfe, rissen ihre Pferde herum und setzten die Reise fort. Nummer vier feuerte einen Blick dicht neben ihr Versteck, dann folgte er den anderen in gestrecktem Galopp.

Erst, als sie am Horizont verschwunden waren, atmete Katharina circa zehn Liter Luft aus, begann zu zittern wie

Wackelpudding auf einer Waschmaschine im Schleudergang und hauchte ein ehrlich gemeintes *Danke* gegen den Wagenhimmel.

Als daraufhin eine junge Frauenstimme zu ihr sagte, »Ej, was machst du denn da?«, verlegte sie sich allerdings sofort auf lautes Schreien.

Tausend Tode

»Allvater hat den Weltenlauf so geordnet,
daß gute Tat den Sieg behält über bösen Spuk
und über alle bösen Geister!«

BEOWULF

»Wir gehen drauf für ein Leben voller Schall und Rauch /
Bevor wir fallen, fallen wir lieber auf«

FANTA 4

1

Alle Restzweifel der glorreichen sieben Biker am Wahrheitsgehalt der Aussagen verschiedener merkwürdiger Boten verflogen spätestens auf dem letzten Stück ihres Weges an der Seite des Helden nach Berlin. Es hatte mehrere Straßensperren gegeben, die es inzwischen nicht mehr gab. Es waren massive Hindernisse gewesen, Panzerwagen, Stacheldrahtrollen, Betonbarrieren und schwer bewaffnete Männer, aber eben sehr irdische massive Hindernisse, die Trigon im Handumdrehen mit Blaulicht aus dem Weg geräumt hatte.

Wayland tadelte seinen Schützling gerade halbherzig wegen der vielen Opfer unter der aggressiv veranlagten Zivilbevölkerung, als Spook ihn mit einem Aufschrei zum Verstummen brachte.

»Heilige Maria und Josef, was ist *das denn*?«

Magnus runzelte fragend die Stirn. Vor ihnen war nichts Aufregendes zu sehen, bloß Autobahn mit gelegentlichen Wracks und die rampenartige Ausfahrt zum Siemensdamm.

»Hinter uns!« sagte Spook zum Rückspiegel.

Magnus drehte sich um. Auch Wayland hatte sich umgedreht, vom Dialog auf der ersten Maschine durch Magnus' Gedanken informiert.

Die vier Reiter waren nur noch wenige hundert Meter entfernt, und sie holten rasch auf. Vier schemenhafte Gestalten auf großen Pferden, die wie eine Luftspiegelung über der Autobahn näherglitten. Magnus sah auf den Tacho von Spooks Harley. Hundertvierzig. Die Pferde, die sie verfolgten, stammten also offenbar frisch vom Wunschzettel des Aga Khan, waren aber trotzdem nicht das, was Magnus jetzt brauchen konnte.

»Gib Gas«, sagte er. »Hol alles raus, was die Mühle hergibt.«

Spook ließ sich nicht zweimal bitten.

Hundertfünfzig, hundertsechzig, hundertachtzig, mit zitternder Nadel. Magnus sah wieder über seine Schulter. Immerhin, die Reiter kamen nicht näher. Der Abstand blieb konstant. Was das für den Weg in Richtung Innenstadt bedeutete, fragte er sich lieber nicht.

Wayland, was sind das für Typen?

Schattenreiter.

Sehen scheiße aus.

Harmlos, verglichen mit dem, was sie sind.

»Spook, nimm die nächste Ausfahrt und versuch sie abzuhängen.«

»Wie denn?«

»Fährst du, oder fahre ich?«

Lachend donnerte Spook mit der schweren Maschine nach rechts, auf die Ausfahrtrampe zum Spandauer Damm. Oben angekommen, ließ er die rote Ampel rechts stehen und bog mit achtzig Sachen stadteinwärts ab.

Die anderen Maschinen folgten, die Reiter ebenfalls.

Wayland, sollen wir uns trennen?

Nein, erwiderte Wayland

Die sind doch hinter mir her.

Ich weiß. Aber allein wirst du Schwierigkeiten haben. Wir werden dir helfen.

Tolle Idee. Die Jungs können Motorrad fahren, mehr nicht. Die werden alle abnippeln wie die Fliegen.

Wenn es ihre Bestimmung ist.

Und du kritisierst mich wegen der paar toten Kriminellen?

Es erschien Magnus vollkommen surreal, daß in diesem Augenblick ein schrilles Piepen ertönte, ein Geräusch aus einer anderen Zeit, einer anderen Welt. Er konnte es nicht einordnen, und doch wußte er, daß er es hunderttausendmal gehört hatte. Wo?

Obwohl Spook mit hundertfünfzig Sachen durch die notdürftig von Autowracks und Leichen freigeräumten Straßen kachelte, zog er vergleichsweise lässig sein Handy aus der Brusttasche und sagte »Ja?« Magnus seufzte ernüchtert, während der Anführer der glorreichen Sieben konzentriert lauschte und einhändig weiter stadteinwärts donnerte, vorbei am rußgeschwärzten Charlottenburger Schloß, hinter dessen Fensterfronten Magnus Menschenköpfe und schweres Geschütz ahnte. Spook hielt sein Handy über die Schulter nach hinten. »Für dich.«

»Was?«

»Nimm schon«, sagte Spook, und Magnus griff zu.

»Ja?« sagte er ungläubig.

»Magnus, hier ist Katharina.«

»Hey!« Magnus hatte schon verschiedene Adrenalinschübe erlebt, speziell bei Unfällen, Überfällen und unerwarteten sexuellen Abenteuern an öffentlichen Orten, aber das, was er jetzt empfand, war unbeschreiblich schön. Sein Herz machte Sprünge wie ein Hund auf einer heißen Herdplatte. »Mann! Toll, daß du mal anrufst. Wo steckst du?« Zum ersten Mal in seinem Leben kam ihm die Frage nicht völlig albern vor.

»Ich bin auf dem Weg zu euch. Eine von Spooks Freundinnen hat mir netterweise geholfen. Paß auf, es ist wichtig. Hinter euch sind ein paar Typen her …«

»Ich weiß. Sogar direkt hinter uns.« Magnus drehte sich um. Obwohl Spook und die anderen fuhren wie die Henker, waren die Schattenreiter bis auf zweihundert Meter herangekommen.

»Ich komme zu euch«, sagte Katharina. »Wo seid ihr?«

»Ich weiß nicht. Irgendwo Richtung Mitte.«

»Richard-Wagner-Platz«, assistierte Spook brüllend.

»Richard … Nein, komm nicht zu uns, um Gottes Willen …«

Piep, piep, piep.

»Katharina? *Katharina!* Scheiße!« *Netzsuche*, sagte das Display, und Magnus klappte das Handy zu. »Spook, kennst du dich hier aus?«

»Ja.«

»Kannst du mal ein paar Haken schlagen? Vielleicht schaffen wir doch noch ein bißchen Luft zwischen uns und die.«

Spook bog so scharf nach rechts ab, daß Magnus fast vom Sozius geflogen wäre.

Wayland.

Ja.

Keine Widerrede, mein Freund, wir trennen uns. Katharina ist irgendwo hinter uns, und ich möchte, daß du dich um sie und Sebastian kümmerst.

Aber …

Kein Aber. Wir treffen uns am Zoo, auf dem Platz vor dem Bahnhof. Falls euch welche von diesen komischen Viechern folgen, versucht sie abzuhängen, fahrt nach Süden und bremst notfalls erst in Dresden.

Aber …

»Links, Spook«, brüllte Magnus, und sein Chauffeur tat, wie ihm geheißen. Er bog in die Zillestraße ein und donnerte weiter in Richtung Reuter-Platz. Im Rückspiegel sah Magnus, daß Wayland und Sebastian und eine weitere Maschine geradeaus fuhren, während zwei Maschinen Spook folgten. Er sah weiter über die Schulter und erwartete die Schattenreiter, aber die kamen nicht.

»Richtung Zoo«, rief er Spook zu, und der große Mann brüllte zurück, »So weit es geht.« Während sie quer über den Reuter-Platz schossen, deutete der Biker schräg nach vorn. Durch die Häuserschluchten sahen sie einen Erdwall von etwa zehn, fünfzehn Meter Höhe aufragen, der sich ohne Rücksicht auf mühevoll errichtete Häuser, Straßen und Schienen vor die Innenstadt gelegt zu haben schien wie eine riesenhafte schlafende Schlange.

Endlich hatte das, was Magnus schon die ganze Zeit spürte, eine Form bekommen.

Priedeliep, tüdelte Spooks Handy, und Magnus griff beherzt zu. »Katharina, bleib, wo du bist!« rief er, aber niemand antwortete. »Katharina?«

Wellenförmig breitete sich der Schmerz in seinem Schädel aus, und mit Macht überkam ihn das Gefühl, all seine Gedanken der letzten Minuten lägen wie ein offenes Buch vor ihm. Vor ihm und demjenigen, der in diesem Augenblick auf seiner Wellenlänge sehr, sehr nah an ihn herangekommen war. Magnus verschloß seine Gedanken und drückte den Power-Knopf des Handys mit einem Fluch fast durch das Gerät, aber er wußte, daß es zu spät war.

»Hey«, protestierte Spook gegen die Mißhandlung seines Handys. »Was ist denn los, Mann!?«

»Alles gut«, log Magnus. »Fahr einfach an diesen komischen Wall ran und setz mich da irgendwo ab.«

Teufelszeug, dachte er. Aber im Grunde hatte er das schon immer gewußt.

Ein sattes Grinsen breitete sich im Gesicht des Basilisken aus und hätte es zu einer gräßlichen Fratze verzerrt, wäre es nicht ohnehin schon eine gräßliche Fratze gewesen.

»HA-HA-HA!« lachte der Basilisk, und gleich noch mal, »HA-HAAA-HAA!«

Sanft schaukelnd stieg das Gewölbe immer weiter und weiter hinauf, und seit einigen Minuten spürte er förmlich, daß sie unmittelbar vor dem Ziel waren, spürte, wie oben, bloß noch einige hundert Meter entfernt, die Erde emporstieg und sich spannte wie ein Entzündungsherd dicht unter der Haut, die bald, sehr bald im Angesicht der Erde zerplatzen würde wie ein Eiterpickel.

Endlich.

Und endlich war auch die letzte Sorge des Basilisken zerstreut. Er kannte nun den Aufenthaltsort des Helden, und er kannte seine Gedanken. Der Held war stark geworden, o ja, das hatte der Basilisk gespürt. Hätte er ihn ein paar Tage zuvor gefunden, so wäre es ihm ein leichtes gewesen, sich seiner zu bemächtigen und seine Gedanken zu verwirren, so daß er sich in sein eigenes Schwert stürzte. Dafür war es zu spät.

Dennoch war der Basilisk bester Dinge.

»HA-HA-HA!«

Denn ein kurzer Blick in die Gedanken Trigons hatte ihm verraten, wo die anderen waren, seine Begleiter, sein Lehrmeister, seine Freunde.

Die er brauchte, um das letzte Stück des Weges zu bestehen.

Denen er vertraute.

»HA-HA-HA-HA-HA!«

2

Vorsichtig rollte Katharina den Spandauer Damm entlang in Richtung Zentrum. Magnus und die anderen mußten irgendwo in der Nähe sein, aber noch näher mußten die Verfolger sein, sofern diese Magnus nicht inzwischen eingeholt hatten. Am Schloß bog sie, einem Instinkt folgend, nach rechts ab und fuhr mit gedrosselter Maschine nach Süden, um sich weiter unten wieder stadteinwärts zu orientieren.

Von Ferne hörte sie ein unterirdisches Grollen, als näherte sich eine riesige U-Bahn von Osten. Stetig, allmählich lauter werdend, allmählich näher kommend. Sie blieb stehen, stellte den Motor ab und lauschte.

Sie spürte eine leichte Vibration unter ihren Füßen. Nein, das war keine U-Bahn, auch keine zu groß geratene. Es klang eher nach einem Erdbeben. Oder einem beginnenden Vulkanausbruch.

Sie warf die Maschine wieder an und hielt sich Richtung Zoo. Ganz gleich, was da gerade im Gange war, sie wollte es an Magnus' Seite erleben, nicht allein.

Sie war noch keine hundert Meter weit gekommen, als sie die Reiter sah, und während ihr das Herz in die Schuhe rutschte, schoß ihr die Frage durch den Kopf, wieso die vier angehalten hatten. Hätte sie das Gespräch hören können, das die Reiter führten, wäre ihr einiges klarer gewesen, denn geschehen war genau das, worauf Magnus und Wayland zwar gehofft, aber nach Lage der Dinge nicht ernsthaft hatten rechnen können.

»DU«, sagte der größte der Schattenreiter zu seinem kleinsten Begleiter, »BIST GERADEAUS GERITTEN.«

»JA«, erwiderte der Angesprochene. »UND WIESO BIST DU GERADEAUS GERITTEN?«

»WEIL DU AUSSAHST, ALS WÜSSTEST DU, WAS DU TUST.«

»SO SEHE ICH IMMER AUS.«

»DU AUCH«, ergänzte der dritte Schattenreiter.

»WIR ALLE«, ergänzte der vierte.

So redeten sie schon seit einigen Minuten miteinander, und nicht zum ersten Mal in der Geschichte der Erde erwies es sich für eine Gruppe als fatal, keine klare Hierarchie mit sich herumzutragen. Denn die Schattenreiter waren gleich alt und unterschieden sich nur hinsichtlich ihrer Größe. Einen Anführer im eigentlichen Sinne hatten sie nicht, denn keiner von ihnen hätte die Rolle des Befehlsempfängers akzeptiert. Und so waren sie alle weitergeritten, hinter den vier Maschinen her, und hatten die anderen drei abbiegen lassen. Und die vier Maschinen waren immer schneller geworden und wieder in Richtung Autobahn gefahren, und die Schattenreiter hatten begriffen, daß sie die falschen verfolgten.

Seither standen sie sich gegenüber und machten einander Vorwürfe.

Katharina wollte nicht stören, aber die Straßen waren zu still, als daß man mit einer schweren Kawasaki unbemerkt hätte herumfahren können. Als sie sah, daß einer der Reiter in ihre Richtung deutete und alle vier sich energisch in Bewegung setzten, rutschte ihr das Herz bis in die Stiefel – sie wendete und gab Vollgas.

Hinaus aus den Seitenstraßen, verfolgt von den Reitern. Sie dachte nicht nach. In ihrem Gehirn war alles ausradiert von einem einzigen Wort in riesengroßen Lettern: WEG!

Zurück, hinauf zum Schloß, nach rechts, den Spandauer Damm hinunter.

WEG!

Verfolgt. Den Atem der grauen Gäule im Nacken.

Über den Reuter-Platz, Richtung Zoo.

Sie spürte förmlich, wie große, graue, kalte Hände nach ihr griffen, aber sie wagte es nicht, sich umzusehen. Mit hundertfünfzig schoß sie über die dreispurige Straße ins Zentrum, genau auf den Wall zu, sah dahinter die Spitze der Gedächtniskirche über die Bäume ragen.

WEG!

Wohin? fragte sie sich, als sie die Motorräder sah.

Direkt vor dem Wall. Sieben Maschinen. Neun Gestalten. Sie flog auf sie zu, und alle neune rannten durcheinander wie aufgescheuchte Hühner, griffen in ihre Satteltaschen und deuteten erschrocken in ihre Richtung. Nicht ihretwegen, wie sie zu Recht vermutete, sondern wegen ihrer Verfolger.

Weg?

Super, dachte sie noch, *das hast du ja ganz toll hingekriegt, Mädchen.*

Sie bremste, geriet ins Schleudern und stürzte. Die Kawasaki rutschte funkenschlagend voraus, hinein in die anderen Maschinen, und Katharina folgte schlecht gebremst. Ein scharfer Schmerz in ihrem rechten Knie begleitete ihren endgültigen Halt, und sie schrie auf, während eine Harley direkt neben ihrem Kopf krachend zu Boden ging. Hände griffen nach ihr, Blech und Stahl wurden von ihr gehoben, dann brach um sie herum die Hölle los.

Die Schattenreiter waren von ihren Pferden gesprungen und schienen nicht gewillt, in diesem Jahrhundert weitere Diskussionen zu führen, weder untereinander noch mit Fremden. Damit rannten sie bei den glorreichen Sieben allerdings offene Türen ein, denn alle Biker waren inzwischen schwer bewaffnet – vier von ihnen hielten großkalibrige Flinten in den Händen, Marco eine Maschinenpistole, die anderen langläufige Pistolen.

»Hasta la vista, Baby«, sagte Spook, lud durch und feuerte auf einen der Reiter. Er traf ihn in der Brust, und nach menschlichem Ermessen hätte der Reiter sechseinhalb Meter zurückfliegen und tot auf dem Pflaster landen müssen. Das tat er aber nicht. Er betrachtete bloß das riesige Loch in seiner Brust und begann vor Zorn zu dampfen, während die Wunde im Grau rasch wieder zuwucherte. Seine Begleiter sahen ihn verwundert an, dann wandten sie sich wieder den ledernen Kämpfern zu. Die eröffneten jetzt richtig das Feuer, und die Schattenreiter lernten zum ersten Mal in ihrem untoten Dasein ein Sperrfeuer kennen, das sich gewaschen hat. Arme, Beine und Rümpfe wurden durchlöchert und halb abgerissen, wuchsen aber auf wundersame Weise wieder nach, kaum daß irgendwer geblinzelt hatte. Mitten im Pulverdampf und im unbeschreiblichen Lärm stand Katharina, hielt sich das schmerzende Knie und spürte plötzlich eine Hand auf ihrem Arm.

»Komm!« rief eine Stimme, und als sie den Kopf wandte, sah sie in ein vernarbtes Hundegesicht.

»Wer bist du denn!?« brüllte sie zurück.

»Wayland. Komm jetzt, rasch!«

Sie sah nach rechts und entdeckte Sebastian, der bereits ein paar Schritte den Wall hinaufgeklettert war und ihr energisch bedeutete, zu ihm zu kommen.

»Wir können doch nicht einfach abhauen!« rief Katharina und deutete auf die wild um sich feuernden Männer. »Wir müssen ihnen helfen!«

»Wir können nichts für sie tun! Vertrau mir!«

»Warum sollte ich!« rief sie, aber dann folgte sie ihm doch. Während sie hinter Wayland her auf den Wall kletterte, sah sie mehrmals nach unten, zurück zu den tapferen Schützen. Das Sperrfeuer ließ allmählich nach. Waffen mußten nachgeladen werden, andere flogen auf den Asphalt, leergeschossen, heißgeschossen, unbrauchbar. Und die Gegner standen immer noch. Beeindruckt zwar, unfähig, sich nach vorn zu bewegen, aber alles andere als tot, was sie von rechts wegen schon lange hätten sein müssen, nachdem sie seit Minuten mit Blei vollgepumpt wurden.

Hermann, der Architekt, sah hoch zu ihr, und sie blickte in seine Augen. Für einen endlosen Sekundenbruchteil fürchtete sie, er wolle die Waffe auf sie, Sebastian und Wayland richten, aber dann lud der Mann seine Waffe durch, wirbelte wieder herum und feuerte weiter auf die Reiter.

Katharina schluckte, und es schmeckte nach Blut.

Sie kletterten hastig weiter, vorbei an etlichen mannshohen Löchern, die ab fünf Meter Höhe den Wall säumten und tief ins Innere zu führen schienen, getrieben von Wayland, hinauf auf den Wall, während hinter ihnen das Feuer ausging, nach und nach, bis nur noch einzelne Garben und Schüsse zu hören waren.

Als sie den Wall gerade überquert hatten und vor sich das ganze Ausmaß der Zerstörung im Inneren der Stadt sahen, hörten sie die markerschütternden Todesschreie der ersten sterbenden Biker.

3

Von außen hatte der Wall auf Magnus so harmlos gewirkt wie eine Endmoräne in der Lüneburger Heide, aber unmittelbar nachdem er einen der zahlreichen Tunnel betreten hatte, die ins Innere führten, entpuppte sich dieser Eindruck als gemeingefährlich irreführend. Die Wände des Tunnels waren nicht bloß klamm, sondern fühlten sich an wie Nebenhöhlen eines vergrippten Giganten. Zähflüssiger Schleim heftete sich an Magnus' Gewand und an seine Hände, sobald er auf dem rutschigen Boden aus dem Gleichgewicht geriet und sich abstützen mußte.

Daß die Tunnel abwärts wiesen, soweit Magnus das im Lichtkegel seiner Taschenlampe sehen konnte, verstand sich von selbst, und geruchlich schien der Schleim sich noch nicht entschieden zu haben, ob er verdorbenes Fleisch sein wollte oder vergammelter Fisch.

Magnus rutschte abwärts, mit dem Schwert in der Hand, und sandte ein kurzes Stoßgebet gen Himmel. Er hoffte, daß Spook und die anderen sich aus dem Staub gemacht hatten. Hoffte, daß Katharina umgekehrt und bei den wilden Bikerinnen oder sonstwo untergekrochen war. Daß sie inzwischen alle in Sicherheit waren, weit weg von diesem Wall, weit weg von dem, was sich durch immer lauter werdendes Grollen ankündigte.

Nichts behelligte ihn beim Abstieg. Es war still in der stinkenden Höhle. Verdächtig still. Nach etwa fünf Minuten angespannten Schlitterns und leisen Fluchens landete Magnus in einem größeren Gewölbe tief unter der Erde.

Etwa drei Meter hoch ragte die Decke hier über ihm auf, und rasches Hin- und Herschwenken der Taschenlampe entlarvte das Gewölbe als hohen Gang, der mit leichter Neigung der Ringform des Walls unterirdisch folgte. Der plötzliche Temperaturanstieg im Gang ließ Magnus' Nakkenhaare strammstehen wie alarmierte Soldaten, und als er die Taschenlampe nach vorn schwenkte, sah er an der gegenüberliegenden Wand ein schwarz-graues Etwas liegen, das er nicht sofort identifizieren konnte. Er trat vorsichtig näher und erkannte, daß es sich um die zertrümmerten Überreste eines Menschen handelte. Ein Häufchen Knochen, zersplittert und zerbrochen, nur mehr zusammengehalten von Lederstreifen, die einst ein schönes Gewand gewesen sein mochten. Magnus schwenkte die Lampe nach links unten, wo ihr Strahl schwach reflektiert wurde, und griff mit spitzen Fingern in den Schleim. Das Schwert, das er am Griff herauszog, glich Mimung aufs Haar.

Der Kloß in seinem Hals war nicht aus Schleim.

Er kniete nieder und suchte mit der Schwertspitze in den Knochen nach einem Hinweis, obwohl er nicht wußte, wie der aussehen sollte. Ein Amulett vielleicht, eine Tasche, er wußte es nicht.

Die Bestätigung kam in anderer Form, als er gedacht hatte. Größer, unfreundlicher und abrupt.

Direkt hinter ihm riß der Boden des Ganges mit sattem Schmatzen auf, und aus der Tiefe brodelte mit betäubendem Zischen ein halbes Dutzend Köpfe. Magnus wirbelte herum und wich im gleichen Augenblick zurück, an die Wand, die beiden Schwerter in den Händen. Die Taschenlampe ließ er fallen, aber mit dem Erscheinen des Tieres brauchte er sie auch nicht mehr, denn aus der Tiefe schimmerte graues Licht um den etwa zehn Meter langen, halb aufgetauchten Pantherleib, dessen vordere Bärenpranken fünfzehn Meter vor Magnus' Füßen im Schleim staken.

Pantherleib?

Hat ein Panther Schuppen am Kiefer? Hat ein Panther grüne, dampfende Lederhaut? Hat ein Panther Krallen scharf wie Säbel und dick wie Keulen? Hat ein Panther mehrere blutrote, eckige Köpfe?

Dieser hatte.

Magnus zählte sechs.

Vier von ihnen trugen ein Horn in der Stirn, die anderen je zwei Hörner an den Schläfen, und auf allen Hörnern hockten kleine Kronen, die dereinst golden gewesen sein mochten. Das allerdings mußte schon eine ganze Weile her sein. Vielleicht hatten damals auch die eckigen, zottigen Löwengesichter unter den Kronen noch entfernte Ähnlichkeit mit etwas Lebendigem gehabt. Im Laufe der Jahrtausende waren sie indes gründlich verkommen und zerfallen, denn durch graurot herabhängende Hautfetzen sah Magnus Knochen und Adern schimmern. Der schlimmste Kopf war jener auf der äußersten rechten Seite. Ihm fehlte nicht nur das zweite Schläfenhorn, sondern gleich die ganze zweite Hälfte. Es sah aus, als hätte irgendwer ihm bei passender Gelegenheit mit einem sauberen scharfen Schnitt die eine Gesichtshälfte vom Hals tranchiert. Der Schnitt verlief rechts der Nasenwurzel schräg bis hinunter zum vollständig erhaltenen Hals. Eigentlich mußte der Kopf tot sein, aber was hieß das schon, *eigentlich*? Er bewegte sich nämlich wie die anderen, und die fatale Wunde schien folgenlos vernarbt zu sein. Das verbliebene rotgelbe Auge jedenfalls starrte ebenso haßerfüllt in Magnus' Richtung wie die übrigen Augen.

Zwei Schwerter begannen knisternd zu erstrahlen und tauchten die Höhle in himmlisches Blau.

Mit einem angewiderten Zischlaut aus sechs Kehlen wich das Tier einen halben Meter zurück, dann schoß aus seinem Nacken ein siebenter Kopf, und dieser war noch fürchterlicher anzusehen als seine Brüder. Die Haut auf dem Schädel war zerplatzt und hing herunter wie die Streifen einer Bananenschale, nur daß zwischen den Streifen kein Fruchtfleisch lecker grüßte, sondern blutiges, rasch und wütend pulsierendes Hirn. Auf der Stirn des siebenten Kopfes glühte die berüchtigte Hausnummer des namenlosen Tiers, die dreifache Sechs, und im offenen Hirn hinter der Stirn staken wiederum zwei gekrönte Hörner. Wirklich speiübel wurde Magnus jedoch erst, als der siebente Kopf seine Stimme erhob.

»Friß Nonnenscheiße, letzter Trigone«, drang es aus dem Oberkopf, und es war nicht wirklich Sprache, nicht wirklich Stimme, was da blubbernd gespuckt und gelallt wurde. Magnus fühlte den fast unwiderstehlichen Drang, dem Ding ausgiebig in sämtliche Fressen zu kotzen. Lediglich sein Selbsterhaltungstrieb hielt ihn davon ab. Jede winzige Unachtsamkeit konnte sein Ende bedeuten, das wußte er.

Das Tier auch.

»Piß dir in die Hose, Trigon, solange du noch kannst.«

»Du solltest was gegen deinen Mundgeruch tun.«

»Was für ein witziger Krötenficker.«

»Du stinkst wie ein Kamelarsch.«

»Mmmmh! Ein Maulheld! Na, da bist du ja immerhin etwas besser drauf als dein impotenter Alter. Kannst dich aber trotzdem gleich dazupacken, Fickfresse.«

Magnus geriet einen Augenblick aus der Fassung, obwohl das Vieh nur bestätigte, was er geahnt hatte. Es ahnte auch seine nächste Frage.

»Was ich mit ihm gemacht hab? Na, kuck ihn dir doch an, den kleinen Pisser, den Helden, aus dessen Sacksuppe du eierloser Erbsenficker gekrochen bist! Erst mal hab ich ihm die Beine gebrochen und dann die Arme.«

Die anderen sechs Köpfe lachten meckernd.

»Dann hab ich ihm die Eier abgeschnitten. Ooooh, so ein mutiger Held! Hat auch gar nicht geweint, hat auch gar nicht Gott eine verfickte Sau genannt, hat auch gar nicht gewimmert und gewinselt! Nee, Pickelsack, da war nicht mehr viel mit großer Fresse bei Trigon, dem Schwanzeinzieher. Der hat das Maul gar nicht mehr richtig aufgekriegt. Die Eier mußte ich ihm regelrecht reinzwingen, und dabei hat er sich wohl den Kiefer gebrochen und ist erstickt…«

Laut brüllend stürzte Magnus sich auf den Gegner. Eine der Bärentatzen schoß mit blitzenden Krallen in seine Richtung. Er wich dem todbringenden Schlag aus und schleuderte das Schwert seines Vaters mit Wucht gegen den obersten Kopf.

Sirrend durchschnitt die Klinge die Luft. Magnus war davon ausgegangen, daß der Oberkopf, das Sprachrohr, die anderen Köpfe kontrollierte, daß er, wenn es sich nicht vermeiden ließe, einen der anderen opferte. Zu seiner Überraschung geschah das nicht. Das Schwert sirrte glatt durch. Die Pranken kamen nicht rechtzeitig hoch, und kein Kopf erhob sich, um das pulsierende Hirn zu schützen. Dafür schrien alle markerschütternd auf, als das Tier mit sattem Glitschen einen Kopf kürzer gemacht wurde.

Der Schock hallte nur einen Sekundenbruchteil nach. Eine Blutfontäne färbte die Höhlendecke schwarz und versiegte rasch. Dann erhob der linke der verbliebenen sechs Köpfe die Stimme, und es war dieselbe wie zuvor.

»Du wirst Schlimmeres erleiden, Trigon…«

»Schnauze«, sagte Magnus und wandte sich einem anderen Kopf zu. Nämlich dem halben. Dem mit dem einen Auge. Dem, vor den sich Sekunden zuvor seine beiden Nachbarköpfe schützend geneigt hatten.

»Du«, sagte er und deutete mit glühender Schwertspitze auf den Kopf.

»Hm«, erwiderte dieser, und seine Stimme klang anders als die seiner Gefährten. Nicht sympathischer, aber leiser, melodischer. Klüger. »Nicht dumm«, sagte er. »Aber nützen wird es dir nichts.«

»Mag sein, daß mein Vater halbe Sachen gemacht hat«, sagte Magnus. »Ich nicht.«

»Dein Vater war ein Schwachkopf. Dein Vater hatte den Mut eines Löwen, aber den Verstand eines geköpften Esels. Du bist nicht halb so gut. Du hast beides nicht.«

»Wart's ab«

Der Kopf seufzte. »Du langweilst mich.«

»Dann kämpfe.«

Der Körper des Tiers schüttelte sich, während sechs Köpfe schallend lachten.

»Später vielleicht«, sagte der halbe Kopf, und kaum waren seine Worte verklungen, setzte Magnus' Herz mitten im Schlag aus.

»Er braucht unsere Hilfe nicht? Was redest du da?« Katharina brüllte Wayland fassungslos an und deutete auf eines der Löcher im Wall. »Wir können doch nicht hier draußen rumstehen und warten ...«

»Katharina«, mischte Sebastian sich beschwichtigend ein. »Katharina, Wayland weiß besser als wir ...«

»Was? Was weiß er besser?«

»Er kennt sich besser aus mit diesen ... Kreaturen.«

Katharina funkelte Wayland aus zornigen blauen Augen an. Nein. So sah er wahrhaftig nicht aus, der kleine Mann mit dem Hundegesicht. Eingesunken und mutlos wirkte er, nicht wie der Lehrer und strenge weise Begleiter, als den die Grollheimer Zwerge ihn geschildert hatten und als den Sebastian ihn verteidigte. In Katharinas Augen war der Kleine bloß ein Feigling.

»Du kennst das Vieh doch, sagst du. Also, warum gehst du dann nicht rein und hilfst ihm?«

Wayland schwieg und sah sie traurig an.

Er lauschte der Stimme in seinem Kopf.

Der Stimme seines Herrn.

Die mit seiner Stimme sprach. Sie war es gewesen, die gesagt hatte, sie könnten nichts mehr für die Biker tun. Sie war es gewesen, die ihm das Kämpfen verboten hatte.

Unaufmerksam war er gewesen, einen Augenblick lang, als er Katharina auf dem Motorrad näher kommen sah, verfolgt von den Reitern. So hatte er die Welle des Schmerzes zwar gefühlt, die das Eindringen des Basilisken in sein Denken ankündigte, hatte es jedoch nicht verstanden, sie rechtzeitig richtig zu deuten. Hatte seine Gedanken nicht verschlossen. Sich auf die Rettung der Frau konzentriert, die für Trigon von so großer Bedeutung war.

Ihre Rettung.

Sein Untergang.

Er wollte schreien, wollte der zornigen Frau, die vor ihm stand und die Wahrheit sagte, ins Gesicht schreien, was mit ihm geschehen war, wollte rufen »Geh! Hilf ihm!«, aber auf seinem Gesicht erschien nur ein dünnes Lächeln, das aussah wie ein Tourist, der gerade im falschen Urlaubsland ausgestiegen ist.

»Du bist dumm«, sprach der Basilisk mit Waylands Stimme. »Du begreifst nichts, Weib. Er muß allein kämpfen.«

Sebastian runzelte die Stirn.

Katharinas war ohnehin schon gerunzelt und blieb so.

»Warum? Warum gehst du nicht zu ihm?«

»Ich? Ich könnte zu ihm gehen und ihm ein Messer in den Rücken stoßen«, ließ der Basilisk sich gehen und hängte ein leises »Scheiße« an, das allerdings nicht den Weg über Waylands Lippen fand.

»WAS?« sagte Katharina. »Sag mal, drehst du jetzt völlig durch, du kleines Arschloch?« Sie zog ihr Schwert heraus und machte einen Schritt auf Wayland zu.

»Katharina!« fiel Sebastian ihr in den Arm. »Dieser Mann hat dir gerade das Leben gerettet!«

»Ja, und? Gerade hat er ja auch noch keinen Bockmist geredet.« Sie wandte sich wieder Wayland zu. *»Ein Messer in den Rücken stoßen?«*

»Ich meinte«, sagte Wayland, »äh, hey, ganz ruhig, es… es würde darauf hinauslaufen, also, wenn ich ihm helfe, dann, dann wäre das so, als würde ich ihm ein Messer in den Rücken stoßen. So steht es geschrieben, sozusagen. In nomine patri et fili et spiritus sanctim hihihi.«

Höre nicht auf ihn! rief Wayland aus der Hülle, die einst sein Körper gewesen und nun nur noch Kerker war, nur noch IHM gehörte, dem Erzfeind. *Er spricht durch mich! Höre nicht auf ihn! Fessle mich! Geh hinein in die Höhle und steh Trigon bei! Töte mich, denn sonst töte ich euch alle!*

Unfaßbar, dachte er, als er Katharinas plötzlich veränderten Gesichtsausdruck bemerkte. *Ist das möglich?*

»Also«, sagte der Basilisk lässig mit Waylands Stimme. »Wir bleiben hier. Er wird es allein schaffen. Es ist keine große Sache. Eine Kleinigkeit für einen Helden wie ihn. Keine Sorge. Ruht euch aus.«

Magnus schrie.

Aus weiter Ferne hörte er das Gelächter der sechs Köpfe des Tieres, aber es kümmerte ihn nicht mehr. Wieder fiel eine faustgroße Spinne auf seinen Kopf, und wieder wischte er das pelzige Ding brüllend mit der Hand weg, während er gleichzeitig in heilloser Verzweiflung über den krabbelnden Teppich sprang, der ihn zu überfluten drohte.

Er haßte Spinnen.

Nein, schlimmer, er hatte *Angst* vor Spinnen. Schon immer gehabt. Fürchterliche Angst, panische Angst, unerklärliche Angst. Das hatte ihn zwei, drei Freundinnen gekostet, in jungen Jahren, Mädchen, die davon ausgegangen waren, sie könnten ruhig ein bißchen quietschen und ihm die Drecksarbeit überlassen, wenn kleine Spinnchen aus irgendwelchen Löchern neben der Matratze galoppierten.

Weit gefehlt, denn Magnus war in diesen Augenblicken, die wie geschaffen schienen für billigen Ruhm, grundsätzlich aufgesprungen wie von der Tarantel gestochen und kreidebleich aus dem Raum geflüchtet.

Kreidebleich war er auch jetzt, aber an Flucht war nicht zu denken.

Scheiße.

Magnus, es sind nur Spinnen.

Ja, Mama.

»Aahahhhaahaa!« schrie er, als die nächste Spinne von oben in seinen Nacken fiel. Er riß sie heraus.

Es sind nur kleine Spinnen.

Ja, Mama.

Die nächste Frage war ungleich nützlicher.

Willst du abkratzen, nur wegen ein paar Spinnen? Hey, Mann, das war in deinem letzten Leben – vor dir steht ein Schuppenpanther mit sechs Köpfen, der deinen Vater gekillt hat! Wenn Du schon wegen irgendwas einen Herzinfarkt kriegen mußt – wie wär's damit?

Magnus machte einen entschlossenen Schritt nach vorn. Die wieder aufglühende Spitze seines Schwertes, das er vor lauter Panik tatsächlich fast vergessen hatte, schmolz ein paar hundert Spinnen zu einem bestialisch stinkenden Haufen zusammen, und er ließ zu, daß einige weitere auf seinen Kopf fielen und ihm über die Schultern krabbelten.

Die Gesichter des Tieres wirkten nicht sonderlich bestürzt. Eher amüsiert. Und gleich darauf noch etwas amüsierter, als sich die Spinnen in Schlangen verwandelten und Magnus wieder zu schreien und zu tanzen begann.

Diesmal jedoch dauerte es nur Sekunden.

Schlangen schmolzen.

Feuer loderte auf, aus allen Ecken gleichzeitig, brünstig, fordernd, gierig, und Magnus kämpfte erschöpft gegen seine nächste Angst, die Angst vor dem Tod durch die Flammen. Andere fürchteten das Wasser, er aber hatte immer lähmende Angst gehabt, bei lebendigem Leibe zu verbrennen. Blaues Licht vertrieb die Flammen, vertrieb seine Furcht, und als alles wieder still war und der Rauch verflogen wie von Geisterhand weggewischt, stand der Held noch immer aufrecht, das Schwert mit beiden ausgestreckten Armen hoch vor der Brust haltend und fühlte sich gewappnet für den letzten Kampf.

Urplötzlich aber war er nackt, und als er an sich herunterblickte, sah er einen häßlichen alten Körper. Einen wabbligen weichen Bauch, der über einem erdnußgroßen Schrumpelschwanz hing, Narben in haarigen Beinen und in der Brust, schwielige Füße und fleckige Arme. Ein Gefühl endloser Mutlosigkeit überschwemmte ihn.

Mitte vierzig.

Früh gealtert.

Impotent.

Häßlich.

Arm.

Einsam und allein.

Den Krebs im Körper.

Niemand, der einen Kranz schicken würde.

Genau so würde es kommen, das spürte er, und es zog ihm alle Kraft aus den Adern und den Boden unter den Füßen weg. Das Schwert noch immer hoch erhoben, fiel er auf die Knie, und Selbstmitleid spülte heiße Tränen über seine Wangen.

Schallend lachte von weit, weit her das Tier.

»Er schafft das schon«, versicherte Wayland. »Schließlich ist er ein Trigone, oder? So einer hat doch keine Angst, der doch nicht! Möchtet ihr euch vielleicht ein bißchen hinlegen? Ich passe auf, daß nichts passiert …«

Sebastian sah Katharina an, die angespannt lauschte, aber offenbar nicht Waylands Worten.

»Was ist?« fragte Sebastian.

ER spricht! jammerte der verzweifelte Wayland aus seinem Verlies. *Geh endlich und stehe Trigon bei! Töte mich! Im Namen der Götter, Frau, tu es endlich!*

Katharinas Gesicht war jetzt sehr dicht vor seinem. Sie legte ihre Hand unter sein kantiges Kinn und sah ihm direkt in die Augen. Tief.

Töte mich! brüllte Wayland.

»Schnauze!« brüllte der Basilisk, und Katharina und Sebastian schraken zurück, als Wayland, der tapfere Ritter von Unterland, sein Schwert herauszog und gegen sie richtete.

Katharina zückte ihr Schwert, und so standen sich die beiden einen Augenblick gegenüber. Sebastian hatte das Gefühl, in den falschen Film geraten zu sein. Oder besser, ins falsche Kino, denn im falschen Film steckte er ja schon seit Tagen.

»Jetzt laßt das doch, Kinder ...«, sagte er.

Katharina sah weiter fest in Waylands Augen. Sie hörte ihn schreien, markerschütternd, aus dem Land hinter den Augen, wo er gefangen war. *Töte mich!* Ganz deutlich. Sie fragte sich allerdings, ob sie gerade endgültig verrückt geworden war.

»Ich will dich nicht töten«, sagte sie.

»HAHAHA!« lachte Wayland. »DU MICH?« Dann holte er mit dem Schwert aus, und Sebastian fing an zu schreien. Er wußte, daß Katharina in diesem Kampf nicht bestehen konnte, niemals. Er hatte Wayland kämpfen sehen.

»Nein!«

Katharina machte sich auf einen schweren Schlag gefaßt, als Wayland sich mit der Linken an die Rechte faßte, die das Schwert hielt. Es war ein grotesker Anblick. Der kleine Mann hinderte mit links seine rechte Hand am Schlagen.

»Nein, Teufel«, zischte er, und Katharina ergriff die Gelegenheit beim Schopfe. Sie machte einen raschen Ausfallschritt, brachte den mit sich selbst kämpfenden Ritter zu Fall und kniete sich auf seine Brust. Sie hob das Schwert hoch über den Kopf und sah in Waylands Augen, noch immer skeptisch, noch immer verzweifelt auf der Suche nach der Wahrheit. Waylands Augen standen voller Tränen, und dann veränderten sich die Pupillen. Wurden gelb und immer gelber, wurden zu eitrigen Aprikosen in blutigem Milchreis, und funkelten sie haßerfüllt an. *Tot*, dachte sie, und ihr Herz verkrampfte sich, während sie das Schwert mit beiden Händen packte und mit voller Wucht hineinstieß in die Brust des Ritters, in sein Herz.

Waylands gellender Todesschrei zerriß ihr fast das Trommelfell. Sebastian brüllte, während sie von ihrem ein letztes Mal zuckenden Opfer herunterrollte und erschöpft auf den Boden sank.

»Warum hast du das getan!« schrie Sebastian sie an. Er war bei ihr, schüttelte sie, und in seinen Augen standen Tränen. »Du Wahnsinnige! Du Wahnsinnige! Jetzt sind wir alle verloren!«

Magnus kniete auf dem Boden, tränenüberströmt, und wußte, daß alles zu Ende war.

»Wer könnte gegen mich bestehen, Trigon, wer?« triumphierte von weit her das Tier, das ihn besiegt hatte. »Ein Gott? Ein Held? Vielleicht. Aber einer wie du? Selbstverliebt, maßlos, ängstlich, ein Lügner, ein Wurm, ein nutzloses Nichts, ungeliebt von der Welt, ungeliebt vom Vater, von der Mutter. Was ist schon an dir – nichts! Eitelkeit, Romantik, Kitsch, Pathos und ANGST, ANGST, ANGST! Trägst du Liebe in dir? Wer liebt dich? Wen liebst du? Woher soll deine Kraft kommen, du Scheißer! Wohin gehst du? Vertraust du? Glaubst du? Nein, du hast nur ANGST, ANGST, ANGST. Erfahre die Wahrheit, du Nichts von einem Nichts: stirb spurlos, und stirb qualvoll.«

»Sebastian, halt's Maul!« rief Katharina, stieß den alten Mann weg und konzentrierte sich auf Magnus.

Wo bist du?

Es war still auf dem Wall. Sebastian hockte wie ein Häufchen Elend da und starrte fassungslos seine verrückt gewordene Begleiterin an. Er hatte mit dem Leben abgeschlossen, endgültig. Es störte ihn nicht einmal mehr sonderlich, daß er von der anderen Seite des Walls her schwere Schritte näherkommen hörte. Er blickte in den blutunterlaufenen Himmel und schluckte schwer. Jammerschade, daß es Gott erwiesenermaßen nicht gab. Das wäre doch wenigstens ein schwacher Trost gewesen. Zum ersten Mal in seinem Leben verwünschte er seinen Verstand.

Katharina hörte die Schritte nicht. Ihre Sinne tauchten tief ein in den Wall aus Erde, und sie suchte nach Magnus, nach Trigon, nach seiner Präsenz.

Als sie ihn fand, spürte sie seine todgeweihte Not; sah deutlicher als er selbst die gräßlichen Köpfe des Tieres direkt vor seinem, der gesenkt war und aufgelöst in Tränen; sah Krallen wie geschliffene Baseballkeulen unmittelbar neben seinem Kopf, scharfe Zähne und blutige Lefzen.

Sebastians Herz versuchte einen Hechtsprung in Richtung Hosenboden, als Katharina urplötzlich aufsprang und mit ungeahnter Kraft zu brüllen begann.

»NEIN!« rief sie hinauf in den Himmel, als stünden dort die Sender, die ihre Botschaft zu Magnus tragen konnten (was im übrigen tatsächlich der Fall war und beweist, daß der weibliche Instinkt auch in Extremsituationen ganz fabelhaft funktioniert). »Nein«, rief sie, »Und noch mal nein! Trigon, laß dich von diesem Schwein nicht einlullen! Das ist doch alles kompletter Bullshit! *Niemand* ist genug geliebt worden, *niemand*, frag Jesus! Die Liebe, die du brauchst, um es zu töten, ist in dir! Du hast keine ANGST! Wovor denn!? Jetzt nimm endlich den Kopf hoch, zum TEUFEL, und kämpfe!«

Ihre Stimme erschütterte eine ganze Reihe Leute. Zum einen Sebastian, dem sie vorkam wie eine heilige Furie, zum anderen die Schattenreiter, die in diesem Augenblick über den Kamm des Walls traten und vor sich den toten Ritter Wayland, einen zusammengesunkenen alten Mann, und dazu eine Frau sahen, die, wie sie sehr wohl spürten, mit beträchtlichem Erfolg die Himmelsmächte anrief.

Des weiteren erschütterte die Stimme den Basilisken, der sich vom maskierten Kampf mit dieser unerwartet starken Gegnerin noch immer nicht richtig erholt hatte, sowie das Tier ohne Namen, das just in diesem Augenblick Trigon den Kopf abreißen wollte, und – last, but not least – erschütterte die Stimme Trigon selbst.

Die Reaktionen der Erschütterten hätten unterschiedlicher nicht sein können.

Sebastian johlte todesmutig: »Ja-woll! Mit fliegenden Fahnen wollen wir untergehen!« und stürmte schattenboxend auf die Reiter los.

Die Schattenreiter beschlossen, ihm den Kopf von den Schultern zu hauen.

Der Basilisk bremste seine Schergen und wies sie an, statt dessen den alten Mann *und* die Frau zu ihm zu bringen. Lebend.

Das Tier ohne Namen zögerte einen Augenblick.

Trigon nicht.

Er erwachte aus der selbstmitleidigen Starre und fand sich unmittelbar vor den sechs gierigen Köpfen wieder. Und zwischen zwei Pranken mit rasiermesserscharfen Krallen, die im Begriff waren, seinen Kopf zu Brei zu schlagen.

Magnus duckte sich.

Die Pranken krachten ineinander.

Das Tier schrie.

Seine Pranken waren ineinander verkeilt, denn mehrere seiner Krallen hatten sich beim Zuschlagen durch die

Handflächen gebohrt, so groß waren sein Zorn und seine Verwirrung gewesen. Magnus nutzte die Gelegenheit und schlug zweimal gewaltig zu.

Linker Knöchel, rechter Knöchel.

Dann sprang er über die abgeschlagenen Pranken, durch eine schwarze Blutfontäne, die heiß und stinkend aus den Armstümpfen schoß, dem zurückweichenden Tier hinterher, und arbeitete sich mit verzweifelter Wut zum obersten Kopf vor. Einer der anderen Köpfe erwischte ihn mit den Zähnen an der Schulter und wollte das gesamte Gelenk herausreißen, als Magnus ihn abschlug. Mit dem festgebissenen toten Kopf an der Schulter konnte er sich nicht mehr ganz so rasch bewegen wie zuvor, aber der Zorn trieb ihn weiter.

Die Köpfe fielen unter seinen blau schillernden und knisternden Schlägen wie reife Früchte, brüllend und stinkend und blutend.

Als Magnus den letzten Kopf erreichte, den halben, hatte sich dessen Stimme merklich verändert.

»Hey«, sagte er mit leichtem Tremolo, »weißt du, was ich dir alles anbieten kann?«

Magnus überlegte einen Sekundenbruchteil, ob er dem Mörder seines Vaters zuerst das Auge ausstechen und ihn dann scheibchenweise tranchieren sollte, entschied sich aber dann instinktiv anders. Mit einem raschen Schlag trennte er den letzten Kopf des Tieres vom Körper.

Der Pantherleib stürzte leblos auf den Boden, während Magnus den halben Kopf bei der Löwenmähne packte und vor sich in die Höhe hielt. Das gelbe Auge blinzelte immer noch.

»Reichtum, unendlichen Reichtum«, sagte der Kopf. »Schlösser und Paläste, Yachten und Jets, eigene Inseln, Rennwagen, Diener ohne Ende, Crawford, Hunziker und McPherson für morgens, mittags und abends und Campbell vorne weg…«

Magnus trug den Kopf durch die Höhle.

»Sauerstofftanks. Baden in Perrier. Fünfzehn Ferraris, immer passend zum Anzug. Mmh? Wie wär's?«

Magnus ging um den Leib des Tieres herum und fand, was er gesucht hatte.

»Nein!« sagte der Kopf. »Überleg's dir noch mal, okay?«

Magnus nahm das Schwert seines Vaters.

»Scheiße«, sagte der Kopf, während das Schwert zu schimmern begann. »Verficktes Arschloch, deiner Mutter hätte man zwei Tage vor der Geburt ne Schrotflinte in die…«

Magnus stieß das Schwert seines Vaters ins Auge des Tiers, durch den Kopf hindurch.

Der Schrei dauerte fast eine Minute.

Als er den aufgespießten Kopf neben den unansehnlichen Haufen in der Höhlenecke legte, fühlte er sich von überwältigender Traurigkeit und Müdigkeit überschwemmt. Wieder füllten sich seine Augen mit Tränen, aber diesmal weinte er nicht um sich selbst.

»Wo immer du bist«, sagte er. »Möge deine arme Seele Frieden finden. Und möge es für uns beide einen Himmel geben, in dem wir einander kennenlernen können.«

Er erhob sich.

»Muß aber nicht so bald sein«, fügte er hinzu und verließ die traurige Stätte seines Triumphes durch einen der Tunnel auf der anderen Seite des Ganges.

5

Über sich sah Magnus das grau-rote Licht des Tages als fernen Flecken schimmern. Da der Boden auch auf dieser Seite des Walls glitschig war, mußte er nach wenigen Schritten den Weg auf allen Vieren fortsetzen und die Finger in den Schleim krallen, um nicht wieder hinunterzurutschen. Mühsam war der Aufstieg, und unwillkürlich dachte Magnus daran, welchen Anblick er einem zufälligen Betrachter geboten hätte. Ein sauberer Held! Keiner, der stolz schritt, sondern einer, der würdelos auf den Knien im Schlick herumrutschte. Er fragte sich kurz, weshalb das Schicksal ihm nicht wenigstens ein bißchen feierliches Pathos gönnte, weshalb es ihn wie eine frisch ausgerotzte Wildsau über den Boden kriechen ließ. Sollte er hiervon stolz seinem Sohn, seiner Mutter, seinen Freunden berichten, wenn er heimkehrte?

Falls.

Seinem Sohn.

Felix.

Ohne um seine Erlaubnis zu bitten, startete sein Gehirn ausgerechnet in diesem Augenblick eine widerwärtig farbenfrohe Rückblende. Kurze Schnitte, kitschige Musik, große Emotionen. Felix, als frisches Bündel Mensch, in seines Vaters Armen liegend, schreiend eingetroffen auf der Welt, glitschig und schleimig wie der Boden unter Magnus' Händen, und doch das schönste Geschenk von allen. Felix auf der Waage, ein braunäugiges Fragezeichen. Felix, der standhafte Nichtschläfer, Monate später, in Magnus' Armen, auf seiner nackten Brust, nachts um vier, im ersten grauen Licht des Sommermorgens. Felix im Garten. Felix im Bett. Felix im Spinat. Felix in Karotten. Felix ohne frische Windel. Felix, der Mensch, der Dreieinhalbjährige, der klüger war als er, so oft. Den er allmählich verloren hatte, weil er, der Vater, nicht mehr da gewesen war, nicht mehr oft genug. Felix, einer von zwei Gründen, weshalb er noch kämpfte, die Hände keuchend in den Schleim schlug. Felix.

Der vermutlich schon lange tot war, ebenso wie seine Ex-Frau. Magnus spuckte Galle aus. So tot wie seine Freunde, alle. *Welche Freunde?* fragte eine Stimme in seinem Kopf. *Na* ... antwortete er und verstummte innerlich. Eben seine Freunde.

Katharina.

Sie hatte ihm das Leben gerettet, soviel stand fest. Wie sie das gemacht hatte, war ihm hingegen schleierhaft. Denn ihre Stimme war in seinem Kopf gewesen, hatte ihn nicht durch die Luft erreicht, sondern auf anderen Wegen. Was früher, viel früher einmal, auf magische Weise zwischen ihnen funktioniert hatte (als es zwischen ihren Fingerspitzen gefunkt hatte, als sie sich immer gleichzeitig angerufen und dauernd im gleichen Moment dieselben Worte ausgesprochen hatten), dieses Etwas schien gewachsen zu sein, schien an Reichweite gewonnen zu haben und an Macht. Ein Teil von ihm war ihre Stimme, ein Teil von ihm waren ihre Gedanken, und es kam ihm immer mehr so vor, als wüßte sie besser als er selbst, was er zu tun hatte.

Sie hatte ihn gerettet.

Geführt.

Und Trigon begriff, daß sie der Schlüssel war; daß er ihre Kraft brauchte, ihren Rat, um zu Ende bringen zu können, was er begonnen hatte.

Die enge Öffnung, durch die er den Wall verließ, war kreisrund und erstaunlich massiv. Erst als er draußen im Zwielicht stand, sah er, daß er durch eines der beiden großen »Os« gekrochen war, die einst den Schriftzug »Zoologischer Garten« am Dach des Bahnhofs gebildet hatten. Der Wall hatte sich direkt vor dem Bahnhof aus dem Boden geschoben, und nun stand Magnus praktisch auf dem Dach der Metallkonstruktion, oder besser, dem was davon übrig war. Die Landschaft, die er vor sich sah, hatte nicht mehr viel mit dem Berlin gemein, das er von früher kannte. Was vor allem daran lag, daß unmittelbar vor ihm, jenseits des Platzes zwischen Bahnhof und Zoo, eine ansehnliche Steigung begann, die Ausläufer eines Berges, der am Horizont schon deutlich über die Bäume des Tiergartens gewachsen war und sichtbar weiter wuchs, begleitet von stetigem unterirdischem Grollen. Das Hochhaus gegenüber dem Bahnhof hatte diese geologischen Verwerfungen nicht überstanden und war auf die ohnehin schon verbogenen Schienen gestürzt, und der Zoo selbst lag nun etwa fünf Meter höher als zu seiner besten Zeit in Trümmern.

Magnus ging auf der Rückseite des Walls ein paar Schritte bis fast zum Bahnhofsdach, und schaute nach unten. Der einfachste Weg führte direkt durch die Reste der Stahlkonstruktion, denn hier hatte der Zufall eine bequem zu begehende Erdrampe bis auf den Bahnsteig geschaffen. Dennoch zögerte Magnus weiterzugehen. Er ging ein paar Schritte zurück, kroch vorsichtig auf den Kamm des löchrigen Erdwalls und sah sich auf der anderen Seite um.

Bis zu diesem Augenblick hatte er die Hoffnung gehegt, Wayland, Sebastian und die Biker hätten sich inzwischen bis zum Wannsee durchgeschlagen und die Reiter abgehängt, und Katharina wäre auf dem schnellsten Wege umgekehrt und irgendwo im Westen untergekrochen, räumlich weit entfernt, obwohl sie ihm so nah gewesen war.

Diese Hoffnung starb augenblicklich, als er etwa hundert Meter von sich entfernt das Blutbad entdeckte. Er zählte sieben Leichen, verdreht, teilweise zerstückelt, die in einem See aus Blut und Öl schwammen, eingerahmt von schweren Waffen. Als er die gelbe Kawasaki zwischen den anderen Motorrädern entdeckte, wurde sein Herz klein und hart. Die Maschine mußte Katharina gehören.

Aber wo war sie?

Wo waren Sebastian und Wayland?

Magnus kroch zurück, wieder über den Wall. Die Schattenreiter mußten noch in der Nähe sein, und das gleiche galt vermutlich für seine Freunde, sofern sie noch lebten. Er lauschte in sich hinein, in den Bereich seines Herzens, der fest mit Katharina verbunden war, und spürte noch immer Leben und Nähe.

Wo?

Geduckt, das Schwert gezogen, bewegte er sich zurück zum Bahnhof und sah nach links, auf den weit geschwungenen Wall. Nichts. Niemand. Nur Löcher in regelmäßigen Abständen …

Er kniff die Augen zusammen, als er aus einem der Löcher zwei schwarze Klumpen ragen sah. Schwarz mit ein bißchen silber. Vorsichtig schlich er über den Wall, bis er erkannte, daß es Turnschuhe waren, die, Sohle voran, aus der Erde schauten. Schwarze New-Balance-Turnschuhe mit einem weißen »N« auf der Seite.

Er zog Waylands Leiche aus dem Erdloch, sah die tiefe Wunde in der Brust seines Freundes und kniete erschöpft neben ihm nieder.

»Wayland«, flüsterte er, und wiederholte es ein halbes dutzendmal, während er dem Toten zärtlich über die Wange strich. Er fühlte sich umzingelt von mächtigen Gegnern, von Trauer, Verzweiflung und Angst. Sein einziger echter Verbündeter auf dem Weg vom Fluß bis hierher war tot, von den Schattenreitern getötet, wie er glaubte, und er wußte nicht, wie er das letzte Stück des unbekannten Weges allein bewältigen sollte. Wer sollte ihm nun raten? Wer sollte ihm den Weg weisen? Wer sollte ihm in die Nüsse treten, wenn er übermütig wurde?

Behutsam schloß er die Augen des kleinen Ritters und erhob sich. Vor ihm grollte der Berg, der höher und höher wuchs, und zwischen ihm und dem Gipfel lag der Park, der einstige Tiergarten, dunkel unter dem rot-grauen Himmel.

Magnus hob die Hände und schlug mit blau knisterndem Licht ein tiefes Loch aus dem Wall, in das er seinen toten Lehrmeister hineinschweben ließ. Es fiel ihm schwer. Zum zweiten Mal binnen einer halben Stunde mußte er, dessen größter Kummer bis zu diesem Tag in Trennungen, hypochrondrischen Sorgen um die Gesundheit und vermasselten Geschäftsabschlüssen bestanden hatte, von einem Menschen endgültig Abschied nehmen. »Möge der Herr deiner armen Seele gnädig sein«, murmelte er. »Möge er es dir nicht allzu übel nehmen, daß du mich in meiner schwersten Stunde allein läßt. Herr, gib ihm trotzdem eine von den besseren Wolken, er hat sie sich wirklich verdient.«

Nachdem Magnus Erde über den toten Körper gehäuft hatte, wandte er sich wieder nach rechts. Ratlos und allein, aber mit einem Ziel vor Augen.

Das Grollen nahm zu.

Das rot-graue Licht wurde schwächer.

Spöttisch dachten und lachten die Berater des Allumfassers über die Vorstellungen des Auserwählten, den sie trotz seines Triumphes über das namenlose Tier noch immer für einen arg simpel gestrickten Vertreter seiner Art hielten. An Wolken dachte er, wenn er dem Tod begegnete, und entblödete sich nicht, solche Narreteien in die Welt zu posaunen. Ein Trost, erwiderte müde der Allumfasser, der just in diesem Augenblick ein paar Blitze in seinen Händen hielt und so, weil es ihm gerade gefiel, akkurat der Vorstellung der alten Griechen von Zeus entsprach. Was sie verlangten, verlangte ER zu wissen, von einem Sterblichen, sei er nun Held, sei er nun Simpel? Wütend ließ ER die Blitze fahren und funkelte sie an, seine Berater, die darauf ungläubig fragten, ob ER denn wirklich zufrieden sei mit dem Verlauf der Dinge. Zu lange habe alles gedauert. Ob IHM entgangen sei, in welchem Zustand die Erde sich zwischenzeitlich befinde. Ob IHM entgangen sei, daß durch das entsetzlich langsame Vorwärtskommen SEINES Helden inzwischen alle Hoffnungen null und nichtig seien, alle Gesetze außer Kraft, alle Regierungen entmachtet, alle roten Knöpfe unter den Zeigefingern der Skrupellosesten ihrer Art, eine Milliarde Menschen gestorben. Natürlich, erwiderte ER, sei IHM das bekannt. Natürlich, fügte ER hinzu, bedauerte er vieles von dem, was geschehen war. Noch aber, ergänzte ER, sei das Spiel nicht beendet.

Spiel? Erwiderten die Berater wie aus einem Guß.

Spiel, erwiderte der Allumfasser. Nichts, fügte ER abschließend hinzu, hätten sie verstanden. Dabei hätte ER es doch schon oft so gehalten wie diesmal, in dieser Welt und in anderen. Besteht der eine, besteht die Welt. Versagt der eine, stirbt nicht nur er, stirbt alles, stirbt die Welt.

Wie er denn NICHT versagen könne, fragten darauf die Berater, mit einer Milliarde Leichen auf den Schultern und einer Prüfung vor sich, die er unmöglich, unmöglich, unmöglich bestehen konnte? Weder war er Heiliger noch wirklicher Held noch ein besonderes Exemplar seiner Gattung. Sterben würde er, das sei so sicher wie das Amen in der Kirche.

Das, erwiderte der Allumfasser bockig, sei überhaupt nicht von Bedeutung, und groß war daraufhin die Ratlosigkeit der Berater.

6

Magnus ging zum Bahnhof und rutschte zwischen den hohen Stahlpfeilern hindurch bis nach unten auf den ehemaligen Bahnsteig, der inzwischen nur noch aus haufenweise großen Betonplatten und noch mehr Rissen bestand. Die Schienen führten in grotesker Schräglage nach Norden, in Richtung Fluß. Der Bahnhofskiosk lag halb auf der Seite, wie von einem riesigen Finger umgeschnippt. Magnus überlegte einen Augenblick, ob er weiter vorwärts gehen sollte, dann wandte er sich nach links. Über die Schienen konnte er bis zum Fluß gelangen und eventuellen Zoobewohnern oder anderen Quälgeistern wenigstens auf dem ersten Stück des Weges ausweichen. Er erinnerte sich, daß im Park selbst lediglich eine schmale Fußgängerbrücke über den Fluß führte, und es erschien ihm angesichts der geologischen Umwälzungen unwahrscheinlich, daß die noch stand.

Er hatte noch keine fünf Schritte in Richtung Brücke gemacht, als das trübe Grau-Rot um ihn herum weggewischt wurde von klarer Farbenpracht.

Wie beim ersten Mal erfüllte es ihn mit Staunen, aber diesmal erfüllte es ihn auch mit Hoffnung. Über ihm hing plötzlich eine helle Wolke in allen Farben des Regenbogens, die sanft hin und her wogte und aus der alle paar Sekunden ein Strahl reinen Lichts auf den Asphalt pendelte.

»Banshaa«, seufzte Magnus erleichtert, als sich das

Mädchen vor ihm materialisierte. In ihrem reizenden Regenbogenkleid schwebte sie strahlend über den Schienen und betrachtete ihn mit mütterlicher Skepsis.

»Schön, dich zu sehen«, sagte er.

»Mmh.«

»Ich brauche deine Hilfe.«

»Warum?«

»Bitte, laß den Quatsch. Ist der falsche Moment.«

»Du hast das Tier besiegt.«

»Ja.«

»Warum?«

Magnus seufzte, dachte dann aber doch einen Augenblick nach, ehe er antwortete. »Ich habe keine Angst. Das heißt, doch, aber eben hatte ich keine. Nicht vor ihm und nicht vor dem, womit er mich quälen konnte. Das ist vorbei. Angst hab ich bloß noch vor dem, was kommt.«

»Warum?«

»Weil ich nicht weiß, was es ist.«

»Hast du Angst zu sterben?«

»Ja.«

Er erwartete ihr *Warum*, aber sie überraschte ihn.

»Laß das«, sagte sie.

»Okay«, sagte Magnus und lachte spöttisch. »Kein Problem. Laß ich's halt. Nichts leichter als das.«

»Auch die Furcht hat ein rechtes Maß.«

»Jap. Wo sind Katharina und Sebastian?«

»Der Basilisk hat sie.«

»Wo?« fragte Magnus und auch Banshaas schönes Licht konnte nicht verhindern, daß seine Hoffnung wich.

»Auf dem Berg. Er wird das Licht der Welt erblicken, bald.«

»Ich werde da sein«, nickte Magnus, und seine Stimme war fest. »Ich werde ihn erwarten, und ich werde ihm seinen Dreckssschädel von den Schultern schlagen und mit Katharina Walzer drauf tanzen.«

»Große Worte.« Banshaa runzelte die Stirn.

»Zweifel?« sagte Magnus.

Banshaa schwieg einen Augenblick und musterte ihn aus klaren braunen Augen. Dann sagte sie, noch immer mit nachdenklichem Unterton: »Vielleicht hast du tatsächlich das Zeug dazu. Aber beachte vier Dinge und höre mir aufmerksam zu, denn ich werde nichts wiederholen.«

Magnus nickte.

»Du mußt allein gehen, dieses Stück des Weges. Laß keinen Begleiter an deiner Seite sein, höre auf keinen Rat und keine Verlockung.«

»Angekommen.«

»Das Bild, das einer von sich hat, ist nicht die Wahrheit, aber jeder kennt die Wahrheit über sich, tief in sich. Wer sie verleugnet, wird drei Tode sterben, und beim dritten Mal wird er wirklich nicht mehr sein und nie wieder sein.«

»Mh?«

»Der Globus muß erlöst sein, ehe der Basilisk fällt, denn der Globus ist die falsche Freiheit.«

»Okay. Kann ich das Zweite bitte noch mal hören, das hab ich nicht …«

»Die eigene Boshaftigkeit ist des Bösen Untergang, denn das Böse sieht sich nicht.«

Magnus schüttelte den Kopf.

»Halte mich nicht für hoffnungslos, aber …«

»Richte dich danach, und du wirst auch die letzte Prüfung bestehen. Ignoriere meinen Rat, und du wirst scheitern.«

Das Licht wurde schwächer, Banshaa begann zu verblassen.

»Halt«, rief Magnus fassungslos. »Die Prüfung bestehen, heißt das *leben*? Wird Katharina leben, was ist mit meinem Sohn? Banshaa! Wo sind die Schattenreiter? Was wartet da in diesem Scheißpark auf mich, verdammt noch mal, bleib hier!«

Magnus stand allein im grau-roten Licht des Bahnhofs und schickte laute Flüche, die so ganz und gar nicht zu einem Helden passen wollten, in den Himmel aus verbogenen Stahlfingern.

7

Daß die Kongreßhalle rückwärts in die Spree rutschte und versank, bedauerte wohl kaum jemand, aber daß weiter östlich auch der frisch bezogene Reichstag sein nasses Grab fand, trieb denjenigen Menschen, die aus gebührender Entfernung von Osten aus das Entstehen des gewaltigen Berges mitten in der Stadt beobachteten, die eine oder andere Träne ins Auge. Alles Menschenwerk an den Hängen des Bergmassivs geriet ins Rutschen, Häuser, Denkmäler, Straßen. Während die Bäume sich tapfer hielten, sich seitwärts neigten, aber größtenteils verwurzelt blieben, ging die Straße des 17. Juni mehr und mehr in Stücke und sah allmählich aus wie eine überdimensionale Carrerabahn nach einem Kindergeburtstag mit vierzig Kleptomanen. Eine der Geröll-Lawinen, die im Westen herunterrollten, verschüttete Schloß Bellevue, eine der östlichen Lawinen erledigte schließlich auch das Brandenburger Tor, das schon vorher in bedenkliche Schräglage geraten war, und die Quadriga fiel krachend auf die Schnauzen.

Der Basilisk und seine Legionen von Teufeln und Dämonen bemerkten davon, obwohl sie kaum mehr fünfzig Meter von ihrem Ziel entfernt waren, nicht das Geringste. Es hätte allerdings auch niemanden in dem allmählich überkochenden Gewölbe interessiert, schließlich war man nicht auf dem Weg nach Berlin, um eine Sightseeing-Tour zu unternehmen.

»Heeeeeyyyyy!« brüllte und fauchte der Basilisk und

zerlegte wieder mal ein paar Dutzend Teufel mit seinem Schwanz. »Weg von meiner Kugel, ihr Wichser!« Er hatte alle Hände, Füße und den ganzen Schwanz voll zu tun, die übermütige Bande im Zaum zu halten. Dumpfbacken. Brennbirnen. Koksnasen. Zu heiß gekocht, allesamt. Waren im Begriff, sich eigenhändig um die Früchte seiner Bemühungen zu bringen.

Fauchend grillte der Basilisk ein Rudel Dämonen, das unweit des Seelenglobus mit den abgetrennten Gliedern eines unlängst zerschmetterten Teufels Baseball spielte. Es wird Zeit, dachte er. Es wird höchste Zeit, daß die Viecher was zu tun kriegen.

»Satan! Beelzebub! Loki!«

Die drei Gerufenen erschienen vor ihrem Herrn und Meister. Alle drei glühten vor Erwartung und wirkten ziemlich abgekämpft vom Feiern.

»Hey, Basil«, sagte Beelzebub.

»Alter Drachenschwanz«, ergänzte Loki.

»Was liegt an?« zischte Satan.

»Kümmert euch mal ein bißchen um die Disziplin hier unten, ihr Hackfressen. Ich will nicht, daß mir auf den letzten Metern irgend so ein Sackgesicht in den Globus fliegt.«

»Hey, Mann, was willste da machen?« sagte Beelzebub und deutete lässig in das Treiben hinter sich.

»ICH will da gar nichts machen«, brüllte der Basilisk. »Aber ihr macht was …«

»Ja, was denn? Soll ich die Hausordnung irgendwo annageln?« fragte Loki.

Der Basilisk holte Luft, öffnete das Maul, und einen feurigen Sekundenbruchteil später sahen Loki und die neben ihm stehenden Beelzebub und Satan aus wie James Brown nach einem Campingunfall.

»Ich scherze nicht«, sagte der Basilisk zu den dreien, die nervös an ihren verkohlten Körpern heruntersahen. »Ich mache euch persönlich verantwortlich. Wenn das Ding jetzt noch in die Hose geht, wird SIE mich tausend fürchterliche Tode sterben lassen. Aber ich verspreche euch, daß ich euch mitnehme.«

Die drei mächtigsten aller Teufel versicherten in eifrigem Chor, der Basilisk brauche sich keine Sorgen zu machen.

Verächtliches Schnauben war die Antwort. »Ihr Nullen. Meine Sorge ist Weitblick. Der Basilisk blickt voraus, deshalb seid ihr hier!«

»Es wird schlimmer«, flüsterte Satan.

»Pluralis majestatis«, nickte Beelzebub.

»Matschbirne«, murmelte Loki.

»DER BASILISK HÖRT DICH!« brüllte das Ungetüm. »UND WO IST DIESE GOTTVERFLUCHTE FRAU!?«

Das wußte die gottverfluchte Frau in diesem Augenblick selbst nicht genau. Unter ihrem Kinn spürte sie kalte Borsten, unter denen sich Muskeln bewegten, vor ihren halb geschlossenen Augen sah sie nur vorbeiwischendes Grau und Braun mit schmutzigen Klumpen drin. Und hörte eine Stimme, ununterbrochen, eindringlich, nicht weit entfernt, flüsternd. *Laß mich in Ruhe*, dachte sie, *ich will nicht mehr*, und fühlte alle Lebensgeister aus sich weichen. Sie hatte sich nicht ergeben, sie hatte sich gewehrt, nach Kräften, und die Männer in den langen Mänteln hatten sie geschlagen. Schwer. Gekämpft hatte sie, bis sie nicht mehr konnte. Eingedroschen auf die langen grauen Mäntel, bis ihr die Arme weh taten. Inzwischen tat ihr alles weh, jede Faser ihres Körpers. Sie wunderte sich, daß sie noch lebte. Lebte sie noch? Warum hörte die Stimme nicht auf zu reden. *Himmel, gib Ruhe.*

Nicht hinschauen, drang durch ihre Benommenheit. *Was immer, Auf gar keinen, Hörst, Blick aus seinen, sicherer Tod.*

Was?

Sie versuchte den Kopf zu heben. Versuchte die Arme zu bewegen, sich an der grauen beweglichen Fläche abzustützen, auf der sie lag.

So schwer.

Zu schwer.

Augen. Niemals. Wach!

Endlich erkannte sie die Stimme als die Sebastians. Wo war er? Wenn sie doch nur den Kopf heben könnte.

Den Kopf.

Es kostete sie schier übermenschliche Anstrengung, das Kinn zur Seite zu drehen und die Augen ein bißchen weiter zu öffnen. Dann erkannte sie durch verwischende Nebelschwaden das Gesicht ihres alten Freundes. Er lag, an Händen und Füßen gebunden, hinter dem Sattel eines grauen Pferdes, hinter einem der stolzen grauen Reiter, die mühelos und mit hohem Tempo einen Geröllhang hinauf galoppierten, oder besser, die einen halben Meter über dem Geröll aufwärts galoppierten. Sebastians Kopf war nur ein paar Handbreit von ihrem entfernt, und sie begriff, daß er ihr etwas zu sagen versuchte.

»Nicht«, las sie von seinen Lippen ab, »hinsehen. Sieh ihn *nicht* an! Sieh ihn auf keinen Fall an, was immer auch geschieht. Sieh ihn auf *keinen Fall* an!«

Sie brachte ein fast unmerkliches Nicken zustande. Dann sah sie, wie der Reiter vor Sebastian seinen Umhang hob und ihn über sein menschliches Gepäckstück gleiten ließ. Im nächsten Augenblick senkte sich auch über sie ein alles Licht verschluckender Umhang, und sie hatte das Gefühl, in endlose kalte Leere zu stürzen. Saß noch jemand vor ihr? War überhaupt jemand in diesen Kutten, lebte hier etwas, oder war da nur luftleerer Raum? Es war kalt, kalt und leer, und Katharina wurde wieder bewußtlos.

8

Wenigstens eine von Magnus' Sorgen erwies sich als unbegründet – der Fluß stellte kein Hindernis dar, denn durch den entstehenden Berg war er aus seinem Bett befreit worden und hatte sich zoowärts verteilt. Das bedeutete aber auch, daß der weiter östlich gelegene große See sich talwärts ergossen und das Gebiet um den Gipfel von einer freundlichen Wald- und Wiesenlandschaft in einen großen sumpfigen Abhang verwandelt hatte.

Der Aufstieg war beschwerlich, und schon wenige Minuten nach dem Verlassen der Schienen war Magnus schweißgebadet, schlammbedeckt und keuchte sich die Lunge aus dem Leib. Zu allem Überfluß war es finster unter den schief stehenden Bäumen, und ein feuchter Nebel hing leblos zwischen den Stämmen. Nur gelegentlich reichte die Sicht weiter als zehn Meter, und Magnus erkannte im aufgewühlten Erdreich die Ursache für den bestialischen Gestank, der ihn umfing. Früher hatte man bei Spaziergängen durch den Park gelegentlich einen reglosen Stadtstreicher am Ufer eines Baches gesehen; jetzt schien alles übersät mit Leichen, obwohl in dem braunen Durcheinander aus Wurzeln, Schlamm und Steinen wenig eindeutig zu erkennen war.

Magnus quälte sich keuchend weiter nach Nordosten. Er vermied es nach Möglichkeit, sich an vermeintlichen Wurzeln abzustützen oder voranzuziehen. Nach einer guten Viertelstunde erreichte er den ehemaligen Biergarten des Cafés am Neuen See und lief schaudernd durch die geisterhafte Kulisse, in der einst, zu unfreieren Zeiten, auch er einige Nachmittage verbracht hatte. Traurig standen und lagen sie da, Hunderte von Tischen und Stühlen, auf denen nie wieder jemand sitzen würde. Er hörte förmlich das Klirren der Gläser, das Lachen entspannter Runden, sah händchenhaltende Paare vor sich, die Blicke ineinander verschränkt. Nie wieder. Hinter dem Café, auf der ehemaligen Lichtenbergallee, wandte er sich nach links, denn er wollte sich in Richtung Siegessäule durchschlagen, um nicht weiter in Schlamm und Matsch seine Kräfte zu lassen. Er rechnete damit, daß der Boden dort trockener wäre, und was er vor sich sah, schien seine Vermutung zu bestätigen. Die Allee in Richtung der Säule wirkte fast unbeschädigt. Zwar verlief sie inzwischen relativ steil aufwärts, aber noch standen die Bäume und die Denkmäler schief in der Landschaft, und sogar die Grasflächen dazwischen wirkten noch relativ gut erhalten, wenn auch vom Grün nichts geblieben war. Magnus rannte weiter, aufwärts. Unter seinen Füßen hörte er das Grollen, lauter und immer lauter. Es kam näher. Er kam näher.

Über den ehemaligen Rasen lief er weiter, vorbei an Denkmälern, mit denen man wahre Heldentaten verewigt hatte. Eine Art Alter Fritz hetzte seine Hunde auf einen unsichtbaren Hasen, und nebenan reckte sich, flankiert von kläffenden Kötern und einem geschafften Gaul, ein Bursche mit Spitzhelm und Posthorn in pathetischer Pose, den toten Erzfeind in der Rechten: einen Fuchs.

Magnus schnaubte an ihnen vorbei, und vor sich, über sich, erkannte er durch die rot-grau umschleierten Baumwipfel die stolze Victoria auf der Siegessäule, die inzwischen deutlich schräger in der Landschaft stand als ihr Verwandter in Pisa. Immerhin, dachte Magnus, das alte Mädchen hält den Lorbeer noch immer hoch. Gut so.

Einen Augenblick später stand er vor dem Platz, dem großen Stern, oder besser, einem gründlich weggerutschten Haufen Asphalt, vor sich den steilen Aufstieg zum Gipfel, zwischen sich und dem Gipfel die Siegessäule. Er überlegte, ob er es riskieren sollte, wenigstens auf die untere Aussichtsplattform zu steigen, um sich zu orientieren, als ein neuer schwerer Stoß die Erde erschütterte.

Als das Donnern verhallt war, sah Magnus ungläubig nach oben.

Sah die Siegerin an.

Die sich unmerklich zu verneigen schien, vor ihm?

Nein.

Sie hielt sich nur für einen Augenblick an die Zeitlupenbewegung, dann gehorchte sie artig der Erdanziehungskraft.

Magnus wich ein paar Schritte zurück und stolperte über eine herausgebrochene Asphaltscholle, den Blick starr nach oben gerichtet. Rasch rappelte er sich wieder auf und rannte, halb auf den Beinen, davon, zurück in Richtung der Bäume, während der tonnenschwere Goldengel pfeifend aus dem Himmel stürzte. Magnus rannte. Unmittelbar hinter sich spürte er die alles vernichtende Masse kommen, rannte weiter und fühlte sich hochgehoben, aus dem Gleichgewicht geworfen, als Victoria mit ohrenbetäubendem Lärm landete.

Als Magnus sich wieder aufrappelte, sah er direkt neben sich den Lorbeerkranz der Statue zwischen Schlamm und Asphalt stecken, groß wie ein Eßtisch. Er rappelte sich auf. Zwei Meter vor ihm lag die stolze Victoria mit dem Gesicht im zerschmetterten Pflaster, würdeloser als eine betrunkene Nonne, entmutigend wie eine AIDS-Diagnose.

Magnus sah über ihren gebrochenen Rücken zum Rest der Säule. Das Podest stand noch, aber mit einem Blick nach rechts sah er auch so, wohin der Weg ihn führte.

Schnurgerade an den Trümmern der Straße des 17. Juni entlang, bis zum Gipfel, der weiter wuchs, weiter und höher. Oben lösten sich Geröllmassen und rutschten talwärts, alle tapferen Bäume mit sich reißend.

Magnus fragte sich, was er tun sollte, wenn ihm eine solche Lawine entgegenkäme, und besann sich seiner Fähigkeiten. Vielleicht konnte er sie mit blauem Licht aufhalten. Andernfalls – tja, was, andernfalls?

Er wollte gerade um die gestürzte Victoria herumgehen, als er das Murmeln wahrnahm. Ein lauter werdendes Geräusch, das aus dem Nichts zu kommen schien, aus allen Richtungen gleichzeitig. Verdutzt blieb er stehen und sah sich auf dem riesigen leeren Platz um.

Niemand näherte sich.

Dann aber sah er sie, denn aus dem dünnen Nebel schälten sich gespenstische Schemen und bildeten einen Ring um ihn, einen Ring von etwa zwanzig Metern Durchmesser. Vor ihm, neben ihm, hinter ihm, überall erschienen die ätherischen Gestalten. Und es kam Magnus vor, als schüttete ein unsichtbarer Jemand einen Kübel Eiswasser in seinen Kragen, als er sie erkannte, eine nach der anderen.

9

Als die Schattenreiter, wie von Geisterhand geworfen, durch die Wand des Gewölbes ritten, stoben die tobenden Teufel und Dämonen vor den Hufen der Pferde auseinander wie verängstigte Kinder, denn niemand, der etwas von den Mächten von Himmel und Hölle weiß, stellt sich einem Schattenreiter in den Weg. Majestätisch trabten die Reiter voran und teilten die teuflische Schar wie einst Moses das Meer.

Der Basilisk reckte triumphierend den Hals.

»AAAAH!« rief er. »Meine Freunde! Herren der Finsternis! Habt ihr das, worum ich euch bat?«

»Ja, Herr«, erwiderte einer der Schattenreiter und warf den Umhang von seinem Gepäckstück. Mit Leichtigkeit hob er Sebastian über seinen Kopf und präsentierte ihn dem Basilisken. Der alte Mann hielt die Augen fest geschlossen.

Der Basilisk runzelte die Stirn.

»Und die Frau?«

Der zweite Schattenreiter präsentierte auf gleiche Weise die bewußtlose Katharina.

Der Basilisk legte seine häßliche Stirn in tiefe Furchen, als er den kleinen schlaffen Körper in der Hand des Reiters sah. »Ist sie tot?«

»Nein, Herr, ihr Herz schlägt noch.«

»Das ist gut. Bringt sie zu mir. Bindet sie.« Er deutete auf zwei hohe Pfähle, die ein Dutzend Teufel auf seinen Befehl hin in den Boden gerammt hatten. Der Basilisk liebte Pfähle. Keine Fessel, kein Kerker, keine Folter konnte das elende Ende aller menschlichen Anmaßung so vortrefflich symbolisieren wie ein Pfahl, ein Ausrufezeichen aus totem Holz, an dem eine Hoffnung ihr Leben aushauchte. »Bindet sie. Bindet sie hier an, bindet sie hoch, und laßt sie an den Armen hängen. Ich will sie bei mir haben, alle beide.«

»Ja, Herr«, sagten die Reiter, stiegen ab und beeilten sich, dem Befehl nachzukommen.

In der riesigen Grotte herrschte gebanntes Schweigen. Nur an den äußersten Enden tanzten einige Unverbesserliche weiter, die wieder mal rein gar nichts mitgekriegt hatten.

»Äh, Basil?« fragte Loki von seinem Wachtposten vor der Seelenkugel.

»Was?«

»Was willst du mit den beiden? Warum bringst du sie nicht einfach um?«

»Kann ich die Frau haben?« fragte Satan und leckte sich die Lippen.

»Ich will die untere Hälfte«, sagte Beelzebub.

»Schweigt.« Im Gesicht des Basilisken zuckten ein paar Muskeln verärgert vor sich hin. »Ich weiß«, fügte er leise hinzu, »daß er die letzte Prüfung nicht bestehen kann.«

»Eben«, sagte Loki. »Das kann kein Mensch.«

»Aber«, fuhr der Basilisk fort. »Wenn der Himmel zuunterst liegt und die Hölle zuoberst, wenn Geburtstag und Todestag des Christenheilands auf einen Tag fallen und die Sonne nicht mehr scheint, wenn also das Unmögliche geschieht, dann, ja dann!«

»Dann?«

»Ist die Frau sein Tod.« Fünf kleine Worte nur. Aber der Basilisk sprach sie mit solcher Selbstsicherheit aus, daß niemand mehr, auch nicht der skeptischste Teufel, an seinem endgültigen Triumph zweifeln konnte.

Unermeßlich gering waren die Aussichten des Helden, daß er sie überhaupt erreichte. Aber wenn es ihm gelänge, wenn er die Kraft aller überhaupt ausdenkbaren Wunder zu mobilsieren verstünde, wenn er überlebte, dann hielte der Basilisk sein Leben in den Krallen, seine Inspiration, seine Wegweiserin, seine bessere Hälfte, den Schlüssel zu seinem Wissen, seinem Erfolg; seine Intuition, sein Herzblut, die Kraft, die ihn beschützt hatte vor den Mächten des Tiers ohne Namen.

Dann, wußte der Basilisk, blieben dem Helden zwei Möglichkeiten.

Zögern. Grübeln.

Und sterben.

Oder sich sofort ergeben, um ihr Leben zu retten.

Und sterben.

Ein leiser Laut des Bedauerns entrang sich der Kehle des Basilisken, als ihm bewußt wurde, daß er Magnus Morgenstern nie vor diese Alternative würde stellen können. Daß er vorher sterben würde, der Held.

In diesem Moment endete schlagartig das Grollen, das ihren Aufstieg von Beginn an begleitet hatte, und es wurde totenstill in dem großen Gewölbe. Der Basilisk wandte den schaurigen Kopf nach oben und blinzelte in Richtung der weit entfernt im Dunkeln liegenden Kuppel des uralten Gemäuers.

Ihm war, als hörte er Musik. Feierliche, höllische Töne, donnernde Klänge, Walkürenritte, gespielt auf Särgen, Knochen, Sehnen.

Die Spannung war mit Klauen zu greifen. Hunderttausend teuflische Augenpaare ruhten nur auf ihm, und nachdem der Basilisk den Augenblick seines Triumphs bis zur Neige ausgekostet hatte (vielleicht sogar ein bißchen darüber hinaus, denn in den hinteren Reihen ging schon wieder das Gemurmel los), öffnete er seinen fürchterlichen Schnabel sperrangelweit und spie brüllendes Feuer gegen die Decke, maßloses Feuer, Feuer wie aus einem gasgefüllten Vulkan, das donnernd und krachend das letzte Hindernis zwischen ihm und seiner Eroberung niederbrannte und als flammende Fontäne kilometerhoch in den Himmel über Berlin schoß, lodernd, heiß und allen, die sie sahen, vom Anfang des Endes kündend.

10

Magnus stand fassungslos im Kreis der Schemen, als die Fontäne am Horizont aus dem Berg schoß und die Welt in grellrotes Licht tauchte. Für einen Moment wußte er nicht, wohin er zuerst schauen sollte, dachte alles kreuz und quer durcheinander, unter anderem »Zu spät«, »Katharina« und »Was macht mein alter Sportlehrer hier?«. Er konzentrierte sich auf den letzten Gedanken, denn alles, was damit zusammenhing, drängte sich förmlich auf, respektive um ihn herum.

Die Schemen waren inzwischen Personen geworden, die durchscheinend zwar, aber fast greifbar, um ihn herumstanden, einen Kreis bildeten wie Zuschauer in einer Arena. Wie aus weiter Ferne hörte er gedämpftes Murmeln, aber verstehen konnte er nichts. Er sah sich umringt von bekannten Gesichtern. Lehrer. Mitarbeiter. Trainer. Weggefährten von einst. Schulfreunde, Kommilitonen. Freundinnen. Geliebte. Seine Mutter. Seine Ex-Frau. Sein Sohn.

Als er Felix entdeckte, vergaß er sein instinktives Wissen um die Beschaffenheit dieser Gestalten. Er stürzte zu ihm und rief seinen Namen, doch der Junge reagierte nicht. Magnus kniete vor ihm nieder und wiederholte seinen Namen.

»Felix? Hörst du mich.«

Felix nickte. Lächelte sogar. Tonnenschwere Gewichte zerstoben unter törichten Hoffnungen und rieselten von Magnus' Schultern. Er versuchte seinen Sohn zu umarmen, aber seine Hände griffen durch die Schultern ins Leere.

»Lebst du?« fragte er bestürzt. »Felix, geht es dir gut?« Er sah hoch, ins Gesicht seiner Ex-Frau, die hinter dem Jungen stand, und fragte bittend: »Geht es euch gut?«

Statt zu antworten, blickte sie an ihm vorbei, über seine Schulter.

Magnus drehte sich um und erstarrte.

Obwohl es gerade eine Woche her war, daß er vor dem großen Spiegel im Flur seiner Wohnung gestanden hatte, gepflegt vom Kopf bis zu den Zehen, im Designeranzug, das Hemd frisch gebügelt, die maßgefertigten Schuhe blitzblank poliert, fühlte er sich um ein ganzes Leben zurückversetzt. Er kannte die souveräne Haltung des Mannes, der auf der anderen Seite des Zuschauerkreises erschienen war, das fleisch gewordene Selbstvertrauen eines Unbesiegbaren. Er kannte das Gefühl, das sich in der Haltung seines Gegenübers ausdrückte, in seinem Lächeln, denn er hatte es oft genug vor wichtigen Terminen und Entscheidungen genossen. Schlimmer aber war, daß er nicht nur wegen der Kleidung des Mannes und wegen dessen Haltung das Gefühl hatte, in einen Spiegel zu blicken. Das Gesicht kannte er nämlich auch, aus jedem Spiegel.

Wer oder was immer diese Gestalt war, sie verstand sich meisterhaft aufs Imitieren.

»Beeindruckend«, hörte Magnus sich sagen.

»Ich weiß«, erwiderte die Gestalt, und eine kalte Hand faßte nach Magnus' Herz, als er seine eigene Stimme erkannte, bis in die letzte arrogante Tonfallschwingung perfekt imitiert. Mit leicht hochgezogenen Brauen betrachtete der Gestaltwandler (denn wer oder was sollte das sonst sein?) die Fingernägel seiner rechten Hand und sagte gelassen: »Kehr um.«

Magnus lachte kurz. »Keine Chance«, sagte er.

»Nicht?« Ein charmanter Blick von unten, mit leicht gesenktem Kopf.

»Nein.«

Die Gestalt seufzte. »Tja. Dann war's das wohl.«

»Ja, ja«, sagte Magnus ungeduldig. »Spar dir die Vorrede. Wenn du kämpfen willst, kämpfe, wenn nicht – was mir im übrigen« er deutete eine Verbeugung an, »lieber wäre: mach Platz.«

»Dumm«, sagte der andere lächelnd. »Also dann.« Er griff in die Luft, und aus dem Nichts materialisierte sich eine Maschinenpistole in seiner Hand.

»Das nennst du kämpfen?« fragte Magnus spöttisch.

»Na ja. Sagen wir's mal so: Du hast eine Menge gelernt von Wayland, dem kleinen Schmied, und ich bin kein besonders guter Schütze.« Er senkte kurz den Kopf, dann hob er ihn lächelnd wieder und sagte betont freundlich: »Ach ja, ehe ich's vergesse. Dieser Kreis...« Er deutete auf die schemenhaften Zuschauer, »absorbiert deine Kräfte, also einfacher gesagt: Hier drin ist nichts mit blauem Knisterlicht. Nur, daß du's weißt.«

Magnus' Atem ging ein bißchen holpriger, aber er ließ sich nichts anmerken. »Gut«, sagte er. »Dann mal los, mein Freund, ich hab nicht den ganzen Tag Zeit.«

Die Gestalt verneigte sich leicht, dann lud sie die Maschinenpistole durch und eröffnete einfach das Feuer. Magnus war selbst überrascht, daß er die Kugeln wie in Zeitlupe auf sich zukommen sah. Seine eigenen Bewegungen hingegen liefen in Normalgeschwindigkeit ab, und so hatte er reichlich Zeit, die flache Seite seines unzerstörbaren Schwertes in die Flugrichtung der Kugeln zu halten und diese, eine nach der anderen, abtropfen zu lassen. Die Querschläger pfiffen mitten durch die Schemen, aber die beeindruckte das glücklicherweise nicht im geringsten. Nach etwa fünfzig Schuß stellte die Gestalt das Feuer ein und grinste.

»Guuuut! Sehr, sehr gut! Aber sag mal, du warst doch immer Pazifist. Ich kann mich erinnern, daß du sogar vor der Bundeswehr gekniffen hast.«

»Lange her.«

»Warum eigentlich?«

»Weil ich ein friedliebender Mensch bin.«

Ein Grinsen, in dem sich Bedauern und Triumph aufs Vortrefflichste mischten, machte es sich auf dem Gesicht der Gestalt bequem. »Mh«, sagte sie. »Schade. Das war fast ein bißchen zu leicht.«

Die Maschinenpistole ratterte wieder los, und Magnus hatte gerade noch Zeit, zu seinem allergrößten Entsetzen zu bemerken, daß ihm diesmal nicht die Gnade der Slowmotion zuteil wurde. Zwei Kugeln prallten, mehr zufällig, von seinem erhobenen Schwert ab, die nächsten dreißig zerrissen seine Brust.

Und während er taumelte, fiel und starb, hörte er die Gestalt schallend lachen.

Der Basilisk verspürte monströse Erleichterung und stieß ein Triumphgeheul an, das sämtlichen Teufeln, die noch nicht den Weg ins Freie gefunden hatten, die Ohren klingeln ließ.

Die Berater des Allumfassers beschäftigten sich intensiv mit der Frage, ob es möglich wäre, auf einem neuen Planeten Fische zu konstruieren, die auch nach Jahrmillionen nie auf die Idee kämen, aus dem Wasser zu krabbeln und nach irgendwelchen Ästen zu greifen. Welche Zeit das wieder kosten würde! Wieviel Arbeit!

Der Allumfasser blieb ein stummer Berg.

Über Banshaas Wange lief eine wütende Träne.

Magnus hingegen dachte bloß erstaunt: Ich denke.

Bin ich also?

Sehen, riechen, schmecken konnte er nichts, tasten ebensowenig. Er fühlte keinen Schmerz. Dennoch vernahm er laut und deutlich Banshaas vergangene Worte. *Jeder kennt die Wahrheit über sich, tief in sich. Wer sie verleugnet, wird drei Tode sterben, und beim dritten Mal wird er wirklich nicht mehr sein und nie wieder sein.*

Magnus beschimpfte sich in Gedanken. »Weil ich ein friedliebender Mensch …«, jajaja. Weil er keine Lust gehabt hatte, sich die Frisur versauen zu lassen. Weil er keine Lust gehabt hatte, sich von irgendwelchen militanten Realschulabbrechern Befehle erteilen zu lassen.

Leichtfertig, dachte er, *mein Gott, so leichtfertig.*

Im nächsten Augenblick sah er wieder das Wesen vor sich. Roch Pulver. Schmeckte Blut in seinem Mund. Fühlte … nein, eben nicht. Faßte sich ungläubig an die von Kugeln durchlöcherte Lederbrust, unter der alles heil war. Keine Wunden, bloß eine ganze Reihe von fast vollständig verheilten Narben.

Er verneigte sich, hob das Schwert und sagte entschlossen: »Okay, bringen wir's hinter uns.«

Eine neuerliche Garbe folgte. Wieder in Zeitlupe, so daß Magnus sie mühelos abwehren konnte.

»Ein Killer, hm?« sagte die Gestalt.

»Wer?«

»Du.«

»Nicht, daß ich wüßte«, sagte Magnus vorsichtig.

»Na ja, sagen wir mal *latent.*«

»Mh?«

»Denk an deine Ex. Wie oft hättest du die gekillt, wenn du gewußt hättest, daß du straffrei wegkommst?«

Magnus ließ sich Zeit mit der Antwort.

»Sieben-, achtmal«, sagte er schließlich wahrheitsgemäß und sah die Bestürzung auf den Gesichtern der Zuschauer. Blankes Entsetzen in den Augen seiner Ex-Frau. Felix drehte sich um und fragte seine Mutter etwas, unhörbar. Sie antwortete nicht, sie starrte bloß Magnus an und ließ ihn mit diesem Blick wissen, jedes positive Gefühl vom ersten Tag ihrer Beziehung bis zum heutigen, sogar die Erinnerung daran, sei unrettbar verloren.

»Mh«, sagte die Gestalt anerkennend. »Und den Jungen?«

Magnus bekam die wütend zusammengebissenen Kiefer kaum auseinander. »Ich weiß es nicht genau«, murmelte er wahrheitsgemäß und wünschte sich weit weg.

Irgendwo hinter sich hörte er seine eigene Mutter nach Luft japsen.

Stumm betete Magnus um Erlösung. Wünschte sich, dies möge vorbei sein. Wünschte sich ein neues Tier ohne Namen, einen neuen Wolf, Blut und splitternde Knochen, Feuer und Spinnen. Denn er wußte, daß kein Stein auf dem anderen bliebe, wenn dies weiterginge bis zum bitteren Ende, wenn alles ans Licht käme, wußte, daß alle, die zuhörten, sich nicht einmal mehr die Mühe machen würden, auf sein Grab zu spucken. Und er hatte sich weit mehr ersehnt als ein schönes Grab und Menschen, die kamen und seiner liebevoll gedachten; auch im Leben hatte er sich Bewunderung gewünscht. Respekt. Liebe für das, was er tat und ließ.

Die Gestalt fing an zu lachen. Als hätte sie seine Gedanken gelesen.

»Ich nehme an«, fuhr Magnus ihm in die Parade, »daß so mancher, den man brüllend um den Schlaf bringt, mit Mordgedanken durch die Flure schleicht. Aber du weißt selbst ganz genau, daß diese Gedanken keinen Boden haben.«

Es war die reine Wahrheit. Trotzdem feuerte die Gestalt.

Langsam flogen die Kugeln. Magnus wehrte sie ab. Dann machte er einen Schritt nach vorn, um endlich selbst einen Versuch zu unternehmen, den Kampf für sich zu entscheiden, aber das Wesen wich elegant vor ihm zurück und führte wieder seine stärkste Waffe, das Wort.

»Sag mir, mein Freund, mein *Held*, hast du je eine Frau verlassen, weil sie ein Kind von dir unter dem Herzen trug?«

»Einmal«, knurrte Magnus.

»Und wieviele Menschen hast du auf dem Gewissen?«

»Zwei«, ächzte Magnus sicherheitshalber, obwohl er der Ansicht war, daß sich letztlich jeder selbst auf dem Gewissen hatte. »Sie hat sich umgebracht, und das Kind mit.«

Das Entsetzen auf den Gesichtern derer, die dachten, sie hätten ihn gekannt, erschien ihm fast greifbar.

»Soweit ich weiß«, fügte er hinzu. »Vielleicht haben sich auch noch ein paar Mitarbeiter umgebracht, die ich entlassen habe, oder ein Gemüseverkäufer, weil ich ihm seine verfaulten Äpfel zurückgebracht habe. Komm zur Sache. Und bleib endlich stehen!«

Die Gestalt lächelte dünn, blieb stehen und warf die Maschinenpistole weg. Magnus nickte anerkennend, während sich in der Hand seines Alter ego ein Schwert materialisierte, das dem seinen glich.

»Schon besser«, sagte Magnus.

»Da wäre ich nicht so sicher«, sagte sein Gegenüber und deckte ihn eine endlose Minute lang mit fürchterlichen Schlägen ein. Ohne Anstrengung, wie es schien, und mit großer Eleganz. Magnus konnte sich nur mit Mühe und Not verteidigen; an eigene Angriffsschläge war nicht zu denken.

»Wer bist du«, fragte er keuchend, als der andere endlich eine Pause einlegte und ein paar Schritte zurückwich. Der andere schwitzte nicht, er atmete nicht schneller als zuvor, er war vollkommen *cool*.

»Ich bin du«, sagte er. Verwundert ließ er die rechte Augenbraue einen halben Millimeter höher schnellen. »Wer sonst? Wie war das damals mit Nicole?«

Magnus sah sie unter den Zuschauern. Er hatte sie sehr gemocht, aber das war schon fast zwanzig Jahre her. Sie hatten sich nur eines geschworen, damals. Ehrlichkeit.

»Ich hab sie belogen«, sagte Magnus. »Ich war zwei-,

dreimal mit Sabine weg. Im Bett«, beeilte er sich hinzuzufügen, während der Schatten des Mädchens fassungslos den Kopf schüttelte und verschwand.

»Obwohl du geschworen hattest.«

»Ja.«

»Bei Gott.«

»Ja«, sagte Magnus erstickt.

»Deinem Gott.«

»Ja.«

»An den du damals noch glaubtest.«

»Ja.«

»Und schon lange nicht mehr glaubst.«

»Ich glaube an ihn, wenn ich ihn brauche.«

»Hast du je davon geträumt, deine Mutter zu bumsen?«

»Nein«, sagte Magnus. Die Frage war unvermittelt gekommen. Der Schlag, der auf seine Antwort folgte, kam noch etwas rascher. Er sah ihn nicht einmal kommen.

Im Dunkeln tastete er verzweifelt nach seinen Sinnen.

Lieber Gott! Himmel! Buddha, Allah, Zeus und Shiva, Isis und Osiris. Jesus. Hilf mir, auch wenn ich in Deinem Namen falsches Zeugnis abgelegt habe. Gib mir Kraft.

Sekunden später stand er wieder auf dem Platz, zwischen den Schemen, und betastete schwer atmend seinen Hals, an dem nur noch eine dünne Narbe von seiner zweiten verpaßten Chance kündete.

»Letzte Runde«, tröstete ihn die Gestalt. »Du hast es gleich hinter dir.« Sie zwinkerte ihm zu.

Wieder rotierte das Schwert in seine Richtung und wieder konnte er sich nur unter Aufbietung all seines unter Waylands Anweisung erworbenen Könnens der todbringenden Schläge erwehren.

»Sex zu dritt gehabt?« fragte der andere.

»Ja.«

»Wann?«

»Paar Jahre her.«

»Als du mit Rita zusammenwarst.«
»Ja.«
»War Rita dabei?«
»Nein.«
Nicht nur der Rita-Schatten schüttelte schluchzend den Kopf und verschwand. Es schien Magnus, als lichteten sich die Reihen zügig. Als hätten viele schon mehr als genug gehört.
»Warum hast du geheiratet?«
Magnus dachte einen Augenblick nach und fühlte den Druck der letzten Schlinge um seinen Hals. Erstickt sagte er: »Weil ich irgendwas haben wollte, was mir gehört. Weil ich wollte, daß jemand nicht mehr weggeht.«
»Warum hast du Felix?«
»Weil ich Angst hatte, daß sie sonst geht.«
»Bist du stark?«
»Nein.«
»Wie oft hast du sie betrogen?«
»Oft«, knirschte Magnus.
»Wann zum ersten Mal?«
»Scheiße, eine Woche nach der Geburt.«
Die Reihen lichteten sich zusehends. Aus den Augenwinkeln sah Magnus das Gesicht seiner Mutter, die versteinerte Maske einer zu schlechter Letzt um alles Betrogenen, die auf ein verpaßtes Leben zurückblickte. Er holte aus und schlug nach seinem Gegenüber, aber die Gestalt wehrte den Schlag lässig ab.
»Sag mir, Magnus Morgenstern, warum besuchst du deinen Sohn so selten?«
»Weil ich ein Egoist bin.« Magnus' Kiefer schmerzte. »Weil ich lieber in Restaurants sitze und Frauen anbaggere.«
»Wie war das mit diesem Angebot, vor zwei Jahren, nach Amerika zu gehen? Was hast du da gedacht?«
»Daß ich nicht kann.«
»Weil?«

»Weil er da ist.«

»Felix.«

»Ja.«

»Hast du dir gewünscht …« Die Gestalt lächelte, und Magnus zitterte am ganzen Körper. »Er wäre nicht mehr da?«

»Ja.«

Eiskalt wurde die Welt um ihn herum.

»Hast du dein Leben im Griff?«

»Nein.«

»Behauptest du das nicht?«

»Doch.«

»Bist du erfolgreich?«

»Nein. Nicht wirklich. Ich bin ein gleichgültiges, verwöhntes, eitles Arschloch, so unbedeutend wie eine Eintagsfliege; ein Arschloch, das vor lauter Egozentrik nicht mal mehr merkt, was es ist und was um es herum geschieht; ein Arschloch, das seinen Glauben, seine Seele und seine Ideale versilbert und auf den Blutacker geschmissen hat und nicht weiß, woran es glaubt, wofür es lebt und wofür es sich zu sterben lohnt.«

Wessen Wahrheit war das? fragte er sich. Seine? Die ganze? Oder bloß eine opportunistische, temporäre? Aber zum ersten Mal verschwand nach diesen Worten für eine Nanosekunde das spöttische Lächeln aus dem Gesicht der Gestalt. Magnus meinte sogar ein kurzes Zögern zu bemerken. Vielleicht war die Imitation doch nicht perfekt. Andernfalls war sein Gegenüber irritiert, aus welchem Grund auch immer.

»Bist du gut?« fragte es, überlegen wie zuvor.

»Nein.«

»Hast du Dinge zum Guten gewendet?«

»Selten.«

»Zum Schlechten?«

»Ja.«

»Kannst du den Lauf der Dinge beeinflussen?«

Magnus dachte lange über die Antwort nach. Schließlich rückte er mit der lahmen Wahrheit raus.

»Ich hoffe.«

Wieder wurde Magnus mit Schlägen eingedeckt, die härter und schneller kamen als in den Runden zuvor. Er verteidigte sich verzweifelt und wußte, daß er diesem Bombardement nicht mehr lange standhalten könnte. Was er hingegen nicht wußte war, was er tun sollte. Keuchend, das Schwert mit beiden Händen haltend, taumelte er durch den Kreis.

»Was bist du?« fragte der andere mit verächtlichem Interesse und neu gewonnener Souveränität. Magnus' Nackenhaare stellten sich auf, und in seinem Kopf fragte ein kleiner Filmvorführer artig an, ob er den Lebensrückblick jetzt abfahren solle. Auf Magnus' Stirn bildeten sich Schweißperlen. Inklusive aller abgewogenen Einschränkungen (»Man muß aber bedenken«, »Zu meiner Entlastung erlaube ich mir darauf hinzuweisen«, »Waren damals sowieso die anderen«, »Sachzwänge«, »Arschgeigen« etc.) hätte die Antwort circa drei Stunden gedauert. Also entschloß er sich nach raschem Überlegen, das schmükkende Beiwerk komplett unter den Tisch fallen zu lassen.

»Eine Null«, gestand Magnus also. »Eine noch größere Null als jeder talentfreie Idiot und jeder geistig behinderte Massenmörder. Eine Schande. Jemand, der seine Talente mit Wucht in den Gulli getreten hat. Ein Zyniker, ein Großmaul. Geldgeil, notgeil. Ein Lügner, zu oft, ohne Not.« Erstaunt stellte er fest, daß ihm die Worte leichter als zuvor von den Lippen kamen. Inzwischen standen nur noch vier Schemen im Kreis. Seine Ex-Frau, Felix, seine Mutter und, wie er erst jetzt bemerkte, weit weg, in seinem Rücken, Katharina.

»Weißt du«, sagte er. »Eigentlich ist es ganz einfach, wenn auch erbärmlich. Als ich festgestellt hab, daß man mit Idealen nicht reich wird, habe ich mich für den Reichtum entschieden. Ich habe die Ehrlichkeit immer hochgehalten und dabei gelogen, als gäbe es kein Morgen. Ich habe mißtraut und Vertrauen verlangt. Ich habe Treue gepredigt und rumgehurt wie ein Geisteskranker. Ich habe sechsmal täglich gekniffen, wenn ich für irgendwas schlecht bezahlte Verantwortung übernehmen sollte, und ich hatte jedesmal eine unglaublich gute Erklärung. Ich weiß nicht, ob die außer mir jemand gekauft hat, aber ich war immer leicht zufriedenzustellen. Ich wollte jemanden, der garantiert bei mir bleibt, obwohl nur eines sicher ist, der Tod. Sogar in dem Punkt hab ich mir erfolgreich die Hucke vollgelogen.«

Unvermittelt schlug die Gestalt wieder zu, und um ein Haar hätte Magnus den Schlag nicht erwidern können. Aber als er es tat, spürte er erstaunt, daß nicht mehr so viel Wucht dahinter saß wie vorher. Er holte selbst zu einem Schlag aus, den der andere parierte.

»Ich habe meine Mutter verurteilt«, sagte er. Jetzt begannen er und sein Gegner einander mit gezückten Schwertern zu umkreisen, und beider Blicke waren fest und ernst. »Weil«, sagte Magnus, »sie mir keinen Vater gegeben hat. Ich habe ihr die Schuld gegeben für alles, was ich verbockt habe. War ja ihre Erziehung. Sie hat mich nicht gestillt, also mußte ich mich auf jede Brust werfen, die ich kriegen konnte. Und rauchen, sowieso. Auch ihre Schuld. Sie hat mir meine Wichsvorlagen weggenommen, also mußte ich alles nageln, was sich bewegt, ohne Rücksicht auf Gefühle. Ihre Schuld. Sie hat mich mit Religion vollgepumpt bis mir der Scheiß zu den Ohren rauskam, also bin ich Atheist geworden. Ihre Schuld. Sie hat mich nicht genug geliebt – Grund genug, scheiße zu anderen zu sein, oder? Ihre Schuld … Nee, eben nicht. War ich cool? In meinem Anzug, mit meinem geilen Auto, mit meinem fitten Six-Pack, manikürt und pedikürt, bewundert und gefürchtet?«

Magnus schlug zu. Sein Gegner parierte. Aber Magnus sah, daß sich das Lächeln zu einer Grimasse verzog, und er, nur er, wußte, welche Panik sich dahinter verbarg.

»Habe ich wenigstens irgendwann mal ernsthaft versucht, aus meinem Leben, meiner Birne, meinem Herzen irgendwas Sinnvolles, Uneitles zu machen? Hab ich den Krebs bekämpft? Nö, ich bin essen gegangen. Hab ich die Kirche reformiert? Nö, ich hab Sightseeing in Yucatan gemacht. Bin ich was Besonderes? Nein. Hab ich mich für was Besonderes gehalten? O JA! Gibt es dafür einen Grund? NEIN! Aber ist das nicht alles entsetzlich BANAL, mein Freund?!« brüllte er und schlug wieder zu. Und gleich noch einmal. »Können wir uns nicht darauf einigen, daß ich mich, wie fast jeder von uns, den größten Teil meines Lebens selbst ganz großartig beschissen und belogen habe? Weil ich *Angst* hatte. Weil ich Angst davor hatte, daß all diese Leute«, er deutete in den Kreis, und es versetzte ihm einen Stich, daß niemand mehr da war, niemand, »daß all diese Leute *weggehen.* Daß sie mich scheiße finden. Daß sie mich peinlich finden. Daß ich peinlich *bin.* Daß sie mich auslachen, verachten, verletzen. Daß ich *allein* bin. Ist das nicht arm?«

Wütend schlug er weiter auf die Gestalt ein, die seine Schläge wieder parierte, aber diesmal zurückwich. Magnus marschierte weiter vorwärts. »Ich habe keine Entschuldigung. Ich bin ein NICHTS, und ich habe NICHTS aus meinen Möglichkeiten gemacht. Wir *beide* haben nichts daraus gemacht! *Du* hast nichts daraus gemacht!« Magnus schlug mit solcher Wucht zu, daß sein Gegenüber ins Taumeln geriet. Er holte zu einem weiteren Schlag aus, der dem anderen das Schwert aus den Händen riß. Magnus stürzte auf ihn zu und warf sein eigenes Schwert weg. Mit beiden Händen packte er den piekfein gebügelten Armani-Kragen und starrte in blaue Augen, die nicht mehr überlegen blickten, sondern jetzt fast flehend. Er war der einzige

Mensch, der diesen Blick kannte, und es brach ihm das Herz. »Ich«, zischte er, und seine Tränen liefen in Strömen in das Gesicht, das zu ihm hochsah, »ich bin gar nichts. Mein Leben bedeutet nichts. Ich bin allein. Aber eins sag ich dir«, fügte er brüllend hinzu, »und wenn du mich dafür endgültig umbringst: Ich bescheiße mich *immer noch*! So sieht's aus! Denn wenn ich das nicht täte, dann wäre ich nicht hier! Ich greife nach dem Himmel, weil ich mir einrede, ich wäre tausend Meter groß und könnte all das hier überstehen. Das ist meine letzte Lüge!«

»Laß mich los …«, keuchte der andere, inzwischen gar nicht mehr lässig, und Magnus war überrascht, daß die Hände, die an seinen Händen zerrten, keine Kraft mehr hatten.

Er legte seine Hände um den Hals seines Spiegelbildes und drückte mit ganzer Kraft zu.

»Diese Lüge läßt du mir!«

Er merkte kaum, daß der Widerstand nachließ. Sah nur in die weit aufgerissenen blauen Augen, die ihn fassungslos fixierten.

»Laß …« röchelte die Gestalt.

»Ich werde sterben«, flüsterte Magnus in die brechenden Augen und drückte so fest zu, wie er konnte. »Ich werde einen beschissenen, dreckigen, unmodernen, total uncoolen Tod sterben. Ich werde nicht mit einer Concorde abstürzen, ich werde nicht an einer Gran-Riserva-Leberzirrhose krepieren und ich werde nicht tot beim Joggen umfallen, weil ich mich auf der Suche nach meinem Idealgewicht verlaufen hab.«

Die Augen brachen und der Körper unter Magnus' Händen wurde schlaff.

»Einen Scheiß-Heldentod«, flüsterte Magnus. Seine Hände waren so fest um den Hals des Toten verkrampft, daß er sie kaum lösen konnte. »Und keiner wird es wissen, keiner. Nichts wird bleiben«, murmelte er und ließ die Leiche fallen. Erschöpft wandte er den Blick in den Himmel und sah durch den Tränenschleier vor seinen Augen hinauf in die dunklen Wolken.

Er zitterte.

»Nichts«, murmelte er. »Nicht mal ein Name.«

Ein kalter Wind wehte ihm ins Gesicht. Kalt, aber frei vom Gestank der Leichenwälder. Er atmete tief durch und fühlte sich gänzlich leer. Fühlte sich wie auf einem kalten, windigen Plateau hoch über der Welt, in dünner Luft, mit klarem, weitem Blick bis zum Horizont. Menschenlos. Allein, ganz allein, ohne Freund und ohne Vater, ohne Familie und ohne Heimat, verbunden mit seiner Gattung nur durch ein dünnes Band, eine Idee, eine Hoffnung, für die es sich zu leben lohnte.

Oder zu sterben.

11

»HARRGNNNNAAARRGH!« röhrte der Basilisk verwundet und schlug mit der rechten Pranke so hart auf den Boden, daß die verdutzten Wächter seiner Seelenkugel meterweit hochgeschleudert wurden. Unmittelbar nach der Landung beeilten die drei sich, ihren Meister zu beruhigen, denn sie wollten nicht wieder gegrillt werden.

»Na ja, na ja«, sagte Loki.

»Jetzt beruhig dich, Basil«, sagte Beelzebub.

»Dumm gelaufen, aber …« versuchte Satan.

»WIE!« brüllte der Basilisk. »WIESO!? Das kann nicht sein!«

»Aber du kannst doch …«

»Wirst doch …«

»Mach dir doch keine …«

»Das ist nicht richtig«, schnaubte der Basilisk und begann durch das Gewölbe zu marschieren, in dem sich inzwischen nur noch einige wenige schnarchende Teufel aufhielten, die den allgemeinen Aufbruch ins Freie verpaßt hatten. »Das kann er nicht! Er *kann* diese Prüfung nicht bestanden haben. Er ist ein *Mensch*, und kein besonders großartiger. Er ist bloß ein Haufen Scheiße! Wie hat er das GEMACHT!?«

Ein leises unpassendes Geräusch ließ ihn erschaudern.

Sein riesenhafter Kopf wirbelte herum, und mit zusammengekniffenen Augen starrte er auf das Szenario am anderen Ende des Gewölbes. Loki, Satan und Beelzebub vor der Seelenkugel. Die Frau, bewußtlos an ihrem Pfahl. Der alte Mann, der die Augen zusammengekniffen hatte. Und den Kopf hängen ließ.

Bebend stampfte der Basilisk zurück und näherte sich Sebastian Halmer. Seine Nüstern weiteten sich, und er schnaubte leise.

Der alte Mann zitterte.

Er hatte den Kopf leicht gesenkt, und in regelmäßigen Schüben erzitterte sein ganzer Körper, als fröre er.

Der Basilisk verzog die Fratze. Nur ein feiges kleines Menschlein, das den Tod fürchtete, schlotterte. Wieder erzitterte der Körper.

Dann jedoch hörte der Basilisk wieder das Geräusch, das nicht wirklich nach Zittern klang und wirklich nicht nach Angst. Ein Schluchzen?

»Alter Mann«, sagte er.

Wieder das Geräusch.

Mitleid war dem Basilisken fremd. Er verabscheute Schwäche. Und er wollte kein Gewinsel in seinem Hause hören.

»Hör auf mit der Flennerei, Waschweib!« knurrte er.

»Gnhnhnhn«, machte Sebastian noch einmal, und dann konnte er es nicht mehr für sich behalten, das hysterische Kichern, das ihm in der Kehle gesteckt hatte und das nun von den Wänden des Gewölbes widerhallte, hundertfach verstärkt. Der Basilisk zuckte zusammen.

»Flennen«, giggelte Sebastian, hilflos seinen Gefühlen ausgeliefert. »Nhii-hi-nhhii-nhiihi!« Seine Augen waren weiterhin geschlossen, denn er wußte, daß er sterben würde, wenn er dem Basilisken ins Gesicht sah, aber seinen Mund konnte er nicht halten. »Flennen, gni-hi-hi, ich.«

»Schweig«, brüllte der Basilisk.

»Du hast verloren!« Sebastian liefen Tränen über die Wangen – Freudentränen, Abschiedstränen, Irrsinnstränen. »Er ist dir über. Er besiegt dich.«

»Schweig!«

»Der Herr ist mein Hi-hi…, mir wird nichts mangeln.«

»Schweig, oder stirb, du Nichts!«

»VaterunserderdubistimHimmel«, kicherte Sebastian verzweifelt, »geheiligtwerdeDeinNameDeinWillegeschehe, DeinReichkomme…«

»SCHNAUZE!«

»WieimHimmelalsoauchaufErden. Er wird dich töten, dieser kleine Yu-hi-hi-ppp… Er! Sogar dieser kleine Hä-hä-händyspinner! UndführeunsnichtinVersuchung, sondernerlöseunsvondemÜbel…«

Der Kopf des Basiliken schnappte vorwärts, und im nächsten Augenblick hing nur noch ein halber Sebastian Halmer an einem halben Pfahl. Es war still im Gewölbe, als der Basilisk Blut und Splitter ausspuckte und zurück auf seinen Platz schlich.

»Dein MEIN ist das Reich. Und die Kraft. Und die Herrlichkeit. In Ewigkeit. OMEN.«

Die Hüter der Seelenkugel sahen sich an und schwiegen betreten.

»BASIL!« ertönte IHRE Stimme in seinem Kopf.

»Ja, Mutter«, erwiderte er zornig.

»WANN IST ENDLICH ALLES GETAN?«

»Zum Teufel, gleich. Mutter.«

»BASIL!«

»Ja, Mutter?« knurrte er ohne jeden Respekt.

»ICH VERLANGE…«

»Und ich tue es, bei allen Höllen, verdammt! Die Welt ist frei und ohne Maß und Gnade, sie gehört uns. Ich selbst werde ihn töten, Mutter. Er wird zu mir kommen, und ich werde ihn töten.«

»TU DAS. ENDLICH. SONST…«

»JA, MUTTER!«

Erleichtert spürte der Basilisk IHRE Präsenz weichen. Gewaltig war IHR Zorn, aber nichts, gar nichts war IHR Zorn, verglichen mit dem seinen.

12

So erschöpft war Magnus nach dem Kampf gewesen, daß er gezweifelt hatte, den steilen Aufstieg zum Gipfel des Berges überhaupt bewältigen zu können. Restlos verflogen waren all seine Hoffnungen, als ihm klar wurde, daß auf diesem letzten Anstieg nicht nur Schuttlawinen ihn erwarteten, sondern wohl auch Dutzende Teufel, Dämonen, Schattenreiter, Grottenweiber, Seelenfresser, alles, was das Gewölbe freigelassen hatte. So war er ein Stück Weges hinaufgestolpert, schmerzerfüllt von Kopf bis Fuß und zu schwach, das Schwert zu heben. Er kletterte, er rutschte aus, er fiel. Er rappelte sich wieder auf, kletterte und fiel.

Er kniete vor dem unbezwingbaren Berg, atmete tief, schwer auf sein Schwert gestützt, und ergab sich verzweifelt der Wahrheit. Umsonst alles Leiden, umsonst die Siege, umsonst das Wissen. Seine Kraft reichte nicht aus, um diesen Kampf zu beenden. Seine Kraft reichte nicht aus.

Seine Kraft.

Als Magnus klar wurde, wie dumm er gewesen war, hätte er sich am liebsten vor die Stirn geschlagen, aber statt dessen verwandte er seine letzten Energien auf etwas anderes. Niemand hatte behauptet, seine kümmerliche sterbliche Kraft reiche aus, um diesen Kampf zu bestehen, ja, ihn überhaupt zu beginnen.

Und so ergriff er Mimung mit beiden Händen, richtete die Spitze gen Himmel und erhielt binnen Sekunden, was er so dringend benötigte. Die rot-grauen Wolken über ihm rissen auf, und aus einem mächtigen Oval am Firmament, das in allen Farben des Regenbogens schimmerte, floß blaues Licht ihm zu. Fand das Schwert, fand dessen Träger, hüllte ihn ein und hob ihn auf, ließ ihn erstrahlen, erstarkt, gewachsen und entschlossen.

Magnus wollte gerade weiter klettern, als er hinter sich jemand rufen hörte.

»Hey!«

Er drehte sich um und sah verwundert drei Männer hinter sich stehen, in den Trümmern des Platzes, den er gerade verlassen hatte. Der mittlere der drei war eine imposante Erscheinung: großgewachsen, mit breiten Schultern, langen blonden Haaren und finsterem, kantigem Gesicht. So hatte Magnus sich Helden vorgestellt, als er jünger gewesen war. Aus den Wäldern des Tiergartens hinter ihm und seinen Begleitern kamen nun weitere Menschen, immer mehr, Männer und Frauen, allesamt bewaffnet mit Gewehren, Messern, Pistolen. Magnus kniff die Augen zusammen.

»Was ist?« rief er zurück.

»Du bist Trigon?«

»Ja.«

Magnus' Verwunderung nahm zu, als er die drei Männer niederknien sah.

»Ich bin Michael«, sagte der Heldenartige. »Und dies«, fügte er mit einer ausladenden Geste hinzu, die alles hinter seinem Rücken umfaßte, »sind deine Heerscharen.«

Aus den Wäldern tauchten mehr und mehr Menschen auf, hielten aber gebührenden Abstand zu ihren drei Anführern.

»Steht auf«, sagte Magnus ungeduldig.

»Erlaube, daß wir dich begleiten, Trigon!« rief Michael, der Wortführer der Armee. »Die Hoffnung auf dein Erscheinen hat uns am Leben gehalten …«

Magnus hob die Hand. »Ja, ja, ja«, sagte er, und Banshaas Worte klangen laut in seinen Ohren. »Ich weiß euer Angebot zu schätzen, aber ich muß es ablehnen …«

»Trigon, wir sind …«

»Schützt jene, die sich nicht selbst helfen können, vor den Ausgeburten der Hölle und vor ihresgleichen in Menschengestalt.«

»Aber …!«

»Erwartet meine Rückkehr. Zieht euch zurück. Räumt dieses Gebiet, so rasch ihr könnt.«

»Aber …!«

»Hey!«

»Ja, Herr?«

»Es gibt gewisse Regeln, Michael.«

»Ja, Herr, ich …?«

»Eine lautet: Wenn du jemanden schon *Herr* nennst, dann rede ihm gefälligst nicht ständig dazwischen.«

»Ja, Herr«, sagte Michael, begleitet vom Murmeln der Massen.

»Zweitens«, sagte Magnus.

»Ja?«

»Tu, was ich dir gesagt habe.«

»Aber …«

»Hey. Nein.« Magnus fuchtelte ungeduldig und völlig unheldenhaft mit Arm und Schwert. »Ich meine – sonst ergibt dieses ganze Gerede mit *Herr* und *Sag, was wir tun sollen* doch echt keinen Sinn. Oder? Irgendwie muß ich doch auch mal was davon haben, daß ich hier die Befehle gebe. Hm?«

Es folgte eine längere Pause. Michael und die seinen hatten sich das Ganze offenbar ein bißchen anders vorgestellt, aber darauf konnte Magnus keine Rücksicht nehmen.

»Also: ihr bleibt da«, sagte er zum Abschied. »Und wartet auf mich. Trotzdem vielen Dank für das Angebot.«

Mit diesen Worten wandte er sich ab und hastete weiter, den Berg hinauf, ohne sich noch einmal umzusehen. Für Sekundenbruchteile irritierten ihn vernünftige Gedanken, die um Strategie und Kriegsführung kreisten und in der Frage gipfelten, was diesen Menschen, die aus unerfindlichen Gründen wieder zueinander gefunden hatten, ein toter Anführer nützte.

Dichter Nebel zog auf, als er sich dem Gipfel näherte.

Eine Schuttlawine donnerte auf ihn zu und prallte an einem Schild aus blauem Licht seitlich ab.

Ein Dutzend spitzzähniger Teufel überfiel ihn aus dem Nebel und fiel binnen Sekunden unter den Schlägen seiner Klinge.

Laß den Scheiß, dachte er, *stell dich.*

Ein lautes, spöttisches Schnauben aus der Erde war die Antwort.

Der Nebel lichtete sich. Der Basilisk opferte keinen weiteren Teufel und ließ den Schutt an Ort und Stelle.

Als Magnus den Rand des gewaltigen Kraters erreichte, der einst das Dach des Gewölbes gewesen war, hielt er für einen Augenblick inne und ließ einen Blick über die zerstörte Stadt schweifen. Im Nordosten blinzelte die Glaskuppel des Reichstags wie eine fette Qualle aus der Spree, und so weit das Auge reichte, qualmte und dampfte es aus Trümmern, die einst eine stolze, selbstbewußte Stadt gewesen waren. Nutzlos ragte der Fernsehturm am Alexanderplatz in den Himmel, wie der Zeigefinger eines toten Lehrers. Sendete noch jemand? Oder war die Welt für den einzelnen wieder so klein geworden wie die Strecke, die er im Laufe eines Tages zu Fuß zurücklegen konnte?

Es erschien Magnus absurd, daß er sich noch vor einer Woche darüber Gedanken gemacht hatte, woher er das Geld für die Miete nehmen sollte. Trotzdem hätte er es in diesem Augenblick großartig gefunden, in ein Leben zurückzukehren, in dem Miete, Alimente, Dax und ausgebuchte Luxushotels ihn in existenzielle Verzweiflung stürzten.

Mit Mimungs Spitze deutete er auf den Boden und ließ eine kreisrunde Platte aus blauem Licht entstehen, die ihn sanft vom Boden hob.

Dann schwebte er nach vorn, über den Kraterrand.

Hinab ins Dunkel.

13

Das einzige Geräusch, das ihn auf den ersten Metern begleitete, war das laute Klopfen seines Herzens. Seine Augen gewöhnten sich nur langsam an das schwache Licht in der Höhle, und erst nach einer Minute ahnte er durch die Nebelschwaden etwa einen Kilometer unter sich den Boden des Gewölbes, auf dem sich nichts rührte. Magnus schwebte vorsichtig tiefer, jederzeit darauf gefaßt, angegriffen zu werden, und versuchte seinen Gegner auszumachen.

Er bemerkte ein schwaches Leuchten am äußersten anderen Ende der Höhle und steuerte vorsichtig darauf zu. Als sich der Nebel lichtete, wurde das Leuchten stärker, und Magnus erkannte, daß er sein Ziel erreicht hatte.

Er hatte sich den Basilisken immer wieder vorgestellt, aber als er ihn nun zum ersten Mal leibhaftig vor sich sah, war die Häßlichkeit des Ungetüms so überwältigend, daß Magnus vor lauter Sodbrennen fast das Gleichgewicht verloren hätte. Es wunderte ihn jedenfalls nicht mehr, daß niemand außer den Ausgeburten des Bösen und ihm, dem Helden, diesen abartigen Anblick ertragen konnte.

Der Basilisk hockte ruhig zwischen seiner von drei Wächtern gehüteten Seelenkugel und den Pfählen, an denen seine Opfer hingen. Als Magnus auf etwa hundert Meter herangekommen war, erkannte er Katharina, und sein Herz zog sich zusammen. Sie rührte sich nicht, und er lauschte vergeblich in sich hinein, um ihre Kraft zu finden.

Wenn Sie nicht bereits tot war, war sie zu schwach, um ihm zu helfen. Als er sah, daß an dem zweiten Pfahl nur noch Sebastian Halmers blutüberströmte untere Hälfte hing, hatte er Mühe, seinen maßlosen Zorn im Zaum zu halten.

Fünfzig Meter vor dem Ziel blieb er stehen, auf Augenhöhe des Basilisken, und spuckte aus.

»Man hat mir von dir berichtet, Basilisk«, sagte er. »Aber Deine Häßlichkeit übertrifft jede Schilderung.«

»Bist du hergekommen«, zischte der Basilisk mit breitem Grinsen, »um mit mir über Äußerlichkeiten zu philosophieren?«

»Nein. Es kommt ja auf die inneren Werte an. Und die sehen bei dir genauso beschissen aus. Meine Fresse, bist du häßlich.« Magnus wandte sich kurz ab. »Wenn es nicht tausend bessere Gründe gäbe, müßte man dich schon um der Ästhetik willen killen ...«

Groß war das Gelächter des Basilisken, und Magnus hatte alle Mühe, sich auf seinem Gefährt aus blauem Licht zu halten.

»Ein großes Maul hast du, du Wurm! Du willst mich töten?! Pah! Du weißt doch, daß du sterben wirst, daß ich dich mit einem einzigen Schlag zermalmen kann!« Leiser fügte er hinzu: »Wenn ich will. Aber will ich?«

Magnus imitierte den listigen Blick seines Gegners. »Was willst du sonst? Einer von uns beiden wird übrig bleiben.«

»Wo steht das geschrieben?« fragte der Basilisk, während Loki, Satan und Beelzebub einander irritierte Blicke zuwarfen.

»Was wird das denn?« flüsterte Loki.

»Jetzt dreht er durch«, flüsterte Beelzebub.

»Verrückt und zugedreht«, ergänzte Satan.

Wütend ließ der Basilisk seinen Schwanz haarscharf vor den dreien auf den Boden krachen und verschaffte ihnen einen neuerlichen Ausflug in die Höhlenluft. Magnus wich zehn Meter zurück, beeindruckt von der gewaltigen Kraft seines Gegners, und zweifelte plötzlich daran, daß sein bißchen blaues Leuchten einem Angriff des Ungeheuers standhalten würde. Lächelnd wandte sich der Basilisk wieder ihm zu, während die drei Teufel sich aufrappelten und Haltung annahmen.

»Du gefällst mir«, sagte der Basilisk.

»Einseitige Zuneigung«, erwiderte Magnus.

»Du bist ein großer Krieger, Trigon. Du hast alle Prüfungen bestanden. Ich gestehe, daß ich damit nicht gerechnet hatte. Aber was nun, mein Held? Nun stehst du vor mir, und du weißt, daß ich gewonnen habe. Mach dir nichts vor, du wirst gegen mich nicht bestehen, das weißt du. Aber du bist nicht nur ein tapferer Krieger, nein, Trigon, du bist ein Mensch. Ein edler Mensch. Ein schöner Mensch. Und einer mit Charisma. Eine Führernatur. Was nun, Trigon? Warum willst du sterben?«

Magnus fiel keine Antwort ein. Natürlich wollte er nicht sterben, aber seine Befürchtungen wuchsen.

»Der Krieg ist vorbei«, säuselte der Basilisk. »Die Schlacht ist geschlagen. Die Welt ist mein. Warum willst du nicht zurückkehren?«

»Wohin zurück?«

»Ins Leben. Sehnst du dich nicht danach, wieder sauber zu sein? Und hast du dich nicht immer danach gesehnt, Macht zu haben?«

»Den Vortrag hab ich schon von deinem Kumpel mit der Kopfsammlung gehört, also spar dir die Spucke.«

»Forsch, mein jugendlicher Freund. Natürlich wolltest du Macht. Wie alle Weltverbesserer. Ich sehe in deinen Augen, daß du sie immer noch willst. Denn du weißt, was zu tun ist, und du kannst sie führen, deine Menschen, diese Unbändigen. Wohin du willst, mein Freund.«

»Du redest Scheiße, Hühnergesicht.«

Mühsam beherrscht fuhr der Basilisk fort. »Strapaziere meine Geduld nicht noch weiter, Trigon, und laß das heldenhafte Gewäsch. Wenn du mich angreifst, wirst du sterben – und deinem Tod wird nichts folgen. Die Welt ist mein, und du wirst vergehen. Vergiß den seichten Trost der Engel, Harfen und des Himmelreichs, das sind Lügen. Nichts erwartet dich.«

Magnus atmete tief durch.

»Dein *Leben* ist alles«, sagte der Basilisk. »Das Hier und das Jetzt. Und alles, was du erträumst, hast du dir verdient. Bewunderung hast du immer gewollt, Macht und das Paradies auf Erden, von deiner Hand. Nun, ich kann dir das alles geben.«

Vor Magnus' geistigem Auge tat sich unwillkürlich eine Vision von göttlichem Reiz auf. Er sah sich selbst im Bettlergewand, als gerechten Herrscher und demütigen Diener des Guten, der die Menschen führte, sie leitete mit Gefühl und Verstand zum Besten aller, zum Glück. Die schreckliche Last der Freiheit ihnen abnehmen zu können, das erschien ihm plötzlich als der einzige Weg zur Erlösung für sie, die nicht frei sein konnten. Macht. Macht, alles zum Guten zu wenden. Vorher mußte er nur den Basilisken beseitigen. Sich mit ihm verbünden, den Tyrannen in Sicherheit wiegen, und dann, wenn die Zeit reif war, ihn überraschen und zurückschicken in die Tiefe.

»Ich«, sagte der Basilisk, »bin der Herr der Welt. Und ich werde dir all diese Macht und Geltung schenken, die du wünschst; denn sie ist mir gegeben, und ich gebe sie, wem ich will, knie nieder, mich anzubeten, und alles, alles ist dein!«

Eine gute Welt, dachte Magnus. Leben und herrschen. Und obendrein in die Geschichte eingehen, auf ewig den Menschen in Erinnerung bleiben als Friedensbringer. Unsterblich sein.

Auf der gegenüberliegenden Waagschale: Abkratzen.

Zum Dank keine goldene Uhr und keine Harfe.

Kein Denkmal und kein Platz in der Erinnerung.

Knie nieder, mich anzubeten?

Magnus faßte Mimung mit beiden Händen und sah dem Basilisken in die riesigen gelben Augen. Auf seinen Lippen lagen die Worte »Okay, abgemacht« direkt neben »Leck mich« aber was er aussprach, war etwas völlig anderes, das von anderswo her kam, fast ungewollt.

»Zurück, Satan«, brüllte er mit alles erschütterndem Pathos, »denn niemanden werde ich anbeten als deinen größten Feind, der viele Namen trägt und der immer das eine ist, was du nie sein wirst. Die Liebe ist mein einziger Herr, du Mißgeburt, und jetzt schweig für immer!«

Magnus holte weit aus und feuerte eine metergroße blaue Kugel mit der Schwertspitze ab, die den Basilisken nur um Haaresbreite verfehlte und hinter ihm ein Riesenloch in die Wand riß.

»Narr«, fauchte der Basilisk und ging zum Gegenangriff über, während Magnus ein zweites Geschoß auf ihn abfeuerte. Diesmal traf er den Basilisken an der Brust. Das Ungeheuer brüllte zum Steinerweichen, schlug mit dem Schwanz um sich und fegte die beiden Pfähle zu seiner linken um wie Streichhölzer. Magnus sah Katharina stürzen und rief entsetzt ihren Namen.

Unter anderen Umständen hätte der Basilisk in diesem Moment vielleicht begriffen, daß er seinen Gegner am einfachsten besiegen konnte, indem er mit dem Tod seiner Geliebten drohte. Aber der Basilisk war getroffen, körperlich und, weit wichtiger, in seinem Stolz. Er wollte nichts mehr wissen von Taktik. Er wollte nur noch töten.

Den ersten Feuerstoß aus seinem Schnabel parierte Magnus mit rotierendem Schwert, aber er spürte, welche Kraft diese Parade gekostet hatte. Der zweite Feuerstoß fegte ihn fast zu Boden, und nun sah er den Basilisken näherkommen, sah den gewaltigen, alles vernichtenden

Schweif drohend über den Boden peitschen, bereit zum Schlag.

Wieder spuckte der Basilisk Feuer, wieder parierte Magnus – und spürte, daß er auf verlorenem Posten kämpfte. Fieberhaft fragte er sich, was er tun sollte, und fand keine Antwort.

Keine hundert Meter von ihm entfernt fragte Katharina sich etwas völlig anderes, nämlich, wo sie war und warum und was geschehen war. Ein brutaler Stich hatte sie aus ihrer Bewußtlosigkeit gerissen, und nun fand sie sich benommen, mit offenbar gebrochenem Arm, halb unter einem Pfahl auf dem Boden liegend wieder, in einer düsteren, vom Lärm einer Schlacht widerhallenden Grotte. Sie begriff kaum, was um sie herum geschah. Nicht weit von ihr lag eine blutige Cordhose mit Beinen drin, die sie an irgend etwas erinnerte; weiter entfernt standen drei Teufel vor einer widerwärtigen Riesenkugel aus wimmerndem, waberndem Gewebe, und dort drüben marschierte eine wütende Riesenechse mit dornigem Rattenschwanz auf ein unsichtbares Ziel zu, brennend, brüllend, sengend, schlagend.

Der Basilisk.

Magnus.

Die Schattenreiter.

Wayland tot.

Sebastian.

Tot.

Der Basilisk.

Magnus.

Nein. Das ist der falsche Weg. Ganz falsch. *Sebastian hat es dir doch gesagt.* Sie öffnete den Mund zu einem Schrei, doch heraus kam nur ein dünnes Krächzen, das sie selbst kaum hörte.

Magnus parierte einen neuerlichen Angriff des Basilisken und sah, daß das Tier mit dem Schwanz nach ihm ausholte. Mit letzter Kraft gelang es ihm, seine blaue Plattform hochzureißen und dem fürchterlichen Schlag auszuweichen. Er raste am Kopf des Basilisken vorbei und verpaßte ihm im Vorbeifliegen einen Hieb auf die Stirn. Gelbes Blut sickerte dickflüssig aus der Wunde, und der Basilisk wirbelte herum, um Magnus zu stellen.

Der aber hörte neben allerlei verzweifelten Fragen noch etwas anderes, nämlich zwei Frauenstimmen. Katharinas, die sagte: *Das ist der falsche Weg.* Und Banshaa, die sagte: *Der Globus muß erlöst sein, ehe der Basilisk fällt, denn der Globus ist die falsche Freiheit.* Es war der Augenblick, in dem Magnus alles begriff, alles wußte.

Er nahm das bißchen Kraft zusammen, das ihm noch geblieben war, alles, was er hatte, um einen einzigen weiteren Schlag des Basilisken zu parieren, und hob den rechten Arm.

Verdutzt hielt der Basilisk inne.

Aus den Augenwinkeln sah Magnus Katharina unter sich auf dem Höhlenboden, die zu ihm hochschaute, sich an den Hals faßte und irgend etwas zu sagen versuchte.

»Ich«, sagte Magnus mit fester Stimme, »ergebe mich.«

Und während der Basilisk ihn noch angewidert anstarrte, hob er Mimung hoch über seinen Kopf, wandte sich nach links, wo die drei Teufel mit offenen Mäulern standen, schickte all seine Kraft in sein Schwert und warf es nach der Seelenkugel.

»NEEEEEEIIIIIIINNNNNN!« brüllte der Basilisk und versuchte mit einem verzweifelten Satz, seine Fänge in die Flugbahn des singenden Geschosses zu werfen – vergeblich. Blau schimmernd traf Mimung sein Ziel, schlug funkenschlagend ein und löste ein schier unbeschreibliches Heulen und Wimmern aus, als es die Kugel des Basilisken in Stücke riß. Millionen Seelen, seit Jahrtausenden unerlöst, stoben auseinander und verflüchtigten sich in Windeseile durch die Wände und den Krater aus dem Gewölbe.

Und der Seelenglobus war nicht mehr.

Zuckend, zitternd und mit laut mahlenden Kiefern wandte sich der Basilisk nach Magnus um, der auf seiner nur noch schwach schimmernden Plattform vor ihm schwebte. Blanker Haß traf den unbewaffneten Helden, der sich an den Hals griff und etwas kleines, goldenes aus seinem ledernen Hemd zog, das der Basilisk nicht erkennen konnte.

Es war ihm aber auch völlig egal.

Katharina rang nach Luft und fand ihre Stimme wieder. »Ser…« krächzte sie und hustete Blut.

Der Basilisk näherte sich Magnus bis auf einen halben Meter. »Du wirst den fürchterlichsten Tod von allen sterben, Trigon«, flüsterte er mit brodelndem Haß. Du wirst dir wünschen, du hättest nie gelebt.«

Viertens: Die eigene Boshaftigkeit ist des Bösen Untergang, denn das Böse sieht sich nicht.

Magnus hielt das kleine goldene Etwas hoch und ließ es direkt vor den Augen des Basilisken aufschnappen.

Der Basilisk sah in den Spiegel.

Katharina krächzte und hustete.

Der Basilisk sah vor sich einen kleinen Ausschnitt von irgend etwas großem Gelbem. Mit der rechten Klaue schlug er Magnus den Spiegel aus der Hand und packte den Helden, auf dessen Gesicht zum ersten Mal blankes Entsetzen zu sehen war.

Der Spiegel fiel.

Fiel und fiel und fiel.

Wirbelnd, sich drehend, sinnlos blinkend.

Und blieb, Spitze voraus, unversehrt in Sebastian Halmers sterblichen Überresten stecken.

Magnus blieb die Luft weg. Er wurde hochgehoben und zusammengequetscht wie von einer Schrottpresse, aber trotz seines Schmerzes und trotz seiner Enttäuschung über den Joker, der nicht gestochen hatte, fühlte er sich in der unnachgiebigen Pranke leichter und leichter werden, leichter und frei. Seine Knochen waren wie Bambusröhrchen, hohl und zerbrechlich, und der Riese war über ihm, bis zum Horizont, genau so, wie es in seinen Alpträumen gewesen war. Aber das Entsetzen wich aus seinen Zügen und machte Platz für ein heiteres Schmunzeln, das sich zum Grinsen auswuchs. Der Druck auf seine Brust nahm zu. Sterne tanzten vor seinen Augen, er flog durchs Weltall, auf bonbonbunten Wolken, und das Grinsen wurde ein Lachen. Direkt vor sich sah er das abscheuliche Gesicht des Basilisken, bebend vor Zorn, bebend vor Fassungslosigkeit. Ein jämmerlicher Anblick, wie er fand.

Das Gesicht eines Verlierers.

Der Basilisk konnte nicht fassen, was geschah. Er drückte noch etwas fester zu, obwohl er wußte, daß der kümmerliche Mensch in seiner Pranke nicht mehr lange leben konnte. Er mußte leiden! Unerträgliche Schmerzen haben!

Aber er lachte! Er lachte ihn aus.

In den Ohren des Basilisken kochte Blut.

»Bettle um dein Leben!« fauchte er.

Aber der Mensch lachte ihn aus. Schallend, wie eine Garbe Maulschellen, kam das Lachen, Welle um Welle, und der Basilisk hörte kaum den lauter werdenden Singsang der Frau, die irgendwo dort unten lag und vermutlich gerade starb oder Gebete leierte. Er drückte weiter zu, fester, und Blut begann aus seiner Pranke zu tropfen.

Katharina wiederholte verzweifelt die vier Worte, wieder und wieder und wieder, immer wieder auf den Spiegel gerichtet.

»Sergundus dius dius mergazim«, hörte Magnus eine Stimme leise rufen, von unendlich weit weg, während er lachend und atemlos aufstieg. Er fühlte sich, als hätte er gerade den Matchball in Wimbledon verwandelt, direkt im Anschluß das Golden Goal im WM-Endspiel erzielt und nach einem raschen, erdbebenartigen Zwischenstopp in Marilyns Schoß den Oscar für *best actor* gewonnen. Weiter, weiter hinauf in die brennend heiße Sonne, ins Himmelreich.

Noch einmal holte er Luft, obwohl er nicht mehr wußte, wohin damit. Noch einmal lachte er, lachte seine Lungen leer, hinein ins Angesicht der Sonne, sein Ziel.

Mit einem letzten glücklichen Lachen starb der Mensch in der Pranke des Basilisken.

Zerquetscht, verblutet, tot.

Als der Basilisk endlich begriff, daß er selbst seinen Gegner erlöst hatte, daß er ihn nicht mehr quälen konnte, wuchs seine Wut ins Unermeßliche. Durch das Rauschen in seinen Ohren hörte er immer noch das leise Winseln der Frau, und zornig schleuderte er den zerquetschten Körper des Helden fort.

Sie.

An ihr würde er seinen Haß über die verlorene Welt auslassen. Sie würde alles erleiden müssen, was er dem Helden erspart hatte. Böse war der Basilisk wie nie zuvor in seinem jahrtausendelangen Leben.

Noch nie hatte er so böse ausgesehen. Und nie wieder sollte er so böse dreinschauen wie in diesem Augenblick, aber das war insofern keine Kunst, als sein Leben nur noch wenige Sekunden dauern sollte.

Denn der Spiegel war unter Katharinas verzweifeltem Zauber inzwischen groß wie ein Fußballfeld geworden und lehnte an der Grottenwand, und als der Basilisk sich umwandte und nach seinem Opfer schauen wollte, sah er sich keinem wimmernden Menschenweib gegenüber, sondern einem unerträglichen Untier, dessen Anblick kein Mensch, kein Tier, kein Dämon, lebend ertragen konnte.

Die alte Prophezeiung erfüllte sich mit einem gellenden endgültigen Schrei und einer Sauerei, wie sie die Welt noch nicht gesehen hatte.

Und nie wieder sehen würde.

Die Augen des Basilisken traten aus ihren Höhlen wie giftgelbe Heißluftballons und in seinem ganzen mächtigen Körper begann es zu rumoren, als hätte er alle scharfen Granaten der Welt auf einmal verschlungen. Brüllend und jaulend schlug sich die Ausgeburt der Hölle mit ihren langen Krallen ins Gesicht, während das Rumoren zunahm und giftiger Dampf ihm aus allen Poren zu treten begann. Unkontrolliert zuckte der gewaltige Schwanz hin und her und traf den Basilisken schwer an Beinen, Bauch und Brust. Sein Jaulen ging in einen langgezogenen gurgelnden Schrei über, als er die Krallen sinken ließ. Die Augen wären ihm aus dem Kopf geplatzt, hätte er sie nicht schon vorher in besinnungslosem Schmerz herausgerissen.

Und zuckend und bebend um sich schlagend, zerplatzte das Ungeheuer, als wäre eine Wasserstoffbombe in seinen Eingeweiden explodiert, und mit ihm zerplatzte der Berg, seine Schöpfung, im Herzen der Welt.

Was blieb, nachdem der Donner verhallt und auch die letzten Trümmer in Potsdam gelandet waren, war Schweigen.

Schweigen und ein zehn Kilometer breiter Krater im Zentrum Berlins, der verhinderten Hauptstadt des Bösen. Eine Trümmerlandschaft aus Asche und Ruinen, in der sich langsam, ganz langsam, wieder Leben regte. Unsicher krochen sie hervor, die Überlebenden, auf wackligen Beinen, kuriert von der Sehnsucht, völlig frei zu sein, ohne zu wissen, was sie sonst sein wollten. Verzagter denn je, heimatlos und vor dem langen, dornenreichen Marsch zurück ins einst, in die Zeit vor der grenzenlosen Freiheit, der sie um Haaresbreite entronnen waren.

Groß war die Freude der Berater des Allumfassers über die Vernichtung des Basilisken, aber größer noch war ihre Begeisterung über den Tod des Helden und der Heldin. Als leuchtende Beispiele stünden diese beiden, die das Böse in die Schranken gewiesen hatten, fürderhin den Menschen legendenhaft vor Augen, als Mahnmale der Erinnerung, als funkelnde Leitsterne auf dem Weg zu einer besseren Welt, als Idole kommender Generationen.

Mehr als das, ließ sich der Allumfasser in Gestalt eines blau-grünen Planeten mürrisch vernehmen, denn allzu platt und biblisch komme das Ganze nun daher.

Da schwiegen die Berater und staunten nicht schlecht.

Ob sie sich erinnerten, wollte ER wissen, an die Worte, die ER einst einem suchenden Menschen in den Kopf gelegt hatte, daran, daß der, der strebend sich bemühte, erlöst würde? Die Berater bejahten verwirrt.

Vollkommenheit der Absicht habe ER gefordert, fuhr ER fort, und Vollkommenheit habe ER gesehen. Das Ergebnis jedoch amüsiere IHN nicht.

Nein, stöhnten da die Berater wie aus einem Guß.

Doch, erwiderte trotzig der Allumfasser. Diesen beiden habe ich die Prüfung auferlegt, und diese beiden haben sie bestanden.

ER könne doch nicht – meinten die Berater, die Schlimmes ahnten. Nicht schon wieder.

Und ob, erwiderte ER. Aber anders, als sie sich das offenbar vorstellten mit ihren mickrigen Köpfen, die über die Beschäftigung mit den Menschen schon so menschlich geworden seien, daß sie SEINE Größe, SEINE Macht und Gerechtigkeit verkannten.

Die heiligen Schriften der Christen, murmelten verlegen einige der Berater, seien aber wirklich sehr eindrucksvoll geschrieben, das müsse ER zugeben.

ER aber tat nichts dergleichen, sondern verschanzte sich hinter majestätischem Schweigen. ER machte sich nichts aus Pathos, und er machte sich noch viel weniger aus Konjunktiven. Was wäre, wenn? Zwischen Wäre und Ist liegt, dem Menschen unüberwindlich erscheinend, doch nur Zeit, und für IHN ist Zeit nichts. So ging ER daran, den Lauf der Zeit zu verändern; öffnete Türen und schloß andere, wo es IHM beliebte, weit vor dem einen beliebigen Zeitpunkt, den er und seine Berater beobachtet hatten. ER wählte eine von Abermilliarden Alternativen, ER drehte die Uhr zurück, ER drückte auf den großen *Reset-Button*, unmerklich, und hinterließ, wie stets, keine Spuren.

Den Menschen erschien das alles ganz natürlich, selbstverständlich. Wie sollten sie auch wissen, was sie nicht wissen konnten, was nie geschehen war?

Es war, wie es war, und wie es immer gewesen war. Für jeden, der auf Erden lebte, erklärbar. Faktisch. Logisch. Kausal nachvollziehbar aus der kollektiven und der individuellen Geschichte, erklärbar mit den Gesetzen der Natur (kleinere Unsicherheiten inklusive, die einen winzigen Rest Spielraum für die Existenz von etwas sehr, sehr Großem, ja Allumfassenden ließen). Im großen und ganzen würden die Menschen sich jedenfalls auch weiterhin alles erstklassig erklären können. Vor dem Hintergrund ihrer Geschichte, ihrer Wissenschaft und ihrer Überzeugung, die Vergangenheit sei für immer vergangen.

14

Wie an jedem freien Wochenende der letzten zwei Jahre saß Professor Magnus Morgenstern am Ufer des Sees weit vor der Stadt, an den sein kleines Grundstück grenzte, und sah reglos hinunter auf das endlose Funkenfeuerwerk, das stumm und feierlich über die sonnenbeschienene Wasseroberfläche regnete. Ihm war, als hörte er das ferne Klingen von winzigen Glocken, und der Alltag war weit, weit fort.

Anstrengende Wochen lagen hinter ihm, schlaflose, gesprächige Wochen, aber der Preis war nah. Frieden, endlich, Frieden für die knapp sechs Milliarden Seelen, die die Welt zu Beginn des dritten Jahrtausends christlicher Zeitrechnung bevölkerten. Magnus Morgenstern war im Begriff zu vollenden, was Hunderte großer Frauen und Männer im Laufe von siebzig Jahren vorbereitet hatten. Frieden. Das große Abkommen, die Vision des ersten europäischen Kanzlers Urbacher von 1930, nach siebzig Jahren schwieriger Verhandlungen vollendet von der UN unter Vorsitz ihres Präsidenten, des Dalai Lama, im August 2000.

Magnus Morgenstern war stolz, dieser Versammlung anzugehören, ihr die Stimme zu geben, er, der Mann, der solange er denken konnte, den Traum des großen Schweizers Urbacher zu seiner Herzensangelegenheit, zu seinem eigenen Lebenstraum gemacht hatte. Er, der Zeit seines Lebens allen Versuchungen widerstanden hatte, seine Ideale zu verkaufen, seine Talente zu versilbern. *Morgenstern, der*

Trigone, hatten sie ihn getauft, die Journalisten der Weltpresse, inspiriert von einem fantastischen Kinohelden der frühen Neunziger. Magnus schüttelte lächelnd den Kopf, als er daran dachte.

Ein Gedanke jedoch ging ihm, dem Friedensstifter, nicht aus dem Kopf, verfolgte ihn. Eine Idee, so banal, so schlicht, daß er sie nie im Leben wirklich zu Ende verfolgen würde… Andererseits – vielleicht durfte er jetzt daran denken, jetzt, da der Friede so nah schien.

Schlanke, sanfte Hände legten sich von hinten auf seine Schultern.

»Wunderschön«, sagte Katharina in Richtung See.

»Ja«, sagte Magnus.

Sie setzte sich neben ihn und er sah sie an. Ihr Profil. Den schlanken Hals leicht gereckt, die Augen geschlossen, atmete sie tief ein. Achtunddreißig war Magnus Morgenstern, und seit zwölf Jahren war sie seine Liebe, seine Frau, seine Begleiterin, seine Gefährtin und Ratgeberin, sein Leben.

»Sag mal…«, sagte er.

»Hmmh?«

»Halte mich nicht für albern, aber.«

»Ich halte dich nicht für albern.«

»Ich… ich. Es *ist* albern, wirklich, aber ich würde gern, wenn … das alles geschafft ist, wenn die Tinte unter den Verträgen getrocknet ist… einen Roman schreiben.«

Überrascht öffnete sie die Augen.

»Einen Roman?«

»Ja?«

»Politisch?«

»Nein, eben nicht.«

»Sondern?«

In ihren Augen flackerte die Erinnerung an etwas, was sie nie erlebt hatte. Und an die Anfangsjahre, als er noch davon geträumt hatte, ein einfacher Schreiber zu sein, keiner, der die Welt veränderte, kein Politiker, Rhetoriker, Vordenker, bloß ein Träumer.

»Einen Roman über das Böse. Mit all seinen Fratzen.«

»Aber nichts mit Fabelwesen und Monstern.«

»Bitte?«

»Ob Fabelwesen drin vorkommen. Du weißt schon, so wie in den Sachen, die du damals schreiben wolltest, als ich dich kennengelernt hab ...«

»Äh. Ja. Ja, doch, also, gewissermaßen ...«

»Ach, Magnus. Wenn du schon einen Roman schreiben willst ... warum schreibst du dann nicht einfach eine schöne Geschichte von der Liebe? Das ist doch genauso ...«

»Es wäre ja eine Liebesgeschichte. Irgendwie. Auch.«

»In Liebesgeschichten kommen keine Monster vor.«

»O doch. Immer. Aber in anderen Maskierungen.«

»Ach, Magnus.«

»Okay, es wäre keine klassische ... aber auch. Über die Liebe zu sich selbst. Aber mehr als das. Es wäre eine Geschichte über die Freiheit.« Die große Geste, mit der er das sagte, war ihm fast ein bißchen peinlich. Bei anderen Gelegenheiten paßte sie irgendwie besser. »Über Anstand«, sagte er mit kleinerer Geste. »Und Heldentum. Und Liebe. Sex. Verbrechen. Über das Gute und das Böse und die Kraft des einzelnen, die Geschicke der Welt zu verändern. So oder so ...«

Ein gutmütiger Blick traf ihn tief.

»PAPA!« brüllte es im gleichen Augenblick quer durch den Garten, und beider Köpfe wandten sich gleichzeitig dem hübschen zehnjährigen Jungen zu, der nicht weit von ihnen am Seeufer stand und fröhlich einen zappelnden Frosch am Hinterbein hochhielt. »Kann ich den haben?«

»Nein«, rief Magnus zurück. »Nein! Schmeiß ihn sofort wieder rein!«

»Och, Papa, ich ...«

»Du hast gehört, was ich gesagt habe. Schmeiß ihn sofort wieder rein, Basil.«

»Okay«, sagte sein Sohn und nahm sich vor, es nie wieder zu machen. Jedenfalls nicht, solange sein Vater in der Nähe wäre.

Danksagung

Es hat sehr, sehr lange gedauert, ich weiß. Ich war oft sehr unaufmerksam, ich weiß. Verschollen zwischen eigenartigen Gestalten, mit mehr Fäden in den Händen, als ich halten konnte, unzurechnungsfähig, weggetreten und asozial wie immer, wenn ich in einem Roman lebe. Ich danke euch allen, die ihr darunter zu leiden hattet, für eure Liebe und eure Nachsicht.

Den zahlreichen Anregungen der besseren Hälfte des Duos BÖTTCHER!, der dies alles trotz »hoffentlich das zweiterfolgreichste Buch aller Zeiten, aber schreib nächstes Mal was Vernünftiges« gewidmet ist, verdanke ich nicht nur das Entwirren mittelschwerer agnostischer Verwirrungen beim Allumfasser (nobody is perfect, nicht mal ER) und eine dramaturgische Komplettdemontage auf fünf eng beschriebenen Seiten, sondern auch den schönsten Titel der Welt. Nicht nur deswegen bin ich der Meinung, daß jeder so einen Bruder haben sollte, weil dann nicht nur alle Bücher besser wären, sondern erst recht die Welt.

Klaas Jarchow hat mich mit seinem sanften Zuspruch (»Was soll das heißen, der zweite Teil ist noch nicht fertig?«) und seinen anstrengenden Fragen über die Ziellinie getrieben und davon abgehalten, meine Zeit weiter mit lukrativen Fernsehprojekten zu vertun. Ich danke ihm im voraus, daß ich demnächst immer bei ihm essen darf.

Die goldene Zahnbürste am Band und ein tonnenschwerer Dank geht an Birgit Politycki, die mir bei der Planung des »Prologs im Netz« und der dazugehörigen No-Budget-Kampagne eine unschätzbare Hilfe war. Cheetah sagt *mille grazie*.

Außerdem danke ich ernsthaft, ausdrücklich und nachdrücklich für hilfreiche Kommentare meiner Lebensgefährtin Sylvie (»Warum schreibst Du nicht ne schöne Liebesgeschichte?«), insbesondere für die vielen Gelegenheiten, mich in Berlin aufzuhalten und die schönen langen Spaziergänge von Location zu Location.

Ich danke gleichfalls Henning (»Warum schreibst du solchen Schwachsinn?«); Uli (»Alles viel zu absehbar«); Niko (»Ich mag den anderen Böttcher lieber.«); Christiane (»Nächstes Mal schreibst Du aber was Vernünftiges«); Hans H. (»Mach doch lieber mal Urlaub.«) und ganz besonders Catharina (»In ist out«).

Für große Begeisterung und gemäßigte Freundschaftspreise bei der Ausführung der Kampagne im Netz (www.psychopathos.de) und auf der Straße geht massenweise Dank an: WebWizard und Mr. Psychopath-OS Stefan Grunow, Henry Sperling und Karsten Deutschmann (für Doom-Musik und Sounds), Olli Conrad (wer hätte gedacht, daß Azrael so ein netter Kerl ist?), Kostümzauberfrau Cornelia Hülstede (»Schuhe von Hess!«), Make-up-Weltstar Nicole Eck (»Bist Du wichtig für mich?«), ihrem begnadeten Lehrling und Multitausendsassa-Bodyguard-Zettelverteiler Wolfgang Frey, Archivgöttin Katharina Stegelmann (»Amok!«), Lutz Kroth für die wichtige Starthilfe (»Na, wenn Sie meinen«), Boris Starck für den freundschaftlich gepflasterten Boulevard und die japanische Callas von Hannover, Mira Wallraven für die schönen Illustrationen (»Mehr Mäuse demnächst!«)

Unter uns und ohne Namensnennung danke ich im rasenden Schlußcrawl der einzigen mir persönlich bekannten prominenten »Geheimwaffe« nicht nur für garantiert später literarisch verwertbare Kenntnisse in der Disziplin »Menschenmanipulation für Arme«, sondern insbesondere für die mordsgelungene, über genau eine Ecke kolportierte Diffamierung: »Der schreibt gar kein Buch! So was dauert doch wohl keine zwei Monate!« Ja-wollja, Stimme des einfachen Volks (»Alles meins!«), mehr Motivation braucht wirklich kein denkender Mensch.

Eher unentschlossen, aber irgendwie dann doch paßt in diesen Strauß auch noch ein »Stimmt so« an das marodeste Unternehmen der Welt (»Die Bahn kommt – vielleicht«), die mich schreibend, korrigierend und alternativ schlotternd oder schwitzend zwischen Hamburg und Berlin hin und her befördert hat.

Es würde den Rahmen dieser Danksagung sprengen, wollte ich nun auch noch all jene nennen, die mich zu diesem, jenem und anderem inspiriert haben. Es finge bei Sturluson an, ginge von Safranski über Russell bis zu den Erfindern der Playstation und nähme kein Ende. Bei Bedarf höre ich mich aber gern über die geistigen Mütter und Väter aller Gestalten und Gedanken reden, die in diesem Roman versammelt sind.

Hinni? Waldfee? Nein, ich hab Dich nicht vergessen, auch wenn ich viel zu selten anrufe und viel zu selten bei Dir bin. Aber für meine Last-but-not-least-Begriffe gehört es sich, den größten Dank ans Ende zu stellen. Danke, daß Du mir das Leben geschenkt hast. Ich weiß es wirklich zu schätzen.

Don't forget to browse.

www.psychopathos.de
www.Sven-Boettcher.de

3719/7

rowohlt paperback

Moritz Rinke
Die Nibelungen
Ein Theatestück
(paperback 23202)
Die Dramatisierung des Stoffes vermeidet brachiale Neuinterpretationen, sondern besinnt sich der ursprünglichen Erzählstränge. Uraufführung zur Eröffnung der Nibelungen-Freilichtspiele in Worms August 2002.

Sarah Kane
Sämtliche Stücke
(paperback 23138)
Sarah Kane zählt zu den wichtigsten Dramatikerinnen der Gegenwart. Sämtliche Stücke sind nun erstmals in einem Band veröffentlicht.

Helmut Krausser
Schweine und Elefanten *Roman*
(paperback 22526)
Schweine und Elefanten ist der noch ausstehende erste Teil der Hagen-Trinker-Trilogie, mit der Helmut Krausser seinen literarischen Durchbruch schaffte.

Susanna Moore
Die unzuverlässigste Sache der Welt *Roman*
(paperback 22427)
Abschied vom Haifischgott *Roman*
(paperback 22328)
«Susanna Moore schreibt wie ein Engel, der ein Leben lang Dämonologie studiert hat.» *Jim Harrison*

Virginie Despentes
Die Unberührte *Roman*
(paperback 22330)
«... ausnahmsweise liegen die Trendjäger richtig, die Virginie Despentes zum absoluten *must* dieses Jahres gekürt haben.» *Le Figaro*

Virginie Despentes
Pauline und Claudine *Roman*
(paperback 22647)
Wölfe fangen *Roman*
(paperback 22331)

Ray Loriga
Schlimmer geht's nicht *Roman*
(paperback 13999)

Alex Shakar
Der letzte Schrei *Roman*
(paperback 23175)
Eine Science-Fiction-Welt totalen Konsums: Alex Shakar ist der Beigbeder von morgen.

Literatur

Weitere Informationen in der **Rowohlt Revue** oder im **Internet: www.rowohlt.de**

3800/1

Wolf Haas

Wolf Haas wurde 1960 in Maria Alm am Steinernen Meer geboren. Nach Abschluß seines Linguistik-Studiums arbeitete er zwei Jahre als Uni-Lektor in Swansea (Südwales). Seit 1990 lebt er in Wien.
«Haas ist schlicht die Krimi-Entdeckung der letzten Jahre.» *Die Woche*

Auferstehung der Toten
(rororo 22831)
«Ein erstaunliches Debüt. Vielleicht der beste deutschsprachige Kriminalroman des Jahres.» *Frankfurter Rundschau*

Komm, süßer Tod
(rororo 22814)
Auf den Straßen von Wien bekämpfen sich die Rettungsdienste bis aufs Spenderblut. Nach dem Doppelmord an einem schmusenden Liebespaar tritt Ex-Polizist und Ex-Schnüffler Brenner auf den Plan: Hört die Konkurrenz den Funkverkehr der Kreuzretter ab? Das Buch zur Verfilmung des Erfolgskrimis.
Ausgezeichnet mit dem Deutschen Krimi-Preis 1999.
«Soviel Spaß, Weisheit und Spannung um einen wohlfeilen Preis, das gibt's normal gar nicht.» *Der Standard*

Der Knochenmann
(rororo 22832)
«... ein Muß für alle, die da süchtig sind nach vielversprechenden Talenten.»
Die Welt

rororo

Silentium!
(rororo 22830)
Der Salzburger Klerus beauftragt Privatdetektiv Brenner mit der Aufklärung eines Mordes in einem katholischen Jungeninternat.
«Komischer war der Krimi nie, intelligenter nur selten. Weshalb auch Thomas Bernhard sicher von irgendwoher zuschaut und sich totlacht.»
Die Woche

Ausgebremst
Der Krimi zur Formel 1
(rororo 22868)

«Im Grunde genommen liest sich zurzeit nichts so vergnüglich wie ein neuer Wolf Haas, außer natürlich ein alter Wolf Haas.» *Der Falter*

Wie die Tiere
(rororo 23331)

Weitere Informationen in der **Rowohlt Revue**, kostenlos in Ihrer Buchhandlung, und im Internet: **www.rororo.de**

3663/7